# LE BUREAU D'ÉCLAIRCISSEMENT DES DESTINS

DE LA MÊME AUTEURE

*L'Ancre des rêves*, Paris, Éditions Robert Laffont, 2007 ; Pocket, 2011 ; LGF, 2017, prix Encre Marine 2007.

*La Part des flammes*, Éditions Héloïse d'Ormesson, 2015 ; LGF, 2016, prix des Lecteurs du Livre de Poche 2016.

*Légende d'un dormeur éveillé*, Éditions Héloïse d'Ormesson, 2017 ; LGF, 2018, prix des Libraires 2018.

*La Femme révélée*, Grasset, 2020.

GAËLLE NOHANT

# LE BUREAU D'ÉCLAIRCISSEMENT DES DESTINS

*roman*

BERNARD GRASSET
PARIS

Photos de la couverture : © Gettyimages pour l'image du dossier en fond.
© Arolsen Archives, pour les 3 documents de premier plan.
Pour plus d'information sur ces sources,
cf. its-arolsen.org avec les références suivantes :
– Les 2 jeunes filles : 0007 (108004918)
– Papier du jeune homme : 0004 (108017522)
– Matricule : 1.1.47.9/5263946
Portrait Charlotte Jolly de Rosnay.

ISBN 978-2-246-82886-0

*Aux témoins, et à tous ceux et celles*
*qui gardent vivace la mémoire des disparus.*

*Pour Tayou, ma grand-mère.*

« Et ces pleurs silencieux d'objets, à jamais abandonnés par leurs propriétaires. Avilis par des mains étrangères, comme des corps non enterrés qui n'ont personne pour s'occuper d'eux. Qui n'a jamais vu les sanglots d'objets morts n'a jamais rien vu ni entendu de triste. »

Rachel Auerbach,
extrait du poème « Les sanglots des objets morts »,
traduit du yiddish (archives Ringelblum).

Chaque matin, elle vient par les bois. À mesure qu'elle traverse l'opacité des arbres et la nuit, Irène sent que la forêt dépose en elle quelque chose d'ancien qui se recrée sans cesse, une poussière de fantômes et d'humus. Elle roule dans le rayon jaune des phares et, peu à peu, glisse des ténèbres vers la lumière.

Dans la petite ville, les volets fraîchement repeints s'ouvrent sans grincer, les cheminées fument dans le matin brumeux. Rien ne dépasse, n'échappe à la vigilance des voisins. Irène aperçoit le boucher qui lève son rideau de fer. Quand elle lui adresse un signe amical, il fronce les sourcils, le regard troublé par un fond de méfiance. Il y a plus de vingt-cinq ans qu'elle s'est installée ici, mais les habitants de Bad Arolsen la voient toujours comme une étrangère. Cette Française qui les juge par en dessous. Et vient remuer, avec d'autres qui lui ressemblent, de vieilles histoires qu'il serait temps de laisser dormir.

Elle freine sec pour laisser passer un cycliste, avant de s'engager dans la longue allée boisée qui serpente entre les arbres. Au fond du parc, les bâtiments modernes abritent des dizaines de kilomètres d'archives et de classeurs que l'on pourrait longer des heures sans entendre les cris, les silences qu'ils renferment. Il faut avoir l'oreille fine et la main patiente. Savoir ce que l'on cherche et être prêt à trouver ce que l'on ne cherchait pas.

Irène est toujours émue de découvrir la plaque discrète. La première fois qu'elle avait gravi ces marches, elle avait déchiffré les mots « International Tracing Service » sans savoir ce qu'ils signifiaient.

Elle n'était qu'une gamine expatriée par indépendance qui était restée par amour, suivant son fiancé dans une région cernée de forêts où elle devrait déployer beaucoup de bonne volonté pour être acceptée, sans jamais y parvenir vraiment. Ce lieu était devenu, au bout du compte, ce qui se rapprochait le plus d'un chez-elle. Même après que l'amour l'avait désertée, quand elle s'était retirée en lisière de ville avec un enfant partagé entre deux maisons, elle n'avait pas imaginé repartir. Parce que chaque fois qu'elle gravit ces marches, elle se sent à sa place. Chargée d'une mission qui la dépasse et la justifie.

Le premier jour, c'est l'odeur qui l'a saisie. Ce mélange de moisi, de vieux papier, d'encre de photocopieuse et de café froid. Elle a respiré, avant d'en avoir conscience, le mystère enclos dans ces murs, ces tiroirs innombrables, ces dossiers hâtivement refermés à son passage.

Aujourd'hui, un concert de « *Hallo Irene* » et de sourires l'escorte à travers le grand hall d'entrée et jusque dans les étages. Elle appartient à ce lieu. Une ruche, dont les abeilles viennent d'un peu partout. Leurs prénoms composent une mosaïque changeante : Michaela, Henning, Margit, Arié, Kathleen, Kazimierz, Dorota, Constanze, Igor, Renzo, François, Diane, Gunther, Elzéar, Christian… Chacun dépose au vestiaire ce qu'il vit et souffre au-dehors. Il faut se vider de tout ce qui encombre, se rendre réceptif.

Elle dépose ses affaires sur son bureau, ouvre son agenda à la page du jour : le 27 octobre 2016. Relève le volet roulant. La lumière grise vient frapper la photo de son fils dans son cadre argenté. C'est la seule note intime de cette pièce où s'entassent livres et dossiers, dans un désordre apparent dont elle détient la clef. Sur le cliché, Hanno éclate de rire. C'était il y a quatre ans, pour son seizième anniversaire. Elle le taquinait, le doigt sur le déclencheur. Ensuite ils avaient dîné dans une brasserie du centre-ville, elle l'avait autorisé à boire un peu de vin mousseux. « Ne le dis pas à ton père. – Papa me laisse boire de la bière depuis un moment, tu sais », avait souri Hanno. Il était si beau, avec ses cheveux bouclés et cette fierté dans ses yeux noirs. Comme s'il s'éloignait déjà vers sa vie d'homme.

Irène avait pensé, *Quand il sera parti, que me restera-t-il ?* Cette crainte lui avait fait honte. N'était-elle pas partie, elle aussi ? Elle n'avait laissé personne la retenir. Elle ne pèserait pas sur Hanno.

Aujourd'hui, il fait ses études à Göttingen et rentre le week-end, quand il n'est pas chez son père ou avec ses amis. Elle s'accommode de la distance. La solitude est son affaire, son élégance de la lui cacher.

Elle toque à la porte du bureau de Charlotte Rousseau.

— Bonjour, Irène. Je vous attendais. Je vous fais un café ?

— Volontiers.

— Le temps de s'habituer à cette grisaille humide, on sera enseveli sous la neige, grimace la directrice du centre en mettant une capsule dans la machine à café. Fichu pays.

D'origine toulousaine, elle endure le climat de ce coin de la Hesse. Dans sa voix chaleureuse affleure une pointe d'accent de son Sud-Ouest natal qui s'accroche à certains mots chargés d'affects. Traces mélodiques d'un pays coriace, balayé de soleil et de vent d'autan. Elle n'y retourne pas assez à son goût.

— Il va falloir vous requinquer un peu, vous êtes pâlotte, lui dit-elle tandis qu'elles sirotent leur expresso. J'ai une mission à vous confier.

Irène ne peut réprimer un sourire. Depuis que Charlotte Rousseau dirige l'International Tracing Service, cette phrase retentit plusieurs fois par jour. Cette petite femme à la silhouette nerveuse semble résolue à rattraper en un mandat tout ce qui n'a pas été accompli par ses prédécesseurs, au risque d'épuiser le personnel : certains ont mis au point des stratégies pour éviter de la croiser dans les couloirs.

Irène, c'est le contraire, l'énergie de la directrice la galvanise. Comme si elle avait ouvert les portes d'un mausolée poussiéreux. Et puis il y a entre elles cette discrète connivence, de partager la nostalgie de la France.

— De quoi s'agit-il ?

La directrice l'observe en buvant son café.

— Hier soir, j'ai pensé à ces objets qui viennent des camps. Ils ne nous appartiennent pas. On les garde ici, comme des reliques des Enfers. Je crois qu'il est temps de les rendre à qui de droit.

— À qui de droit ? interroge Irène. Mais leurs propriétaires sont morts. Enfin, la grande majorité d'entre eux.

— Ils ont peut-être des enfants, des petits-enfants. Vous figurez-vous le sens que ça aurait pour eux de recevoir ces objets revenus de si loin ? Dans leur vie, aujourd'hui. Comme un testament… Alors j'ai pensé à vous, et à votre équipe. Bien sûr, je ferai en sorte que vous receviez toute l'aide nécessaire.

Irène s'entend dire oui.

Même si elle pressent que ce qu'elle s'est rebâti de tranquillité risque de voler en éclats. Elle n'est pas sûre d'être prête. Submergée d'excitation et de crainte diffuse.

Elle accepte.

Et c'est ainsi, dans cette lumière brouillée d'automne, que tout commence.

# *Eva*

Au fond du couloir, il y a cette pièce qui lui serre le cœur. Le bureau d'Eva, même si beaucoup d'autres l'ont occupé depuis son départ. Longtemps, Irène est venue s'y rassurer. Elle avait besoin d'une alliée. C'était beaucoup demander, mais Eva lui avait offert davantage. Irène lui doit ce qu'elle est devenue.

— Tu ne sais pas ce qu'on fait ici, pas vrai ? l'avait interrogée Eva, de sa voix grave où perçait un sourire.

Irène repense souvent à ce jour de septembre 1990. Elle avait vingt-trois ans, une alliance neuve à son doigt, la naïveté des jeunes gens qui croient que leur charme suffit à plier le monde. Et le sentiment d'avoir accompli des choses difficiles, dignes d'admiration : se déraciner, épouser un étranger. Celle qu'elle est aujourd'hui est partagée entre l'attendrissement et l'agacement. *Tu ne savais rien, le dur de la vie était devant toi.*

Eva Volmann lui avait fait passer un genre d'entretien d'embauche. Elle l'avait tutoyée d'entrée de jeu, comme un vieux sage son disciple. Elle dégageait une impression de force dans un corps sec. Difficile de lui donner un âge, de lui imaginer une vie. Un visage creusé de rides profondes où brûlait son regard gris-vert, d'une intensité intimidante. Serrés dans un chignon, ses cheveux noirs étaient striés de mèches argentées. Elle avait un timbre rauque que l'accent polonais rendait mélodieux.

Irène était gênée d'avouer qu'elle avait obéi à une impulsion, après avoir lu l'annonce dans un journal local. L'International Tracing Service cherchait une personne parlant et écrivant couramment le français pour participer à une mission de recherche. Ce que recouvrait cette mission, elle n'en avait pas idée. Le mot *international* l'avait attirée.

— Jusqu'en 1948, l'ITS s'appelait le Bureau central de recherches, lui avait expliqué Eva.

Cet endroit était né de l'anticipation des puissances alliées. Avant la fin de la Seconde Guerre mondiale, elles avaient compris que la paix ne se gagnerait pas seulement au prix de dizaines de millions de morts, mais aussi de millions de déplacés et de disparus. Le dernier coup de feu tiré, il faudrait retrouver tous ces gens, les aider à rentrer chez eux. Et déterminer le sort de ceux qu'on ne retrouverait pas.

— Pour celui qui a perdu un être cher, ces réponses-là, c'est vital. Sinon, la tombe reste ouverte au fond du cœur. Tu comprends ?

En l'écoutant, Irène avait le sentiment de remonter le temps vers un paysage crépusculaire, où des files de gens hagards erraient à travers les ruines.

Étrangement, elle avait appréhendé la réaction de son mari. Ils n'avaient jamais évoqué le nazisme. Pourquoi redoutait-elle que ce travail lui déplaise ? Peut-être un haussement d'épaule qu'il avait eu un jour, elle ne se souvenait plus à quel propos. Un reportage, une commémoration ? Il avait eu ce geste, accompagné d'un soupir. Elle avait éteint le poste de télé.

— Quand je suis arrivée ici, avait continué Eva, cette ville… c'était une ville SS.

— J'imagine que c'était partout pareil, à l'époque.

— Non, l'avait-elle coupée. Pendant la guerre, cette ville vivait essentiellement grâce à la SS. Dans les rues, dans les forêts alentour, on croisait plus d'uniformes noirs que de civils. Tu peux imaginer ça ?

Irène ne comprenait pas. Alors Eva lui avait expliqué qu'avant guerre, Arolsen était un gros bourg, sur lequel veillait déjà l'impressionnant château baroque avec ses dépendances, ses arbres millénaires dressés comme des sentinelles. Le prince héréditaire de Waldeck et Pyrmont, Josias, s'enticha d'Hitler. Fanatique des premiers jours, il offrit à cette religion du sang pur un peu de sa geste germanique, estampillant sa lignée des deux éclairs runiques de la SS. En retour il bénéficia d'une ascension fulgurante, devint général de division SS. Arolsen retrouva son ancien statut de ville-garnison. Le prince voyait grand : il installa dans son château une école d'officiers pour le corps d'élite de la SS ; un immense complexe comprenant une école d'administration, une caserne, qui abritait le deuxième régiment de la Division Germania de la

Waffen-SS, et des bâtiments réservés aux services d'intendance. Rien n'était trop beau ; la ville et son prince s'enfiévraient de leur importance. On s'enivrait de cérémonies guerrières, de mariages célébrés en grande pompe. La première ville SS d'Allemagne, plantée en son cœur rouge et noir. Croulant sous les responsabilités, Josias privilégiait celle, si exigeante, d'inspecter le camp de Buchenwald, placé sous son autorité de général SS. Et comptait parmi les quinze plus hauts gradés de la SS en Allemagne. Himmler était son ami intime et le parrain de son fils.

— La plupart des gens l'ont suivi. Ils avaient toujours été loyaux envers leur châtelain.

C'était comme un tatouage secret, sous la brûlure de la défaite. Même si le prince déchu avait été jugé à Nuremberg et jeté dans la prison de Landsberg. Même s'ils s'étaient terrés des jours entiers, rongés par l'humiliation, terrifiés à l'idée de ce que leur réservaient les vainqueurs.

On avait exilé le prince loin du château. Dans ses salles vides ne résonnaient plus que les pas des GI's. Des étrangers fumaient adossés aux statues, dérangeaient le silence, débarquaient les bras chargés de cartons. Sans égards pour les usages, les blasons médiévaux.

— Au début, les Américains ont installé le Bureau central de recherches dans les dépendances.

— Par provocation ? avait demandé Irène.

— Même pas, avait souri Eva. Par commodité. La ville avait été épargnée par les bombardements. Il y avait tous ces bâtiments vides. Assez de place pour loger les documents qui affluaient par camions de toute l'Allemagne. La ville était au croisement des quatre zones d'occupation du pays. Quelle ironie, quand même… Créer ici le plus grand centre de documentation sur les victimes de la persécution nazie !

— Les gens du coin ont dû avoir du mal à digérer ça.

— C'est le moins qu'on puisse dire… Ils ont fini par s'habituer à nous. Le centre est l'un des premiers employeurs de la ville.

Au début, le Bureau central de recherches, qui deviendrait plus tard l'International Tracing Service, incarnait une menace concrète pour la population.

— Ils nous détestaient, et ils crevaient de trouille.

Eva souriait et Irène avait pensé, *Quelle a été sa vie, pour que ses dents soient si abîmées* ?

— Ils n'avaient pas tort, mais il n'y a que les victimes qui nous intéressent. Et ceux à qui elles manquent.

De cette première rencontre avec Eva, Irène conserve le souvenir d'un vertige. Comme dans ces jeux d'enfant où on la faisait tourner sur elle-même, un bandeau sur les yeux. Cette ville dont le prince avait été un nazi ; où l'on continuait, *en 1990*, à rechercher les disparus de la guerre. Comment était-ce possible ? Eva lui avait montré les piles de courrier qui s'amoncelaient au secrétariat. Des dizaines de milliers de lettres arrivaient ici chaque année, dans lesquelles des voix imploraient dans toutes les langues, racontaient une longue quête. Certains avaient retourné la terre en vain. D'autres écrivaient : « Je ne sais rien. Devant moi, il y a un grand trou. »

Ou encore : « Ma mère est morte avec ses secrets. Ne me laissez pas seul avec ce silence. »

Chaque lettre pesait son poids d'espoir. De mots qui retenaient leur souffle.

— Si tu acceptes ce boulot, tu devras t'occuper des requêtes des citoyens français, lui avait dit Eva.

Quel fardeau sur ses épaules. Elle avait eu envie de fuir.

— Je ne sais pas si j'en suis capable, avait-elle murmuré.

Eva l'avait transpercée du regard :

— Si tu ne l'es pas, tu t'en iras. Tu ne seras ni la première, ni la dernière. Il est trop tôt pour savoir. Suis-moi.

Elle l'avait entraînée à travers un dédale de couloirs et d'escaliers où s'affairaient des employés chargés de dossiers, qui la saluaient distraitement. Certains prenaient le temps de dévisager Irène.

— Nous sommes près de deux cent cinquante à travailler ici à plein temps. La plupart de ceux qui ont commencé avec moi sont partis. Les nouveaux ne leur ressemblent pas, lui avait glissé Eva.

Il y avait dans ces derniers mots une nuance de jugement qui n'avait pas échappé à Irène.

Déambulant dans ces bâtiments austères, elle les trouvait intimidants. Une variation sur le vide et le monumental : casiers de paperasse jaunie empilés jusqu'au plafond, murs d'étagères, de classeurs et de tiroirs aux étiquettes sibyllines, couloirs interminables. Un labyrinthe de papier bruissait autour d'elles.

Elles avaient abouti dans un hall, meublé de quelques machines à café et de banquettes en skaï usées. Autour d'elles,

les frontons des portes portaient des indications : *Documents des camps de concentration*, *Documents du temps de guerre*, *Documents de l'après-guerre*, *Section de recherche des enfants*, *Section des documents historiques*… Eva lui avait expliqué que l'ITS conservait plusieurs sortes de fonds. En premier lieu, les archives des camps. Du moins, ce qui avait pu être sauvé de la destruction des traces ordonnée par Himmler. Maigres reliefs de l'obsession nazie de la bureaucratie : des listes, des cartes d'enregistrement individuelles et des registres cachés par les déportés, ou que les assassins n'avaient pas eu le temps de faire disparaître. À Buchenwald, à Mauthausen et à Dachau, l'avancée des troupes alliées les avait pris de court.

Dans les derniers mois de la guerre, les Alliés s'étaient livrés à une course contre la montre, perquisitionnant les administrations allemandes, les hôpitaux, les prisons, les services de police, les asiles ou les cimetières. À ce butin originel s'étaient ajoutées au fil du temps les données que les entreprises allemandes acceptaient de leur céder, concernant les travailleurs forcés qu'elles avaient exploités. Questionnaires des personnes déplacées, correspondance des officiels nazis, liste des malades mentaux euthanasiés au château de Hartheim, décompte du nombre de poux sur la tête des détenus de Buchenwald… Depuis 1947, le fonds du centre n'avait cessé de grossir, tel un fleuve régénéré par une myriade d'affluents. Les premiers enquêteurs avaient chassé de l'archive partout en Europe, mais elle était parfois venue à eux par des biais surprenants. La chute du Rideau de fer avait libéré quantité d'autres secrets. Le trésor de guerre représentait aujourd'hui plusieurs dizaines de kilomètres de linéaire.

Irène se sentait écrasée par ce monument de papier.

La voix rauque d'Eva l'avait rattrapée :

— Ne te laisse pas impressionner. C'est une question d'habitude. Il y a de grandes sections, que tu vois sur ces portes. Le plus important, c'est de te souvenir que tout ça a été réuni dans un but : chercher les disparus. C'est ce qui rend ces archives très particulières. Et la pièce maîtresse, c'est le Fichier central. Viens faire connaissance.

Il contenait plus de dix-sept millions de fiches individuelles. Celui qui l'avait mis au point était surnommé Le Cerveau. Pendant plus de trente ans, cet ancien pilote hongrois, qui avait échoué à Arolsen après la chute de son avion et choisi d'y rester, avait été le maître du Fichier. Il en avait fait la clef de voûte des archives.

— Il est alphabétique et phonétique. Ça, c'est l'idée géniale. Dans les camps, les détenus étaient enregistrés par des SS ou des prisonniers qui orthographiaient leurs noms de travers. Parfois, ils les traduisaient en allemand pour aller plus vite. Beaucoup de gens n'ont pas été retrouvés parce qu'ils avaient été enregistrés sous une graphie fantaisiste. Tiens regarde, celui-ci a été égaré longtemps dans les profondeurs du fichier, juste parce que le greffier d'Auschwitz avait attaché son prénom et son nom : Leibakselrad. Leib Akselrad.

Le Cerveau avait mobilisé son équipe de polyglottes. Certains parlaient plus de onze langues. Pendant des mois, ils avaient travaillé sans relâche à créer ce grand fichier qui tenait compte de toutes les variantes possibles, dans toutes les langues, des erreurs de prononciation, des diminutifs.

Pour certains noms, il pouvait y avoir jusqu'à cent cinquante formes différentes.

En parcourant ces listes, Irène avait ressenti un mélange d'émotion et d'excitation. Elle aimerait ça. Chercher, retrouver quelqu'un. Elle l'avait compris à cette vibration dans ses doigts. L'envie d'être seule face à cet océan de noms, autant d'énigmes à déchiffrer.

— Toutes nos enquêtes commencent ici, avait souri Eva. Mais pour être efficace, il faut en maîtriser le territoire.

— Le territoire… ?

Elle l'avait conduite devant l'immense carte murale qui occupait tout un pan de mur. Des centaines de camps y étaient symbolisés par un point rouge. Une légende précisait la nature de chacun, la durée de son existence et le nombre de ses victimes. Cette carte était un outil de travail. Une gigantesque toile d'araignée aux dimensions de l'Europe nazie.

— Le sort de dizaines de millions de personnes s'est joué ici. Celles qui ont fui, celles qui ont été prises ou se sont cachées, celles qui ont résisté, celles qu'on a assassinées ou sauvées in extremis… Et puis il y a l'après-guerre. Des millions de personnes déplacées. De nouvelles frontières, des traités d'occupation, des quotas d'immigration, l'échiquier de la guerre froide… Tu devras apprendre tout ça, devenir savante. Plus tu maîtriseras le contexte, plus tu réfléchiras vite. Le temps que tu gagnes, c'est la vie de ceux qui attendent une réponse. Et cette vie est un fil fragile.

Après la visite, elles avaient eu envie de prolonger la rencontre. La plupart des employés étaient partis. La chaleur douce de la fin d'après-midi enveloppait le perron et le parc. Eva lui avait offert une cigarette et elles avaient fumé en déambulant sous les arbres.

— Si tu ne t'enfuis pas tout de suite, tu devras passer l'entretien final avec le directeur. Depuis le milieu des années cinquante, c'est le Comité international de la Croix-Rouge qui gère l'ITS. À l'époque, les Alliés voulaient se libérer de cette charge. Ils avaient imaginé le centre comme une structure provisoire, mais ils ont vite compris que ses missions étaient loin d'être terminées. Ils ont décidé de le confier à une organisation « neutre ». Bon, c'était une définition de la neutralité appliquée à la guerre froide... Pendant vingt-cinq ans, ça ne s'est pas trop mal passé. On a eu quelques directeurs à la hauteur de la tâche. Jusqu'à l'arrivée de Max Odermatt, en 1979. On a su tout de suite qu'on entrait dans une nouvelle ère. Autant que tu le saches, tout le monde doit lui obéir au doigt et à l'œil. Les choses et les gens.

L'ironie donnait à la voix d'Eva des inflexions tranchantes, tandis qu'elle tirait sur sa cigarette.

— Il a instauré de nouvelles règles, qui en ont calmé plus d'un... La première, c'est que tu ne dois parler à personne de ce qu'on fait ici. Même pas sur l'oreiller. Ne me demande pas pourquoi, lui seul le sait. Peut-être qu'il rêvait de faire carrière à la CIA, va savoir. Si tu as besoin de tout dire à ton mari, il vaut mieux te trouver un autre boulot. Ce serait dommage, parce que j'ai un bon pressentiment à ton sujet.

Au contraire, dissimuler à son mari la nature de son travail soulageait Irène. Ce serait plus simple de dire « Mon patron exige la confidentialité ». Et d'écarter les nuages.

Ce n'est que lorsque Eva avait remonté ses manches pour profiter des derniers rayons du soleil qu'Irène avait aperçu les chiffres sur son avant-bras. Elle avait détourné les yeux, pour ne pas la blesser. Mais Eva avait surpris son regard et répondu à sa question muette :

— Auschwitz. Ils m'ont tout pris, mais ils n'ont pas eu ma peau.

Tétanisée, Irène n'avait rien su dire. Et peut-être sa guide n'attendait-elle aucune réponse, car elle avait aspiré une dernière bouffée de cigarette et écrasé le mégot. Pendant des années, il n'avait plus été question du passé d'Eva.

Irène n'arrive pas à se le pardonner. Elle s'est longtemps raconté que son amie préférait ce silence. Quand elle a compris que ce n'était pas Eva qu'il protégeait, il était trop tard.

Et chaque fois qu'elle pense à elle, ou qu'elle lui manque, il est trop tard.

## *Teodor*

Irène inventorie les enveloppes rangées dans les grands placards métalliques, en ouvre certaines, les referme. Chacune porte une cote, un descriptif sommaire. Près de trois mille objets reposent ici, à l'abri de la lumière. On les manipule avec précaution, après avoir enfilé des gants.

Ils sont vieux, usés. Ce sont des cadrans de montre voilés dont les aiguilles se sont figées un matin de 1942. Ou peut-être un après-midi pluvieux du printemps suivant, ou par une nuit froide de l'hiver 1944. Elles indiquent l'heure où elles se sont arrêtées, comme un cœur cesse de battre. Ce qu'elles représentaient pour leurs possesseurs – la maîtrise de son temps et de sa vie – avait perdu toute signification.

Dans d'autres boîtes, des portefeuilles vides. Sur la page d'un agenda, quelques mots dans une langue étrangère qui résonnaient peut-être, ce jour-là, avec l'urgence de vivre et l'angoisse. Irène peut se les faire traduire, mais personne ne saura lui dire leur nécessité, pour celui qu'on a déshabillé à son entrée dans le camp. Des alliances nues, qui n'avaient pas quitté l'annulaire d'un mari ou d'une femme depuis le jour des noces. Des chevalières gravées. Des bijoux de pacotille à la coquetterie démodée. Une monture de lunettes brisée.

Ce sont des objets sans valeur marchande. Les biens monnayables étaient dérobés sans retour. Ce sont les restes méprisés par les assassins, dont la modestie trahit celle de leurs propriétaires. Au moment de partir pour ce long voyage vers l'inconnu, ils ont emporté du précieux qui ne pèse pas. Leurs papiers d'identité, quelques talismans sentimentaux. Souvenirs d'une vie qu'ils espéraient retrouver intacte après l'arrestation, le cachot, les tortures, le wagon plombé.

La plupart appartenaient aux déportés des camps de Neuengamme ou de Dachau. Des *politiques*, des *asociaux*, des homosexuels, des travailleurs forcés. À leur entrée au camp, leurs affaires étaient stockées au dépôt des effets personnels.

Rares sont les Juifs qui ont eu ce privilège. La majorité d'entre eux étaient tués dès leur arrivée dans les camps. Tout ce qu'ils possédaient, pillé et recyclé dans la machine de guerre nazie. Jusqu'à leurs cheveux, leurs dents en or, la graisse de leur cadavre.

L'ITS a hérité de près de quatre mille objets au début des années soixante. Un millier a été restitué à l'époque.

D'un objet qui attend de retrouver son propriétaire, on dit qu'il est en souffrance.

Irène a le sentiment qu'ils l'appellent. Il lui faut en choisir un, ou le laisser la choisir.

Elle emporte une petite marionnette dont le tissu terni s'effiloche. Un pierrot blanc devenu grisâtre, vêtu de son habit à collerette et d'une sorte de calot noir cousu à même la tête. De la taille d'une main d'homme, il semble déplacé au milieu des montres et des alliances. Rescapé de l'enfance.

Elle enfile ses gants blancs, comme une seconde peau. Sort délicatement le pierrot de sa boîte et l'allonge sur son bureau, dans la lumière laiteuse. Par chance, l'enveloppe précise le nom de son propriétaire : Teodor Masurek. Voilà tout ce qu'il possédait à son arrivée au camp de Neuengamme. Irène imagine l'enfant en pleurs à qui on arrache le compagnon de tissu qui l'a réconforté au long du terrifiant voyage. Il était assez petit pour être caché dans une poche. Elle pense au lapin en peluche que son fils traînait partout quand il était bébé. À l'oreille puante et usée qu'il suçait pour s'endormir. Après la séparation, lorsque son ex-mari oubliait de le remettre dans le sac, Hanno ne pouvait trouver le sommeil.

*Qui étais-tu, Teodor ? Y a-t-il encore quelqu'un pour s'en souvenir ? Il y avait tant de manières de te tuer, expéditives ou inventives. Celui qui t'a offert ce pierrot est mort depuis longtemps. Mais il reste peut-être une personne qui tenait à toi. Un petit frère, un cousin.*

Irène lance une recherche dans le Fichier central. Depuis leur ouverture aux chercheurs, en 2007, les fonds ont été en grande partie numérisés. Près de cinq cents Masurek y sont répertoriés. Deux Biélorusses, tous les autres sont polonais. Mais un seul Teodor, né le 7 juin 1929. Il venait de fêter ses treize ans quand on l'a déporté à Buchenwald, en septembre 1942. Un gosse. Sur sa fiche d'admission, le greffier du camp a précisé le motif de son internement : « voleur ».

Irène agrandit la photo d'un visage mince et anguleux, au teint hâlé. Un regard vif, des cheveux châtains coiffés à la diable. Il mesurait 1,68 mètre. Signe particulier : une cicatrice sous le menton. Il a renseigné son adresse, dans le village polonais d'Izabelin. Irène le trouve sur une carte virtuelle, à une vingtaine de kilomètres de Varsovie. Le document mentionne le nom de sa mère, Elzbieta. Pas de père.

A-t-il pu se procurer le pierrot à l'intérieur du camp ? Sa fiche indique qu'il y a passé dix-huit mois avant d'être transféré à Neuengamme.

Une autre mentionne que Teodor a été admis au *Revier* de Buchenwald un mois avant son transfert, pour une scarlatine. Sur la feuille de maladie, le médecin a écrit « forte fièvre » en marge d'une courbe de température éloquente. L'infirmerie du camp était l'antichambre de la mort. L'adolescent en est sorti au bout de quelques jours. Dans quel état ? L'a-t-on transféré dans un autre camp parce qu'il était trop faible pour travailler ?

Irène se frotte les yeux ; une image s'invite sur sa rétine. Un infirmier du *Revier*, dans son habit rayé de déporté, tend au gamin fiévreux, qu'on va charger à bord d'un wagon à bestiaux, ce pierrot récupéré sur un enfant mort.

Ces visions ne sont que des hypothèses qu'elle doit confronter au réel. Chercher la preuve.

Elle sort fumer une cigarette sur la terrasse qui surplombe le parc. Un sms de Hanno clignote sur l'écran de son portable. Il est chez les parents de Toby et ne la retrouvera que dimanche matin : « On doit réviser les partiels et je travaille mieux avec lui. Ça ne t'embête pas ? » Tobias est le meilleur ami de son fils depuis le *Kindergarten*. Ils partagent un studio sur le campus de l'université de Göttingen. Il y a dix ans, quand Irène a enfin pu parler librement de son travail avec ses amis, Myriam Glaser, la mère de Tobias, n'en est pas revenue. Elle lui a alors confié que sa grand-mère maternelle juive, émigrée en Palestine peu après l'invasion de la Tchécoslovaquie, avait un jour écrit à l'International Tracing Service.

— Elle n'avait plus beaucoup d'espoir. La réponse est arrivée au bout de trois ans. Tout le monde était mort : ses parents, leurs frères et sœurs, leurs enfants… Dora était la seule survivante.

Sa santé avait décliné brutalement. Elle s'était éteinte au printemps suivant, après avoir vu sa petite-fille souffler dix bougies.

Cette histoire remontait à une période où Irène ne travaillait pas encore à l'ITS, mais elle était bien placée pour savoir qu'à l'époque, les requêtes mettaient des années à être traitées. Lorsque les enquêteurs finissaient par répondre, ils envoyaient un résumé succinct des informations retrouvées, n'étant pas autorisés à transmettre des copies des documents originaux. Ces interdits étaient désormais de l'histoire ancienne. Un matin de juin, Irène a emmené Myriam à l'ITS pour lui montrer les maigres traces administratives de sa famille maternelle. Ses larmes, en découvrant leurs noms sur une liste de transport vers Theresienstadt, ont renforcé leur amitié.

Irène pianote : « Moi qui espérais que tu me préparerais un bon dîner. Embrasse Myriam de ma part. » C'est une plaisanterie entre eux. L'art culinaire de son fils se résume à rater la cuisson des spaghetti et finir par commander des pizzas.

La réponse arrive vite : « Elle va t'appeler. Elle dit que je suis trop maigre. Elle veut me remplumer. » Irène sourit. Les spécialités de Myriam, en particulier son *hamin* qui mijote des heures à feu doux, figurent depuis longtemps parmi les plats préférés de Hanno.

Elle consulte le dossier de Teodor Masurek. Si elle ne restitue pas l'émotion des archives papier, la numérisation fait gagner un temps précieux et permet à tous les employés d'accéder à la grande majorité des documents. Jusque-là, seuls quelques archivistes spécialisés avaient le droit de les consulter.

La vie de Teodor tient en quelques fiches, et recèle des surprises. Irène tombe sur une lettre que sa mère a adressée au commandant du camp de Buchenwald. Sa ferme se trouvait alors dans la partie de la Pologne qui n'était pas annexée au Reich, le Gouvernement général. Un réservoir de main-d'œuvre forcée, une zone de non-droit, le dépotoir de tous les indésirables du Troisième Reich. Les nazis pillaient ce territoire et pressuraient ses habitants. La Pologne avait refusé de collaborer et le payait au prix fort.

Elzbieta, qui espère naïvement qu'un commandant de camp de concentration puisse être saisi de pitié, lui écrit en allemand, usant de formules si déférentes qu'elles en deviennent étranges. Et trahissent combien elle redoute l'autorité lointaine de cet homme auréolé d'éclairs et d'insignes à tête de mort.

« Je me permets de formuler cette humble requête de bienveillance : je suis veuve et possède une exploitation agricole de neuf hectares. Comme l'atteste mon certificat médical, je suis aujourd'hui dans l'incapacité de travailler. Et mon fils Teodor se trouve maintenant dans votre camp de concentration, parce qu'il a commis la faute de soustraire quelques pommes à notre récolte, réservée à vos soldats. Il est encore jeune, il n'a pas mesuré la gravité de son acte. J'atteste sur ma vie que c'est un bon garçon, qui ne m'a donné jusqu'ici que des motifs de fierté. Je n'ai que lui. Sans mon garçon, je ne suis pas en état de m'occuper de mon exploitation. Et à l'heure actuelle, chaque fermier doit s'efforcer de tirer le maximum de sa terre. »

Il est peu probable qu'elle ait rédigé cette lettre elle-même. Elle se sera fait aider par un plus savant, capable de traduire son impasse en une formule susceptible de forcer la porte du camp : « À l'heure actuelle, chaque fermier doit s'efforcer de tirer le maximum de sa terre. » Argument pragmatique : c'est l'intérêt des Allemands, pour nourrir les vainqueurs qui ont toujours faim.

La dernière ligne implore le commandant de lui rendre son fils. Teodor signifie « don de Dieu ». Ce que Dieu a donné, les hommes d'Hitler l'ont repris. Pour quelques pommes.

Onze mois plus tard, l'adolescent est transféré à Neuengamme. Mal en point, il embarque pour plusieurs jours de voyage dans la promiscuité d'un wagon à bestiaux. Quel réconfort a-t-il trouvé dans ce jouet de tissu ?

Cela fait presque deux ans qu'il a perdu la liberté. Un mois plus tard, il aura quinze ans. Elle revoit Hanno à cet âge. Sous les coutures du jeune homme, on devinait encore le petit garçon. Mais les gamins déportés sont projetés dans une peau d'adulte, le corps rompu, la candeur brisée, avant même l'âge des premières forces.

En 1946, Elzbieta s'adresse à la Croix-Rouge polonaise pour retrouver son fils. Après la guerre, les ravages et les incendies, la déroute de l'ennemi nazi, l'arrivée de l'adversaire russe. Des années qu'elle l'espère. Dans son cœur, il a toujours treize ans, la cicatrice à son menton est encore fraîche. Elle ne le reconnaîtrait pas s'il passait la porte. Un étranger, dont la dureté la pétrifierait. Il faudrait oublier ce qu'elle sait de lui, le réapprendre.

L'ITS reçoit une demande de recherche individuelle au nom de Teodor. Pendant des semaines, les enquêteurs fouillent les archives de Neuengamme. L'enquête est close à la fin du mois de mai. L'adolescent figure sur une liste de déportés dont les cadavres ont été identifiés dans la baie de Lübeck, et inhumés dans une fosse commune. Elzbieta devra voyager loin pour dire adieu à son fils.

Printemps 1945. À l'approche des armées alliées, des milliers de déportés de Neuengamme sont chargés dans des trains à destination de Hanovre, Bergen-Belsen ou Sandbostel. Ces trains de marchandise humaine sont déroutés sans cesse, les voies bombardées. Des centaines de prisonniers meurent sous les frappes alliées. Ceux qui respirent encore, une fois à Lübeck, sont enfermés dans la cale de quatre paquebots SS au mouillage dans la baie. Au fil des jours, les cadavres s'accumulent. Un matin, les SS les conduisent au large et hissent les pavillons à croix gammée. Après avoir quitté les paquebots sur des bateaux à moteur, ils abandonnent les déportés à leurs cercueils flottants. Les Anglais bombardent ces bâtiments de guerre aux couleurs nazies et les envoient par le fond. Des sept mille détenus séquestrés dans leur ventre, cinq cents parviennent à s'échapper à la nage. La plupart meurent d'épuisement ou sont tués par les SS à l'approche du quai.

Teodor se trouvait à bord du *Cap Arcona*. Les archives ne disent pas s'il a réussi à fuir sa prison flottante, s'il avait encore assez de force pour nager, s'il a été assassiné, ou si son cœur a lâché après cette dernière épreuve.

Une petite vie, broyée dans un engrenage mortel.

Irène a encore le temps d'appeler Janina Dabrowska. Cette jeune femme travaille à la Croix-Rouge de Varsovie et parle couramment allemand. Bien qu'elle ne l'ait jamais rencontrée en chair et en os, une complicité précieuse s'est instaurée au fil de leurs conversations téléphoniques.

Peu de chance que la mère de Teodor soit en vie, mais Irène lui demande de vérifier s'il y a des descendants. En dictant l'adresse de la ferme, elle observe le pierrot, éprouve le besoin de le toucher. De ses doigts gantés, elle soulève machinalement le vêtement blanc terni. Sa respiration s'accélère.

Sur le ventre de tissu, quelqu'un a écrit des chiffres. Un matricule.

Elle le note sur une feuille volante. Non, ça ne colle pas. Irène retourne sur l'ordinateur, vérifie la fiche d'admission de Teodor au camp de Buchenwald. Le matricule inscrit sur le pierrot n'est pas le sien. Le petit Polonais en a hérité, il appartenait à quelqu'un d'autre. Troublée, Irène repense à sa vision. Un bon Samaritain a dû avoir pitié et le donner au gosse. Mais alors, à qui revient-il de droit ?

Irène se dit que si elle est encore de ce monde, une mère devrait recevoir ce qui reste de son enfant assassiné.

Deux semaines plus tard, Janina Dabrowska lui confirme que Elzbieta Masurek est morte dans les années cinquante, dans un hospice pour indigents tenu par des religieuses. Elle n'a identifié aucun descendant.

La piste de Teodor s'arrête là.

Maintenant, elle doit retrouver la personne qui lui a donné le pierrot au camp de Buchenwald.

## *Elsie*

— Qu'est-ce que c'est ?

Irène fixe le paquet recouvert d'adhésif noir que son collègue vient de déposer sur le bureau.

— Aucune idée, c'est pour toi.

Elle ne comprend pas et s'agace. Elle n'a pas le temps, elle doit retrouver le propriétaire du pierrot de tissu et trois mille objets attendent dans les placards, sans parler de ses autres missions. Elle commence à se dire que cette restitution relève des travaux d'Hercule, qu'elle pourrait engloutir des années de leur vie.

Depuis près de huit ans, Henning et elle travaillent ensemble au sein de la Section de recherche et d'éclaircissement des destins. Ce département, qu'on appelle le *tracing*, réunit plusieurs équipes d'enquêteurs qui remontent le temps, collectent des indices pour déterminer le sort des victimes du régime nazi. Celle d'Irène a pour mission particulière de réunir les familles.

Henning est un méticuleux, capable de passer des semaines à situer un hameau yougoslave qui a changé plusieurs fois de nom depuis les années quarante.

Si patient qu'elle l'imagine occuper des week-ends enneigés à faire des puzzles de six mille pièces, sans que tremble un seul poil de sa barbe rousse. Il a une femme aussi discrète que lui, des jumeaux qui semblent par contraste exubérants. Malgré des années de collaboration étroite et quotidienne, elle ignore ce qui a poussé Henning à venir travailler ici. Elle ne connaît de lui que ce qu'il veut bien montrer, le tableau paisible d'une vie familiale sans aspérités. Ils n'ont pas d'intimité en dehors du travail. Et s'ils discutent souvent des enquêtes en cours, ce qui est désormais encouragé, leurs discussions ne s'aventurent jamais sur un terrain plus intime. Cette réticence partagée par ses collègues l'a longtemps arrangée. C'était rassurant, après la tempête de son divorce, de ne pas être confrontée à la vulnérabilité des autres, et d'être protégée de la sienne. Elle se concentrait sur son travail et sur son fils. Aujourd'hui, elle aimerait que cette façade lisse se fissure. Prendre ce risque.

Avec un calme décourageant, il attend qu'elle le congédie.

— Tu veux que je m'en occupe ? l'interroge-t-il de son timbre tranquille. Mais il t'a été envoyé personnellement.

Elle soupire. Le paquet lui est bien adressé, *aux bons soins de l'International Tracing Service*. Elle l'éventre au cutter, après un deuxième café. En sort une lettre en allemand, rédigée d'une écriture pressée :

« Stuttgart, le 7 novembre 2016

Chère Madame,

Je m'appelle Volker Neumann et je suis avocat. L'année dernière, le professeur d'histoire de ma fille a expliqué en classe que le plus grand centre d'archives sur la persécution nazie se trouvait à Bad Arolsen, et qu'il aidait les gens à découvrir l'histoire de leurs proches déportés ou assassinés pendant la guerre. Cela m'est revenu en mémoire très récemment.

Ma grand-mère maternelle s'est éteinte au début de l'été. Ces dernières années, elle devenait sénile et nous avions peu de contacts. De temps en temps, mon épouse et moi lui amenions les petits. Elle pouvait les regarder jouer pendant des heures.

Après sa mort, ma mère et moi avons entrepris de trier ses affaires avant de mettre la maison en vente. En débarrassant le grenier, je suis tombé sur une jolie boîte à bijoux ancienne fermée à clef. Je pensais la donner à ma fille en souvenir de son arrière-grand-mère. Une étiquette était collée sur le couvercle : « À n'ouvrir qu'après ma mort. » Je ne voulais pas abîmer la serrure. J'ai fini par retrouver la clef dans le tiroir de sa table de nuit. Heureusement, j'étais seul quand j'ai ouvert le coffret. J'y ai découvert le pendentif que je vous envoie, et plusieurs feuillets de sa main.

J'ai longtemps hésité à vous écrire. Je m'y résous parce que ce médaillon appartenait à une femme qui a été assassinée. Cette histoire me réveille la nuit. Je pense à cette inconnue et à ses proches, qui ignorent peut-être ce qui lui est arrivé. Si j'étais à leur place, je voudrais savoir. Alors j'ai fini par me décider, même s'il est difficile d'accepter qu'une grand-mère aimée ait pu participer à ces horreurs. Si je n'avais pas lu ces pages de mes yeux, je ne pourrais le croire.

Avant tout, chère Madame, je dois vous demander de garder pour vous ce que je vous confie. Je me suis renseigné à votre sujet. La tante d'un de mes amis a retrouvé grâce à vous le fils qu'elle avait eu d'un soldat français. Elle m'a dit que même si vous n'étiez pas allemande, vous étiez respectueuse et digne de confiance. Faites ce que vous pouvez pour cette pauvre femme, mais je vous en prie, n'exposez pas ma famille à la douleur et à la honte. Je veux porter seul le poids de cette histoire.

En 1943, ma grand-mère venait d'avoir vingt ans. Elsie aurait aimé continuer ses études mais son père était fermier à Derental, en Basse-Saxe. Il voulait qu'elle travaille sur l'exploitation. La guerre en a décidé autrement. Du fait de la conscription, elle a été réquisitionnée comme gardienne au camp de concentration de Ravensbrück. Pendant mes études de droit, j'ai découvert qu'elle avait été jugée après la guerre et qu'elle avait purgé une peine de prison. J'ai interrogé ma mère. Elle m'a dit qu'Elsie était une victime d'Hitler, comme beaucoup de gens embrigadés dans cette guerre. Après ça, elle a jugé que le sujet était clos et ma grand-mère ne l'a jamais évoqué devant moi. Avec le recul, je m'interroge sur mon manque de curiosité. Il m'aurait été facile d'aller consulter les archives du procès. Peut-être que j'avais peur.

Après avoir lu la confession d'Elsie, vous aurez toutes les raisons de la trouver monstrueuse. Sachez qu'elle était très tourmentée, dévorée par l'angoisse. Sa fin n'a pas été douce. Quand je l'ai vue sur son lit de mort, c'était comme si elle avait lutté jusqu'au bout contre un adversaire invisible.

Je ne cherche pas à atténuer sa responsabilité. Mais je ne peux m'empêcher de me demander ce que j'aurais fait à sa place, si on m'avait envoyé dans ce lieu atroce. Quelle était sa marge de manœuvre ? Peut-on rester humain, dans un cadre où l'inhumanité est la règle ? Ces questions me hantent. Je ne reconnais pas la femme simple qui a pleuré de fierté le jour où j'ai réussi l'examen du barreau. Comme s'il y avait toujours eu deux Elsie, qui ne pouvaient cohabiter. Celle qui était enfermée dans la boîte a fini par détruire l'autre. Je voudrais préserver le souvenir de celle que nous avons aimée dans le cœur des miens.

Je vous confie ce vœu peut-être illusoire, chère Madame. Je pense à cette Polonaise assassinée. J'espère que vous pourrez lui rendre justice sans jeter l'opprobre sur ma famille. »

Irène allume une cigarette à la fenêtre. Cet homme s'adresse à elle comme à une déesse de pierre qui pèserait sans ciller la valeur des hommes. Il condamne et justifie dans le même mouvement, n'arrive pas à dire ce qui a tué cette femme. S'en tient à ce participe passé, *assassinée,* et l'implore de ne pas détruire sa famille. C'est une chanson déchirante et familière.

Les meurtriers ne sont pas son affaire, mais les traces des victimes éclairent des trouées d'obscurité, et le sang séché éclabousse les descendants. L'héritier voudrait se libérer d'une dette écrasante. S'il doit en passer par cette archiviste française, qu'elle se rassure : Elsie Weber a payé. Au-delà du verdict d'un tribunal d'après-guerre, et jusqu'à son dernier souffle.

La fumée de cigarette se désagrège dans le paysage mouillé par l'averse. Les silhouettes et les temporalités se confondent, ressuscitant un dimanche de Pâques d'il y a vingt ans. Le déjeuner familial où son mari et elle venaient annoncer sa grossesse avait tourné au désastre. Elle revoit le visage de son beau-père, figé en un masque haineux. Elle ne voulait juger personne, mais s'entendait prononcer des paroles définitives. L'amour que son mari lui portait s'était fracturé ce jour-là. Elle était redevenue l'étrangère sur le seuil de leur maison.

Les mots de l'avocat sonnent ironiquement à son oreille : *Elle m'a dit que vous étiez respectueuse et digne de confiance.* S'il savait ce qu'elle a fait de son mariage. Le chaos qu'elle a invité à la naissance de son fils.

Les bruits étouffés qui lui parviennent des pièces voisines la dérangent. Le bourdonnement de la ruche. Irène a besoin de s'en abstraire, de clarifier le flux de ses pensées.

Elle va fermer la porte, et commence à lire la confession d'Elsie Weber, datée du mois d'avril 1975 :

« Ma fille, quand tu liras cette lettre, je serai dans ma tombe. Les gens ne se gêneront pas pour parler contre moi. Je ne pourrai plus m'expliquer. C'est pourquoi je t'écris, pour que tu saches.

Je te regarde et je me souviens de ma jeunesse. Comme toi, je voulais une belle vie. M'arracher à la ferme du père, voir du pays. J'aimais apprendre, étudier. Certaines de mes amies de la Ligue des jeunes filles allemandes avaient eu la chance de partir à l'Est. Elles participaient à des opérations de germanisation dans le Wartheland et nous envoyaient des cartes postales. On rêvait de les rejoindre là-bas, de vivre cette aventure. On était jeunes et idéalistes ! Je me voyais déjà institutrice, aider les petits paysans des Sudètes à devenir de vrais Allemands du Reich… Le père ne voulait pas en entendre parler. Ma dureté, je la tiens de lui. À l'époque, le Parti offrait des opportunités aux jeunes filles. Moi j'étais coincée ici, entre les vaches et la boue. La nuit, je rêvais que la ferme brûlait, des flammes hautes comme le ciel.

À l'automne 1943, on m'a envoyée servir le Reich dans ce camp de concentration. J'étais soulagée de partir. Bien sûr, ce n'était pas l'Est. La ferme de ton grand-père était à deux heures de route. Mais on avait un bel uniforme et des avantages. Je gagnais le double de ce qu'on m'aurait donné à l'usine. À mon arrivée, les conditions au camp étaient très correctes. Je louais un appartement avec vue sur le lac, avec d'autres jeunes recrues. L'une d'entre elles pleurait tous les soirs. Moi j'étais solide et dure au mal. On avait un entraînement hebdomadaire au tir et une arme à la ceinture, dont je ne me suis jamais servie. Pour la discipline, j'avais mon fouet, et un chien de garde qui m'obéissait au doigt et à l'œil.

Les SS étaient grands et beaux, nous rêvions toutes d'en épouser un. C'était la première fois que je les voyais de près. On travaillait avec eux, on était jeunes… Il y avait des romances, comme tu l'imagines ! Un SS ne pouvait se marier sans l'approbation du *Reichsführer*. Certaines filles se comportaient mal. Très peu décrochaient le gros lot.

Après la guerre, j'ai été jugée par un tribunal militaire britannique. On m'a reproché d'avoir été cruelle envers les détenues. Je n'ai fait qu'obéir aux ordres. Nous étions formées pour être strictes. Ravensbrück était un camp de femmes, moins dur que les camps de l'Est, mais les détenues y étaient très indisciplinées. Surtout les politiques et les Tziganes. Le chef de la Gestapo avait des espionnes dans les blocks pour repérer les saboteuses et les voleuses. Les Polonaises et les Juives étaient repoussantes de saleté. Les Françaises nous rendaient folles, les prisonnières de l'Armée rouge refusaient de travailler pour l'effort de guerre. Certaines avaient tué des soldats allemands. Il fallait rester vigilantes, frapper une paresseuse pour que les autres marchent droit. La première fois que la surveillante en chef m'a forcée à cogner une détenue jusqu'à ce qu'elle s'évanouisse, je n'ai rien pu avaler pendant plusieurs jours. Et puis on s'habitue. J'étais fière d'accomplir un travail difficile, de servir le Reich. Hélas, les conditions ont terriblement empiré à la fin de 1944.

Les Russes progressaient sur la ligne de front. À l'est, les camps étaient évacués les uns après les autres. Des milliers de prisonnières arrivaient, dans un état épouvantable. On ne savait où les mettre, on manquait de tout. À l'automne, on a vu débarquer une foule de femmes et d'enfants qui venaient de Varsovie. Là-bas, nos troupes avaient écrasé une insurrection menée par les partisans et rasé la ville. On a poussé tout le monde sous une grande tente à l'extérieur du camp, on n'arrivait même plus à les enregistrer. Ces Polonaises étaient sales et se plaignaient sans cesse. Beaucoup étaient enceintes. Des bagarres éclataient jour et nuit. Il fallait les frapper pour qu'elles se calment. Aux premières pluies, la tente est devenue une mare boueuse. Des femmes et des enfants croupissaient au milieu des cadavres. Un jour que j'allais y ramener un peu d'ordre, j'ai vu cette Polonaise qui venait parler aux femmes de Varsovie. Elle m'a avoué qu'elle cherchait sa sœur. Je lui ai ordonné de retourner dans son block, si elle ne voulait pas finir au bunker. Elle avait des yeux d'un bleu très pâle, des cheveux blonds presque blancs. Elle était maigre mais encore belle. Sans ses habits de déportée, on l'aurait prise pour une Aryenne.

En janvier, j'ai été assignée au Camp des Jeunes d'Uckermark. Jusque-là, c'était un camp de redressement pour adolescentes. À la fin de 1944, la direction l'a vidé pour y rassembler les détenues les plus faibles. Il se trouvait à l'écart, à deux kilomètres du camp principal. À ce moment-là, on avait plus de quarante-cinq mille prisonnières. Il fallait faire de la place, les ordres venaient de Berlin. Le commandant préparait l'évacuation, aucune détenue ne devait tomber entre les mains de l'ennemi. Il a chargé un lieutenant d'Auschwitz de liquider les intransportables.

Cet hiver glacial me reste dans les os. Quand il gèle et que ma chaudière proteste, il revient me tourmenter. Je pense aux détenues qui grelottaient dans leurs vêtements de coton. Si elles tapaient du pied pour se réchauffer durant les longues heures d'appel, ou si elles mettaient seulement leurs mains dans leurs poches, nous les corrigions à coups de fouet. La surveillante-chef lâchait son chien. Aujourd'hui, ça me fait honte. La nuit, les températures descendaient jusqu'à moins trente. On guettait les bombardements et on dormait toutes habillées. Pour les prisonnières, c'était l'espoir d'être libérées. Pour nous, l'angoisse et l'humiliation de la défaite. La peur des Russes. Tu me lis et tu penses : "*Himmel sei Dank* ! Heureusement qu'on en a fini avec Hitler et son bain de sang !" Seulement c'était la fin de tout ce en quoi nous avions cru. Je n'imaginais pas qu'on survivrait à la fin du Reich. Que la vie continuerait, avec ses joies et ses peines.

Au procès, on m'a demandé si j'avais envisagé de refuser cette affectation au Camp des Jeunes. Pourquoi l'aurais-je fait ? J'ai obéi à mes supérieurs. Ils mentaient aux détenues. Ils leur racontaient qu'elles seraient transférées à Mittwerda, un sanatorium où elles pourraient se reposer en étant dispensées d'appel.

Mittwerda n'existait pas. Derrière ce mot, il y avait la mort. »

Irène appelle Henning et le prie de lui accorder un instant.

Ravensbrück était le plus grand camp de concentration de femmes, le centre de formation des gardiennes SS. Dans les dernières semaines, le personnel a brûlé des monceaux d'archives. Les listes et les dossiers des prisonnières, les ordres d'exécution, les courriers des industriels des dizaines de camps satellites qui réclamaient toujours de nouveaux lots d'ouvrières, car celles qu'on leur louait s'usaient vite. Les Alliés n'ont presque rien retrouvé. Hormis quelques documents que les Russes ont conservés jusqu'à la chute du Rideau de fer, ou que les déportées avaient réussi à dissimuler sur elles en quittant le camp. Mittwerda, ce nom ne lui dit rien. Henning saura peut-être.

— Ton paquet-surprise te plaît ? l'interroge-t-il en entrant.

Il semble toujours emprunté, comme s'il ne savait quoi faire de ce corps qui s'étire, tel un arbre d'où s'échapperaient des touffes de feuillage roux.

— Je suis perplexe, répond-elle en exhumant du paquet un médaillon ancien enveloppé de papier-bulle. Je ne m'attendais pas à lire les mémoires d'une gardienne SS.

— C'est elle qui t'écrit ? s'étonne Henning, haussant les sourcils. On doit restituer aussi les objets nazis, maintenant ?

— Elle l'a volé, semble-t-il. C'est son petit-fils qui me l'envoie. Sa grand-mère travaillait à Ravensbrück. Mittwerda, tu connais ?

Il plisse les yeux avec un léger sourire, fait durer le suspense. Il aime lui rappeler qu'il était là avant elle. Ce petit jeu n'est pas entièrement innocent. Peut-être trahit-il un peu de jalousie, depuis qu'elle a été choisie pour diriger l'équipe.

— C'est elle qui en parle ?

— Elle dit que Mittwerda était un leurre.

— Cette franchise l'honore.

— Tu m'expliques ?

À son arrivée à l'ITS, Henning était affecté à la section des documents des camps de concentration. Un jour, il effectue une recherche sur une déportée autrichienne qui travaillait à l'usine Siemens, installée à proximité de l'enceinte de Ravensbrück. Il finit par la retrouver sur une liste de transfert pour le « camp de repos de Mittwerda », datée de février 1945. En face de son nom, il est précisé qu'elle souffre d'hystérie. Les autres prisonnières de la liste sont affligées d'intense faiblesse, de folie ou de maladies variées : tuberculose, infection à la jambe, forte fièvre, abcès purulents, diphtérie, elles ont des béquilles ou des prothèses.

Il pourrait se réjouir que ces femmes fragilisées aient été envoyées dans un sanatorium. Mais dans l'univers concentrationnaire, les mots « camp de repos » éveillent sa méfiance. Henning sait ce que recouvraient d'autres euphémismes : *salle de désinfection*, *évacuation*, *traitement spécial*. Il continue à chercher. Tombe sur le compte rendu de l'interrogatoire du commandant du camp de Ravensbrück par les Américains. Entendu dans le cadre de l'instruction de son procès, il fournit avec réticence les noms des camps satellites et ceux de ses partenaires d'affaires. On lui soumet une liste de transfert pour le camp de repos de Mittwerda. Ce commando inconnu ne figure pas parmi ceux qu'il a dénombrés. Le sténographe mentionne le trouble du SS, qui prétend ne jamais en avoir entendu parler. Son interlocuteur lui montre sa signature au bas du document. Le commandant marque une hésitation. C'est loin, tout ça. Mais ça y est, ça lui revient. Ce camp se trouvait en Silésie.

Finalement, le transfert n'a pas eu lieu parce qu'à cette date, la région était déjà aux mains des Soviétiques.

Pourtant, le tampon indique que le transport a été effectué. Le plus étrange, ajoute l'Américain, c'est qu'il n'existe aucun lieu de ce nom en Silésie. Ils ont cherché. Que sont devenues ces femmes, transférées en 1945 vers un camp qui n'existe pas ? Sur le grill, le commandant s'accroche à son histoire. Le transport a été annulé, il ne sait rien de plus. Les Américains flairent l'odeur du sang. Ils diligentent une enquête sur les disparues, et retrouvent deux survivantes.

Elles témoignent que les détenues sélectionnées pour le camp de repos de Mittwerda étaient en réalité transférées au Camp des Jeunes d'Uckermark pour y être éliminées. Elles-mêmes affirment avoir miraculeusement survécu à d'innombrables tentatives d'assassinat. Elles ignorent comment leur organisme à bout de forces a tenu bon. Au Camp des Jeunes, on stockait les femmes âgées et les malades. On les battait, les affamait, les empoisonnait. Elles attendaient des heures debout, en chemise dans la neige. Parfois nues, jusqu'à la nuit tombée. La gardienne-chef en sélectionnait cinquante à soixante-dix chaque jour, qu'on transportait en camion jusqu'à la chambre à gaz, une construction de bois dressée près du crématoire. Un soir, une femme a réussi à sauter à l'arrivée du camion. Hurlante, elle a traversé le camp de Ravensbrück en criant qu'on les tuait au gaz. Les SS l'ont rattrapée. Après, tout le monde savait.

Henning retrouve une note de service interne à l'ITS, avertissant le personnel que Mittwerda est un nom de code pour l'extermination. Elle est datée de janvier 1975. Pourtant, depuis qu'il travaille ici, ses collègues ont refusé à plusieurs reprises d'émettre un certificat de décès pour l'une des femmes figurant sur ces listes, sans doute par ignorance. Henning en fait son cheval de bataille, envoie des dizaines de courriers et de mémos, assiège le bureau du directeur et obtient gain de cause. Il écrit personnellement à chaque descendant, et joint aux certificats de décès quelques mots dont la sobriété traduit imparfaitement ce qu'il ressent : « J'ai le regret de vous confirmer la mort de votre mère/sœur/grand-mère. Même si beaucoup de temps a passé depuis ce drame, je veux vous exprimer mes plus sincères condoléances. »

Il n'en dira pas plus.

Maintenant, elle sait dans quelle sorte de ténèbres Elsie l'invite à entrer.

## *Wita*

Irène est sûre d'avoir un livre de Germaine Tillion sur Ravensbrück dans sa bibliothèque. Maintenant qu'elle vit seule avec Hanno, ses livres prennent leurs aises. Avant son divorce, elle cachait une imposante bibliographie sur la persécution nazie dans la soupente où elle avait aménagé son bureau. Elle avait dit à son mari qu'elle gérait un fonds d'archives datant de la guerre. Il n'avait manifesté aucune curiosité. Elle en avait été blessée, même si ça lui facilitait les choses. Wilhelm estimait peut-être que le travail d'une femme était accessoire, le centre de sa vie étant par essence domestique. Elle craignait que leur premier enfant, quand il viendrait, n'accapare ce qui lui restait d'indépendance. Elle avait mis longtemps à se décider à être mère. Son travail occupait de plus en plus de place dans sa vie et dans ses pensées. Irène n'imaginait pas y renoncer. Elle lisait en cachette toutes sortes de documents sur la Seconde Guerre mondiale, profitant des déplacements professionnels de Wilhelm pour rouler jusqu'à Cassel ou Göttingen et s'approvisionner dans les librairies. Parfois, elle dormait à l'hôtel et passait la soirée à se promener dans les rues, s'arrêtait aux terrasses des *Biergarten* et savourait l'atmosphère d'une ville étudiante. Elle retrouvait cette liberté d'improviser, de suivre ses désirs sans les aliéner à ceux d'un autre. Entrait dans un cinéma pour la dernière séance d'un film italien, lisait au soleil sur les marches d'un musée. Croisait le regard insistant d'un inconnu, et s'endormait grisée dans sa peau de voyageuse anonyme, bercée par les bruits de la ville. Dès le lendemain, elle ressentait cette petite morsure de culpabilité et le manque de Wilhelm, roulait un peu trop vite sur la route du retour. Elle s'étonnait de pouvoir l'aimer en lui dissimulant des morceaux de sa vie, comme des respirations secrètes. Pour autant, elle n'avait pas le sentiment de lui voler quoi que ce soit. Ce travail qui se muait en vocation l'aidait à résister à quelque chose d'informulé dont elle ne pouvait cerner les contours. Une pression souterraine.

Irène pense à Elsie Weber, qui voulait échapper à une vie décidée pour elle. Le Troisième Reich lui en avait offert l'opportunité. Même si son nouvel horizon était cerné de barbelés et régenté par des hommes, elle pouvait y gagner de l'autonomie. Exercer son pouvoir sur des femmes qu'elle avait été conditionnée à traiter en inférieures. Même si certaines étaient plus cultivées ou d'un milieu social plus élevé, elles n'appartenaient pas à la *Communauté du peuple*. Aux yeux d'Elsie, elles n'étaient que des animaux sauvages, à dresser et à soumettre. Pourtant, elle a vu cette Polonaise qui cherchait sa sœur sous la tente, surprise qu'une prisonnière corresponde aux critères de la beauté *aryenne*. Trente ans après la dénazification, sa vision du monde est encore imprégnée des critères raciaux inculqués dans sa jeunesse. Comme si plusieurs décennies de démocratie ne pouvaient effacer la trace des années où elle s'est sentie soulevée par les vagues de ferveur hitlériennes.

Irène reprend la confession de la gardienne là où elle l'avait laissée :

« Au procès, les gardiennes ont juré qu'elles ignoraient la destination du camion qui venait chaque soir chercher les détenues. Le chauffeur a dit qu'il allait où on lui disait d'aller, se garait là où on lui ordonnait de le faire. Ce qui arrivait au chargement ne le regardait pas. Comment ça pouvait être vrai ? Il se garait à cinquante mètres de la chambre à gaz et laissait tourner le moteur, pour couvrir les cris des femmes enfermées à l'intérieur. Très vite, tout le monde a su. Des Juifs d'Auschwitz qui brûlaient les corps, aux détenues qui respiraient la fumée puante du crématoire. Elle noircissait les nuits les plus claires.

Je ne veux pas te mentir, ma fille chérie. Nous vivions les derniers mois d'une guerre totale. Notre sort se jouait à quelques centaines de kilomètres, sur la ligne de front où nos soldats mouraient par milliers. Les nouvelles étaient chaque jour plus désespérantes, alors je me concentrais sur ce que j'avais à faire. Même si je détestais notre gardienne-chef. Entre nous, on l'appelait la Reine, parce qu'il fallait toujours se plier à ses caprices. Elle était vicieuse et paradait devant nous, flanquée de ses gardes du corps SS, le Grand et le Balafré. Le premier s'enivrait du matin au soir.

De toute façon, les détenues qu'on nous envoyait étaient condamnées. Nous avions pour consigne de ne pas soigner les malades et d'affamer tout le monde, de prolonger les appels dans le froid. Les plus faibles s'écroulaient dans la neige. Certaines nuits, je les revois tomber sans bruit ; leurs corps ne pesaient plus rien. Dans leur état, la mort était une délivrance. Chaque soir, une cinquantaine partait avec le camion.

Un jour, à la fin février, j'ai reconnu la Polonaise dans un groupe de prisonnières transférées de Ravensbrück. Je ne comprenais pas ce qu'elle faisait avec les vieilles, les malades et les folles. J'ai cru à une erreur. Le SS qui chassait les détenues dans les blocks avait encore fait du zèle. Au début, je n'ai pas fait attention à l'enfant. Et puis j'ai remarqué qu'elle ne le lâchait pas d'une semelle et qu'elle avait pour lui les gestes d'une mère. Je me suis renseignée, c'était un orphelin arrivé dans un convoi de Juives de Belgique. Un petit singe malingre et repoussant, aux yeux trop grands pour sa figure, comme tous ceux qui traînaient dans le camp. De temps en temps, les SS en raflaient quelques-uns. Les plus faibles se laissaient prendre facilement. »

Irène lâche la lettre, respire. Cette manière de parler des déportées et des enfants la révulse.

Elle éprouve le besoin d'appeler son fils. Sa voix sur le répondeur la réchauffe et la ramène au présent. Elle lui laisse un message pour lui proposer d'inviter Toby à dormir chez eux. Au programme, pizzas et film, mais pitié, pas de film d'horreur ce soir. Elle aimerait une comédie, quelque chose de léger.

Irène raccroche, prête à retourner à Uckermark. Elle se dit que les mots d'Elsie sont assortis à l'univers qu'elle dépeint. De la laideur pour décrire l'horreur, ton sur ton.

« En rentrant au quartier des SS, j'ai interrogé la surveillante-chef du grand camp. Elle m'a appris que la Polonaise avait la chance de travailler à la cantine des SS. Une privilégiée. Il avait fallu qu'elle s'entiche de cet orphelin juif, qui devait être transféré avec d'autres gosses au camp de Bergen-Belsen. Elle l'avait caché dans son block, elle volait des provisions pour le nourrir. Une espionne l'avait dénoncée au chef de la Gestapo, qui les avait rajoutés à une liste pour Mittwerda. Ce n'était pas une erreur, elle méritait son sort.

Le lendemain, je l'ai observée. Elle lui donnait la becquée, partageait avec lui sa maigre ration. Il n'avait que la peau sur les os, il tenait à peine debout. De son mouchoir, elle nettoyait son visage crasseux avec un peu de neige trouvée sur le rebord de la fenêtre du block. La voir faire me dégoûtait. J'avais envie de la secouer, de lui hurler que ce petit singe n'avait pas d'avenir. J'aurais perdu mon temps. Et puis qu'avais-je à faire d'une Polonaise ?

J'avais la réputation d'être dure, mais je ne frappais jamais sans raison. Quand elles me voyaient, les détenues osaient parfois me supplier de leur donner un bout de pain ou un peu d'eau. La surveillante-chef les aurait tuées pour moins que ça. La Polonaise était trop fière pour quémander. Le petit gémissait doucement et elle lui parlait à voix basse, lui donnait un peu de neige à sucer pour tromper la soif.

En début d'après-midi, la sirène de l'appel a retenti. Je suis entrée dans un block et je l'ai surprise accroupie au fond, dans l'obscurité. Elle remettait en place une latte de plancher sous le dernier châlit. Je l'ai bousculée, j'ai trouvé le médaillon qu'elle avait caché dessous. J'ai vu qu'elle y tenait. Elle a promis de me donner quelque chose en échange si je le lui laissais. Elle n'avait rien, que pouvait-elle me donner ? Je lui ai ri au nez et j'ai glissé le médaillon dans ma poche. Elle m'a fixée quelques secondes, il y avait de la haine dans ses yeux. J'aurais dû la gifler, je ne sais pas ce qui m'a retenue. »

Comme elle est étrange, cette fascination d'Elsie pour une déportée. Une Polonaise, qui plus est. La lie de la terre, pour un Allemand du Troisième Reich. À peine plus haut que les Juifs, sur l'échelle de la valeur raciale. Faut-il y déchiffrer une attirance défendue ? Du point de vue d'Elsie, des cheveux blonds et des yeux bleus trahissaient la présence d'un sang pur. Où qu'il soit, même caché en territoire ennemi, la moindre goutte de ce sang devait être sauvée, comme le martelait la propagande nazie. La gardienne devait avoir du mal à supporter que l'objet de son désir se rabaisse en s'attachant à un enfant juif. Dans cette scène de vol, Irène perçoit un mélange de violence et de trouble. La gifle suspendue, la proximité des corps, la prédation. En lui arrachant l'objet, Elsie force la Polonaise à la regarder. Elle l'oblige à plier devant son pouvoir.

Irène enfile ses gants, défait le papier-bulle pour libérer le médaillon. C'est un bijou ancien, délicat et modeste.

Elle est touchée par la simplicité de la chaîne de bronze de ce pendentif en forme de mandorle, qui abrite une Vierge à l'Enfant d'inspiration russe, en émail noirci. Si la déportée travaillait à la cantine des SS, peut-être l'avait-elle troqué contre de la nourriture.

Elle reprend sa lecture :

« À l'appel, la gardienne-chef les a forcées à se déshabiller. La Polonaise serrait le petit dans ses bras pour le réchauffer. Il ne devait pas peser bien lourd, mais au bout de plusieurs heures, même une plume commence à peser. Elle avait été assez maligne pour se mettre dans les derniers rangs. Le Balafré a quand même fini par la remarquer et lui a hurlé de lâcher le gosse, faisant claquer son fouet à quelques centimètres de sa figure. Le petit Juif tremblait dans ses bras. Elle l'a posé avec précaution, ses pieds ont frémi en touchant la neige. Trop tard, la Reine les avait vus. Elle avait ses rituels. Elle se plantait devant les prisonnières et les laissait attendre nues dans les bourrasques de neige. Elle repérait les plus faibles, celles qui vacillaient ou avaient les jambes enflées, les folles au bord de la crise de nerfs. Elle prenait son temps, le camion ne serait là qu'à 18 heures. Elle a marché jusqu'au gamin. Souriante, elle lui a demandé s'il aimait les bonbons. Il a regardé la Polonaise, comme s'il espérait qu'elle lui souffle la bonne réponse. La Reine s'impatientait : "Tu as perdu ta langue ?… N'aie pas peur. Viens avec moi, je te donnerai des bonbons."

Elle lui parlait comme à un petit garçon qu'elle aurait croisé dans un salon. Il ne jouait pas le jeu, il ressemblait à un lapereau pris au piège. Elle lui a effleuré l'épaule de sa cravache. Le manche en argent scintillait dans sa main. Le cadeau d'un officier SS, comme elle aimait nous le rappeler. Puis elle l'a attiré vers elle. C'est comme ça qu'elle sélectionnait les détenues pour le gaz. Ensuite elle criait *Links !* et les femmes devaient se ranger sur le côté gauche. Si elles étaient trop lentes, elle les cinglait de sa cravache. Si elles résistaient, les gardes étaient là en renfort. Le petit Juif n'avait pas la force de crier, il émettait des sons vidés de souffle. Le plus grand des SS l'a jeté sur son épaule. Au même moment, la Polonaise est sortie du rang. Son corps maigre était encore musclé. Elle se tenait droite, comme si elle était tenue par un fil invisible. D'une voix forte, en détachant les syllabes, elle a dit en allemand : "*Ich bleibe bei ihm*[1]."

Je me souviens du silence. On n'entendait que les gémissements du vent.

— Tu peux encore travailler, a dit la gardienne-chef.

— Je veux aller où il va, a répété la Polonaise.

La Reine la fixait sans répondre.

L'autre a compris qu'elle devait la supplier. On voyait que ça lui coûtait. Elle avait la fierté d'une Allemande de sang. J'avais envie de la gifler, de lui hurler qu'elle n'avait pas le droit de faire ça. Sa peau était marbrée par le froid. Elle a dit : "Je vous en prie." J'ai senti un flot de bile se mêler à ma salive.

La gardienne-chef savourait ce moment. La seule prisonnière valide de ce rassemblement d'éclopées demandait

---

1. « Je reste avec lui. »

la permission de mourir. Elle a pris le temps d'y réfléchir, et puis, d'un mouvement de cravache, elle lui a fait signe de rejoindre le gosse et les quatre femmes qui attendaient à l'écart.

La sélection s'est poursuivie sans incident, même si les femmes qu'on envoyait sur la gauche imploraient qu'on les épargne. Après l'appel, on les a autorisées à remettre leurs robes d'été. Ça n'a pas suffi à les réchauffer. Le petit Juif avait les yeux brûlants de fièvre. Il claquait des dents dans sa chemise de coton au dos marqué d'une croix noire. J'ai demandé à les conduire au gymnase, un block qui servait de zone de transit. Jusque-là, je m'arrangeais pour ne pas suivre les prisonnières dans le camion. Ce que je savais, je l'avais appris par d'autres. D'ailleurs aucune d'entre nous n'allait plus loin que l'endroit où se garait le chauffeur. La mort par le gaz était l'affaire des hommes.

Dans le gymnase, j'étais assez près de la Polonaise pour entendre une vieille femme lui parler en français. Elles avaient l'air de se connaître. Cette prisonnière n'était peut-être pas si vieille. Certaines avaient des cheveux blancs en quelques jours, elles se ratatinaient à toute allure. Je ne comprenais pas ce qu'elle lui disait, je voyais qu'elles n'étaient pas d'accord. La Française a répété plusieurs fois le prénom de la Polonaise, pour la forcer à l'écouter. *Wita.* J'ai deviné qu'elle essayait de la raisonner. Elle était encore solide, elle pouvait vivre. La Polonaise a posé sa main sur son épaule. Le petit Juif tombait de fatigue. Elle l'a pris dans ses bras et lui a chanté une berceuse dans sa langue, en lui caressant les cheveux. J'ai eu envie d'aller voir la Reine et de lui demander de la sauver, à condition qu'elle abandonne le gosse.

Je ne l'ai pas fait. Je savais qu'elle refuserait.

Quand on les a fait sortir, le soir tombait et les températures avec. De nouveau, elles ont dû se mettre en rang, nues. "Docteur Vera" était là. On la surnommait comme ça, elle n'était même pas infirmière. Elle portait une blouse blanche parce qu'elle avait suivi une vague formation médicale à Prague. En échange de certains avantages, elle empoisonnait les prisonnières ou leur faisait des injections létales. Elle retirait les dents en or sur les cadavres. Chaque soir, elle écrivait les matricules des condamnées sur leur poitrine, à l'encre indélébile. Ça facilitait l'identification, après. C'était la première fois que j'assistais à ce rituel et il m'a soulevé le cœur. Je revoyais le père tatouer les bêtes avant l'abattage. La Polonaise a tendu son bras gauche, elle ne voulait pas de ces chiffres sur sa poitrine. Elle avait une vilaine cicatrice sur l'avant-bras. Vera a inscrit les chiffres en dessous. Ensuite, les femmes ont pu se rhabiller pour attendre le camion. Il arrivait à la nuit tombée.

Au moment de grimper, certaines prisonnières hurlaient et se débattaient avec l'énergie du désespoir. Ce soir-là, j'ai vu le Balafré frapper une Russe amputée d'une jambe jusqu'à ce qu'elle perde connaissance, avant de la balancer la tête la première dans le camion. La Polonaise était dans les dernières. Elle a porté le petit jusqu'à la plate-forme et s'est hissée derrière lui. Je suis montée après elle avec une autre gardienne et les deux SS de la Reine. Le chauffeur a démarré et on a roulé un moment dans l'obscurité des arbres. Le gamin se dévissait la tête pour regarder la forêt, fasciné par la lueur rouge des phares sur la neige. Le grand SS lui a caressé la tête. Il était saoul, pour changer. Il lui a dit en souriant :

— Tu aimes voyager, on dirait. Ça tombe bien, tu vas faire un grand voyage. Jusque là-haut, tu vois ?

Il lui a montré le ciel.

Le regard de la Polonaise m'a transpercée.

Le camion s'est garé à cinquante mètres d'un bâtiment en bois, près du crématoire. Les SS ont aboyé sur les prisonnières pour qu'elles se dépêchent. Dans le vacarme du moteur qui continuait à tourner, la Polonaise m'a glissé en descendant :

— *Du, du bist nicht besser. Du wirst sie in der Hölle finden*[1].

Ses paroles m'ont coupé le souffle.

Elle est entrée la première dans la baraque en bois, avec le gamin. On a attendu dans le camion. Peut-être vingt minutes, qui m'ont paru interminables. Quand on est repartis, tout était de nouveau silencieux.

Ma fille chérie, quand tu liras cette lettre, je serai dans ma tombe et tu auras honte de ta mère. Au moins tu sauras ce que j'ai fait, tu pourras séparer la vérité du mensonge. La période à Uckermark a été la pire.

Les premières années après la guerre, je n'y pensais pas. Je m'étais enfuie de Ravensbrück avant l'arrivée des Russes et je me cachais chez des fermiers. J'aidais aux travaux agricoles ; le père devait rire, dans sa tombe. Je ne pensais qu'à

1. « Toi, tu ne vaux pas mieux. Tu les retrouveras en Enfer. »

survivre et à ne pas me faire violer. C'est après le procès que les cauchemars ont commencé. Je rêvais d'elle. Parfois je la voyais flamber, ses yeux clairs me fixaient à travers la fumée. Parfois, c'était moi qu'on emmenait vers la cabane en bois. Je hurlais au Grand et au Balafré : "Lâchez-moi ! Vous ne me reconnaissez pas ?" Ils se moquaient de moi, me montraient les flammes qui montaient jusqu'au ciel.

J'ai gardé le médaillon. Même quand je n'avais rien, je n'ai pas cherché à le revendre. J'aurais pu en tirer quelques marks. Un jour je l'ai mis à mon cou, mais il me brûlait.

J'ai commencé à parler à Wita, la nuit. Je lui disais : "Laisse-moi tranquille. Fiche-moi la paix, j'ai payé ma dette."

Je me suis mise à lui raconter de petites choses, et puis des grandes. Ta naissance. La mort de ton père. Parfois, je me dis qu'elle est la seule qui me connaisse vraiment. Tu vas penser que ta vieille mère devient folle. Je sais, je suis très solitaire. Je vois bien que tu me trouves ennuyeuse. Tu es pressée de vivre ta vie, comme je l'étais à ton âge. Mais chaque fois que je regarde ton beau visage, j'envoie une prière au Ciel pour que tu n'aies jamais à connaître ça. Que ta vie soit douce et heureuse, qu'elle t'épargne les mauvais choix et les regrets.

Je te laisse le médaillon. Enterre-le quelque part avec cette lettre. Souviens-toi de mon amour, et oublie le reste. »

Elle a lu les dernières pages en apnée. Elle les termine la gorge serrée, consciente qu'il lui faudra les relire en listant les indices. Le médaillon doit être restitué aux descendants de cette Polonaise dont elle ignore tout, hormis sa mort ; son prénom, Wita. Et le geste qui la grandit à jamais : ne pas avoir laissé cet enfant affronter seul une mort terrifiante. L'infinie douceur de cette Vierge à l'Enfant ne pouvait que la toucher.

Le reste est un nœud de mystères qu'il lui faut démêler.

# *Lazar*

Toute la nuit, une branche du vieux hêtre a cogné à sa fenêtre, comme si un spectre demandait à entrer. Irène va demander à Hanno de la couper, ils la brûleront le week-end prochain dans la cheminée. Ce matin, le vent charriait une odeur de neige. Les jours raccourcissent, l'automne devient économe de ses flamboiements. Tout le week-end, en bavardant avec leurs amis ou en regardant Hanno dévorer un nombre incroyable de saucisses, elle n'a pu chasser Wita de ses pensées. Hanno supporte mal que son travail prenne tant de place. Il lui reproche de s'absenter de la conversation. « Tu hoches la tête, mais tu n'écoutes plus. Tu n'as même pas entendu que Trump avait été élu président », la taquine-t-il. Il se trompe. Cette information ne lui a pas échappé. Elle s'ajoute à tous les signes que le monde s'obscurcit et se referme, réveillant son angoisse latente.

Sur son bureau, Henning a déposé les copies des quelques listes des prisonnières « transférées à Mittwerda » que contiennent les archives. Touchée par cette attention, elle s'y plonge avec espoir et déchante vite : aucune trace de Wita, même déformée par l'écriture d'une secrétaire distraite, et rien sur l'enfant juif. Elle parcourt ces noms de femmes condamnées à la chambre à gaz parce qu'elles étaient *folles*, *hystériques*, infirmes ou malades. Elles viennent de toute l'Europe, s'appellent Hélène, Hedwig, Charlotte, Magda ou Tatiana. Les plus jeunes ont moins de vingt ans, les plus âgées à peine soixante. Démolies en quelques mois, quelques années pour les plus endurantes.

— Nous n'avons qu'une petite partie des listes, lui rappelle Henning. Les prisonnières ont réussi à en sauver quelques-unes, mais il en manque beaucoup.

Tandis qu'ils boivent le café insipide de la machine, le regard de Henning semble flotter en apesanteur. Ses jumeaux de trois ans se réveillent chaque nuit à tour de rôle depuis un mois. Il les a conduits chez le pédiatre qui a conclu après examen : « Ces enfants vont très bien. Seulement ce sont des anarchistes. »

— Et moi, je suis un vieux papa sans autorité, sourit Henning d'un air désabusé.

— Je t'admire. Et je me réjouis d'avoir un grand fils, capable de scier du bois et de roupiller jusqu'à midi.

Elle n'est pas tout à fait sincère. Tant de choses de Hanno lui échappent. Elle ne sait pas interpréter ses retraits, ses silences. Son petit garçon lui paraissait plus facile à déchiffrer. Elle aimait la gravité avec laquelle il formulait ses premières réflexions sur le monde, et ce cheveu sur la langue la faisait fondre. Son ex-mari s'inquiétait : « Il faut l'emmener chez l'orthophoniste ! En grandissant, ce sera ridicule. » Irène formulait une prière muette : encore un peu. Un peu d'enfance, de mots déformés ou réinventés. De cette poésie cocasse pour transfigurer le réel. Les premières années après le divorce, il lui semblait que cet enfant était entièrement d'elle. Péché d'orgueil. Elle le partageait à contrecœur avec son père, ce qui l'obligeait à s'en séparer des jours entiers. Au retour, elle le trouvait changé. Il se comportait comme un invité, accueillant sa tendresse avec une politesse prudente. Il avait besoin de cette transition entre deux mondes, ce *no man's land* où il n'était plus vraiment son enfant, ni celui de Wilhelm. Dès le lendemain, il retrouvait sa spontanéité.

Au fil du temps, Hanno a commencé à soustraire des morceaux de sa vie qu'il ne souhaitait pas partager avec elle. Il lui suffit de les envelopper de silence pour qu'ils disparaissent, rejoignant une *terra incognita* au tracé mouvant. Quand il esquive ses questions, elle a le sentiment de buter sur « la part de Wilhelm ». Pourtant, c'est sûrement à elle qu'il ressemble le plus dans ces moments-là. Comme sa mère, Hanno a besoin de se détacher pour grandir. L'important n'est sans doute pas ce qu'il cache, mais ce qu'il donne librement. Certains jours, elle voudrait qu'on lui rende l'enfant qui ne se protégeait ni de l'amour ni de ses blessures.

Ses pensées dérivent vers le protégé de Wita, dont les pieds nus frémissaient en touchant la neige.

— La piste de ma Polonaise est froide, soupire-t-elle.

— Pourquoi ne pas lancer une recherche sur son prénom ? Si c'était Jadwiga, je te conseillerais de laisser tomber. Il y en a des milliers dans le fichier. Mais Wita n'est pas un prénom courant. Ça se tente.

— Tu crois ?

C'est le genre de boulot dont Henning raffole. Chercher l'aiguille dans le sable. Les impasses apparentes réveillent le Sherlock Holmes sous l'homme placide.

— Je m'en charge, dit-il en balançant son gobelet de plastique dans la poubelle.

Irène tape les chiffres inscrits sur le ventre du pierrot dans le fichier des matricules et découvre une fiche d'admission au camp de Buchenwald, accompagnée de la photo d'un jeune homme brun. Pleins de gravité, ses yeux noirs fixent un point au-delà du photographe. Le visage de Matias Bárta, citoyen tchécoslovaque, dégage une beauté minérale et mélancolique. Arrêté en Pologne en février 1944, il est transféré à la Gestapo de Varsovie et quelques jours plus tard à Buchenwald. Il n'a pas vingt-cinq ans, est charpentier et indique n'avoir plus de famille. Pour justifier son internement, le greffier du camp a noté : « Arrivé en Pologne avec l'Organisation Todt. Soupçonné d'action illégale. » On lui a attribué le triangle rouge des politiques.

De nouveau, elle voit cette silhouette en uniforme rayé se pencher vers Teodor, le jeune Polonais malade, pour lui donner le pierrot de tissu.

*Qui étais-tu, Matias ? Pourquoi graver ton matricule sur le ventre de cette poupée, si tu voulais la donner à ce gosse ? Pour qu'il puisse te retrouver après la guerre ? Dans ce cas, pourquoi ne pas avoir écrit ton nom ?*

À son entrée au camp il n'avait qu'une veste, une chemise, un pantalon, des bottes, unc casquette et un foulard.

Mais le pierrot était facile à cacher. Sur un certificat de travail, elle découvre que Matias Bárta était employé comme bûcheron. Les SS avaient le sens de l'humour : « Toi, le charpentier, va donc couper du bois ! » Par tous les temps.

Au printemps 1944, il est admis au *Revier* pour une blessure infectée à la jambe droite. Teodor s'y trouve, brûlant de fièvre. C'est sûrement là qu'ils se rencontrent. Début mai, l'adolescent repart pour Neuengamme avec le pierrot. Un an plus tard, l'organisation clandestine des prisonniers parvient à prendre le contrôle de Buchenwald. Au bout de quelques heures, les blindés du général Patton libèrent le camp. Dans ces derniers soubresauts, la trace de Matias se perd. Fait-il partie des insurgés ? A-t-il rejoint les cohortes de déportés épuisés que les SS entraînent dans d'interminables marches de la mort, abattant ceux qui s'écroulent de fatigue ?

Il y a un moyen de le savoir. À la Libération, les survivants sont logés dans des camps pour personnes déplacées. Improvisés d'urgence en Allemagne, en Autriche ou en Italie, ils sont gérés par les organisations alliées. À leur arrivée, on soumet les rescapés et les travailleurs forcés à un questionnaire pour établir leur identité, leur histoire et leurs projets d'avenir. Après enquête, on leur accorde le précieux statut de « DP », *déplacés*, qui leur permet de recevoir une assistance matérielle, une aide au retour ou à l'émigration. Mais il faut distinguer le bon grain de l'ivraie, les persécutés des opportunistes et des criminels de guerre qui tentent d'échapper à la justice. Alors on questionne sans relâche des rescapés ébranlés par des années de camp et de violences. Beaucoup n'ont plus de papiers pour prouver leurs dires. Ils ne peuvent compter que sur leur mémoire, et cette dernière leur joue des tours. La priorité est de rapatrier ceux qui veulent rentrer chez eux. À la fin de l'année 1945, près de six millions ont regagné leur pays d'origine.

Restent deux millions de déplacés, qui ne veulent ou ne peuvent retrouver leur patrie. Parce qu'elle n'existe plus, ou à l'état de ruines contrôlées par les Soviétiques. Parce qu'ils n'ont pas le cœur de revenir dans le pays où leur famille a été assassinée, où leurs voisins ont pillé leurs biens et récupéré leurs logements. Le passé est un cimetière. L'avenir, flamme ténue, ne peut exister que sous un autre ciel.

L'un de ces questionnaires figure dans le dossier de Bárta. Ce qui trouble Irène, c'est qu'il y est désigné sous un autre nom : Lazar Engelmann. Le patronyme d'un Juif tchèque.

Fébrile, elle zoome sur ses réponses écrites au crayon à papier. Certaines sont presque illisibles. La date et le lieu de naissance sont identiques : le 2 mai 1918, à Prague. À la question : « Autres noms », il a ajouté celui de Matias Bárta. Deux identités pour un seul homme.

Un Résistant, arrêté sous une fausse identité ?

Au chapitre de la religion, il a barré toutes les propositions d'un trait ferme pour écrire : « incroyant ». Autres membres de la famille : « *Alle tot.* » Tout le monde est mort.

Il indique qu'il vivait à Prague avant d'être déporté au ghetto de Theresienstadt. En septembre 1942, il est envoyé à Treblinka, en Pologne. En 1944, au camp de

Buchenwald. Après sa libération, on le soigne dans un hôpital autrichien. En janvier 1946, il réside au camp de déplacés de Linz.

Elle ne peut détacher ses yeux de l'écran. C'est une tout autre histoire qui se dessine. Exit, le travailleur forcé envoyé par malchance à Buchenwald. Il a été déporté parce que juif, à Theresienstadt et à Treblinka. Mais alors, comment s'est-il retrouvé à Buchenwald ? Un fugitif retombé dans le filet de la police allemande ?

Treblinka. Un centre de mise à mort bâti pour une durée limitée et un rendement optimal : en à peine treize mois, près d'un million de victimes juives ont été assassinées dans ses chambres à gaz. Puis les Allemands ont fermé le camp, tué les derniers « Juifs de travail » à Sobibor, détruit les bâtiments, arasé le sol. Ils ont planté des sapins et du lupin au-dessus des charniers, construit une ferme avec les briques des chambres à gaz, payé un fermier ukrainien pour garder les fantômes et le secret. Découvrant le lieu à l'automne 1944 avec l'Armée rouge, Vassili Grossman évoque cette terre grasse et noire, « houleuse comme une mer », qui recrache des objets, des traces.

Les seuls Juifs à avoir survécu ont réussi la prouesse de s'évader. Quelques-uns sont parvenus à grimper dans les wagons qui repartaient chargés des affaires des victimes. Les autres se sont mutinés contre leurs bourreaux, le 2 août 1943. Quelques centaines de prisonniers à bout de forces, face aux SS et à leurs supplétifs armés de mitrailleuses. Ils ne peuvent compter que sur eux, ils sont seuls au monde. Beaucoup sont tués pendant l'insurrection. Les SS organisent une grande battue, les deux tiers des fuyards sont repris et fusillés. À la fin de la guerre, quelques dizaines à peine sont encore en vie.

Si Lazar Engelmann était en vie à l'hiver 43-44, il a probablement participé à la révolte. Le héros d'une épopée désespérée. Pendant près de six mois, il a dû vivre des aventures terrifiantes sur une terre étrangère où il pouvait à chaque pas être trahi, assassiné. Avant d'être arrêté à une trentaine de kilomètres de Varsovie, sous un faux nom, et envoyé à Buchenwald.

Fascinée, Irène récapitule : un homme de cette stature avait en sa possession un minuscule pierrot. Il a écrit son matricule sur le ventre de tissu, avant de le donner à un gamin malade.

Maintenant, il s'agit de suivre ses traces.

Parcourant ses réponses, elle essaie de cerner l'homme qu'il était, celui qu'il est devenu. Avant l'arrivée des nazis, il habite avec ses parents dans la vieille ville de Prague, au numéro 6 de la rue Kaprova. Son père est pédiatre, sa mère ne travaille pas. Ils doivent mener la vie paisible de la bourgeoisie juive, germanophone et cultivée, assimilée de longue date. Après le bac, Lazar étudie le droit à l'université Charles. Mais dans leur nouveau protectorat, les Allemands ne tolèrent pas l'insubordination des étudiants et de certains professeurs. Ils ferment l'université. De toute façon, les nouvelles lois raciales auraient empêché Lazar de poursuivre ses études. Il va travailler avec son oncle Jakub. L'étudiant devient apprenti charpentier. Exercer un métier manuel a sans doute contribué à lui sauver la vie.

On peut conjecturer que toute la famille est déportée à Theresienstadt à la fin de l'année 1941, puis à Treblinka.

À la question « Avez-vous des ressources personnelles en argent ou en propriétés ? », il répond : « *KEINE.* » On lui a tout pris depuis longtemps.

Il parle couramment le tchèque et l'allemand, écrit savoir un peu de polonais. À la question « Souhaitez-vous retourner dans votre pays d'origine ? », il répond : « NON », en majuscules définitives.

« Pour quelle raison ? »

« Je n'ai plus personne. »

De sa vie, des gens qu'il aimait, la guerre a fait table rase.

Il n'envisage pas davantage de rester en Autriche. Ce qu'il veut ? Aller en Palestine.

Sur la dernière feuille, il a ajouté d'une écriture pressée, raturant certains mots :

« À Treblinka, nous savions qu'aucun de nous ne serait laissé en vie. La révolte a éclaté le 2 août 1943. Certains avaient réussi à voler quelques pistolets et des grenades dans l'arsenal des SS. On a tiré sur les gardes et on a mis le feu au camp. Les Allemands et les Ukrainiens nous ont mitraillés, beaucoup de mes camarades sont morts. Je me suis enfui, caché dans les marais et dans la forêt. J'avais de l'argent sur moi. Avant de travailler comme charpentier, j'étais affecté au tri des affaires de nos frères assassinés. Nous en profitions pour récupérer des billets, des pierres précieuses dissimulées dans les poches et les doublures. Nous les mettions de côté pour notre évasion. Pendant ma fuite, je n'ai rien pu acheter à manger. Les Allemands et les Polonais ratissaient la région, il y avait des affiches placardées partout. Je n'ai pas bougé de mon trou pendant des semaines. Je me nourrissais de ce que je trouvais. Des racines, des baies... À l'automne, le temps a changé. J'avais faim et froid. J'étais seul. Des membres de la résistance polonaise ont trouvé mon abri. Ils m'ont pris tout l'argent que j'avais. En échange, ils m'ont donné des faux papiers.

Après, je suis resté dans la forêt avec les partisans. J'ai participé à des actions avec eux. L'un d'entre eux n'aimait pas les Juifs, il a essayé de me tuer. J'ai décidé de partir. Je me cachais le jour et me déplaçais la nuit. Je voulais franchir la Vistule en évitant Varsovie. Un soir j'ai traversé la voie ferrée, près d'un village. Des policiers polonais attendaient de l'autre côté. Ils m'ont remis à la Gestapo de Varsovie. J'avais mes faux papiers, j'ai réussi à leur cacher que j'étais juif. Ils me soupçonnaient d'aider les partisans, alors ils m'ont déporté à Buchenwald. Là-bas, on m'a affecté au commando du bois. L'hiver a été rude, j'ai perdu beaucoup de poids et de force. Quand les SS ont évacué le camp, j'étais malade. Mes poumons atteints. Les Américains m'ont envoyé me retaper à l'hôpital de Bad Reichenhall.

Aujourd'hui, je me sens prêt à émigrer en Palestine. Je suis encore jeune et le travail ne me fait pas peur. »

Il n'a pas trente ans et écrit « Je suis encore jeune », comme s'il voulait s'en convaincre.

La base numérique mentionne une correspondance qui n'a pas été numérisée. Il faudra qu'Irène la demande aux archivistes du dépôt.

Le dernier document est sa carte d'admission au camp de déplacés de Linz. Irène a du mal à le reconnaître parce qu'il sourit. Mais ses yeux la bouleversent. Elle y retrouve la tristesse de sa photo de Buchenwald.

Sur la carte, un tampon rouge avertit que la carte a été annulée le 17 juillet 1946. L'oiseau s'était envolé pour une « destination inconnue ».

La piste s'interrompt là.

Restent ces yeux de vieillard brisé dans un beau visage fier, ouvert au monde qui vient.

Et le pierrot, énigme de tissu.

## *Lucia*

Le cheveu en bataille et l'œil cerné, Henning est content. Après avoir passé plusieurs jours à pister toutes les Wita du fichier, il tend à Irène une liste resserrée. Il a écarté celles qui sont mortes trop tôt, ou trop loin de Ravensbrück, ou dont l'âge ne coïncide pas.

— Je ne me trompais pas, regarde : il n'y en a que six qui pourraient correspondre à celle que tu cherches.

À partir de là, Irène a de quoi travailler.

— Je t'ai photocopié les documents que j'ai trouvés sur chacune : listes de transport, feuilles de maladie, sélection pour un commando extérieur…

— Tu me sauves. Sans toi, je n'avais rien.

— Il suffit d'être méthodique, répond Henning qui aime jouer les modestes. Tu as retrouvé le propriétaire du pierrot ?

— Figure-toi que c'est un survivant de Treblinka ! Un héros tchèque. Je perds sa trace à Linz. Simon Wiesenthal y était au même moment. Je vais contacter le centre de documentation juive de Vienne.

— C'est vrai, Wiesenthal aidait déjà les Américains à collecter des témoignages pour les procès. Appelle plutôt

Yad Vashem, il leur a donné ses archives de l'époque. Tu crois qu'ils se connaissaient ?

— Possible. À vrai dire, je pense à cette organisation qui faisait passer les gens illégalement…

— La Brihah ? la coupe Henning, dont le regard fatigué s'allume.

— Exactement. J'ai vérifié, elle était implantée dans le camp de Linz. Ils y regroupaient les Juifs de l'Est qui voulaient émigrer en Palestine. Les Anglais refusaient d'accorder des visas aux rescapés ; eux les faisaient entrer clandestinement. Wiesenthal leur apportait un soutien logistique.

— Tu crois que ton survivant a réussi à passer comme ça ?

Elle sourit à Henning, note son col de chemise froissé, les taches de rousseur sur ses joues qui ne bronzent pas. L'égratignure qui cicatrise sur son menton, séquelle d'un rasage mal réveillé.

— Je me dis qu'un type qui a réussi à s'évader de Treblinka ne se laisse pas arrêter par des soldats anglais.

Irène ne sait presque rien de Lazar Engelmann. Pourtant sa silhouette se dessine sur la toile de son esprit, furtive. Elle sent que cet homme-là ne dépendra plus du bon plaisir de quiconque. Chaque lambeau de la liberté qu'il a arrachée lui appartient. Aucune police, aucun douanier ne peut le retenir. Elle le voit se tapir dans le noir, il sait se cacher comme personne. Il grimpe sur le pont d'un bateau, par une nuit sans lune. Accoudé au bastingage, il guette l'aube et son regard embrasse la mer à perte de vue, aimanté par ce point d'horizon brûlant. Soleil lointain d'une terre où, peut-être, il pourra vivre. Non pas recommencer sa vie, mais la poursuivre sur des cendres.

Elle passe le reste de la matinée à lancer des bouteilles à la mer. Prend contact avec Yad Vashem et leur demande s'ils ont trace d'un Lazar Engelmann dans leurs archives. Elle précise qu'il pourrait avoir émigré en Palestine en 1946, avec l'aide de la Brihah. Plus elle y réfléchit, plus cette piste lui apparaît plausible. À la libération des camps, Simon Wiesenthal n'était pas encore le grand chasseur de nazis polissant sa légende, mais un rescapé épuisé, dans le quartier des mourants de Mauthausen. Très vite, il se mit au service du Bureau américain des crimes de guerre, employant ce qui lui restait d'énergie à traquer les assassins. Il réalisa bientôt qu'il avait à sa disposition des milliers de déportés, dans les camps pour personnes déplacées. Pendant qu'ils attendaient leur visa, il pouvait recueillir leurs témoignages. Il fallait agir vite, tant que leurs souvenirs étaient frais. Dans le même temps, il procurait à la Brihah des faux papiers, des hébergements, des moyens de transport. Pour Lazar, il a pu être l'intermédiaire providentiel sur le chemin de la Palestine.

Son contact à la Croix-Rouge israélienne lui suggère d'écrire un appel à témoins qu'ils relaieront via leurs réseaux. Un survivant de Treblinka, ça se remarque. Il y a sûrement des gens pour s'en souvenir.

Elle passe l'heure du déjeuner à inventorier les documents photocopiés par Henning. Il lui semble qu'elle reconnaîtrait celle qu'elle cherche au premier coup d'œil, si elle pouvait voir son visage. Hélas, il n'y a aucune photo. Wita Janowska a été déportée de Varsovie à Bergen-Belsen en septembre 1944. Wita Kryziek est tombée malade en novembre 1943 dans une usine de munitions, à trois cents kilomètres de Buchenwald. Wita Gorczack a été internée à Majdanek à l'automne 1942. Wita Sobieska a quitté la prison de Varsovie en février 1942, à destination d'Auschwitz. Au printemps suivant, Wita Nowicka était transférée d'Auschwitz au camp de Gross-Rosen. Enfin, Wita Wojcik a été affectée en janvier 1944 au camp satellite de Barth, qui dépendait de Ravensbrück. Le cœur d'Irène s'accélère. Un embryon de piste, enfin !

C'est le moment que choisit la nouvelle secrétaire pour toquer à la porte. Une petite blonde rougissante, du genre à se prendre constamment les pieds dans le tapis. Elle s'excuse de la déranger, mais une visiteuse attend dans le hall.

— Je ne reçois pas les visiteurs. On ne vous a pas prévenue ? la coupe Irène.

Elle ne rencontre jamais les descendants qui viennent à Bad Arolsen. Elle confie à d'autres le soin d'accueillir ceux qui voudraient savoir mais tremblent d'être fixés. Qui ont grandi avec ce voile, cette nuit à l'intérieur. Elle se protège de leur désarroi, de leur reconnaissance. Ce n'est pas pour la mériter qu'elle se donne tant de mal. Irène obéit à un appel plus souterrain. Elle raccommode des fils tranchés par la guerre, éclaire à la torche des fragments d'obscurité. Sa mission terminée, elle s'efface. Elle ne veut pas entrer dans leur vie, ni qu'ils entrent dans la sienne. Il n'y a que les morts qu'elle n'arrive pas à tenir à distance.

— C'est que cette dame arrive d'Argentine… Elle cherche des informations sur Eva Volmann.

Eva.

Son cœur manque un battement.

— … On m'a dit que vous la connaissiez bien. Mais si vous préférez, je peux demander à quelqu'un d'autre.

Irène ne peut déléguer à personne ce qui touche à Eva. Elle est la seule ici à l'avoir vraiment aimée. La seule qui reste. Car elle soupçonne le Cerveau d'avoir toujours eu un faible pour elle. Était-il payé de retour ? Un jour qu'elle la taquinait à ce sujet, Eva lui avait ri au nez : « *Du bist a beheyme !* Écervelée ! Que sais-tu de la vie ? »

Elle a déjà envisagé que quelqu'un puisse se mettre à sa recherche, mais Eva était tellement solitaire. Le seul être qui l'attendait le soir était un vieux chat pelé. La mort de l'animal, quelques mois avant la sienne, lui a porté un coup terrible. Elle avait peu d'amis, dont Irène s'enorgueillissait de faire partie. Elle détestait les effusions, se défendait contre toute fragilité. À l'ITS, tout le monde redoutait son ironie, à commencer par le directeur. Il n'avait pas de prise sur Eva.

« J'ai connu pire que ce tyran d'opérette », disait-elle à Irène, et l'amusement d'une jeune fille dansait dans ses yeux.

— Regarde-les. Ils adorent trembler devant lui. Ça leur rappelle le claquement des bottes.

L'arrivée de Max Odermatt à l'ITS avait coïncidé avec le départ à la retraite de nombreux enquêteurs de la première époque. Les anciens DP, prisonniers de guerre ou rescapés des camps, s'étaient dévoués sans relâche à leur travail de recherche. Ils se réparaient en aidant les autres. Peu à peu, ils y voyaient plus clair, appréhendaient les ramifications du système concentrationnaire, comprenaient où s'était jouée leur tragédie personnelle, au croisement de quels hasards fatals ou providentiels, et ce qui les reliait à ces anonymes qu'ils avaient peut-être frôlés sans le savoir. Ils avaient tout donné à ce lieu et s'y étaient consumés. La plupart ne voulaient pas partir ; on les avait gentiment poussés dehors : « Il est temps de profiter d'une retraite bien méritée. » Ils ne pouvaient pas se retirer de ce qui les réveillait la nuit. Ce travail leur était vital. En être privés les livrait à leurs fantômes.

Pour les remplacer, le directeur avait embauché des gens de la région. Leur point de vue sur le passé se limitait à ce que la paix leur avait volé. Ils ne voulaient rien savoir des crimes du national-socialisme. Ces horreurs avaient été engendrées par la guerre, qui les justifiait toutes. Ils étaient là pour gagner leur vie. Ils dormaient sur leurs deux oreilles et ne se laissaient pas troubler par les morts.

Cette incurie arrangeait Max Odermatt, qui établissait son règne sur le cloisonnement et le contrôle. Le centre était devenu un huis clos, silencieux comme une tombe. Rien ne devait filtrer au-dehors. Les historiens et les descendants des victimes, bienvenus au temps de l'ancien directeur, n'avaient plus le droit de franchir le portail. Les archives étaient le territoire réservé de quelques employés spécialisés. Les autres n'avaient accès qu'au Fichier central. Les procédures de recherche étaient lentes et complexes, s'étiraient sur des années. Eva avait refusé de partir mais elle ne décolérait pas. En choisissant Irène, dix ans plus tard, elle avait introduit une pièce maîtresse sur l'échiquier. Elle lui avait transmis son exigence. Irène avait été son instrument, son alliée, et pour finir, son amie.

— Prévenez cette dame que je vais la recevoir, dit-elle à la secrétaire.

Une jeune femme brune l'attend dans le grand bureau où l'on accueille les visiteurs. La lumière qui entre à flots par les baies vitrées souligne la pureté de son profil. Elle porte un chapeau noir coiffé d'une plume rouge, un manteau doublé, des gants de peau qu'elle ôte pour lui serrer la main :

— Lucia Heller. Je suis heureuse de vous rencontrer.

Surprise de l'entendre parler allemand, Irène lui demande d'où elle vient.

— De Buenos Aires. Pour venir ici, c'est le bout du monde ! Trois avions, un bus, un taxi… Heureusement j'ai trouvé une chambre à deux pas, à la taverne.

— Votre allemand est parfait.

— Mon grand-père paternel est né en Allemagne. Il nous faisait réviser nos leçons, et je peux vous dire qu'il était intraitable.

Irène l'invite à s'asseoir et la jeune femme enlève son manteau et son chapeau, libérant ses boucles brunes et la fragrance d'un parfum ambré.

— Je m'excuse de débarquer comme ça… On m'a dit que vous recherchiez des victimes du régime hitlérien.

— C'est vrai.

Derrière la chaleur de sa voix, Irène perçoit sa nervosité.

— Sur l'histoire de ma famille, je connais certaines choses. Ce qu'on m'a dit, ou ce que j'ai décodé, disons. Aujourd'hui ça ne me suffit pas. Ça a commencé à me travailler à la naissance de ma fille. Je veux savoir qui étaient ces gens. Comment ils ont vécu, comment ils sont morts. Je veux pouvoir raconter leur histoire à ma fille. Du côté de mon père, je sais à peu près. Du côté de ma mère, c'étaient des Juifs polonais. Mon grand-père maternel a réussi à fuir, juste avant que les Allemands ne ferment le ghetto de Varsovie. Il est passé par le Japon, avec sa femme et ses enfants. De là, il a rejoint l'Argentine. Son frère aîné, Medres, a refusé de le suivre avec sa famille pour rester avec leurs parents. Leur père se déplaçait en fauteuil roulant. C'était un vieux soldat, intensément patriote. Il ne pouvait pas croire qu'on lui ferait du mal. On ne sait pas ce qui leur est arrivé. Ni à Medres, sa femme, et à leurs trois enfants. Jusqu'ici, on pensait qu'ils étaient tous morts en Pologne.

— Sauf une. N'est-ce pas ? répond Irène doucement. Celle que vous cherchez.

Lucia Heller lui sourit.

— C'est ce qui m'amène. Mon grand-père n'en parlait jamais. Il ne supportait pas qu'on évoque la Pologne. Mais ma mère avait sept ans quand ils ont quitté l'Europe. Elle a des souvenirs. Quand j'étais petite, elle me racontait des anecdotes sur sa grande cousine Ewa. Elle se battait comme un garçon et détestait ses longues nattes, qu'il fallait refaire tous les matins pour l'école. Un jour, elle les a coupées avec des ciseaux. Pour la punir, sa mère lui a retiré ses livres. Elles se disputaient sans cesse. Ewa voulait la même liberté qu'un garçon, mais sa mère avait des idées arrêtées sur l'éducation des filles…

Irène la remercie de partager ces anecdotes où elle retrouve Eva tout entière. Comme si, en vieillissant, elle n'avait fait que préciser ce qu'elle était dès le départ.

— Elle était l'héroïne de ma mère. Mes sœurs et moi, nous devions nous mesurer à ce modèle. Nous n'étions jamais assez futées, assez courageuses… Pendant ma grossesse, j'ai commencé à me poser des questions. J'en ai parlé à un ami qui a perdu une grande partie de sa famille dans la Shoah. Il m'a montré un courrier que son père avait reçu d'Arolsen à la fin des années quatre-vingt. Il leur avait demandé un certificat de décès pour ses parents, disparus à Belzec. Au bout de deux ans, une dame lui a répondu que l'International Tracing Service avait très peu de traces des victimes juives des centres de mise à mort. À l'arrivée des trains, les gens étaient conduits directement dans les chambres à gaz, sans être enregistrés nulle part. La lettre était signée Eva Volmann. Ça m'a fait un choc ! J'ai envisagé un homonyme, parce que le prénom de la cousine de ma mère s'écrivait *Ewa*, à la polonaise. Mais je voulais en avoir le cœur net, et puis c'était l'occasion de visiter Francfort, la ville natale de mon grand-père paternel… Alors j'ai fini par me décider à faire le voyage. Tout à l'heure, la secrétaire m'a dit qu'une Eva Volmann avait bien travaillé ici, mais qu'elle était décédée.

La tristesse dans sa voix émeut Irène, qui lui demande si elle connaît sa date de naissance. La jeune Argentine vérifie dans son agenda : le 30 avril 1930.

— C'est bien elle, répond Irène.

Un jour, elle avait organisé une petite réception-surprise dans le parc de l'ITS pour l'anniversaire d'Eva, réunissant les rares personnes avec lesquelles elle s'entendait bien. Sur le moment, son amie avait paru touchée. Mais après la fête, elle lui avait fait promettre de ne pas recommencer.

— On ne peut pas fumer ici ? interroge Lucia Heller.

— Venez, on va en griller une dehors.

Marcher avec cette jeune femme dans les allées détrempées lui rappelle son premier jour à Arolsen. La saison n'est pas la même, elles frissonnent dans le vent chargé de bruine et, aujourd'hui, c'est elle qui se tient à la place d'Eva.

— Je ne connais pas son histoire, dit-elle en abritant la flamme du briquet entre ses mains, mais je l'ai toujours vue se battre. Contre l'injustice, contre la maladie. C'était quelqu'un, vous savez.

— Quand est-ce qu'elle est morte ? interroge la jeune femme en allumant une cigarette longue.

— Au printemps, ça fera onze ans. Un mauvais cancer… Même s'il n'y en a pas de bons.

Irène étudie le visage solaire de Lucia et cherche une ressemblance. Celui d'Eva ressemblait à un fruit sec. Toute la lumière était concentrée dans son regard.

— Le frère de mon père a disparu pendant la dictature, lui dit la jeune femme en exhalant la fumée. Il faisait partie d'un groupe d'étudiants qui éditaient des tracts clandestins. Un soir, ils sont venus le prendre chez lui, avec sa jeune épouse et leur bébé. On ne les a jamais revus.

Ces mots réveillent un souvenir enfoui. Irène avait peut-être onze ou douze ans. Ses parents avaient acheté une télévision couleurs qui restait allumée en permanence. Au journal du soir, elle avait vu une foule qui brandissait des pancartes avec des photos d'inconnus. Elle avait été saisie par la beauté d'une jeune fille. Les manifestants scandaient des slogans dans une langue étrangère. Irène avait demandé pourquoi ils montraient ces visages en photos. Sa mère lui avait répondu : « Leurs gamins ont été enlevés, ils demandent justice. Ils peuvent toujours attendre ! C'est les militaires qui ont pris leurs gosses. »

Elle ne comprenait pas que des soldats aient fait une chose pareille. Elle avait cherché l'Argentine sur son globe terrestre lumineux. Sous son doigt, ça ne paraissait pas si loin. Pendant quelques mois, elle avait eu peur d'être kidnappée à son tour. Toute voiture ralentissant à sa hauteur devenait menaçante.

— L'année de ma naissance, continue Lucia, ils ont créé une Commission nationale de recherche des disparus. Ça faisait huit ans qu'on était sans nouvelles de mon oncle et de sa femme. Mon père espérait seulement qu'on lui dise où ils étaient morts. Au sein de la communauté juive de Buenos Aires, beaucoup de gens ont été torturés et assassinés pour la liberté. Le gouvernement a donné neuf mois à la Commission. C'est très court… Les enquêteurs étaient censés avoir accès à toutes les archives mais les militaires ont fait disparaître les preuves et les lieux de torture. Malgré ça, on a pu identifier mon oncle parmi les victimes. Sur sa femme et son petit garçon, on n'a rien.

Sa voix vibre de colère. Elle aspire une bouffée de tabac et ses beaux yeux noirs embrassent la silhouette compacte des bâtiments de l'ITS.

— C'est ce que vous faites, ici ? Chercher les morts ?

Irène pense à l'enfant aux pieds nus dans la neige, à Wita et à Lazar. Tirant sur sa cigarette, elle retrouve le goût de sa première conversation avec Eva, à l'abri de ces mêmes arbres. Le tatouage sur son bras, les questions ravalées par lâcheté. Le souvenir attise son remords et réveille la saveur pleine de l'été, d'une rencontre qui allait compter.

— Oui. Mais quelquefois, en cherchant les morts, on trouve des vivants.

## *Myriam*

Lucia Heller est repartie, cette fois sur les traces de sa famille paternelle. Elle reviendra à la fin du mois. Depuis son départ, une pluie froide creuse des ornières où les roues s'enlisent. Irène s'embourbe aussi, rien n'avance et elle s'impatiente.

La piste de Wita Wojcik n'a rien donné. On avait dû l'amputer de plusieurs orteils gelés, dans son commando extérieur de Barth. Elle avait beaucoup de mal à marcher, infirmité qui lui aurait sans doute valu une sélection pour Mittwerda mais n'aurait pas échappé à Elsie. La Wita qu'elle cherche est peut-être l'une des cinq autres, sauf que ses traces se perdent et que rien ne semble relier ces femmes à Ravensbrück. À croire que son fantôme n'a laissé qu'une empreinte de pas dans la neige, un jour de février 1945.

Hanno passe le week-end à Göttingen. Même s'il lui manque, Irène ne déteste pas l'idée de deux jours rien qu'à elle. Ce soir, un rideau de pluie et de brume escamote la forêt. Elle allume un feu dans la cheminée, se sert un verre de vin blanc et appelle Antoine, amoureux de jeunesse devenu son meilleur ami. Sa voix lui donne l'illusion que Paris n'est pas si loin, qu'il suffirait de fermer les yeux pour enfourcher son scooter et traverser la ville à toute allure pour ne pas manquer le film de Bresson à la cinémathèque.

— Tiens, une revenante. Je me demandais si les Allemands t'avaient définitivement kidnappée. Quand reviens-tu ?

— Je ne sais pas. J'ai une nouvelle mission qui m'occupe beaucoup.

— Si j'avais gagné un euro chaque fois que j'ai entendu cette phrase, je pourrais me payer une nouvelle chaudière. La vieille est en panne. Je me gèle tellement que je vis avec un plaid sur les épaules, comme un vieux chien paraplégique.

Ce sourire dans la voix d'Antoine. Elle l'imagine en train de fumer sur son balcon, observant nonchalamment les passants sur le boulevard des Invalides.

— Le dôme est allumé ?

— Bien sûr ! Il t'attend. Ça le rend un peu mélancolique.

— Dis-lui que je vais venir. Mais avant, je dois rendre quelques objets à leurs destinataires.

Elle évoque ses pistes de Petit Poucet où les archives remplacent les cailloux blancs. Les voies sans issue, son impatience et sa frustration.

— Si je comprends bien, tu dois retrouver les déportés qui possédaient ces objets et suivre la piste de leurs descendants ? Et que fais-tu, s'ils n'en ont pas ?

— Je me serai donné du mal pour rien, dit-elle. Mais je crois qu'il y aura quelqu'un, au bout de l'enquête. Un parent éloigné, un ami… Quelqu'un pour qui ça aura du sens.

— Ça représente beaucoup d'enquêtes ?

— On a des milliers d'objets à restituer, alors on travaille chacun sur plusieurs pistes, auxquelles s'ajoutent les autres missions… On ne chôme pas !

— Tu dois remettre l'objet aux descendants en personne ? demande Antoine, qui la connaît bien.

Elle marque un silence.

— On est censés les accueillir à Arolsen. S'ils ne peuvent pas se déplacer on peut leur envoyer l'objet, mais c'est mieux qu'il y ait une vraie rencontre. Pour nous, c'est une démarche très différente. D'habitude, on enquête sur requête d'un proche. Là ils n'ont rien demandé, c'est nous qui les contactons. Ça peut être violent pour eux. J'essaie de ne pas y penser. Tu n'imagines pas à quel point ça m'angoisse.

— L'ancien patron t'aurait épargné cette épreuve, s'amuse-t-il.

Elle contemple la couleur du vin doré par la flamme.

— Ah ça… Quand il était là, les objets rouillaient dans les placards. J'imagine la tête qu'il ferait s'il revenait à l'ITS. Les archives numérisées, accessibles à tous. Les dizaines de projets qu'on développe avec les lycées, les mémoriaux, les historiens… les visiteurs du monde entier qui viennent voir les traces de leur grand-père mort à Dora. Odermatt en serait malade ! Son pire cauchemar réalisé.

Elle ferme les yeux et le rire d'Eva se mêle aux grésillements du feu, un peu cassé par la clope. Comme elle savourerait cette revanche éclatante !

— Un fonds d'archives, observe Antoine, c'est un peu comme une collection de grenades dégoupillées. Les numériser en accès libre, c'est une belle victoire démocratique.

Elle a coïncidé avec l'arrivée d'une historienne à la direction du centre. Irène y voit une heureuse conjoncture.

— Pour ton rescapé de Treblinka, tu devrais revoir le film de Lanzmann, suggère Antoine. Tu te souviens, celui sur la révolte de Sobibor ?

Elle se rappelle cet après-midi d'automne pluvieux. Hanno devait avoir quatre ou cinq ans. Elle l'avait laissé à sa mère pour rejoindre Antoine au cinéclub de la rue de l'Épée. *Sobibor, 14 octobre 1943, 16 heures.* Ils étaient ressortis bouleversés par le sourire de ce survivant qui avait accompli l'impossible. Ce jour-là, il avait couru à perdre haleine vers la forêt, les balles sifflaient, ses camarades tombaient autour de lui. Quand il avait atteint le noir des arbres, il s'était endormi. Comme si, après un tel exploit, mourir n'avait plus d'importance.

— Yehuda Lerner, murmure-t-elle.

Avant la révolte, il n'avait jamais tué. Voilà qu'il devait frapper à mort un SS plus grand que lui, dressé de toute sa hauteur, géant échappé d'un conte de Grimm, *Le Vaillant Petit Tailleur*. Ses doigts serraient le manche de la hache. Sa seule chance, son dernier espoir. En une fraction de seconde, l'impossible était devenu possible. Le sang qui coulait n'était pas le sien, ni celui d'un frère. Le corps du bourreau s'était effondré sur le sol couvert de sciure, dans son uniforme souillé.

Lazar a-t-il appris à tuer, le 2 août 1943 ? S'est-il écroulé de fatigue dans les marais, confiant sa vie à l'eau vaseuse qui masquait l'odeur de sa peur ? A-t-il vu monter dans le ciel la fumée noire du camp incendié ?

— N'oublie pas que Lazare, dans l'Évangile de Jean, est celui que le Christ ressuscite d'entre les morts. À partir de là, sa vie est un mystère… Si ton Lazar a effacé ses traces, tu vas avoir du mal à le retrouver.

Ils conversent jusque tard dans la nuit. C'est toujours à la lisière du sommeil qu'Antoine se libère de sa pudeur et consent à parler de lui. De sa mère vieillissante, qui lui fait payer cher l'amour qu'elle lui porte. Parmi ses six enfants, il est celui qui l'a trahie. Elle lui a inculqué les valeurs chrétiennes, lui a appris à tenir son rang dans la société. Il s'est retourné contre sa famille et lui fait honte. Pourtant, elle ne peut se résoudre à le renier. Quand il n'est pas venu de plusieurs semaines, elle le convoque.

— Tu sais ce qu'elle m'a sorti, l'autre jour ? « Tu vois, j'aurais encore préféré que tu épouses cette petite. Rappelle-moi son nom ? Irène, c'est ça. Elle n'était pas de notre milieu, mais… Somme toute, on aurait pu l'éduquer. »

— M'éduquer ? le coupe Irène, ironique. Ça ne m'étonne pas d'elle.

Elle le soupçonne d'avoir édulcoré les propos de sa mère. Dans le temps, elle parlait d'elle comme d'une « petite plouc sans manières, désarmante de bonne volonté ».

Ces dernières années, la vieille dame avait fini par accepter l'homosexualité d'Antoine, même si elle continue à prier pour sa guérison et ne veut rien savoir de sa vie privée. Ce qu'elle ne lui pardonne pas, c'est d'être un « fouille-merde ». D'avoir débusqué les liens que leur famille entretenait avec le régime de Vichy, entre intérêts économiques et amitiés nauséabondes. Circonstance aggravante, Antoine a publié ses découvertes dans un essai remarqué sur la collaboration des notables français. Ses oncles et ses cousins ne lui parlent plus, il est brouillé avec ses frères et sœurs, à l'exception d'Alice, la benjamine. Elle a toujours été la plus tendre. Elle est la seule à connaître Pierre, l'homme qu'il aime.

— Et toi ? demande Antoine doucement.

— Moi ? Rien. Je travaille, répond-elle en tisonnant la dernière bûche.

— Viens à Paris. Tu me manques.

— Bientôt. Toi qui es un bon catholique, dis-moi pourquoi Jésus a ressuscité Lazare.

— Hum… Je crois qu'il l'a fait pour se faire mousser.

— Tu étais nul au catéchisme, non ?

Elle l'entend rire.

Après avoir raccroché, elle laisse le feu s'éteindre. Se demande si sa vocation d'enquêtrice est née au contact d'Antoine. Est-elle une fouille-merde, elle aussi ? Son ex-belle-mère serait de cet avis.

Elle allume son ordinateur, cherche le passage de la résurrection de Lazare dans l'Évangile de Jean. Un commentateur souligne que le Christ pleure. Il est arrivé trop tard pour sauver Lazare. Il l'a fait en conscience. Son ami devait mourir pour qu'il puisse le tirer du tombeau, et que sa gloire se manifeste aux yeux de tous. Pourtant il pleure, car il sait qu'on ne revient pas d'un tel voyage.

Il fait ouvrir le caveau. D'une voix forte, il crie : « Sors de là ! » Lazare titube vers la lumière, le corps ceint de bandelettes. Le Christ ordonne à l'assistance : « Déliez-le et laissez-le aller. » Il le délivre de la mort, mais c'est un cadeau empoisonné. Le revenant terrifie les vivants. Certains projettent de le tuer. Il doit s'exiler, quitter cette terre qui est la sienne. Il ne sera plus chez lui nulle part.

Qu'a-t-il fait de cette deuxième vie ? L'a-t-il vécue comme une chance ou comme une malédiction ?

Elle s'endort en échafaudant des hypothèses. La branche heurte le volet de sa chambre, insistante. Comme pour lui rappeler qu'elle oublie quelque chose, ou quelqu'un.

Chez les parents de Toby, Myriam et Benjamin Glaser, règne toujours un joyeux désordre. Ce dimanche, le parfum d'un plat longuement mijoté embaume la cuisine, et la petite dernière massacre un prélude de Chopin au piano.

— Un peu de calme pour accueillir notre invitée ! rugit Myriam. Vous allez lui briser les tympans. Trop de fausses notes, Sigalit. Allez dire bonjour à Irène.

Trois enfants décoiffés se précipitent pour l'embrasser et Leopold, le grand labrador à la fourrure miel, manque la renverser dans sa fougue. Sigalit, la plus spontanée, lui prend la main pour la conduire au salon. Au sortir d'une longue marche solitaire dans la forêt détrempée, cette tendresse la fait fondre. Depuis le jour où elle a rencontré Myriam au *Kindergarten* où elles déposaient leurs fils, les Glaser sont devenus sa famille choisie. Elle les voit presque chaque semaine. Hanno y passe parfois le week-end et accompagne Myriam et ses enfants à la synagogue. Quand il avait sept ans, une kippa tombée de son sac à dos a provoqué un incident diplomatique avec les parents de Wilhelm. Ils soupçonnaient Irène de vouloir convertir leur petit-fils. Hanno n'avait rien compris à ce psychodrame, mais en a tiré la leçon qu'il valait mieux ne pas évoquer les Glaser dans la famille de son père. Depuis, il cloisonne ses deux vies. Elle ne sait rien de ses moments avec Wilhelm. Est-il très différent là-bas ?

Elle observe ces enfants qui chahutent et se chamaillent, ignorant ces stratégies d'évitement, ces conflits de loyauté. Son fils n'a jamais connu le paradis de parents heureux vivant sous le même toit. Est-ce que ça le rend plus fragile ou plus fort ?

Elle aime le regard que Benjamin pose sur Myriam. Les gestes tendres qu'elle a pour lui. La drôlerie avec laquelle ils pointent leurs travers respectifs. Ils sont très différents, de caractère et de culture. Myriam est méditerranéenne et profondément croyante, attachée aux rituels et aux symboles. Benjamin, ardent défenseur de l'Europe et de la laïcité, associe volontiers religion et fanatisme. Il n'est pas circoncis, même s'il a accepté que ses fils le soient. Il laisse Myriam les emmener à la synagogue, mais lui faire respecter le *shabbat* est une bataille hebdomadaire.

— Il est en permanence rivé à son portable, gémit sa femme. Bel exemple pour les enfants ! Pourtant c'est si beau, le *shabbat*. Être présent et disponible à ceux qu'on aime, accueillir ce jour comme une fête…

— Oui, mais il est permis de le profaner pour sauver des vies, répond Benjamin en remplissant les flûtes.

— Quand tu vas sur Twitter, c'est pour sauver des vies ? J'aurai tout entendu, raille Myriam. Irène, toi tu comprends. C'est vital de décrocher de temps en temps.

Heureusement que Hanno n'est pas là, car il répondrait : « Décrocher, ma mère ? Elle ne sait pas ce que ça veut dire. »

— J'avoue que j'ai du mal à couper avec mes enquêtes, avoue-t-elle.

— Bien sûr, et c'est normal… Tu te sens responsable vis-à-vis de tous ces gens, tu sais qu'ils attendent une réponse et à quel point c'est important pour eux. Toutes ces tragédies que tu découvres… À ta place, je ne dormirais plus. Je fais assez de cauchemars comme ça !

— Si je comprends bien, qu'Irène s'échine à restituer une vieille montre cassée qui n'est plus sous garantie, tu trouves ça très bien. Mais que je sois accaparé par mes patients d'oncologie, c'est inacceptable, s'amuse Benjamin.

— Ça n'a rien à voir.

— Ben a raison, souligne Irène. Son travail est bien plus essentiel que le mien.

La majorité des gens sur lesquels elle enquête sont morts depuis longtemps. S'autoriser à vivre leur volerait-il quelque chose ? Si elle se laisse accaparer, n'est-ce pas pour combler un vide ?

— Tu vois ? dit Myriam en fusillant son mari du regard. Tu la fais douter.

— Pardon Irène, s'excuse Ben. Je trouve ton travail admirable. J'essayais juste de marquer un point contre ma femme, qui rêve de me traîner à la synagogue. Son père l'avait prévenue que je ne lui apporterais rien de bon ! À l'époque, elle était séduite par mon côté *bad guy*. Maintenant, elle essaie de me ramener sur le droit chemin. Mais tu sais, ma chérie, tu n'y arriveras pas.

— Je suis plus têtue que toi, sourit Myriam. Tu veux bien vérifier la viande ?

Il disparaît en cuisine et les enfants en profitent pour fondre sur les amandes, les olives et les dattes de l'apéritif. Myriam les chasse en riant :

— Ouste, les mouettes ! Allez plutôt finir de mettre la table.

Elle confie à Irène qu'elle soupçonne Toby et Hanno d'être restés à Göttingen pour retrouver des filles.

— Toby est retombé sous la coupe de cette Leni, soupire-t-elle. Au lieu de bûcher sa première année de philo, elle ne pense qu'à organiser des fêtes… J'espère qu'il ne va pas rater ses examens.

— Myriam se méfie par principe de la moindre fille qui s'approche de Toby, observe Ben en leur resservant un fond de champagne.

— Toi tu es veinarde, dit Myriam à Irène. Hanno a bon goût. D'après Toby, son Hermine est charmante. Et elle bosse, elle ! Elle va le tirer vers le haut.

Irène cache son pincement au cœur. Elle n'a jamais entendu parler de cette Hermine. Hanno a-t-il si peu confiance en elle ? Le fait que Myriam soit au courant ajoute une piqûre de jalousie à sa blessure d'orgueil.

— Tu crois ? demande-t-elle, d'un ton dégagé. Je ne l'ai pas encore rencontrée. Tu la connais ?

— Hanno m'a montré une photo. Elle est mignonne, cette gamine. Je ne m'en fais pas pour ton fils, il a la tête sur les épaules. Rien à voir avec Toby, qui se laisse mener par le bout du nez…

— Il faut dire qu'il a été à bonne école avec sa mère, persifle Ben. Si tu le laissais faire ses expériences, pour changer ?

Irène les écoute distraitement, échafaudant des stratégies pour convaincre son fils de lui parler de cette jeune fille. Elle ne peut s'empêcher de trouver injuste que Myriam, mère poule parfois étouffante, partage avec Hanno une complicité dont elle est exclue.

Quand elle regagne sa petite maison, il est tard. Elle dépose sur le buffet le sac de noix fraîchement récoltées que Ben lui a donné, cherche le casse-noix dans les tiroirs de la cuisine, peste contre Hanno qui ne remet jamais les choses à leur place. Attrapant le premier couteau venu, elle s'applique à fendre la noix, qui résiste et tord la lame, lui blessant le doigt. Elle jure, cherche un pansement. Envisage l'hypothèse que Hanno soit amoureux. Si c'est le cas, elle se demande ce qui peut le pousser à le lui cacher. Redoute-t-il de l'inquiéter ? Qu'elle se sente abandonnée ?

Elle déniche un vieil opinel dans un tiroir, l'enfonce dans la coque de noix, réussit à créer une brèche, finit de l'ouvrir avec ses doigts.

Elle fixe le fruit éventré, les cerneaux de noix dans leurs alvéoles.

Elle pense au médaillon de Wita.

## *Wita*

Elle l'ouvre le lundi matin, le café encore fumant dans sa tasse. Le reliquaire est resté fermé si longtemps qu'elle a un peu de mal, l'excitation la rend maladroite et les gants n'aident pas. À l'intérieur, elle trouve une fine feuille de papier pliée en quatre. Son pouls s'accélère en découvrant le visage dessiné d'un enfant. La précision du trait l'impressionne. Tout y est, des fossettes aux cils. Le crayon a appuyé plus légèrement sur les cheveux pour suggérer leur blondeur. L'auteur du dessin a su animer le regard et l'expression du petit garçon. Le portrait est légendé : *Karol Sobieski, 5 nov. 1938.*

Elle pense tout de suite au petit Juif. Son regard se pose sur les documents réunis par Henning, et les patronymes des Wita : Janowska, Kryziek, Gorczak, Nowicka, Sobieska.

*Wita Sobieska.*

Karol Sobieski.

Son fils ?

Le 5 novembre 1938 pourrait être sa date de naissance.

En février 1942, Wita Sobieska est transférée de la prison de Varsovie au camp d'Auschwitz. A-t-elle pu être envoyée plus tard à Ravensbrück, pour y mourir dans une chambre à gaz avec un enfant qui n'était pas le sien ? Ses doigts tremblent un peu en tapant KAROL SOBIESKI sur le moteur de recherche de l'ITS.

Il y en a une vingtaine dans le fichier, tous nés avant 1921. En 1938, ils étaient trop vieux pour ressembler au dessin.

Elle ouvre la fenêtre, allume une cigarette.

Elle a désormais trois personnes à chercher, et un vrai début de piste.

Dans l'après-midi, elle se rend au dépôt. Dieter Behrens, l'un des archivistes du fonds, a accepté d'examiner avec elle la correspondance rangée dans le dossier de Lazar Engelmann. L'homme est aussi réfrigérant qu'un majordome dans une reconstitution poussiéreuse de la BBC. Elle le suit à travers un dédale d'étagères, dans le vrombissement de la ventilation. Comme le vin, les archives se gardent à température. Depuis la fin de la guerre, l'Allemagne finance leur conservation. En numérisant les fonds, les archivistes ont réalisé que les traces étaient précieuses en elles-mêmes. Désormais, on les manipule avec d'infinies précautions.

Après qu'ils ont enfilé des gants, Irène demande à voir les deux photos de Lazar Engelmann. Celle de Buchenwald et son portrait d'homme libre. Behrens les lui tend avec réticence. Elle prend le temps de les étudier. C'est encore plus net sur les originaux, la tristesse du premier cliché se retrouve dans celui de l'après-guerre. Le sourire éclaire un visage moins émacié, mais le regard trahit l'effritement.

La correspondance qui n'est pas numérisée a été confiée à l'ITS par un archiviste de Yad Vashem, en mai 1978. Behrens la lui lit, d'une voix qui siérait à un employé de la morgue. Le responsable israélien explique qu'une certaine Madame Torres leur a adressé de Paris une enveloppe au nom de Lazar Engelmann. Elle ne savait où le joindre mais il savait qu'il avait longtemps résidé en Eretz Israël. Elle espérait que là-bas, on pourrait la lui transmettre.

*Israël.* Irène a vu juste.

Le survivant de Treblinka ayant quitté le pays à la fin des années cinquante, l'archiviste israélien a supposé qu'un jour, l'homme s'adresserait à l'ITS pour monter un dossier de réparations. Il s'est permis de leur faire suivre le courrier de Madame Torres.

Irène s'étonne que l'enveloppe soit encore cachetée :

— En trente-huit ans, personne n'a pensé à l'ouvrir ?

— C'est une correspondance privée, répond l'archiviste en pinçant les lèvres, et Irène se souvient qu'il a été embauché par Max Odermatt.

Il a gardé l'esprit maison : jamais d'initiative sans l'aval de la hiérarchie.

— Et personne n'a songé à rechercher cet homme ?

— Il faut croire que personne ne nous l'a demandé.

— J'ai besoin de savoir ce qu'il y a dans cette lettre.

— C'est hors de question, répète Behrens, comme s'il chapitrait une stagiaire.

Elle se hausse légèrement sur ses escarpins pour le toiser, écœurée par son eau de toilette :

— Je cherche Lazar Engelmann. La directrice m'a confié cette mission. Ce courrier peut m'aider à le retrouver. Alors vous allez prendre l'écrasante responsabilité de me l'ouvrir.

Leurs regards s'affrontent, mais Irène a prononcé le mot magique. Dieter Behrens est un employé obéissant, les souhaits de la direction sont des ordres. À l'aide d'un coupe-papier, il déchire l'enveloppe qui contient plusieurs pages rédigées dans un espagnol à l'orthographe étrange. *Mi querido*, qui ouvre la lettre, y devient *mi kerido*. Aucun d'eux ne parle espagnol. Irène a l'idée d'appeler Montse Trabal, une historienne française d'origine catalane qui travaille au centre depuis quelques mois. Lorsqu'elle lui épelle les premiers mots de la lettre, la jeune femme répond sans hésiter :

— C'est du judéo-espagnol. La langue que parlaient les Juifs séfarades chassés d'Espagne au xv^e^ siècle et qu'ils ont emportée dans leur exil. Elle mélange le vieux castillan et l'hébreu à des mots empruntés aux idiomes de leurs pays d'accueil : le turc, le bulgare, l'italien, le français… Peu de gens la parlent encore. J'ai eu la chance de l'étudier à la Sorbonne. J'ai plusieurs dossiers en cours, mais je peux essayer de vous traduire ça d'ici la fin de la semaine.

Après avoir raccroché, Irène se demande ce qui peut bien relier une séfarade vivant à Paris à un ashkénaze tchèque réfugié en Israël. Malheureusement, si Allegra Torres ne savait où écrire à Lazar en 1978, Irène risque de buter sur la même impasse. Antoine avait raison. Comme le Lazare de l'Évangile, celui-ci semble doué pour disparaître.

Elle retrouve à la cantine le reste de son équipe. Henning a l'air éteint. Sa femme et lui ont passé ce week-end de pluie à tenter d'épuiser leurs jumeaux à coups de parties de Memory et de visionnage intensif de documentaires animaliers. Échec total, les enfants affichent une forme tonitruante à l'heure où ils devraient dormir, et leurs parents à bout songent à ajouter du schnaps à leur biberon.

— Quand on dit qu'il faut tuer le père, je croyais que c'était au sens figuré, soupire Henning. Et que ça commençait plus tard.

— Si tu les confiais à tes parents ? propose Constanze, une collègue allemande.

— Ils sont vieux, ça va les achever.

— Sépare-les, suggère Irène. Ensemble, ils font bloc.

Henning hoche la tête, pensif.

— As-tu retrouvé ta Polonaise ? lui demande-t-il.

— Je crois.

Dévoilant le secret du médaillon, elle captive les convives et chacun y va de son hypothèse. Wita est tour à tour une Résistante de l'Armée de l'intérieur polonaise, une travailleuse forcée arrachée à sa famille, une prostituée au grand cœur, une espionne.

— Ce qui m'étonne le plus, c'est qu'elle ait choisi de mourir avec un enfant juif, remarque Constanze. L'antisémitisme polonais n'est pas une légende…

Irène vérifie que Dorota, leur collègue polonaise, n'a pas entendu.

— C'était même une tradition là-bas, ironise Michaela.

— Évitons de généraliser, la coupe Henning, avec irritation. Dans toute l'Europe, les nazis ont trouvé des auxiliaires zélés pour les aider à se débarrasser des Juifs, des voisins avides de s'approprier leurs biens et leurs entreprises. L'antisémitisme n'était pas une exclusivité allemande ou polonaise. Il était partout.

Constanze préfère changer de sujet :

— Irène, tu devrais demander au musée d'Auschwitz. Ils ont peut-être quelque chose sur elle.

— Bonne idée. Je vais aussi contacter la Croix-Rouge polonaise.

Elle s'enquiert des enquêtes en cours. La plupart avancent aussi lentement que les siennes. Seul Renzo, qui a quitté Milan pour renforcer l'équipe il y a deux ans, a réussi à identifier facilement le propriétaire d'une bague de femme. Il pense même avoir retrouvé sa fille en Norvège.

— L'occasion de visiter les fjords pendant les vacances de Noël, suggère Michaela.

Ce doit être très beau en hiver. Et puis qui sait, peut-être croisera-t-il une jolie Norvégienne avec qui regarder tomber la neige…

La fiancée de Renzo l'a quitté. Elle ne comprenait pas qu'il troque un poste convoité à l'université de Milan pour un obscur centre d'archives allemand, et n'envisageait pas de s'expatrier au fin fond de la Hesse.

Irène les regarde rire et bavarder, ils n'ont pas trente ans, viennent d'horizons différents mais partagent ce que le chancelier Kohl appelait « la grâce d'être né tardivement », après la guerre. Et cette passion pour leur travail, cet engagement envers les vivants et les morts. Elle se remémore ce que disait Eva : on n'arrive pas à l'ITS par hasard. Que viennent-ils chercher ou réparer ici ? Elle-même ignore ce qui l'a conduite dans ce lieu. Mais elle sait pourquoi elle a choisi d'y rester.

Le rire de Janina Dabrowska retentit dans l'écouteur :

— On ne se quitte plus, chère Irena ! Nous allons finir par vous adopter. Vous ne voulez pas déménager à Varsovie ? On vous trouvera un poste à la Croix-Rouge.

Irène est séduite par son entrain, et cette manière de l'appeler *Irena*, à la polonaise.

— Corrigez-moi si je fais erreur. Vous cherchez une Wita Sobieska, qui aurait été détenue à la prison Pawiak et envoyée à Auschwitz en février 1942, puis à Ravensbrück où elle serait morte trois ans plus tard. Et vous cherchez un petit garçon qui pourrait être son fils, du nom de Karol Sobieski, qui serait né le 5 novembre 1938. C'est bien ça ?

— Exactement. Pour l'invitation à Varsovie, je vais finir par me laisser tenter.

Elle contacte ensuite le musée d'Auschwitz. On la renvoie d'un interlocuteur à l'autre. Elle patiente longtemps avant qu'un conservateur germanophone ne la rappelle :

— J'ai une Wita Sobieska. La date d'arrivée au camp correspond. Par contre, je n'ai rien sur l'enfant.

Le cœur d'Irène bat plus fort. Son interlocuteur s'excuse d'avoir peu de chose à lui offrir. Ici aussi, les Allemands ont détruit les preuves de leurs crimes. Le nom de Wita figure sur une feuille d'entrée au *Revier* datant d'avril 1942. Le musée possède également les photos d'identité que Wilhelm Brasse, un détenu polonais, était chargé de prendre de chaque prisonnier admis dans le camp. Ça ne concernait pas les Juifs et les Tziganes qu'on emmenait directement dans les chambres à gaz après la sélection sur la rampe ; il ne photographiait de face et de profil que ceux qui entraient dans le camp. Pour le profil gauche, les hommes devaient mettre leur calot, les femmes leur foulard.

Le conservateur évoque les actes de résistance du photographe. À vingt-deux ans, Brasse a refusé de signer la *Volksliste* qui aurait fait de lui un Allemand de souche. Cette rébellion lui a valu un aller simple pour Auschwitz. Pendant quatre ans, il a dû fixer sur pellicule les visages de ceux qui franchissaient le portail des Enfers. On l'a forcé à immortaliser les enfants suppliciés par le docteur Mengele, les corps martyrisés devant lesquels les SS posaient pour des photos-souvenirs. En janvier 1945, les Allemands lui ont ordonné de brûler ces clichés compromettants. Au péril de sa vie, il en a sauvé une partie. Près de quarante mille se trouvent aujourd'hui au musée d'Auschwitz. Parmi eux, le portrait de Wita.

L'émotion la submerge en découvrant son visage sur l'écran. Elle est sûre d'avoir devant elle la femme qui fascinait Elsie, qui l'a hantée jusqu'à sa mort. La photo a été colorisée. Le regard pâle s'échappe vers un hors-champ lointain. Les boucles d'un blond très clair illuminent la laideur de l'uniforme rayé. D'une beauté charnelle, Wita semble égarée dans une farce macabre. Ce jeune photographe a dû la rassurer un peu car elle n'a pas l'air terrorisée. Mais sur le dernier cliché où elle se tient de profil, la chevelure couverte d'un foulard, ses yeux cernés n'expriment plus que le chagrin et la sidération.

Elle ne comprenait pas la finalité de ce lieu. Comment les hurlements, les coups de fouet pouvaient coexister avec ces prises de vue. Avait-elle repris espoir devant ce simulacre de normalité ? Et puis il lui avait demandé de se mettre de profil, comme sur les photos d'identité judiciaire. Dans une fulgurance, elle avait dû comprendre qu'ici s'achevait sa vie de femme libre. Ce qu'elle avait déjà perdu lui serrait la gorge, mais elle ne voulait pas pleurer devant eux.

Comme elle l'a fait pour Lazar, Irène imprime les photos de Wita et les emporte avec elle. Ce soir-là, avant de monter se coucher, elle contemple leurs visages à la lueur des braises. Le conservateur lui a confié que Wilhelm Brasse n'arrivait plus à photographier les vivants, après Auschwitz. Dans son œil, les morts prenaient trop de place. Le temps de la pose, il avait rencontré des inconnus qui avaient encore un visage, des rondeurs. Certains lui souriaient, juste parce qu'il avait l'air humain. Il ne pouvait rien pour eux. Il était photographe ; il est devenu leur témoin.

Les jours suivants, Irène se décide à explorer le passé d'Eva. Il aura fallu la visite de Lucia Heller pour qu'elle surmonte ses réticences. Elle qui a vu son amie lutter contre le cancer, refuser de mourir à l'hôpital, est désormais prête à découvrir les épreuves qui l'ont coulée dans sa peau de survivante.

Sur le questionnaire qu'elle a rempli au camp de déplacés de Bergen-Belsen, après sa libération, l'adolescente s'appelle encore Ewa, à la polonaise. Elle indique les noms de son père et de sa mère, Medres et Estera. Ceux de ses frères, Jacek et Jurek. Elle précise leur dernière adresse connue, dans le ghetto de Varsovie. Sa famille a déménagé plusieurs fois entre la fin 1940 et le mois de janvier 1943. Irène s'en étonne et cherche le plan du ghetto sur un site polonais. Elle comprend que les Allemands n'ont cessé d'en modifier la surface, retranchant ou ajoutant des tronçons de rues, sans égard pour les populations qu'ils déplaçaient dans un périmètre déjà surpeuplé. En 1940, les Volmann habitaient à l'intérieur du petit ghetto, relié au grand par une passerelle de bois. La rue Elektoralna, où ils se sont réfugiés ensuite, se trouvait dans les limites du ghetto à la veille des grandes déportations de l'été 1942, mais en a été exclue ensuite. Les Allemands rétrécissaient le quartier juif à mesure qu'ils déportaient sa population à Treblinka. Jusqu'au moment où l'insurrection a stoppé les déportations. Pour châtier la révolte des combattants juifs, les Allemands ont réduit le ghetto en poussière avec une rage méthodique. Pulvérisé les immeubles, les rues, les places où les marchands côtoyaient les mendiants.

Eva n'a pas assisté à ces derniers combats. Au printemps 1943, elle indique se cacher dans une banlieue de Varsovie, chez une catholique. En juillet de la même année, elle change de cachette. En février 1944, elle est arrêtée et déportée à Auschwitz. A-t-elle été dénoncée ?

À l'évacuation du camp, elle est jetée sur les routes pour une marche de la mort qui conduit les survivants exsangues jusqu'au camp de Bergen-Belsen. Après sa libération par l'armée britannique, elle précise avoir été soignée à l'hôpital. Elle souffrait du typhus et de dysenterie.

Quand on lui demande si elle souhaite être rapatriée, elle répond : « *Ich weiss nicht.* » Je ne sais pas. Elle a quinze ans à peine, vient de vivre une odyssée concentrationnaire. Quel avenir pourrait-elle envisager ?

À la fin du questionnaire, le fonctionnaire allié a inscrit : « Jeune fille frêle, marquée par les séquelles de la malnutrition et du typhus. Le médecin note un retard de croissance. Elle a eu ses premières règles il y a deux semaines et en a été terrifiée. Elle dit s'être vieillie de deux ans à l'arrivée à Auschwitz, sur les conseils d'un homme qui récupérait les affaires dans les wagons. Il l'a aussi avertie de ne pas monter dans les camions marqués d'une croix rouge. Elle a su plus tard qu'ils "emmenaient les gens au gaz". Son esprit est vif, enclin à la provocation. Seule Erin O'Sullivan, de la Croix-Rouge britannique, a réussi à gagner sa confiance. Elle dit que la jeune fille s'inquiète beaucoup pour ses parents et pour ses frères. Elle a eu du mal à la décourager de partir à leur recherche. Je serais d'avis de la garder ici, le temps de déterminer s'ils sont en vie. S'ils sont décédés, comme on peut le craindre, il faudra la confier à la Croix-Rouge polonaise. »

Dans ces quelques lignes, il y a une Eva qu'elle reconnaît, déterminée, lucide sur la nature humaine. Et une autre qu'elle découvre et dont le désarroi la bouleverse. Cette gamine perdue, abîmée dans son corps et dans son âme, elle aimerait pouvoir la serrer dans ses bras.

Elle espérait retrouver les siens. Elle ignorait à quel point elle était seule, dans ce carrefour de l'après-guerre.

## *Allegra*

« *Mi kerido*,

En écrivant ces mots, l'émotion resurgit sous mes doigts, tiède comme un oiseau. Pourtant, il y a si longtemps que tu es une pensée, une cicatrice, qu'il me semble que tu appartiens à une autre vie. Une parenthèse de lumière et de vent.

Tu n'étais pas mon premier amour. Avant toi, j'avais aimé et perdu mes parents, mes oncles et mes tantes, mes cousins, une grand-mère chérie. Tu n'étais pas le premier à me déchirer le cœur en partant. Seulement, tu m'avais donné l'illusion que je pouvais être consolée. Le vide creusé par ton départ m'a appris quelque chose d'essentiel. J'ai compris que c'était à moi de choisir la vie ou la mort.

Il y a vingt ans que je me tais, mais aujourd'hui j'ai besoin de parler.

Te souviens-tu du premier regard que nous avons échangé ? Moi je m'en souviens, c'était un jour d'avril 1958. À l'approche du soir, un vent froid s'était mis à souffler du Vardar et la mer était mauvaise. Les derniers pêcheurs rentraient se mettre à l'abri et quelques clients frissonnaient en terrasse. J'essuyais les verres au comptoir quand tu es passé devant moi, sur le quai. Près de toi, j'ai reconnu Stavros, un des pêcheurs qui fournissaient ma mère grecque. Il te parlait avec les mains et tu tentais de le comprendre. Tout à coup, tu m'as aperçue et tu as marqué un temps d'arrêt. Il faut dire que je n'étais pas vilaine, dans l'éclat de mes vingt-deux ans ! Stavros est venu me saluer. Il m'avait vue grandir. Pour lui, j'étais Althea, la fille d'Anastasia Mavridis. Il ne se rappelait pas que j'avais porté un autre nom. Et peut-être que moi aussi, je l'avais oublié. Avant de faire ta connaissance, je préférais être une fille sans mémoire. C'était plus facile, et ça arrangeait tout le monde.

Quand je vous ai apporté une carafe de vin, Stavros m'a expliqué que tu étais charpentier de marine et que tu arrivais de Kavalla. Avant ça, tu avais vécu en Israël. Il a ajouté en riant que tu ne parlais pas le grec et que lui ne comprenait pas le juif, ce qui rendait la conversation aventureuse. Mais après un verre ou deux, j'ai su que vous aviez trouvé une langue commune en vous voyant rire ensemble. Régulièrement, je sentais ton regard s'attarder sur moi. Il me troublait.

Un peu plus tard, la bouteille était presque vide, Stavros te parlait de son bateau, avec des gestes que l'alcool rendait théâtraux, et je t'ai entendu prononcer quelques mots dans ce parler qui me remue jusqu'à l'âme. Parfois, de vieux pêcheurs aux visages tannés par la mer et le vent se criaient quelque chose dans cette langue, et mes larmes montaient avec la rapidité des vagues.

La gorge sèche, je me suis approchée de vous et je t'ai demandé où tu avais appris le *djudyo*. M'offrant ton premier sourire, tu m'as répondu que les dockers du port de Haïfa, qui étaient venus de Salonique avant que la ville ne reprenne son nom grec, te l'avaient enseigné. Stavros était stupéfait, il est resté quelques minutes à nous observer en silence. Et puis il s'est souvenu que moi aussi je parlais le juif, même s'il n'avait pas envie de s'en souvenir. Mal à l'aise, il a fini par s'éclipser. Je suis retournée servir les clients, mais c'était trop tard, je sentais le *djudyo* se réveiller au fond de moi. Les mots me revenaient comme une chanson déchirante. Elle m'avait tant manqué, cette musique de l'enfance ! C'était la langue de la peau, du ventre, celle des berceuses et de l'amour de ma mère. Dès ce premier soir, je n'ai pu la dissocier de toi, l'étranger qui était venu de si loin me rendre à moi-même.

*Mi kerido*, laisse-moi le murmurer comme si tu étais devant moi. Tu ne sais pas que dès que je t'ai connu, j'ai arrêté de dormir. Avant que nos conversations deviennent sentimentales. Avant de connaître le grain de ta peau, le battement de ton cœur à mon oreille. À ma fenêtre, j'épiais le pas trébuchant des noctambules, le tintement en coptées des églises byzantines. Déjà je t'espérais.

Les jours suivants, je t'ai cherché au port. Je t'ai trouvé dans l'atelier de Démétrios, tu observais la coque d'un bateau de pêche. Tu caressais le bois en fronçant les sourcils. La coque était rugueuse et rongée par le sel. Près de toi, le pêcheur attendait ton verdict avec inquiétude. Me découvrant à la porte, tu m'as demandé si je pouvais le rassurer en grec. Son bateau avait été construit avec amour.

Et l'amour, as-tu ajouté, n'est jamais dépensé en vain. Je me souviens que les yeux du pêcheur brillaient de soulagement. Il avait eu peur de perdre son bateau. Il y tenait plus qu'à une femme.

Tu t'étonnais de me trouver si souvent sur ton chemin. Tu ne demandais pas comment une fille grecque pouvait parler la langue d'un peuple assassiné. Tu ne posais aucune question. J'étais aimantée vers toi, même si tu avais le double de mon âge. Je me sentais prête à te conquérir. Toi, tu gardais tes distances. Mais derrière ta réserve, je sentais que tu n'étais pas indifférent.

Te souviens-tu de notre promenade dans la ville haute ? C'était juste avant le début de la Grande Semaine. Nous avions cherché ensemble les traces des vieilles maisons ottomanes, admiré quelques moucharabiehs. Toi, l'étranger qui accostait pour la première fois à Thessalonique, tu me racontais la ville turque, la ville juive, cet âge d'or qui s'était terminé bien avant ma naissance. Toi, l'ashkénaze, tu évoquais d'une voix douce les souvenirs des dockers séfarades, qui avaient émigré en Palestine après le grand incendie qui avait consumé la vieille ville. À mesure que je t'écoutais, fascinée, c'est une autre cité qui prenait chair autour de moi, saturée de parfums, d'accents, hérissée de minarets, de synagogues et de mâts de voiliers. J'imaginais mes parents courant dans ses ruelles, entre les marchands d'épices et les femmes coiffées de toques multicolores et de tresses de perles. Une ville qui n'existait plus, dont je n'avais pas idée, mais que tu m'offrais dans les flamboiements du soleil, comme on rend sa couronne à une reine exilée.

La promenade était si belle que j'ai trouvé le courage de t'embrasser. Tu m'as repoussée doucement. Tu as dit, Je suis trop vieux. Je me suis sauvée.

Pendant la Grande Semaine, nous nous sommes évités. Pour Anastasia, ma mère grecque, c'était le moment le plus important de l'année. Elle me tournait autour, me trouvait différente. Stavros lui avait parlé de cet homme du nom de Lazar qui arrivait du pays des Juifs. Elle se méfiait, et s'étonnait que cette semaine de jeûne me coûte si peu. J'employais ce qui me restait d'énergie à prier le Christ des icônes, qui ressusciterait dans quelques jours, de te donner à moi. Dans le silence des veillées, je me préparais à t'aimer. Quelle révolution ! Jusqu'à toi, je n'avais jamais éprouvé cette fièvre. Derrière les sourires des hommes et leurs belles paroles, je voyais se refléter la cage. Toi, je devinais que tu ne m'enfermerais pas. Tu étais libre. Et même, tu te défendais de moi.

La célébration de la Pâque était ma préférée, peut-être parce qu'elle me rappelait Pessah et ses préparatifs joyeux, les tantes et les sœurs de mes parents affairées dans la cuisine. J'aidais Anastasia à confectionner des *koulouria* à l'orange quand un souvenir m'a envahie. J'étais assise sur les genoux de ma mère, elle aidait mes petites mains maladroites à découper des cercles dans la pâte pour les *borekitas.* Je m'appliquais et elle m'encourageait, piquant mes joues de baisers gourmands.

L'émotion était si forte, mes mains tremblaient dans la farine. Anastasia l'a vue sur mon visage, mais elle n'a rien dit.

Le samedi soir, à minuit, quand la lumière du Christ ressuscité s'est embrasée dans la basilique Saint-Demetrios, j'ai senti qu'elle me brûlait corps et âme, consumant les mensonges que j'avais acceptés. J'ai laissé couler mes larmes, réchauffée par la foule qui s'embrassait autour de moi.

Après la célébration, lorsque nous sommes rentrées à pied dans la nuit, j'ai annoncé à Anastasia que, désormais, je porterais le prénom que ma mère m'avait donné.

Elle m'a coupée avec colère, C'est lui, n'est-ce pas ? Je sais que c'est lui. Il t'a tourné la tête.

Tu ne comprends pas, lui ai-je répondu. C'est mon nom.

Elle fulminait : Je t'interdis de le fréquenter. Ce n'est pas un homme pour toi.

Sur ce point, vous étiez d'accord.

Je lui ai crié que j'étais majeure. Elle ne pouvait plus m'interdire quoi que ce soit.

J'ai traversé en courant la ville illuminée, les gens dansaient dans les rues, des rires résonnaient sur la place Aristote. Des tavernes éclairées s'échappaient des chants, des notes de musique. Je t'ai cherché partout. À 2 heures du matin, je t'ai trouvé au fond d'une salle enfumée. Les yeux fermés, tu écoutais de vieux *rebétika.* J'ai pris tes mains dans les miennes et je t'ai murmuré : Regarde-moi. N'aie pas peur. Moi je ne te crains pas.

Cette fois tu ne m'as pas repoussée. J'ai voulu partager mon nom avec toi. Tu l'as répété avec étonnement. *Allegra*. La joie.

Ce soir-là, tu t'es rendu à la joie.

De toi, rien ne m'effrayait. Pas même tes cicatrices. Ton corps entier était marqué. À la lueur des bougies, j'ai tressailli en les découvrant. Plus tard, j'ai osé en effleurer le relief sous mes doigts, avec ma bouche. Je ne savais pas que cette histoire gravée dans ta chair nous séparerait toujours. Dès la première nuit, je me suis heurtée à cette ombre.

Ton sommeil était haché de cauchemars et de sursauts. Des larmes glissaient sur ton visage, tu gémissais dans une langue inconnue.

Un jour d'été, à l'heure de la sieste, nous sommes allés nous baigner à Chaldiki. Je t'ai regardé t'éloigner vers le large, faire corps avec l'eau. La ligne bleue miroitante recouvrait tes blessures. Je me suis assoupie dans la chaleur du soleil. Tu m'as réveillée en faisant glisser des gouttes fraîches et salées sur mon ventre brûlant.

Nous avons dégusté les *koulouria*, le fromage et les olives que nous avions achetés sur le marché Modiano, bu le vin que tu avais laissé refroidir dans la mer.

Je t'ai demandé qui t'avait fait mal. Tu as murmuré, À Treblinka. Des SS, des Ukrainiens. Tous les jours, pendant quatre saisons.

J'ai répété ce nom plein de fracas. Je ne l'avais jamais entendu. Où était-ce ?

En Pologne, m'as-tu répondu avec un visage de pierre.

Après, tu es resté longtemps silencieux.

*Mi kerido*, je crois que tu n'as jamais été à moi. Mais dans tes bras, je me sentais neuve. Depuis le départ des miens, j'avais enfoui Allegra au plus profond de moi. Tu l'avais réveillée, et avec elle, ma joie. Le monde s'ouvrait, sans limites. Il me semblait que j'arriverais à vivre sans eux.

Toi, c'était comme si tu avais emporté la guerre avec toi et qu'elle te gardait prisonnier.

Pourtant tu étais doué pour la fête, pour l'amitié. Il t'avait suffi de quelques jours pour te faire adopter par Demetrios et les pêcheurs. Le soir, quand tu étais attablé avec toute la bande, je te regardais leur raconter des histoires dans un sabir de *djudyo* et de grec, rire et t'enivrer avec eux. Je me demandais si j'étais la seule à voir cette tristesse dans tes yeux.

Je croyais pouvoir t'en guérir.

Anastasia ne m'adressait plus la parole que pour me donner des ordres, à la maison ou à la taverne. Un rien la mettait hors d'elle, elle m'envoyait me coucher comme une enfant. À peine s'était-elle éloignée que j'enjambais la fenêtre pour te rejoindre. Une nuit, son fils m'a vue regagner ma chambre avant l'aube. Il m'a traitée de pute et il a craché : Tu me fais honte.

Après le service du déjeuner, Anastasia m'a attendue. Elle m'a dit que je me déshonorais, aucun Grec ne voudrait m'épouser après ça.

Ça tombe bien, j'ai répondu. Je ne veux pas d'un mari grec.

Elle a explosé : C'est lui qui t'a tourné la tête. Cet étranger, ce Juif !

Je suis juive, moi aussi ! j'ai crié. Tu l'as oublié ?

Elle m'a giflée de toutes ses forces. Puis elle m'a fixée, pétrifiée. Ma joue cuisait, j'étais partagée entre la colère et la pitié. Elle m'a dit tout bas, Tu es ma fille. Je ne veux pas qu'il te prenne.

J'ai murmuré que je ne partirais pas.

En prononçant ces mots, j'ai réalisé, pour la première fois, que j'envisageais de m'en aller. »

— C'est bouleversant, n'est-ce pas ? Son amour pour cet homme.

La voix de Montse Trabal interrompt la lecture d'Irène. Elle revient au présent, troublée d'avoir fait intrusion dans l'intimité de cette inconnue.

— C'est elle que vous cherchez, ou c'est lui ? l'interroge Montse.

Vêtue d'une veste en patchwork de couleurs vives et d'un pantalon souple, la jeune historienne se lève pour allumer une lampe. Le ciel est barré de nuages lourds, comme si la nuit tombait au milieu de l'après-midi.

— Lui. J'avais perdu sa trace en Autriche et je le retrouve amoureux à Thessalonique.

— Il est si abîmé, observe la Catalane. En traduisant, j'avais de la peine pour eux. Leur histoire ressemble à une tragédie grecque. Et le fait qu'elle se passe dans cette ville… Vous y êtes déjà allée ?

— Jamais.

— Elle est bâtie en amphithéâtre sur la mer. Comme si la pierre et l'eau dialoguaient en permanence.

— J'aimerais la visiter. Elle abritait une importante communauté juive ?

— Importante et rayonnante ! s'écrie Montse. Du temps de l'empire ottoman, Salonique était « la Jérusalem des Balkans ». Pendant des siècles, juifs, musulmans et orthodoxes y ont vécu en harmonie. C'est cet âge d'or que Lazar raconte à Allegra, quand ils se promènent à Ana Poli, l'ancien quartier turc. C'est étonnant de voir un ashkénaze restituer à une séfarade la mémoire de ses ancêtres ! Malheureusement, la Thessalonique grecque a effacé les traces du passé juif. Imaginez… le campus de l'université Aristote a été bâti sur le cimetière juif ! Le plus grand du monde séfarade… Le maire actuel semble avoir à cœur de remettre en valeur la richesse de l'histoire multiculturelle de la ville. J'espère qu'il tiendra parole.

— Ça devait être douloureux, pour cette jeune fille, de vivre dans ce lieu qui avait effacé les siens.

— En judéo-espagnol, la lettre exprime bien cette ambivalence, répond Montse. Je ne sais pas si cela se sent dans la traduction. Si Allegra a survécu, c'est parce que cette femme grecque a risqué sa vie pour la cacher. Elle l'a adoptée et, de toute évidence, elle l'aimait comme sa fille. Mais pour la petite, le prix de la survie a été de gommer ses origines juives. Porter un nom grec, se couler dans la peau d'une orthodoxe. Allegra avait peut-être le sentiment de trahir ses parents.

— Et sa rencontre avec Lazar a fait remonter ce qui était enfoui.

— Pour employer un mot grec, je dirais que cet amour est une épiphanie, sourit l'historienne. Mais les rencontres amoureuses nous révèlent souvent à nous-même. Vous ne trouvez pas ?

— Peut-être, répond Irène en pensant à Wilhelm.

— Vous croyez que cette lettre peut vous aider à le retrouver ? lui demande Montse.

— Au moins sa trace, dit-elle. Je doute qu'il soit en vie.

Jusqu'ici, Lazar n'était pour elle qu'une silhouette tapie derrière les arbres. Grâce à Allegra, il a un corps. Un corps blessé, marqué de cicatrices, qui souffre, respire, nage et fait l'amour. Elle découvre qu'il aimait la convivialité et la vie, avec une forme d'exubérance. Comme s'il avait besoin de cette intensité pour surmonter ce qui le rattrapait chaque nuit. Elle est étonnée qu'une jeune fille ait perçu cette dualité. Même s'il est difficile de démêler la part de la femme mûre qui écrit, dix-sept ans plus tard, à un homme qu'elle aime encore.

Devenu charpentier de marine, il avait cessé de construire des lieux où les hommes s'enracinaient, pour réparer les bateaux qui leur permettaient de prendre le large. Il avait choisi de vivre dans les ports, en compagnie de ceux qui préféraient la mer au rivage.

— C'est sa fille qui vous a demandé de le retrouver ?

— Sa fille ?…

— Vous n'en êtes pas arrivée à ce passage, sourit l'historienne. Je vous laisse le découvrir. C'est une odyssée, cette lettre. Prévenez-moi, si vous retrouvez Lazar. J'aimerais savoir ce qu'ils sont devenus, tous les trois, lui dit Montse Trabal en la raccompagnant à la porte.

# *Elvire*

Une fois dans son bureau, Irène décroche le téléphone pour ne pas être dérangée et reprend sa lecture.

« … pour la première fois, j'envisageais de m'en aller.

Cette terre, pourtant, me reliait à ceux que j'avais perdus. Je m'accrochais à des souvenirs qui perdaient leur éclat. Des fêtes dans la nuit saturée de senteurs, des parties de cache-cache avec mes amies de l'école de l'Alliance, les longues tablées de *shabbat*, la nuque de ma mère assise au piano. Avais-je vraiment été cette petite fille insouciante et choyée ?

Pendant des années, j'ai attendu leur retour. Parfois, il me semble avoir passé mon enfance à guetter l'arrivée des passagers du Simplon-Orient-Express. C'était le train que mon père avait emprunté durant des années, pour aller vendre ses tissus dans les capitales d'Europe. Quand j'étais petite, ma mère et moi allions le chercher et je me précipitais dans ses bras, reniflant dans son cou ce parfum de cuir et de tabac qui est resté pour moi l'odeur du voyage. Après la guerre, les trajets du Simplon-Orient-Express s'étaient espacés. Le monde était coupé en deux, certains pays refusaient désormais d'être traversés. À Thessalonique, son arrivée était toujours un petit événement.

Quand il entrait en gare, mon cœur cognait. Les voyageurs qui en descendaient arrivaient de Paris, de Venise, de Vienne ou de Belgrade. Je détaillais ces hommes d'affaires et ces touristes, ces jeunes mariés en lune de miel. J'admirais leur élégance, leurs bagages griffés. Mais ils n'étaient pas *eux*. Ils me dépassaient sans me voir.

Un soir d'hiver, Anastasia m'a trouvée sur le quai, brûlante de fièvre. Elle m'a enroulée dans son manteau et ramenée à la maison. Elle m'a fait couler un bain, m'a couchée dans son lit et veillée jusqu'à ce que la fièvre tombe. J'avais douze ans.

Le lendemain, elle m'a dit : Tu es grande maintenant, je peux te dire la vérité. Tu te souviens du jour où ta mère t'a confiée à moi ?

C'était l'année de mes sept ans, au printemps. Ma mère venait de lui donner sa leçon de piano. Elle n'avait plus le droit d'enseigner, mais certains élèves continuaient à venir en cachette. Après la leçon, elles avaient parlé un long moment à voix basse, puis ma mère m'avait annoncé que j'allais habiter quelque temps chez Anastasia, dans la ville haute. Je devais lui obéir en tout et me montrer courageuse.

J'avais rassemblé quelques trésors à la hâte : mon vieil ours en peluche, un cahier, le stylo que mon père m'avait offert à mon anniversaire. Je m'étais laissé embrasser de mauvaise grâce, sans comprendre pourquoi ma mère me serrait si fort.

Le soir même, mes parents avaient été forcés d'abandonner notre maison pour aller s'entasser avec des centaines d'autres Juifs près de la gare, dans un quartier clôturé et gardé par les Allemands. À cette époque, Anastasia tenait un étal de poissonnière au marché Kapani. Quelques jours plus tard, un adolescent lui avait glissé un morceau de papier plié. Elle l'avait encore, elle me l'a montré. Ma mère y avait écrit en grec : “Nous partons demain. D'après le rabbin Koretz, ils nous envoient en Pologne, à Cracovie. Avant mon départ, j'ai besoin que vous me rendiez le colis que je vous ai confié. J'ignore combien de temps nous y resterons, aussi je préfère l'emporter avec moi.”

Je me rappelle avoir lu et relu les caractères grecs, sans parvenir à en comprendre le sens. Anastasia m'a expliqué que ma mère s'était ravisée. Devant l'imminence de leur déportation, me laisser derrière elle lui paraissait insurmontable. Elle voulait qu'Anastasia lui ramène sa fille.

Saisie d'un pressentiment, celle-ci n'avait pu s'y résoudre. Elle avait choisi de risquer sa vie, et celle de son fils, pour me garder à l'abri. Elle m'enverrait rejoindre mes parents quand elle serait rassurée sur leur sort.

Après la guerre, une poignée de survivants étaient revenus, si maigres et hagards que personne n'osait affronter leur regard. La plupart avaient cherché ensuite des contrées plus hospitalières. Avant de partir, ils avaient témoigné de l'assassinat de leurs frères et de leurs sœurs, dans un camp de Pologne appelé Auschwitz. Les vieux, les mères et les enfants, dès la descente du train.

Ils ne reviendront pas, m'a répété Anastasia jusqu'à ce que je l'entende.

Ils ne reviendront pas.

Désormais, je n'avais plus qu'elle. Elle ne m'avait pas choisie. Elle avait accepté un fardeau dangereux et s'était retrouvée avec une orpheline. Elle m'avait sauvée.

Depuis, chaque jour j'ai eu le cœur brisé d'imaginer ma mère m'attendant dans cette gare. Qu'elle ait pu croire que je l'avais abandonnée. Chaque jour, une part de moi est soulagée d'être en vie, et l'autre aspire à remonter le temps, à les rejoindre et à mourir avec eux.

Quand je t'ai rencontré, j'étais captive de ces courants souterrains, inexprimables.

Une nuit où tu bougeais en moi, j'ai senti ce battement s'immobiliser comme un métronome, et la paix me submerger jusqu'aux larmes.

L'été nous offrait des aubes ensorcelantes, des matinées de pêche dans un calme limpide que traversaient les appels stridents des mouettes. Au retour, le sang de poisson et le ressac me donnaient mal au cœur. Tu m'emmenais marcher sur la terre ferme. Parfois, nous grimpions à l'assaut des remparts pour contempler d'en haut les toits de la ville, sur lesquels des chats noirs glissaient comme des ombres.

Depuis la gifle, Anastasia et moi n'avions échangé que des mots sans importance. La chaleur nous écrasait dès 10 heures. Tout était suspendu, dans l'attente d'une délivrance qui n'arrivait pas.

Un soir, je t'ai rejoint dans une taverne, du côté de la Tour blanche. J'avais envie de boire un ouzo que je n'aurais pas servi moi-même. Tu étais fourbu et heureux, tu venais de finir de réparer le bateau de Stavros. Tu m'as entraînée sur la piste, tu avais envie de danser. Je me suis laissé guider. Je me souviens avoir pensé, Il y a le Lazar du jour et celui de la nuit, et soudain la tête m'a tourné, le sang battait à mes oreilles, mes jambes se dérobaient. Tu m'as portée hors de la taverne pour me faire respirer l'air frais de la nuit. Tu m'as déposée doucement sur le muret, ta main chaude sous ma nuque. Je t'ai entendu murmurer *Ninia*, j'entendais l'inquiétude dans ta voix mais j'étais trop loin pour te répondre. Le bruit des vagues me berçait. J'ai mis longtemps à revenir. Quand j'ai rouvert les yeux, ton visage tendu s'est éclairé.

Tu m'as demandé tendrement, *Ninyeta,* qu'est-ce qui t'arrive ?

Depuis quelque temps, je me sentais fatiguée. Après mes longues journées de travail, je partageais tes nuits morcelées, tes réveils nocturnes.

Je t'ai souri pour te rassurer.

Anastasia avait espéré que tu repartirais vite et que notre vie reprendrait son cours. Comme tu t'attardais, et que tu avais des amis grecs, elle a fini par se dire qu'un gendre juif était préférable à une honte familiale. Elle s'est décidée à te parler, avec cette raideur qui ressemblait à de l'arrogance. Tu ne m'as pas raconté le détail de cette entrevue, mais je peux imaginer ce qu'elle t'a dit. Que j'étais plus têtue que les chèvres qu'elle gardait enfant, dans les montagnes. Qu'elle céderait si tu m'épousais et t'engageais à vivre à Thessalonique. J'ignore ce que tu lui as répondu. Lui as-tu laissé un espoir ?

Plus tard, pendant que nous dînions tous les deux, tu souriais de son ton péremptoire. Ton regard soucieux était fixé sur moi ; j'y déchiffrais une question.

J'avais trop bu, pour dissiper la gêne.

Je t'ai dit, Si tu t'en vas, je veux que tu m'emmènes.

Vraiment ? m'as-tu demandé doucement.

Je l'ai répété, et j'ai vidé mon verre.

Avec toi, je me sentais de taille à vivre des aventures dans des pays lointains. J'étais fatiguée de Thessalonique. Je n'étais pas sûre que cette ville m'aimait.

J'ai ajouté, Je veux que tu me montres le monde.

Tu m'as souri, amusé.

Très bien, m'as-tu répondu en remplissant les verres. Où voudrais-tu aller ?

Je veux voir Istanbul, Venise… Paris.

Honteuse, je me suis rendu compte que mon horizon se limitait aux villes desservies par l'Orient-Express. Celles dont mon père m'avait parlé, rapportant de ses voyages des babioles exotiques qui enflammaient mon imagination.

J'aimerais aussi découvrir Israël, ai-je ajouté un peu vite. Et puis… je voudrais que tu me fasses un enfant.

J'ai rougi de mon audace et détourné le regard. Plus loin, sur le quai, un couple enlacé s'éloignait vers la Tour blanche.

Quand j'ai osé affronter ton silence, des larmes brillaient dans tes yeux. Ta tristesse m'a pétrifiée.

*Ninia*, m'as-tu suppliée dans un souffle, ne me demande pas ça. Je ne peux pas, tu comprends ? C'est au-dessus de mes forces.

Je n'avais pas saigné depuis le mois de juillet. Je n'ai pas trouvé le courage de te le dire.

Après ça, la tristesse ne nous a plus quittés, jetant un voile sur la fin de l'été, les longues soirées dans le parfum du jasmin et des figuiers. S'il t'arrivait encore de rire, attablé avec tes amis, ton rire sonnait faux.

Et puis il y a eu cette dernière nuit. Te souviens-tu des mots que tu m'as plantés dans le cœur ?

*Je m'en vais, Ninyeta.* Ta vie est devant toi. Tu aimeras un autre homme. Il t'offrira la vie que tu mérites.

Le lendemain, tu es parti.

Tes mots, je les ai tournés et retournés pour qu'ils me blessent à mort, me dégoûtent de toi. Parfois, il me semblait y arriver, et puis je revoyais ton visage défait. Je t'entendais m'avouer, C'est au-dessus de mes forces.

Tu n'étais pas mon premier amour. Mais tu étais le premier de ma vie de femme. Après toi, je n'ai laissé personne réparer cette blessure.

Si je me suis résolue à t'écrire, c'est parce que j'ai gardé l'enfant. Au début, par désespoir. Je ne savais à qui me confier, ni comment faire. Quand le bébé a commencé à bouger, j'ai été bouleversée par la force de cette vie. Dès le début, elle m'a tenu tête. C'était comme si elle me disait en tapant du pied : Désormais, il faut compter avec moi.

Ton départ avait conforté Anastasia dans ses préjugés. Elle était soulagée que je rentre à la maison. Mais elle ne tarderait pas à découvrir mon passager clandestin, et notre paix volerait en éclats.

Un jour de septembre, la fureur du Vardar harcelait les promeneurs. J'étais montée jusqu'à la forteresse, m'arrêtant souvent pour reprendre mon souffle. L'enfant protestait. Je n'étais pas retournée là-haut depuis ton départ. Sur les remparts, je devais m'arc-bouter contre le vent. Ici, on dit qu'il lave les cœurs et dépoussière les âmes. Il t'avait poussé sur ce rivage et il t'avait repris. En contemplant les toits blancs qui descendaient jusqu'à la mer, j'ai compris que cet instant était mon *kairos*. Les Grecs le symbolisent par un petit dieu ailé qui n'a qu'une touffe de cheveux. Étais-je capable de l'attraper par les cheveux et de grimper sur son dos ? Si je ne l'étais pas, cette ville deviendrait ma cage.

En rentrant, j'ai exhumé le cahier que j'avais emporté en quittant la maison de mes parents. J'y avais collé des cartes postales que je collectionnais. Quelques années plus tôt, une vue de la tour Eiffel s'était décollée. J'avais lu les quelques lignes en français rédigées au verso :

"*Preziada mia*,

Pour ton anniversaire, je t'envoie une belle poupée de Paris. Quand tu viendras me voir, je t'emmènerai en haut de la tour Eiffel. Ta mère m'a écrit que tu avais progressé au piano. Il paraît que tu joues comme un ange.

Toute la famille travaille dans le *schmatès*, comme on dit ici, et les affaires sont florissantes. J'ai acheté un grand appartement. Le cousin Saltiel habite en face !

Embrasse la famille pour moi, et dis à tes parents de venir pour les vacances d'été."

La carte était signée *ton oncle Rafo*, et datée du 7 avril 1920. Le nom de son expéditeur m'était familier. Ma mère avait parfois évoqué devant moi cet oncle chéri, parti vivre en France à dix-sept ans, après le grand incendie. Imaginer que ma mère avait été cette petite fille m'avait déchirée. J'avais glissé la carte dans le cahier et je l'avais rangé.

Il était temps de le rouvrir.

*Il paraît que tu joues comme un ange.*

De nouveau, ces mots m'ont brisé le cœur. Je donnerais tant pour l'écouter encore. Je vois ses mains voler sur les touches, et je n'entends que le silence.

Au bas de la carte, l'oncle avait écrit son adresse :

Rafael Ferelli, 31, rue Saint-Lazare, Paris VIII.

Rue Saint-Lazare. Le *kairos* me fléchait le chemin.

Dans un souffle, j'ai annoncé à Anastasia ma grossesse et ma décision. Je m'attendais à des cris et à des larmes, mais elle a fixé mon ventre en silence, comme si elle avait toujours su que ce moment viendrait. Elle y a posé sa main, retrouvant la patience du geste. Au bout d'un moment, elle a senti l'enfant bouger et elle a souri.

Face à mon urgence, elle a déployé un sens pratique et un flegme admirables. Elle m'a aidée à choisir des vêtements pour toutes les saisons. Je croyais qu'elle lutterait contre moi ; elle acceptait mon choix. La carte de l'oncle Rafo avait fini de la convaincre. Peut-être trouvait-elle juste de me rendre à ma famille, s'il en restait quelque chose. Elle m'a demandé de la rassurer quand je serais arrivée à bon port. Si les choses ne se passaient pas comme nous l'espérions, je devrais rentrer par le premier train.

J'ai promis. Sur le quai de la gare, je l'ai serrée dans mes bras. Je lui ai dit, Je reviendrai te voir avec l'enfant.

Elle a abrégé les adieux.

C'est ainsi, *mi kerido*, que je suis montée à mon tour dans le Simplon-Orient-Express. À travers la vitre, j'ai vu s'éloigner la ville où j'étais née, où ma vie s'était déchirée en deux. Je ressentais autant d'excitation que de crainte. Pourtant j'ai savouré chaque seconde de ce voyage. Il me semblait qu'il me rapprochait de toi.

L'oncle Rafo avait miraculeusement survécu à la guerre. Errer d'une cachette à l'autre à travers la France pour échapper aux rafles lui avait coûté le peu d'argent qu'il lui restait, mais il était vivant. Le cousin Saltiel n'avait pas eu cette chance. Il avait rejoint à Auschwitz ses parents, ses cousins et sa nièce de Thessalonique. Rafo ne voulait pas parler de ces années terribles. Il s'épuisait au travail pour ne pas penser à eux. De retour à Paris, il avait rebâti un commerce de tissu et dirigeait trois boutiques de tailleurs dans le Sentier. Quand je suis arrivée à Paris, il venait de récupérer son appartement de la rue Saint-Lazare au terme d'une longue bataille. Les locataires qui l'habitaient depuis l'Occupation avaient arraché les boiseries et les plinthes avant de partir.

Mon oncle a accueilli avec émotion la fille de sa *preziada ermana* et l'enfant à venir. À ses yeux, il n'était pas une honte, mais un espoir.

Autour de lui, j'ai trouvé une famille, quelques rescapés de leur communauté séfarade d'avant-guerre. Ils m'ont adoptée sans poser de questions, avec une chaleur réconfortante.

Ici aussi, je me heurte au silence. On n'évoque pas les disparus. La priorité est de travailler beaucoup et de vivre discrètement. De temps en temps, nous partageons un repas de *shabbat*, une recette de *borekitas* ou de *pastellicos*. Quelques mots de *djudyo* s'invitent dans la conversation, une larme glisse sur une joue. Ce que la guerre nous a arraché est notre secret. Si nous en parlions, qui serait prêt à nous écouter ?

Un dimanche, je me promenais quand un chœur de voix d'hommes m'a arrêtée dans la rue. La porte de l'immeuble était ouverte, je suis entrée. Au milieu de la cour, j'ai découvert une petite église en bois bâtie autour du tronc d'un chêne vivant, dont les branches s'élevaient vers le ciel, au-dessus du toit. À l'intérieur, les murs étaient tapissés d'icônes éclairées de bougies, quelques fidèles priaient debout de chaque côté du tronc, comme dans une forêt. Je croyais rêver. J'ai fermé les yeux, laissant leurs voix basses et profondes me ramener à Thessalonique.

En sortant, la douleur m'a coupé le souffle. Brutalement, j'ai ressenti le manque d'Anastasia. J'aurais voulu qu'elle soit là. Poser ma tête sur ses genoux et l'entendre me dire que j'allais y arriver. Que j'étais assez forte.

Le lendemain, j'ai donné au central téléphonique le numéro de la taverne. J'ai entendu la voix d'Anastasia, si lointaine et fragile. Je lui ai dit : Mamma, l'enfant ne va pas tarder. J'ai peur.

Elle est arrivée la veille de l'accouchement.

*Mi kerido*, notre fille est née à Paris le 12 mars 1959, sous un ciel hésitant. Je l'ai baptisée Elvire, et certains jours, sous une certaine lumière, je trouve qu'elle ressemble à ma mère.

Elle a eu dix-neuf ans hier. Elle est aussi brune que toi. Comme toi, elle aime rire et faire la fête. Elle taquine l'oncle Rafo, qui a beaucoup vieilli et cherche ses lunettes sur son nez. C'est une étudiante brillante, qui nous remplit de fierté.

Si je prends aujourd'hui le risque de t'écrire et de remuer ces souvenirs, c'est parce que, depuis quelque temps, je surprends dans ses yeux une tristesse qui m'inquiète.

Toutes ces années, j'ai respecté ta volonté. Elle ne sait rien de toi, sinon que nous nous sommes aimés et qu'elle est née de cet amour. Elle m'a questionnée sans relâche, mais je n'ai pas cédé.

Aujourd'hui je sens que tu lui manques, qu'elle te cherche. Et je me tracasse, *mi kerido*. Je voudrais savoir où tu vis, si tu penses encore à moi. Si tu vas bien, si tu vas mieux.

Je sais que tu n'avais pas la force d'élever un enfant. Mais tu auras peut-être le désir, un jour, de rencontrer cette jeune fille qui te ressemble. Elvire sera bientôt capable de s'assumer seule. Elle est solide, elle n'a pas manqué d'amour. Je crois que si tu la rencontrais, elle te plairait.

Moi, j'aimerais te revoir. M'asseoir en face de toi, t'écouter me parler d'autres voyages, d'autres bateaux. Je ne veux te forcer à rien. Mais nos vies passent si vite, je voulais t'écrire avant d'être vieille. Te dire que je ne peux m'empêcher de penser à toi. Te remercier de m'avoir épargné des mots vides et de fausses promesses. Tu ne m'as pas abîmée, je veux que tu le saches. Tu m'as donné Elvire, et Elvire m'a ancrée dans la vie.

Je ne sais où t'écrire, alors j'envoie cette lettre à Yad Vashem, qui j'espère te la transmettra.

*Mi kerido*, quoi que tu décides, sache que je ne t'en voudrai pas. Ce que nous nous sommes donné est donné pour toujours.

Allegra »

Irène fixe une tache d'encre séchée, près du mot « donné ». Elle a le cœur serré que cette lettre n'ait jamais rejoint son destinataire. De ces vies ravagées, qui recollent leurs morceaux avec de l'amour dépensé à bon escient.

Sur un carnet, elle écrit le nom d'Allegra Torres à côté de celui de Lazar Engelmann. Sur la ligne du dessous : Elvire Torres. Née le 12 mars 1959, à Paris.

Elle se demande si Allegra est encore vivante et ce qu'elle doit faire de cette lettre et des révélations qu'elle contient. Calcule que sa fille aura cinquante-sept ans au printemps. Existe-t-il un lien, même symbolique, entre le pierrot de tissu et le refus de Lazar d'avoir un enfant ?

Pour répondre à ces questions, elle doit retrouver sa trace.

## *Karol*

— Pardon Irène, je vous ai fait attendre, dit Charlotte Rousseau. Ils installent le marché de Noël, ça embouteille le centre-ville. On gèle, ce matin ! Entre ce temps de chien et la nuit qui tombe à 16 heures, je frôle la dépression saisonnière… La petite Sibérie de la Hesse n'a pas volé sa réputation !

La neige est arrivée tard, cette année. Dans les rues, on accroche partout des décorations kitsch et pimpantes.

— Comment avance la restitution des objets ? Vous êtes contente ? l'interroge la directrice en lui tendant une tasse de thé.

— Les enquêtes nous posent quelques dilemmes.

— Racontez-moi. Et prenez un biscuit, ils sont faits maison. Ma fille aînée traverse une crise pâtissière.

Irène lui parle de Lazar. Depuis qu'elle a lu la lettre d'Allegra, elle ne peut les chasser de ses pensées. Elle évoque le pierrot de tissu et le matricule inscrit sur son ventre, qui l'a menée au rescapé tchèque à l'identité double : Matias Bárta et Lazar Engelmann. Ce jeune bourgeois de Prague qui voulait faire son droit était-il angoissé de voir les diplomates réunis à Munich sacrifier son pays à une paix provisoire ? Après l'invasion de la Tchécoslovaquie, le jeune homme est chassé de la fac par les nazis, il devient charpentier. Le déclassement s'accélère au rythme des lois anti-juives. Bientôt il est déporté au ghetto de Theresienstadt, puis au camp de Treblinka.

— Il est mort là-bas ? coupe la directrice avec un haussement de sourcil fataliste.

Le nom de Treblinka éteint tout de son ombre.

— Non, il a participé à la révolte du camp et réussi à s'enfuir. Il s'est caché dans la forêt pendant des semaines, jusqu'à ce que des combattants de la Résistance polonaise le débusquent.

— Ah, commente Charlotte. Des survivants ont témoigné que certains d'entre eux n'hésitaient pas à dénoncer les Juifs, ou à les tuer eux-mêmes…

— Certains aidaient les Juifs, d'autres les trahissaient. Ceux qui ont trouvé Lazar Engelmann lui ont procuré de faux papiers, et sans doute sauvé la vie. Les policiers polonais qui l'ont arrêté quelques jours plus tard n'ont pas découvert sa véritable identité. Il a eu de la chance. Les fugitifs de Treblinka qui ont été repris ont été assassinés. Lui a été envoyé à Buchenwald.

— Dans chaque histoire de survie, il y a des hasards miraculeux. Mais il aurait pu mourir à Buchenwald, ou dans une marche de la mort…

— Il s'en est fallu de peu. À la Libération, ses poumons étaient abîmés. Il a été soigné en Autriche. De là, il a émigré clandestinement en Israël. Je pense qu'il y est resté jusqu'en 1958.

— Pourquoi ?

— Parce que, en 1958, il tombe amoureux d'une jeune femme juive sur l'île de Thessalonique, répond Irène, souriant de l'étonnement de la directrice.

Elle mentionne la lettre retrouvée dans les archives et sa petite passe d'armes avec Dieter Behrens.

— Behrens a gardé ses réflexes de l'époque Odermatt, grimace Charlotte Rousseau. Je vais lui dire de vous laisser le champ libre. Maintenant, expliquez-moi ce qu'un survivant de Treblinka allait faire en Grèce.

Irène l'ignore. Tout ce qu'elle sait, c'est qu'il est devenu charpentier de marine en Israël et a vécu à Haïfa, où il a appris le judéo-espagnol avec les dockers de Salonique.

— Et donc, une fois à Thessalonique, il rencontre cette jeune femme et il l'épouse ?

— Pas exactement.

Elle raconte cet amour et son délitement, la fuite de Lazar, la grossesse et l'exil d'Allegra.

— Il n'a jamais su qu'il avait une fille ?

— Il est sans doute mort sans le savoir.

— Alors vous pouvez retrouver sa fille, et lui remettre l'objet.

Irène lui oppose qu'Elvire ne sait peut-être rien de son père. Doit-elle lui révéler les secrets de la lettre ? Elle n'a pas assez d'éléments sur Lazar pour boucler l'enquête.

— Irène, lui dit la directrice en posant sa main sur la sienne, il me semble que vous posez plusieurs questions en une. Devons-nous révéler aux descendants ce que nous découvrons ? Les gens qui nous contactent espèrent des réponses, même si elles remettent en question ce qu'ils savaient du disparu. Il n'est pas rare qu'un enfant de déporté découvre que son père a eu une autre femme, ou d'autres enfants dont il n'a jamais entendu parler, qui ont disparu dans les camps. Quel âge a la fille de Lazar ?

— Cinquante-six ans.

— Elle est assez grande pour affronter la vérité. Faites-vous confiance. Les nouvelles générations veulent savoir.

— Oui mais justement, elle n'a rien demandé.

— N'a-t-elle pas harcelé sa mère de questions ?

Irène doit en convenir.

— Vous êtes obstinée, vous avez des intuitions remarquables. Mais votre perfectionnisme vous pousse à outrepasser votre mission. Vous avez le propriétaire de l'objet, et vous avez une descendante. Que vous faut-il de plus ? Retrouvez-la, et donnez-lui le pierrot.

— J'ignore le sens qu'il avait pour cet homme, proteste Irène.

— Vous n'aurez pas toutes les réponses. Acceptez-le. Vous allez rendre un père à sa fille. Cela ne vous suffit pas ?

Irène se tait, impuissante. Arrêter son enquête à ce point lui donne le sentiment d'abandonner Lazar.

— Vous avez trois mille objets à restituer, et une seule vie pour le faire, sourit la directrice. Il va falloir apprendre à lâcher prise. Avez-vous d'autres dilemmes à me confier ?

Masquant sa frustration, elle évoque la confession d'Elsie transmise par son petit-fils, le choix de Wita, le médaillon de la Vierge et le visage d'enfant dessiné au crayon.

— Cette Wita, vous l'avez retrouvée à partir de son prénom ? la coupe Charlotte Rousseau, impressionnée.

— Grâce à Henning.

— Si l'enfant du dessin est bien celui de cette déportée, quel âge a-t-il aujourd'hui ?

— Soixante-dix-huit ans. S'il est en vie.

— C'est tellement fort, ce qu'elle a fait, murmure son interlocutrice. Mourir avec cet orphelin. Ça me rappelle l'histoire du pédiatre du ghetto de Varsovie, Janusz Korczak. Il avait des relations haut placées qui ne demandaient qu'à le sauver. Il a refusé d'abandonner les enfants de son orphelinat, on l'a assassiné avec eux. Mais votre Polonaise avait un fils, ça aurait dû la retenir… Peut-être qu'il était déjà mort, et qu'elle n'avait plus rien à perdre ?

Irène secoue la tête, elle est persuadée que Wita voulait vivre. Ce dessin était une raison de sauver sa peau. L'enfant juif l'a détournée de son but. Elle n'a pu se résoudre à l'abandonner.

— Sur combien d'objets travaille votre équipe, pour l'instant ? l'interroge la directrice.

— Une vingtaine.

La directrice est satisfaite, c'est un bon début. Elle aimerait communiquer vite sur l'opération, un peu de publicité aiderait les recherches. Pourquoi ne pas faire appel à des volontaires bénévoles ? Il faut trouver un *hashtag* facile à relayer sur les réseaux sociaux.

— Merci, conclut-elle, ce petit exposé était passionnant.

— M'autorisez-vous à consulter le dossier d'Eva Volmann, dans les archives du personnel ? lui demande

Irène avant de la quitter. Une jeune femme est venue l'autre jour de Buenos Aires à sa recherche. J'aimerais réunir un maximum d'informations avant son retour.

— Rappelez-moi quand Eva Volmann est arrivée à l'ITS ?

— En 1948.

— Mais oui, c'est une de nos DP historiques ! s'exclame la directrice, dont le regard s'illumine. Justement, en ce moment je m'intéresse aux premières années du centre. Êtes-vous libre en fin d'après-midi ? On peut regarder son dossier ensemble.

Chaque rendez-vous avec Charlotte Rousseau lui donne l'impression de s'être branchée sur un générateur électrique. Mais l'idée d'abandonner la piste de Lazar attriste Irène. Bien sûr, elle peut imaginer pourquoi il ne voulait pas d'enfant. Mais elle ignore ce qui l'a attiré à Thessalonique, ce qu'il est devenu après avoir quitté Allegra. Elle espère que sa fille lui demandera d'enquêter plus avant.

Janina Dabrowska lui téléphone après le déjeuner. Elle a de bonnes nouvelles, elle a retrouvé la trace d'une Wita Sobieska dans leur fichier. Son mari a demandé à la Croix-Rouge polonaise de la rechercher en 1945. On lui a répondu qu'elle était morte à Ravensbrück. Une survivante de Lublin pouvait en attester.

Janina a déniché des informations sur son mari, Marek Sobieski. Avant la guerre, il possédait une exploitation agricole près de Lublin. Pendant l'Occupation, les nazis expulsaient les paysans polonais de leurs fermes pour y installer des colons de souche allemande. Pour échapper à la déportation, des milliers d'entre eux ont rejoint les partisans dans les forêts. Marek a intégré l'Armée de l'intérieur. À l'été 1944, Lublin a été la première grande ville polonaise libérée. Les communistes ont pris le pouvoir dans la foulée. Aux yeux de Staline, les membres de l'Armée de l'intérieur n'étaient que des gibiers de potence à déporter en Sibérie. Marek a fait de la prison, on l'a accusé d'avoir collaboré avec les Allemands. Le genre d'argument dont les Soviétiques usaient pour salir les Résistants. Il venait d'être libéré quand la Croix-Rouge l'a informé du décès de sa femme.

— Ce qui est étrange, dit Janina, c'est qu'il s'est remarié trois semaines après avoir appris sa mort.

Irène a une pensée pour Wita. Il ne l'a pas pleurée longtemps. Un homme pragmatique, ou pressé de tourner la page de cinq années d'horreurs.

— Et l'enfant ? demande-t-elle.

Janina lui confirme qu'ils avaient un petit garçon, disparu pendant la guerre. La sœur de Wita a initié une recherche en 1949.

— D'après elle, le petit avait été enlevé par les SS.

— Dans le cadre du programme de germanisation ?

— Apparemment. Mais l'enquête n'a pas abouti. Votre Section de recherche des enfants a fini par clôturer le dossier. Ça arrivait souvent, avec les enfants volés sur les territoires occupés.

— Vous pensez qu'il a été adopté en Allemagne ?

— Sans doute. Il ne devait pas avoir plus de deux ou trois ans.

— Pourquoi n'ai-je aucune trace de l'enquête dans nos archives ?

— Le dossier s'est peut-être perdu ? hasarde Janina. Je vais chercher s'il reste des membres de la famille. Avec tout ça, chère Irena, vous allez être obligée de nous rendre visite !

Après avoir raccroché, Irène étudie le portrait au crayon de l'enfant, l'harmonie de ses traits, sa blondeur. Il avait hérité de sa mère les critères de la « beauté aryenne ». Pour tous les deux, ce qui semblait un avantage s'est révélé une malédiction. Songeuse, elle observe l'inscription : *Karol Sobieski, 5 nov. 1938.* La première fois qu'elle a vu le dessin, elle a pensé à un avis de recherche.

À mesure que son enquête progresse, Wita s'incarne et lui devient plus proche. Elle est cette femme à qui on a arraché son petit garçon avant de la jeter en prison, de la déporter à Auschwitz et à Ravensbrück. Irène la voit. Elle économise ses forces, évite d'attirer l'attention. Dans la pénombre d'un baraquement, elle dessine le visage de son fils. Écrit son nom, sa date de naissance. Après le camp, elle partira à sa recherche.

Elle rencontre ce petit garçon juif, qui a sensiblement le même âge que le sien. Il est seul. Elle s'attache à lui malgré elle, essaie de le sauver sans y parvenir. On les envoie ensemble au Camp des Jeunes. La glaçante gardienne-chef sélectionne le môme pendant l'appel. Wita ne peut se résoudre à le quitter. On ne lui arrachera pas cet enfant-là.

Par deux fois, sa courte existence a été déroutée par l'instinct maternel. Elle avait les qualités traditionnelles des princesses de conte, leur beauté, leur cœur généreux. En définitive, ces cadeaux des fées sont devenus les instruments de sa perte.

Irène étudie le portrait de l'enfant, avec le sentiment qu'il lui incombe de le retrouver. De renouer le fil tranché, et de rendre justice à Wita.

## *Eva*

Quand Irène pénètre dans la salle de réunion, il fait déjà nuit. Avec ses cheveux en bataille et ses lunettes qui glissent sur son front, Charlotte Rousseau ressemble à une spéléologue remontant à l'air libre. D'ailleurs elle émerge d'un tas de classeurs et de cartons empilés sur la table :

— Je me suis dit qu'ils nous seraient utiles pour éclairer les documents d'Eva Volmann. Récemment, j'ai entrepris l'inventaire des archives concernant l'histoire du centre. J'aimerais créer une exposition permanente. Vous savez, il y a toujours eu un mur invisible entre cette ville et nous. Il est temps de le faire tomber. Je voudrais que les habitants comprennent que nous appartenons à leur histoire, que c'est une chance et une richesse. Je travaille sur ce projet avec une historienne qui a grandi ici. Son oncle a travaillé dix ans à l'ITS, mais figurez-vous qu'avant d'en faire son sujet de thèse, elle n'avait aucune idée de nos activités !

Irène n'est pas surprise. Pendant vingt-sept ans, l'obligation de confidentialité imposée par Max Odermatt a enveloppé leurs missions de fumée, arrangeant ceux qui refusaient d'affronter le passé.

— Tenez, le certificat d'embauche d'Eva.

Irène cherche les traits de son amie dans ce visage de souris aux aguets. Le vert des yeux est plus clair, ses cheveux noirs et courts lui donnent l'air d'une collégienne, mais son regard lucide crée une dissonance. Le certificat est daté de février 1947. Elle n'a pas dix-sept ans, et l'ironie est peut-être le dernier rempart de sa vie brisée.

Sur un autre cliché, Eva pose avec des amies devant le portail d'entrée de l'ITS. Elle fixe l'objectif tandis que les autres sourient dans leurs jupes sages, l'une des quatre tire la langue. Elles ressemblent à n'importe quelles jeunes filles de l'après-guerre retrouvant leur insouciance, néanmoins la photo provoque chez Irène un sentiment de malaise. Sans doute parce que la bannière en demi-cercle au-dessus du portail, où l'on peut lire *Allied High Commission for Germany, International Tracing Service*, évoque étrangement par sa forme arrondie le *Arbeit macht frei* du fronton d'Auschwitz. Cet écho la trouble.

— Où se trouvait l'ITS, à cette époque ? interroge-t-elle.

Charlotte Rousseau lui explique que l'armée américaine avait réquisitionné de nombreux bâtiments de la ville. Leur quartier général était installé dans l'ancienne résidence du prince nazi. Les premières années, l'ITS – qu'on appelait encore le Bureau central de traçage – s'y trouvait aussi. Dans les baraquements qui avaient abrité les garnisons SS logeaient désormais des centaines de DP, jetés ici par le chaos de la guerre. La plupart espéraient émigrer. Ils apprenaient des langues étrangères, et un métier qui leur permettrait d'obtenir un visa pour le pays de leur choix. Ils constituaient une enclave internationale à l'intérieur de la ville. Hostile, la population les considérait comme des parasites qui bénéficiaient des largesses des occupants. Certains étaient recrutés par le Bureau central de traçage, en particulier les polyglottes. Ce fut le cas du Cerveau. Son avion était tombé tout près d'ici durant les derniers combats. Il avait passé deux ans à l'hôpital, flottant d'une opération à l'autre dans une brume sédatée. Il en était ressorti sur une seule jambe, mais avait trouvé au centre un poste à la mesure de ses dons linguistiques.

Eva était arrivée un matin avec Erin O'Sullivan, la jeune femme de la Croix-Rouge britannique qui avait su l'apprivoiser. Elle était restée, découvrant dans ces baraquements militaires une communauté chaleureuse de rescapés qui lui ressemblaient. Ils essayaient ensemble de renaître à la vie, organisaient des bals, des activités sportives, des fêtes de Noël, des pique-niques au bord des lacs. Des couples se formaient, des enfants naissaient dans cette parenthèse fragile.

— Apparemment, Eva avait une chambre dans le block F.

La directrice déplie le plan de la caserne. Chaque matin, la jeune femme traversait l'ancien terrain d'exercice des SS. Y voyait-elle une farce du destin ? Une victoire symbolique sur ses bourreaux ?

— Elle travaillait déjà au *tracing*, précise Charlotte Rousseau. Ses premières évaluations sont élogieuses ! Son supérieur note qu'elle participe aux enquêtes de terrain et manifeste « beaucoup d'intelligence dans l'analyse des documents ». Malgré sa jeunesse, elle n'a cessé de gagner de nouvelles responsabilités. C'est un signe qui ne trompe pas.

Elle lève le nez du dossier d'Eva :

— Regardez, Irène.

Dans une lettre adressée au directeur américain de l'époque, Eva explique qu'elle voudrait mener des recherches en Pologne, mais redoute que son statut d'apatride ne puisse la protéger. Dans sa réponse, ce dernier lui confirme que le gouvernement communiste pourrait ne pas la laisser repartir, et lui conseille d'attendre d'avoir une piste sérieuse pour tenter le voyage.

Dès la fin de la guerre, les Alliés de l'Ouest se sont opposés au rapatriement forcé des déplacés vers les pays du nouveau bloc soviétique. Ces tensions diplomatiques annonçaient déjà la guerre froide et ses enjeux. Eva devait être déchirée entre le désir de retrouver les siens et la peur de rester captive d'un pays où elle n'envisageait aucun avenir.

— Elle a dû se raviser, observe la directrice. Je ne vois aucune trace de voyage à l'Est dans les années qui suivent. En revanche, j'ai ici sa correspondance avec la directrice du personnel. Avez-vous connu Johanna, Irène ?

— Non, mais Eva avait beaucoup d'estime pour elle. Si j'ai bien compris, elle a démissionné à l'arrivée de Max Odermatt ?

— Leurs visions étaient irréconciliables… Elle a été l'une des premières Allemandes embauchées ici, au départ comme dactylo. Elle avait une vingtaine d'années, elle ignorait tout des atrocités nazies. Ces jeunes Allemandes étaient traumatisées par le contenu des documents qu'elles tapaient. Johanna est tombée amoureuse d'un DP polonais qui voulait émigrer au Canada. À l'époque, pour l'épouser, elle a dû renoncer à sa nationalité. Vous vous rendez compte ? Elle l'a payé cher, elle a été ostracisée par toute la ville… Finalement ils sont restés ici et pendant plus de trente ans elle a été une formidable directrice du personnel, dévouée aux employés. J'aurais aimé la rencontrer.

Moi aussi, songe Irène. Toutes ces années, sa répugnance à interroger le passé d'Eva l'a privée de conversations précieuses avec des témoins du passé qui étaient encore en vie.

— Désolée, je dois filer, grimace Charlotte Rousseau en jetant un coup d'œil à sa montre. Je vous laisse le dossier d'Eva, vous me le rendrez quand vous l'aurez consulté.

Chargée de son butin, Irène patine sur les ornières glacées que les pneus ont creusées dans la neige du parking.

Quand elle rentre chez elle, le vestibule éteint sent la cendre froide. Elle accroche sa parka mouillée à une patère, allume des lampes basses à la lumière douce, un feu dans la cheminée. Comme chaque soir, elle a le sentiment que sa maison l'accueille et l'abrite. Les dessins d'enfant de Hanno, encadrés sur le mur, ajoutent une note joyeuse au décor. Son vieux fauteuil crapaud en velours vert l'attend. Irène se sert un verre de vin, met un disque de jazz et avale un bout de pizza avant de se plonger dans la correspondance d'Eva.

Semaine après semaine, la jeune rescapée dit lutter contre une fatigue intense, est assaillie de douleurs articulaires, de violentes migraines et d'insomnies. Malgré un régime protéiné, elle peine à regagner un poids normal et gardera désormais ce corps sec, comme un arbre privé de sève. Pendant l'été, elle s'astreint à nager plusieurs fois par semaine à la piscine ou dans les lacs des environs. Elle retrouve le bonheur qu'elle éprouvait, petite fille, à se baigner dans la Vistule. Les réponses de la directrice du personnel expriment chaleur et sollicitude. Elle l'encourage à aménager ses horaires et à s'accorder des plages de repos pour couper les longues journées de travail. Dans une autre lettre, il est question d'une altercation qu'Eva a eue à la boulangerie avec une Allemande qui l'avait insultée. Le ton est monté et Eva a fini par la gifler. Johanna l'assure que la direction la soutiendra, s'il y avait des suites judiciaires.

Irène n'a aucun mal à imaginer la scène. Eva a toujours su se défendre.

La sonnerie de son portable l'arrache à sa lecture. Hanno l'interroge tendrement : « Comment vas-tu, petite mère ? »

Honteuse, elle réalise qu'elle ne l'a pas appelé depuis que Myriam lui a appris l'existence d'Hermine.

Elle le rassure :

— Juste engloutie sous le travail. Tu sais comment je suis dans ces cas-là…

— Infréquentable, la taquine-t-il.

— À ce point ?

— Pire.

— Tu as beaucoup souffert, mon fils, dit-elle.

Hanno acquiesce en riant et lui annonce qu'il la rejoindra pour le week-end.

— J'aimerais qu'on passe un peu de temps rien que tous les deux. Ça ne t'embête pas ?

Elle en éprouve une joie secrète. Ces derniers mois, il ne jurait que par les Glaser.

Douillettement installée près du feu, Irène relit le début d'une lettre qu'Eva a adressée en mai 1951 à Martin Talbot, qui dirigeait l'ITS en tant que représentant de la Haute Commission alliée.

Elle n'arrive pas à croire ce qu'elle a sous les yeux.

La rescapée écrit qu'elle soupçonne un de ses collègues allemands, Holger S., d'avoir appartenu à la SS.

Un matin, elle l'a surpris alors qu'il sortait du dépôt des archives. Elle savait qu'il ne faisait pas partie du personnel autorisé à consulter les fonds. À compter de ce jour, elle l'a observé à distance. Il ne fréquentait pas les anciens déportés, se tenait toujours à l'écart avec le même groupe d'employés allemands. Dix jours plus tard, elle l'a croisé dans une ligne d'eau à la piscine. C'est là qu'elle a aperçu la lettre tatouée sous son aisselle. Elle sait que les SS se faisaient tatouer leur groupe sanguin, on appelle cela « la Marque de Caïn ». Depuis, elle n'arrive plus à dormir, torturée par l'idée qu'un ancien SS pourrait se cacher au sein de l'ITS.

Elle demande l'autorisation d'enquêter sur lui.

« La nuit, je suis de nouveau dans le camp. Tant que je n'en aurai pas le cœur net, je ne pourrai plus trouver le sommeil. »

La réponse de Talbot ne figure pas dans le dossier mais une lettre d'Eva, trois semaines plus tard, laisse supposer qu'il lui a accordé un entretien, et la permission d'accéder à certains documents :

« Je ne comprends pas que les fonctionnaires d'une organisation alliée aient pu se montrer si négligents. Vous dites qu'ils ne ressemblent pas à ceux qui nous ont accueillis à la libération des camps, qu'ils ignorent de quoi les nazis sont capables. Mais comment ont-ils pu engager des Allemands sans faire les vérifications nécessaires ? L'idée que cet assassin se cache ici depuis des mois, des années, qu'il a eu le temps de détruire les preuves de ses crimes me rend malade. Je sais que vous comprenez ce que je ressens.

J'ai peur qu'il y en ait d'autres. Donnez-moi plus de temps, Monsieur, et je les débusquerai tous. »

Les réponses du directeur sont manquantes. A-t-il autorisé une enquête discrète, soucieux d'éviter un scandale public qui aurait éclaboussé l'ITS ? Irène fixe le texte avec incrédulité jusqu'à ce qu'il tremble devant ses yeux. Comment a-t-on pu embaucher des anciens SS pour garder les archives de la persécution nazie ? Ont-ils bénéficié de complicités à l'intérieur du centre ?

Elle se connecte à distance au Fichier central et lance une recherche sur Martin Talbot. L'Américain, qui dirigeait l'ITS à un moment où la Haute Commission alliée aspirait à se défaire de ce fardeau en le déposant dans d'autres mains, avait pour mission d'assurer la transition.

« Nous sommes ici pour servir les millions de victimes de cette guerre. Nous les servons quels que soient leur histoire, leur pays d'origine, leurs opinions politiques ou leur religion. Nous servons les morts et les vivants, c'est notre devoir et notre honneur », a-t-il déclaré lors de l'inauguration des nouveaux locaux. Il ne semblait pas le genre d'homme à prendre sa mission à la légère.

« Je sais que vous comprenez ce que je ressens », lui écrit Eva. Elle qui se méfiait de tous accordait sa confiance à ce réfugié juif germanophone de Tchécoslovaquie qui avait fui l'Europe centrale en 1938, et combattu les nazis sous l'uniforme américain.

Irène agrandit un courrier qu'il a envoyé à sa hiérarchie à l'hiver 1952. Il a pour en-tête : « Avenir de l'ITS ». Médusée, elle découvre que les Américains envisageaient d'en transférer la gestion au gouvernement allemand. Obnubilés par les priorités de la guerre froide, les Alliés de l'Ouest étaient prêts à confier à la République fédérale d'Adenauer, loin d'être dénazifiée, les preuves des crimes du Troisième Reich et le destin de ses victimes.

Dès les premières lignes, Talbot entend démontrer à ses supérieurs que ce projet est une hérésie. Il le démonte point par point, avec une froideur rationnelle. Si les Allemands dirigeaient l'ITS, ils pourraient détruire les traces et invalider le verdict du tribunal de Nuremberg. Ils pousseraient les anciens DP vers la sortie pour les remplacer par un personnel allemand moins fiable. Quelle ironie, songe Irène. Ce dernier argument préfigure ce que Max Odermatt a fait trente ans plus tard, avec la bénédiction du Comité international de la Croix-Rouge.

« J'ai découvert récemment que quarante-cinq de nos employés allemands avaient occupé un poste élevé dans la SS ou à la Gestapo, écrit Talbot. Une enquête a démontré que l'un d'entre eux avait tenté de mettre le feu aux archives. Tous avaient été engagés à l'ITS par des agents des organisations alliées, au mépris de toutes les règles de précaution et des lois de dénazification. J'ai procédé à leur renvoi immédiat, mais je ne saurais trop vous mettre en garde contre le danger de laisser des criminels de guerre accéder aux archives. Si cette affaire devenait publique, la réputation de la Haute Commission alliée et celle de l'International Tracing Service en seraient entachées à jamais.

C'est pourquoi je suggère de confier les archives à une commission internationale, qui superviserait le personnel et ses missions. »

Irène avale une gorgée de vin. Le secret a été bien gardé. Talbot a-t-il promis sa coopération à Eva en échange de son silence ?

Il lui revient une conversation qu'elles avaient eue, quelques mois après l'arrivée d'Irène au centre. Elles venaient de déjeuner avec le Cerveau, qui les avait régalées de ses anecdotes cocasses. Irène était sous le charme, et Eva avait concédé :

— Un homme délicieux, aussi modeste que courageux. Nous sommes peu nombreux de la première équipe à être restés. La plupart ont préféré quitter l'Allemagne au départ des troupes d'Occupation.

— Et vous deux, pourquoi êtes-vous restés ? avait-elle demandé.

— Je ne peux pas répondre pour lui. Moi, je n'avais plus rien. Ici, au moins, je me sentais utile. Et puis, il fallait bien que quelqu'un veille sur les archives. Tu as entendu parler de Cerbère, le chien qui garde les Enfers ?

— Oui, pourquoi ?

— Tu ne trouves pas que je lui ressemble ? avait dit Eva, et son rire de fumeuse avait retenti dans le couloir.

Elle l'entend encore.

# *Karol*

Assise dans le couloir, Irène se masse les tempes. Cette nuit, elle a rêvé qu'Eva l'avertissait qu'*ils revenaient.* Après ça, impossible de fermer l'œil. Sa vieille angoisse lui serrait la gorge. La terreur qu'on fasse du mal à Hanno. Elle a lutté un moment contre l'envie de l'appeler, il était 3 heures du matin. « Calme-toi, il va bien », se répétait-elle pour desserrer l'étau de sa cage thoracique. Elle se représentait les allées tranquilles du campus, les étudiants devisant sous les arbres. Un monde solide et rassurant qui ne pouvait se fissurer.

Pour finir elle a capitulé, remis une bûche dans l'âtre et enchaîné des épisodes de la série *Fleabag* jusqu'au lever du jour. Elle aime son héroïne écorchée à l'humour ravageur. Au réveil, la neige bloquait sa voiture. Au fur et à mesure qu'elle pelletait la croûte glacée, elle sentait l'air circuler dans ses poumons, chasser ses pensées noires. Revêtue d'un blanc poudreux, la forêt étincelait sous le soleil. Quand Hanno vivait là, il se chargeait de la corvée. Ça se terminait en bataille de boules de neige et en fous rires. Elle se demande si elle ne devrait pas adopter un chien. Celui des Glaser est très affectueux.

Silke Bauer est ponctuelle. Cela fait deux ans qu'elle a rejoint la Section de recherche des enfants. Auparavant, elle enseignait l'histoire contemporaine à Berlin. Sa spécialité, c'est le programme de « germanisation » de l'Allemagne nazie. C'est pour écrire un essai sur le sujet qu'elle a découvert l'ITS. Pendant dix-huit mois, elle a passé ses congés à inventorier les fonds d'archives. Quand son livre a été achevé, Charlotte Rousseau l'a convaincue de rester.

Elle reçoit Irène dans un bureau soigneusement rangé. Ici, pas de piles de dossiers en équilibre précaire, de mugs oubliés sur une étagère avec un fond de café froid. Une couronne de l'Avent trône en évidence, souvenir de son enfance berlinoise. L'animation de la capitale lui manque. Ici c'est trop petit, dit-elle, on dirait ces villages en bois peint qu'on sort pour la veillée de Noël. Elle a la cinquantaine, des cheveux courts d'un blond éteint, un regard cerné d'insomniaque et, toujours à portée de main, une cigarette électronique de fumeuse repentie. Elle consacre son temps aux « enfants non accompagnés », les mineurs déplacés qui se trouvaient dans les zones d'Occupation de l'Allemagne. À la Libération, les Alliés ont été confrontés à des millions de gamins égarés. Orphelins, petits survivants des camps, jeunes travailleurs forcés. Les organisations de secours devaient en prendre soin, les identifier et organiser leur rapatriement. La plupart étaient mal nourris, traumatisés, mutiques. Les volontaires qui arrivaient des États-Unis ou du Royaume-Uni n'avaient souvent de la guerre qu'une perception lointaine. Ils comprenaient vite que cette mission exigerait d'eux un engagement total. Il leur fallait plus de temps pour réaliser qu'ils n'étaient que des pions sur un immense échiquier, et prendre la mesure de leur impuissance.

— Je cherche un petit Polonais, explique-t-elle à Silke Bauer. Il a été enlevé à la fin de l'année 1941 ou au début de 1942. La Croix-Rouge polonaise a ouvert une enquête qui n'a pas abouti.

— Vous voulez rouvrir le dossier ? Vous avez de nouveaux indices ?

— C'est un peu tôt pour le dire. Sa mère est morte à Ravensbrück.

— Elle a été déportée pour résistance ?

— A priori non. J'ignore pourquoi la police allemande l'a déportée.

— Ils se sont peut-être juste débarrassés d'elle, suggère Silke Bauer.

— Comment les enquêteurs ont-ils découvert le programme de germanisation ?

— Au départ, ce n'étaient que des rumeurs persistantes. Des enfants « de bonne valeur raciale » auraient été raptés par les nazis dans les pays occupés, pour être élevés par des familles allemandes. Ça ressemblait à un conte de Croquemitaine… Et puis des milliers de photos d'enfants ont afflué des pays de l'Est et des pays baltes, et il a fallu se rendre à l'évidence. Aujourd'hui, on estime à deux cent mille le nombre d'enfants kidnappés.

— Deux cent mille ! s'exclame Irène.

— Vertigineux, n'est-ce pas ? Himmler avait ordonné à ses SS de « voler le sang pur » partout où il se trouvait. Ils repéraient les enfants de deux à douze ans qui avaient des traits « aryens ». Ensuite, avec les infirmières nazies, qu'on appelait les *sœurs brunes*, ils raflaient les mômes dans les écoles, les orphelinats, parfois en pleine rue.

Irène est envahie par l'image de Wita marchant sur un trottoir enneigé. Blond et rieur, le petit Karol court à côté d'elle. Elle le rappelle à l'ordre, il ne doit pas s'approcher si près de la route. Une Traction Avant noire ralentit à quelques mètres d'eux, une infirmière en sort. Elle sourit à l'enfant, demande quel âge il a, lui caresse la tête. Wita prend le petit dans ses bras. La femme se retourne vers la voiture et fait un signe de tête. Aussitôt deux SS en jaillissent et arrachent l'enfant des bras de sa mère. Elle lutte pour le garder, hurlante. Ils la frappent, se précipitent dans la voiture, tendent le petit à l'infirmière et redémarrent.

Elle ne saura jamais si les choses se sont passées ainsi.

— Qui étaient ces sœurs brunes ? murmure-t-elle.

— Des nazies ferventes, volontaires pour « le service de l'Est ». Elles repéraient les gosses et racontaient aux parents qu'ils devaient passer des examens médicaux. Si ça se passait mal, le service d'ordre SS était là.

— Les enfants étaient tout de suite emmenés en Allemagne ?

— D'abord, on les confiait aux « experts de la race », qui les soumettaient à toutes sortes de mesures pointilleuses : l'écartement des yeux, la forme du nez, les proportions du corps, la recherche de taches de naissance, d'éventuelles maladies ou tares génétiques… Ceux qui n'étaient pas jugés assez aryens étaient renvoyés chez eux ou déportés dans les camps de travail forcé. Les autres étaient dirigés vers des centres spéciaux pour être

« rééduqués ». En Pologne, il y en avait plusieurs. Là, on en faisait des petits Allemands. S'ils parlaient leur langue maternelle, ils étaient sévèrement punis. Les plus jeunes étaient confiés aux foyers Lebensborn[1] avant d'être adoptés par des familles nazies. Les autres étaient mis au service du Reich.

Irène est fascinée par la méticulosité du processus. Cette chaîne de responsabilités où chacun, des brutes SS aux infirmières et aux médecins dévoyés, joue son rôle sans se poser de questions, absorbé par sa tâche. Tous sont persuadés d'agir pour le bien de ces enfants. Ils ne les volent pas, ils les restituent à leur destin véritable.

Himmler ayant ordonné de détruire les traces du crime, l'état civil des kidnappés avait été systématiquement falsifié, ce qui compliquait le travail des enquêteurs. Les adolescents pouvaient avoir des souvenirs, mais les plus jeunes avaient oublié leurs parents, leur langue natale. Ils ne ressemblaient plus à leurs photos de bébés, ou pas assez pour que ce soit concluant.

Dans l'immédiat après-guerre, les autorités militaires alliées autorisaient les chercheurs d'enfants à pénétrer dans les foyers allemands lorsqu'ils soupçonnaient une adoption douteuse. Des affiches rappelaient à la population qu'elle avait obligation de répondre à leurs questions. Les Allemands haïssaient ces étrangers qui faisaient irruption

1. Association nazie créée par Himmler dans le but d'accélérer la création d'une race aryenne dominante. L'organisation Lebensborn (« Fontaines de vie ») prenait en charge la naissance et l'éducation d'enfants « aryens » dans de nombreux foyers, en Allemagne et sur les territoires occupés.

dans leur intimité. Un halo menaçant entourait les jeunes femmes anglaises ou américaines qui débarquaient avec leurs tablettes de chocolat et leur fausse candeur. Le pressentiment d'un malheur à venir, une injustice de plus après les bombes, les viols, la misère. Parfois, le visiteur parlait allemand. Les familles partageaient leurs maigres rations avec lui, le schnaps et la bière détendaient l'atmosphère. On évoquait la dureté des temps, ce paysage de ruines où les enfants jouaient. Au bout d'un moment, les parents baissaient la garde et acceptaient de parler du petit. Il avait redonné au père le goût de sourire. Les gosses, c'était la vie, plus têtue que le chiendent.

Alors le visiteur posait des questions embarrassantes. Les parents ne voulaient rien savoir, persuadés d'avoir adopté un orphelin allemand. Ils n'en démordaient pas. Les gens du Parti ne pouvaient leur avoir menti. Si l'enquêteur avait des doutes sur la provenance de l'enfant, il pouvait le retirer à son foyer adoptif et le placer dans un centre allié, en attendant de le rapatrier dans son pays. Mais très vite, le gouvernement militaire américain avait exigé des preuves de nationalité avant d'autoriser les transferts. Dans la majorité des cas, c'était impossible, et l'autorité militaire acceptait de plus en plus rarement le rapatriement des enfants vers les pays du bloc soviétique.

Irène se demande pour quelle raison les Américains auraient entravé les enquêtes.

— … La guerre froide ? hasarde-t-elle.

— Exactement.

Après l'hémorragie sans précédent de cette guerre, les gosses étaient un butin très disputé. On se battait même pour ceux qui étaient nés de liaisons entre les prisonniers de guerre et les Allemandes. Les soldats français en récupéraient sur le chemin du retour. Les seuls qu'on se faisait prier pour accueillir, c'étaient les petits déportés, trop abîmés. La Suisse avait accepté du bout des lèvres de jeunes rescapés juifs de Buchenwald, à condition qu'ils ne restent pas plus de quelques mois. Juste le temps de respirer le bon air des Alpes.

— Les enfants volés étaient l'enjeu d'une bataille féroce entre les Allemands, le gouvernement militaire américain et les représentants de leurs pays d'origine, résume l'historienne. Pour simplifier, les Allemands ne voulaient pas les rendre. Beaucoup de parents d'accueil étaient attachés à ces mômes. Pour d'autres, ils représentaient une main-d'œuvre gratuite. Quant aux Américains, ils ne voulaient pas indisposer l'Allemagne fédérale, leur nouvelle alliée dans la guerre froide. Et répugnaient à envoyer ces enfants grossir les rangs du bloc de l'Est.

Les chercheurs d'enfants étaient pris en tenaille entre l'autorité militaire et leur propre dilemme. Quel était l'intérêt de leurs protégés ? Les retirer à leurs parents adoptifs, c'était leur infliger un nouveau déchirement, les déraciner pour une patrie oubliée. Les leur laisser, c'était cautionner les crimes nazis, légitimer le rapt comme moyen d'adoption. Fallait-il les abandonner à d'anciens ennemis ? Les condamner à la misère d'un pays contrôlé par les Soviétiques ?

— Après la guerre, la journaliste Gitta Sereny recherchait les enfants volés, lui dit Silke. Dans une interview, elle mentionne une directive officieuse de l'autorité militaire américaine, qui ordonnait d'envoyer aux États-Unis, au Canada ou en Australie des enfants dont les parents avaient été localisés dans les pays de l'Est.

— Leurs parents les attendaient dans leur pays et on les réinstallait ailleurs… ? Pour ne pas les rendre au bloc soviétique ?

— Oui. Elle écrit : « Comment avait-on pu donner l'ordre que ces enfants, qui avaient déjà souffert deux fois le traumatisme de perdre leurs parents, leur foyer, leur langue, soient transportés comme des paquets au-delà des mers et lâchés dans un nouvel environnement inconnu ? »

Elles vont fumer sur le balcon. La neige fondue laisse apparaître çà et là l'ardoise des toits.

— C'est inhumain, ce qu'on a fait à ces gosses, lâche Irène. Vous croyez que ça a pu arriver au petit Karol ?

— Possible. À moins que l'enquête n'ait vraiment échoué. Ce qui est sûr, c'est que sur les deux cent mille disparus, on en a rendu à peine vingt-cinq mille à leur pays d'origine. Et qu'en 1949, ça arrangeait beaucoup de monde qu'on ne les retrouve pas. Peut-être que le vôtre a été laissé à ses parents adoptifs. On a dit à la Croix-Rouge polonaise qu'il était introuvable et détruit le dossier.

— Il faudrait pouvoir discuter avec des agents de l'époque…

— J'en ai rencontré quelques-uns pour écrire mon livre. Je vous donnerai leurs coordonnées, lui dit l'universitaire en la raccompagnant.

Après l'avoir quittée, Irène roule jusqu'à Cassel. Elle déniche un livre de Gitta Sereny dans une librairie du centre. Son titre conradien, *Into That Darkness*, l'invite à voyager au cœur des ténèbres de Treblinka. Elle y cherchera la trace de Lazar.

Elle dîne seule dans un petit restaurant grec, loin du vacarme des brasseries. Commande un verre d'ouzo en pensant à Allegra, qu'elle n'arrive pas à imaginer vieille.

Sur l'écran de son téléphone, un témoin lumineux l'avertit de l'arrivée d'un nouveau mail.

Janina Dabrowska a retrouvé les descendants du mari de Wita. Elle joint une adresse, à proximité de Lublin.

« Irena, je crois que vous aimerez ma surprise. J'ai eu du mal à la dénicher, elle avait été mélangée à un autre dossier. De quoi patienter jusqu'à votre voyage en Pologne ! »

En pièce jointe, une photo, qu'elle agrandit d'un geste impatient. Une Wita plus jeune y tient dans ses bras un petit garçon blond. Sa bouche collée à l'oreille de l'enfant, elle lui murmure un secret et il rit, chatouillé par son souffle, oubliant le gros œil noir de l'objectif. Il n'a pas plus de dix-huit mois. Une boucle blonde glisse sur l'œil droit de Wita, qui fixe le photographe d'un air tendre et frondeur. Elle rayonne. Irène mesure ce qui s'est éteint, entre cet instantané et le cliché d'Auschwitz.

La main potelée de l'enfant est posée sur le cou de sa mère, et ce détail brise le cœur d'Irène. Cette tranquille assurance d'être aimé, protégé.

Elle ose faire à ces deux-là une promesse qu'elle espère tenir.

## *Eva*

Elles se dévisagent en silence, intimidées par la présence du magnétophone. Sur l'étiquette de la minicassette, on peut lire : « Eva Volmann, 7 novembre 1978. »

— Je n'avais pas imaginé faire un tel voyage, avoue Lucia Heller.

Depuis leur première rencontre, son visage a pris une gravité nouvelle. Elle est lestée de ces vies invisibles dont elle a cherché l'empreinte sous le préau d'une école, dans une arrière-cour, devant la vitrine d'un bijoutier qui abritait naguère une épicerie kasher ou sur les pierres tombales d'un cimetière envahi par les ronces.

— On va vraiment entendre sa voix ? demande-t-elle encore, et Irène acquiesce.

Elle n'a pas eu le courage d'écouter l'enregistrement avant l'arrivée de Lucia.

En arrivant ce matin, elle redoutait de décevoir la jeune Argentine. Ce qu'elle avait rassemblé se limitait à l'après-guerre. Un maigre butin de photos, d'évaluations, quelques correspondances. Quelques heures plus tard, la directrice déposait la cassette sur son bureau, lui jetant un nom en pâture :

— Mark Epstein.

— Je vous demande pardon ?…

— Un auteur américain d'origine allemande. En 1978, il est venu à l'ITS. Il écrivait un roman et avait besoin d'informations sur les marches de la mort.

— On l'a reçu au centre ? s'étonne Irène.

— C'était avant l'arrivée de Max Odermatt. Le directeur de l'époque croyait aux partenariats, à la circulation des énergies… Bref, Epstein a rencontré certains de nos anciens DP, et il a eu l'idée de les enregistrer. À l'époque, ça n'intéressait personne. Les cassettes sont restées au fond d'un placard du bureau du personnel. Ça a du bon, les inventaires…

— Eva ? a soufflé Irène, électrisée.

— Je ne sais pas comment il s'y est pris, mais elle a accepté de lui parler.

Les voilà assises l'une en face de l'autre, face à ce vieux magnétophone dont la bande grésille. Dans ce bruit de fond, le timbre d'Eva arrive d'outre-tombe, moins rauque que dans le souvenir d'Irène, déformé, légèrement sur la défensive. Mais c'est bien elle, son phrasé ironique, sa manière inimitable de déstabiliser l'interlocuteur. L'entretien a lieu en allemand.

E.V. Il faut vraiment dire ça ? On se croirait au tribunal ! Je dois jurer sur la Bible, aussi ?… Je m'appelle Eva Volmann. Je suis née à Varsovie le 30 avril 1930. Je travaille ici depuis 1947.

M.E. Qu'est-ce qui vous a amenée à l'ITS ?

*Il y a de la douceur dans cette voix. Une main tendue qu'on peut serrer ou refuser.*

E.V. Je voulais retrouver ma famille. C'était mon obsession. Je me disais qu'ici, on me donnerait les moyens de la chercher. Au début, ils ne voulaient pas en entendre parler. Ils me trouvaient trop jeune.

M.E. Quel âge aviez-vous ?

E.V. Dix-sept ans. Mais ça voulait rien dire. C'est l'âge qu'on me prêtait, comme les frusques que j'avais sur le dos. Pour moi, la seule chose qui comptait, c'était de les retrouver.

M.E. Comment avez-vous obtenu de rester ?

E.V. Qu'est-ce que tu crois ? J'ai mis le pied dans la porte !

*Le rire d'Eva résonne dans la salle de réunion, et soudain, c'est comme si elle se tenait là, à côté d'elles. L'illusion est si vivace qu'Irène en a les larmes aux yeux.*

E.V. J'étais tellement plus têtue qu'eux, t'as pas idée.

*Epstein l'accompagne d'un rire feutré.*

M.E. Donc ils vous ont gardée. Il me semble que vous êtes vite devenue l'une de leurs meilleures enquêtrices. N'est-ce pas ?

*Irène entend la fierté dans la voix d'Eva :*

E.V. C'est vrai que j'étais pas mauvaise. Je me donnais du mal, faut dire. Mais j'avais de la concurrence. Je me souviens d'un gars de Cracovie. À Buchenwald, il avait saboté des « expériences médicales » et sauvé la peau de pas mal de détenus. Pour les enquêtes, il était très fort. On faisait équipe. J'apprenais beaucoup rien qu'à l'observer.

M.E. Qu'est-ce qu'il est devenu ?

E.V. Il a émigré aux États-Unis au début des années cinquante. À cette époque, beaucoup de gens sont partis. Les armées d'Occupation quittaient l'Allemagne, ils avaient fermé les derniers camps de déplacés. On nous avait réunis sur la place de l'église. Toute la ville était là. C'était bien séparé, tu vois : eux d'un côté, nous de l'autre ! *[Elle rit.]* Les officiers américains ont déclaré qu'à partir de maintenant, le statut de DP n'existait plus. On pouvait rester ou émigrer. La République fédérale d'Allemagne, dans sa grande générosité, nous offrait un statut d'« étrangers apatrides ». Qui nous donnait le droit de vivre en Allemagne, d'y travailler, sans jamais devenir des citoyens à part entière. Tu me diras, c'était déjà un cran au-dessus de « sous-hommes » ! D'ailleurs les gens du coin étaient furieux. Ils criaient au scandale. Nous, les parasites, on n'avait rien à faire dans leur patrie ripolinée avec le fric du plan Marshall.

M.E. Pourtant, chacun de vous travaillait là depuis des années ?

E.V. Pour eux, notre travail servait qu'à remuer la fange où ils s'étaient vautrés pendant douze ans. Ils espéraient qu'on foutrait le camp avec les Américains.

M.E. Et vous, qu'est-ce que vous vouliez ?

E.V. La plupart n'envisageaient pas de vivre en Allemagne sans la protection des Alliés. On voyait bien que les anciens nazis étaient toujours là. Certains ne se cachaient même pas. Dans le village d'à côté, des anciens de la Waffen SS tenaient des meetings politiques. Ils voulaient renverser la République et instaurer le Quatrième Reich ! T'imagines le rêve ?… Les DP préféraient tout recommencer ailleurs.

M.E. Vous, vous êtes restée…

E.V. Je n'ai jamais cru que ma vie serait mieux ailleurs. Je savais que ça ne changerait rien. Et puis j'aimais mon travail. D'autres ont choisi de rester, comme le Cerveau. On se comprenait. On n'avait pas besoin de faire semblant.

M.E. Et votre famille, vous l'avez retrouvée ?…

*Epstein pose cette question avec détachement, bien qu'il sache qu'elle est brûlante.*

*Le silence qui suit vibre longuement dans l'air, saturé de parasites.*

E.V. Il n'y a rien. Comme s'ils n'avaient jamais existé. Tu sais qu'il n'y avait même pas de listes, pour les transports du ghetto de Varsovie vers Treblinka ? Ils étaient effacés avant même d'arriver.

M.E. Ils ne figurent sur aucune liste ?

E.V. Non. Quand ils ont commencé à déporter tout le monde, mon père et ses amis ont fabriqué une cachette pour mes grands-parents, dans le grenier, au-dessus de leur appartement. Il était chargé de les ravitailler, même si on crevait tous de faim. Un matin il est monté les voir, il a trouvé la fausse cloison arrachée, le fauteuil roulant renversé… Une voisine lui a dit qu'un policier juif du *Judenrat* était venu avec des Trawniki[1], ils savaient où chercher. Ils ont jeté mes grands-parents dans une charrette avec les « intransportables », on les a assassinés au

1. Recrutés par les SS en Europe de l'Est, et formés dans le camp de Trawniki, ces supplétifs russes, lituaniens, ukrainiens, lettons, biélorusses ou estoniens étaient souvent d'anciens prisonniers de guerre soviétiques. Leur cruauté égalait celle des SS.

cimetière juif. Mon père ne voulait pas qu'on l'apprenne, mais on vivait dans une seule pièce. Je l'ai entendu le raconter à ma mère.

*Le regard de Lucia Heller ne cille pas. Elle écoute, et chaque parole tombe au fond d'elle comme dans un puits.*

M.E. Vos parents ont échappé aux déportations ?

E.V. Ils ont été tués pendant l'insurrection du ghetto. Mes frères aussi. Je ne sais pas où, ni comment… Pardon, je ne peux pas continuer.

*La douleur dans la voix d'Eva déchire Irène.*

*D'une voix douce, Mark Epstein s'excuse à son tour. La bande s'arrête sur un bruit sourd. L'enregistrement reprend un peu plus loin.*

M.E. Comment avez-vous réussi à sortir du ghetto ?

E.V. Mes parents avaient une amie de l'autre côté du mur. Elle connaissait un réseau qui faisait passer les enfants du côté *aryen*. Une fois dehors, le réseau les cachait chez quelqu'un, ou dans un couvent. Il fallait parler polonais, connaître les prières catholiques et ne pas avoir l'air trop juif. Mes frères ne parlaient que le yiddish. C'étaient deux petits bruns très bouclés, ils n'avaient pas le bon physique. Moi je pouvais faire illusion. Une Juive de Dresde avait habité avec nous dans le ghetto, elle m'avait donné des cours d'allemand. Et je parlais couramment polonais. Pendant des semaines, ma mère m'a forcée à apprendre les prières, à répéter les gestes de la messe. Je détestais ça, je ne voulais pas aller vivre chez les *goyim*.

M.E. Vous compreniez que c'était une question de vie ou de mort ?

E.V. Qu'est-ce que tu crois ?…

*La question claque comme une gifle. Irène peut imaginer le regard qui l'accompagne.*

E.V. On vivait avec la mort. Tous les jours. Des cadavres dans la cage d'escalier, dans la cour, sur le trottoir d'en face. On n'avait pas le droit de sortir, la rue était trop dangereuse. Quand les déportations ont commencé, on devait rester immobiles pendant des heures, pliés comme des contorsionnistes. Ne pas pleurer, respirer doucement. On guettait les bruits de pas, les aboiements. La peur était là tout le temps. J'avais douze ans, j'écoutais les conversations des adultes. Je savais qu'aller à l'*Umschlagplatz*, c'était la mort. Je le savais, mais je ne voulais pas les quitter. Ma mère m'a pas laissé le choix. Une nuit, un homme est venu me chercher. C'était au début de l'hiver 1943, il m'a emmenée par les égouts. On a marché des heures dans l'obscurité. Parfois on rampait dans l'eau noire, je m'accrochais à son manteau. On a fini par ressortir de l'autre côté de la ville. J'étais trempée, je grelottais. Quelqu'un m'a enveloppée dans une grande cape et cachée dans le coffre d'une voiture. Je me souviens juste de la peur, et de la faim. On m'a confiée à une inconnue, avec d'autres enfants. Elle m'a donné un bain. Elle faisait ce qu'elle pouvait pour nous consoler. Tous les gamins pleuraient, c'était sinistre.

M.E. Combien de temps êtes-vous restée chez elle ?

E.V. Je ne sais pas. Peut-être deux semaines. Un matin, une jeune fille m'a emmenée avec elle. Je l'appelais Kasia, elle appartenait à un réseau de résistance. Elle m'a donné un certificat de naissance au nom de Renata Sliwa, et une *Kennkarte*. Sans carte d'identité, je ne pouvais aller nulle part. Elle m'a fait répéter les détails de la vie de la vraie Renata, qui devait être six pieds sous terre, et elle m'a conduite chez ma logeuse.

M.E. Où habitait-elle ?

E.V. À Wola, à l'ouest de Varsovie. C'était une garce, elle m'engueulait du matin au soir. Elle avait peur que j'attire l'attention des voisins, alors elle m'obligeait à rester dans ma chambre toute la journée, volets fermés. Elle ne m'aimait pas, mais elle avait besoin de l'argent que lui versait le réseau. Pour moi, c'était pire que le ghetto. Un dimanche, elle est allée à la messe de Pâques. J'en ai profité pour m'enfuir. J'ai marché vers le centre-ville.

M.E. Vous vouliez retourner dans le ghetto ?

E.V. Oui. Je me disais que j'arriverais bien à retrouver la bouche d'égout. De très loin, j'ai vu la fumée dans le ciel. En approchant, j'ai compris que l'insurrection avait commencé. Il y avait des blindés partout, des soldats armés jusqu'aux dents. Le pire, c'était les Polonais attroupés, au spectacle. Certains jubilaient qu'Hitler les débarrasse des youpins. D'autres se moquaient de la Wehrmacht, qui envoyait des chars et une armée pour triompher d'une poignée de Juifs affamés. Moi… J'aurais voulu traverser le mur pour me battre avec eux.

M.E. Votre père était parmi eux ?

E.V. Non, il était incapable de se battre. C'était un intellectuel, un humaniste. Il organisait des soirées culturelles dans le ghetto, des concerts, des cours clandestins… Ma mère était plus rigide. Pour moi, elle incarnait le règlement ! Je détestais me plier aux règles. Mon père me défendait toujours. Quand ils ont commencé à déporter les gens, ça l'a brisé. Tous les jeunes du comité d'immeuble ont été envoyés à Treblinka. Tous nos voisins, nos amis, les uns après les autres. Mon père a perdu tout espoir, il était l'ombre de lui-même. Ma mère c'est le contraire, la colère l'a redressée. Elle est devenue le chef de famille. Elle vendait nos derniers souvenirs contre un peu de nourriture. Elle a même vendu sa robe de mariage à des Polonais qui marchandaient sans scrupules. À la fin, elle a rejoint l'Organisation juive de combat. Pendant qu'elle mettait en place mon exfiltration, elle participait à des rendez-vous clandestins pour préparer l'insurrection.

M.E. Elle était très courageuse…

E.V. Oui. C'était étrange, comme si elle était devenue quelqu'un d'autre. Que je découvrais. Agir la rendait forte. Elle n'avait plus peur. Elle est même arrivée à me faire croire qu'ils pouvaient gagner, et qu'elle viendrait me chercher après. Pour que j'accepte de partir. Elle savait qu'ils n'avaient pas une chance…

*Sa voix se brise.*

*La bande s'interrompt.*

Irène et Lucia sortent fumer dans le parc. Elles frissonnent sans manteau, mouillent leurs chaussures dans la neige fraîche. Chacune pense : Seule, je n'y arriverais pas. Puis elles retournent dans la salle, comme dans une crypte où résonne, à travers la voix d'Eva, celle d'un monde détruit.

# *Lucia*

L'enregistrement reprend son cours. Le timbre d'Eva est plus ferme, et c'est elle qui interroge, comme si elle reprenait le pouvoir :

E.V. Pourquoi vous faites ça ? À quoi ça sert ? La Pologne est un cimetière et ça n'intéresse personne.

*C'est au tour de l'écrivain de chercher ses mots.*

M.E. Peut-être… Pour éviter qu'ils disparaissent. Grâce à votre témoignage, ils continueront à vivre.

E.V. Vous croyez ?…

M.E. Je l'espère.

*Il la ramène au printemps 1943, à ce jour de flammes et de peur.*

M.E. Devant le ghetto, qu'est-ce que vous avez fait ?

E.V. Je ne pouvais pas approcher, ça grouillait de policiers et de soldats allemands. Kasia m'avait prévenue que des maîtres chanteurs restaient à proximité du mur pour repérer les Juifs. Si j'étais en danger, je devais me rendre dans une mercerie de la rue Mostowa, et demander le ruban bleu que ma mère avait commandé. La vendeuse m'a fait attendre des heures dans la remise, et puis Kasia est venue me chercher. Pendant quelques jours, elle m'a cachée dans sa chambre sous les toits, mais c'était trop risqué. Elle m'a emmenée à Praga, sur l'autre rive de la Vistule. Une veuve avait accepté de me prendre chez elle. Filomena, elle s'appelait. Comme sa maison n'avait pas de vis-à-vis, elle me laissait profiter du jardin. Elle était très pieuse, elle espérait me convertir. Elle me répétait : « Le Seigneur t'envoie ces épreuves pour sauver ton âme. »

*Elle rit.*

M.E. Elle a réussi ?

E.V. Non, j'étais une cause perdue ! L'avantage, c'est qu'elle me laissait lire le journal. C'est comme ça que j'ai appris la liquidation du ghetto. La presse allemande affirmait que tous les insurgés avaient été tués. D'après Filomena, certains avaient réussi à s'enfuir par les égouts. J'espérais que ma famille se cachait quelque part du côté aryen. De temps en temps, Kasia venait me remonter le moral. À l'automne 1943, elle a arrêté de venir. Filomena ne recevait plus d'argent du réseau, mais elle m'a gardée quand même.

M.E. Vous savez pourquoi Kasia n'est plus venue ?

E.V. Je l'ai appris il y a dix ans, je voulais la retrouver. Un matin, ils sont venus l'arrêter chez elle. Elle avait été dénoncée. La Gestapo l'a exécutée dans les ruines du ghetto. C'est là qu'ils tuaient les gens. Elle avait dix-neuf ans. Avant la guerre, elle faisait du scoutisme. Pauvre gosse.

M.E. Vous êtes restée longtemps chez Filomena ?

E.V. Presque un an. Au mois de février 1944, je me suis enfuie de nouveau.

M.E. Elle ne voulait plus de vous ?

E.V. Si, mais je me terrais depuis plus d'un an, je n'en pouvais plus d'attendre. J'étais persuadée que mes parents étaient vivants. Je suis sortie par la fenêtre. Il faisait si froid que mes dents claquaient. Je me souviens des nuages noirs au-dessus de la Vistule gelée. J'ai traversé le fleuve pour rejoindre la vieille ville, par les petites rues. Je suis retournée rue Królewska. C'est là qu'on habitait avant la guerre, pas loin de l'Université.

M.E. C'était très risqué !

E.V. Dangereux, et stupide. Je me disais que mes parents seraient peut-être retournés s'y cacher. J'ai pas osé sonner. Un rideau a bougé à la fenêtre de la voisine et j'ai réalisé que j'étais folle, je devais rentrer chez Filomena. Je me souviens, je me forçais à ne pas courir. Au coin de la rue, j'ai croisé ce garçon. Avant la guerre, on allait à la même école. Il a braillé : « Arrêtez-la, c'est une Juive ! » Je l'ai giflé. Il a rameuté d'autres voyous du quartier, ils m'ont pourchassée et livrée à la police allemande. Ensuite, ça a été la prison Pawiak, et Auschwitz.

M.E. Vous voulez m'en parler ?

E. V. Non. Je suis fatiguée.

M.E. On va s'arrêter pour aujourd'hui. Une dernière question : avez-vous retrouvé des survivants de votre famille ?

E.V. Le frère de mon père a réussi à partir en 1940, avec sa femme et ses enfants. Ils vivent à Buenos Aires.

*Lucia Heller écarquille ses yeux noirs. Irène savait que ce moment arriverait. Une enquêtrice de la trempe d'Eva avait forcément retrouvé ce qui lui restait de famille. Elle redoute que les réponses qui vont suivre ne blessent Lucia.*

M.E. Vous avez cherché à les contacter ?

*Eva se tait, semble hésiter.*

E.V. Je voulais le faire, mais j'y arrive pas. Ils sont partis avant la fermeture du ghetto… On croyait qu'il suffirait de serrer les dents, de s'entraider. Que cette violence s'en irait comme elle était venue. Quand je pense à la gamine que j'étais… Chez nous, c'était toujours des discussions sans fin, des engueulades. Parfois ça m'étouffait, j'aurais voulu une vie à moi. C'est ironique, tu vois. Aujourd'hui je l'ai, cette vie. Seulement elle est vide, parce qu'ils ne sont plus là. Et cette gamine est morte. Alors je ne peux pas les revoir. S'ils ne veulent pas savoir, ça me brisera. S'ils veulent savoir, mes réponses les détruiront. C'est mieux comme ça.

M.E. Ici, vous vous sentez chez vous ?

E.V. Chez moi, ça veut dire quoi ? Chez moi, c'était l'enfance. Je ne serai plus chez moi nulle part.

M.E. Merci Eva, de votre confiance. De votre franchise.

Irène croise les yeux rougis de Lucia Heller. Elle arrête la cassette, cherche des mots qui seraient un baume. « Les nouvelles générations veulent savoir », lui a dit Charlotte Rousseau. Mais la vérité est abrupte. Eva avait tranché les amarres qui la reliaient à son passé. Elle avait choisi de rester à Arolsen, avec une poignée de ces *personnes déplacées* qui le seraient toujours. Arrachées à tout ce qu'elles avaient aimé, abritant une terre brûlée qui était leur poison, leur bien impartageable. Et qui trouvaient dans leur mission une raison de vivre.

Lucia a froid, tout à coup. Elle enfile son manteau. Elle dit :

— Merci, Irène. Grâce à vous, j'ai l'impression de l'avoir rencontrée. J'ai tant de peine qu'elle n'ait pas voulu nous connaître. Nous l'aurions accueillie avec joie, vous savez. Elle n'aurait pas été un fardeau, bien au contraire. Elle aurait pu se reconstruire, dans la chaleur de sa famille…

— Vous l'avez entendue. Elle en était incapable.

— Je comprends, mais ça me rend triste. Nous sommes si peu nombreux… Nous l'aurions aimée de toutes nos forces. Cet enregistrement, vous pourriez m'en faire une copie ? Je voudrais le faire écouter à mes enfants, quand ils seront grands.

— Bien sûr. Venez, j'ai d'autres choses pour vous.

— Vous qui l'avez connue, elle était comment ? lui demande la jeune femme au bas du grand escalier.

*Féroce* est le mot qui lui vient. Elle le prononce avec tendresse.

— J'aime comme vous parlez d'elle, répond Lucia. Vous étiez très proches, n'est-ce pas ?

— Aussi proche qu'elle le permettait. Elle se livrait très peu, vous savez. Elle gardait une distance. Sauf avec son chat !

En prononçant ces mots, elle se souvient de la photo que son fils avait volée, un dimanche où Eva les avait invités à déjeuner. La vieille chatte tigrée avait fugué à leur arrivée. Elle avait fini par rentrer et sauter de la fenêtre sur les genoux de sa maîtresse. Hanno avait immortalisé l'instant avec son appareil photo. Elle retrouve le cliché dans le tiroir de son bureau. Elle aime ce portrait parce que l'animal invite, sur le visage d'Eva, une douceur malgré elle.

Elle dit : « La voilà. »

Après le camp, avant la maladie. C'est ainsi qu'elle la garde, qu'elle l'a gravée dans sa mémoire.

— Elle est belle, murmure Lucia.

Le chat ronronne sur ses genoux, en terrain conquis. Eva ébauche un sourire de capitulation.

Irène étale d'autres photos sur le bureau, des clichés sépia d'un autre temps, mystérieux de ce qu'ils trahissent. Les jeunes filles en fleur assises sur les marches ont dans le regard une fragilité poignante. Des couples dansent au bal de Noël 1947, près d'un homme appuyé sur ses béquilles. Sous la bannière de l'International Tracing Service, Eva relève le menton d'un air de dire : « Eh bien, quoi ? » Sur une autre photo, elle vient de gagner la compétition de natation. Sa maigreur en maillot, ses jambes de sauterelle. Sur tous les clichés, ce mélange de joie affichée et de mélancolie diffuse, comme un boitement qu'on s'appliquerait à cacher. Plus loin, Eva pose à côté de ses collègues pour le réveillon 1965. Elle a trente-cinq ans, calcule Irène, mais fait beaucoup plus jeune. Et beaucoup plus vieille.

Lucia scrute ses traits avec émotion.

— Ceux qui sont à côté d'elle, ce sont des anciens déportés ?

— Pas tous, répond Irène. Mais ils avaient en commun d'avoir tout perdu. Celui-ci, sur la droite, est un ancien pilote. On l'appelait le Cerveau. J'ai toujours pensé qu'il était amoureux d'elle.

Lucia le trouve séduisant.

— Ces gens, c'était un peu comme une famille pour elle ? interroge-t-elle, songeuse.

Irène se demande si le mot aurait blessé Eva.

— Je ne sais pas.

— Je suis heureuse qu'elle n'ait pas fini sa vie seule.

— Elle n'était pas seule, la rassure Irène, bien qu'elle sache que c'est aussi un mensonge.

En traversant le parc, Lucia lui confie qu'elle a obéi à une impulsion profonde. Elle l'a fait contre le silence des siens, celui de son grand-père. Ce silence se dressait comme un mur, il était fait de terreur et d'un chagrin inexprimable. Elle n'avait pas l'intention de le briser, dit-elle, mais de se relier à ceux qui n'étaient plus là, de les écouter. Elle sait qu'elle en sera changée, même si elle redoute la part d'ombre de ces vies ravagées. Craint de ne plus aimer ses enfants que dans l'angoisse de les perdre.

— Quand mon fils est né, répond Irène, je rêvais de son minuscule cadavre et je me réveillais en larmes. Aujourd'hui, j'ai peur qu'on le blesse, qu'on lui fasse du mal. Ça me réveille la nuit. Aimer rend fort et fragile. Eva se défendait contre l'attachement, mais elle était désarmée par l'amour de son chat. Sans amour, à quoi ressembleraient nos vies ?

— Elles seraient sèches, dit Lucia.

— C'est pour ça que vous êtes allée à leur rencontre. Désormais ils font partie de vous. Ne laissez pas leur mort éclipser leur vie.

Irène s'entend prononcer ces mots, comme si elle se parlait à elle-même. Elle se sent privilégiée d'avoir connu Eva. Elle gardera, près du portrait au chat, l'adolescente du ghetto de Varsovie, la jeune fille fluette qui traquait les anciens nazis. Celle qui ne se laissait intimider par personne, mais ne pouvait évoquer ses petits frères sans que la blessure affleure.

Elle regarde la jeune femme s'éloigner vers le portail, le vent du soir fait trembler la plume de son chapeau. Avant de disparaître, Lucia se retourne et lui sourit.

## *Piotr*

— Tu as essayé de les séparer ?

Henning hoche la tête avec lassitude :

— On met une heure et demie à les endormir, ils font un cycle de sommeil et se réveillent inconsolables. Au milieu de la nuit, je ne me rendors pas. Je pense au réchauffement climatique, à l'extinction des espèces, à l'élection de Trump… À tout prendre, je préfère que les jumeaux fassent la java entre 21 heures et 2 heures du matin.

— Refais-toi un café, va, lui dit-elle avec compassion.

Ils sirotent une lavasse à l'arrière-goût de soupe lyophilisée, en étudiant les reflets psychédéliques que le soleil dessine sur les tapisseries du hall.

— Où en es-tu de ton enquête ?

Henning remonte depuis des semaines la piste d'une alliance gravée d'une inscription en cyrillique.

— L'anneau appartenait à un déporté bulgare, répond-il. Il est mort au *Revier* de Dachau. Je crois avoir retrouvé sa fille à Gabrovo, au centre de la Bulgarie. Il faut que je vérifie quelques infos auprès de la Croix-Rouge avant de lui écrire.

En principe, Henning doit proposer à la descendante de se déplacer à Bad Arolsen ou lui envoyer l'objet, mais il aimerait profiter de quelques jours de congé pour se rendre sur place.

— Ça a l'air joli, j'ai regardé : la ville est adossée à la montagne du Grand Balkan. Mais là, si je laisse ma femme seule avec les jumeaux, elle me quitte.

— Emmène-la. Déposez les mômes devant la porte de tes parents et démarrez en trombe.

L'œil dans le vague, Henning paraît tenté.

— Tu as des nouvelles de Wita ? demande-t-il, comme s'il était naturel de se donner des nouvelles d'une femme morte il y a soixante et onze ans.

Irène lui montre les photos d'Auschwitz, celle avec son fils.

— Quelle tragédie, murmure-t-il. Tu as une piste pour le gamin ?

Elle a appelé plusieurs personnes que Silke Bauer avait interviewées pour son livre. L'une est morte l'année dernière. Une autre travaillait après la guerre dans un centre pour enfants non accompagnés. Elle se souvient des petits qu'on arrachait à leur famille d'accueil et qui pleuraient des nuits entières, recommençaient à mouiller leurs draps. Elle en venait à douter du bien-fondé de leur mission. Il y avait des Polonais, oui. Elle ne se souvenait plus des noms, c'était trop loin et, de toute façon, ils portaient tous des prénoms allemands. Un petit avait été rendu à sa mère biologique, qui vivait près de Dantzig. Il avait fugué quelques semaines plus tard pour retrouver sa mère adoptive. « Ces histoires étaient un crève-cœur, a-t-elle résumé.

On finissait par penser que le mieux était de les laisser là, s'ils étaient bien. Mais Piotr n'était pas d'accord. Il remuait ciel et terre pour retrouver les parents des mômes. » Qui ça ? Piotr Waliński. Un Polonais qui aidait les organisations alliées sur le terrain. Épuisant de ténacité. Même son de cloche chez sa dernière interlocutrice, jointe la veille au téléphone dans le quartier londonien de Chelsea. Amusée, elle a évoqué cet « emmerdeur infatigable ». La bête noire des militaires américains et des organisations allemandes de protection de l'enfance. Piotr ne se laissait pas endormir par des promesses, il revenait toujours à la charge. Elles l'avaient surnommé « Bull ». Il recoupait les informations, ouvrait lui-même l'abondant courrier qui arrivait chaque jour au quartier général des organisations de secours alliées. Très vite, tout le monde avait pris l'habitude de lui confier les affaires les plus délicates.

— « Le taureau. » C'est lui qu'il te faut, résume Henning.

— Il a émigré aux États-Unis. Il est probablement mort, soupire Irène.

Henning prend les paris ; les teigneux ont des ressources insoupçonnées.

Deux jours plus tard, Irène lui offre un objet en forme de conque :

— Tu le branches dans la chambre des jumeaux et ils s'endorment avec le bruit de la mer, le chant des baleines, le frémissement du vent dans une bambouseraie. Il y a aussi les sons du ventre maternel. J'ai essayé, c'est hypnotisant.

— Où as-tu trouvé cette merveille ?

— À Göttingen.

— Tu es ma bienfaitrice. Moi aussi j'ai une surprise pour toi.

Il lui tend une carte postale du Golden Bridge dans le soleil couchant. Au dos, quelques mots tracés d'une écriture ample :

« À tous mes amis de la Child Search Branch, un salut amical de San Francisco où les rues en pente entraînent mon cœur et ma pensée vers vous. J'habite une petite maison rouge avec vue sur les toits. Je vous attends.

Avec mon meilleur souvenir, Bull. »

La carte est datée du 11 avril 1965, et il y a une adresse.

En surfant sur le Net, elle déniche un Piotr Waliński à San Francisco. Si c'est lui, il s'est reconverti dans la librairie anarchiste. Elle trouve quelques portraits datant des années soixante-dix, chemise ouverte et bandana rouge, moustache et cheveux longs, plus bohème que taureau. Il pose avec Tom Wolfe pour la sortie du *Bûcher des vanités*. Avec Leonard Cohen, sous une arche de vieux bouquins. Sur la photo la plus récente, teint hâlé et brosse de cheveux blancs, blouson d'aviateur et jean millésimé, il ressemble à un vieux baroudeur qui n'aurait jamais défait ses valises. Sa librairie, A Tale of two hippies, existe toujours à l'angle de Haight et Ashbury, au cœur de l'ancien quartier beatnik. Devanture prune couverte de graffitis et d'affiches bariolées. C'est un temple de la contre-culture. Un lieu de pèlerinage que fréquentent de vieilles gloires punk et des nostalgiques de toutes les révolutions perdues.

Elle téléphone le soir même. Là-bas, il est 10 heures du matin, la librairie vient d'ouvrir. Une jeune femme s'excuse du vacarme ambiant, on teste l'acoustique pour la lecture musicale du soir. Elle lui fait répéter le nom polonais. « *Oh, you mean Peter* », s'écrie-t-elle. C'est l'ancien propriétaire. Il leur a vendu la librairie il y a deux ans mais continue à hanter les lieux. Irène a une pensée pour Henning. Habite-t-il toujours cette petite maison rouge ? « *Of course !* », répond son interlocutrice. Il n'a jamais voulu la quitter. Pourtant c'est un enfer de rhumatisant : étroite et haute, toute en escaliers. Irène obtient le numéro de Peter. L'homme a ses rituels. Chaque matin, il prend le café chez Pablo, sur Castro Street. Puis il fait le tour du quartier avec son chien, Digger. À cette heure, réfléchit la libraire, vous devriez le trouver chez lui.

Irène colle son front à la baie vitrée, la nuit est agitée de rafales et de craquements. Elle imagine un troquet en plein soleil, la cloche du tramway remontant la rue escarpée, la maison victorienne dressée vers le ciel, son bois rouge un peu usé, le cri des mouettes qui rasent les toits pour gagner l'océan.

— *Gee. The International Tracing Service… You're the ghost of Christmas past*[1] *!* s'écrie Piotr Waliński quand elle se présente.

Sa voix est chaleureuse, son américain garde des traces d'accent polonais. Il s'amuse d'être le chercheur retrouvé, comme l'arroseur arrosé. Derrière l'humour, elle entend le choc de ce pan de vie resurgi, les bons et les mauvais

1. Mon Dieu. L'International Tracing Service… Vous êtes le fantôme des Noëls passés !

souvenirs. Il a mis un océan entre eux et lui. Empilé cinquante ans d'exil, de rencontres et de marijuana. Et voilà qu'un coup de fil d'Allemagne suffit à réveiller l'après-guerre, et sa jeunesse.

« J'ai beaucoup entendu parler de vous, Bull. On vous appelait bien comme ça ? », le taquine Irène pour briser la glace. Il rit, il avait oublié ce vieux surnom. Il ressuscite des villes allemandes hérissées de chantiers, des quartiers généraux installés dans des cinémas bombardés, des files d'attente pour tout et souvent pour rien. Et puis Shirley, Dee, Janet ou Alice, venues du Kent ou de Boston pour réparer le monde et bientôt essoufflées par la complexité des situations, les réglementations tatillonnes. Et les enfants ? Bien sûr, les enfants. Tristes, déboussolés, ensauvagés, désarmants. Rassemblés dans des campements provisoires comme des marchandises sans étiquette, dont on ignorait la provenance et la destination. Ce qu'on devinait entre les silences empêchait de dormir. Lui cherchait les gamins volés, à en devenir obsessionnel. Les militaires américains dont il faisait le siège s'en agaçaient : « Pourquoi vous nous emmerdez encore avec ceux-là ? Ce ne sont pas les plus malheureux ! »

Le Taureau s'emportait : « Ils ont été enlevés, bon sang ! Qu'est-ce qu'il vous faut ? »

On leur avait volé leur nom et leur vie. On aurait dû en plus les laisser à leurs ravisseurs ? Se féliciter qu'ils soient bien traités ? Certains étaient exploités sans scrupules, d'autres ramenés un matin aux fonctionnaires alliés sous prétexte qu'ils *devenaient difficiles*. Ou juste parce qu'ils étaient une bouche à nourrir en temps de pénurie.

— Les parents adoptifs avaient été trompés aussi, souligne Irène.

— Bien sûr, dit Piotr.

Et la plupart aimaient sincèrement ces enfants. Autant que les leurs, ceux que le Parti avait envoyés se battre dans les ruines, et qui étaient morts dans un uniforme trop grand pour eux, près d'un fusil qu'ils n'arrivaient pas à tenir. Mais dans la tragédie générale, il ne fallait pas confondre les chagrins. Ni les réparations. Alors il passait des heures à étudier les clichés de la Croix-Rouge, et retournait frapper aux portes. Il évaluait l'âge des enfants, comparait leurs traits avec des photos vieilles de plusieurs années. Un acte de naissance établi dans la région de Poznan ou de Dantzig, des papiers d'adoption qui mentionnaient un centre Lebensborn signalaient souvent un enfant volé. En général, les SS leur donnaient un prénom allemand qui se rapprochait de leur prénom d'origine. Fransciszek devenait Franz, Tomek Thomas, Brygida Brigitte, Jadwiga Hedwig…

— Et Karol ? le coupe Irène.

— Karol… Il faut chercher un Karl. Je vais regarder dans mes carnets de l'époque. Seulement c'est un tel merdier, chez moi… Si je trouve quelque chose, je vous tiens au courant !

Le surlendemain matin, elle est sur le départ quand il la rappelle. À San Francisco, il est tard. Il a retourné sa maison de fond en comble pendant que le chien ronflait, avoue qu'un bon vieux whisky lui a tenu compagnie. Dans sa voix, elle reconnaît la fièvre du pisteur triomphant :

— Gertrud Fischer. Elle nous avait écrit en 1947. À cette époque, c'est moi qui ouvrais le courrier. La plupart du temps, y avait rien à en tirer. Mais avec Gertrud, j'ai eu de la chance. Elle avait été expulsée de Prusse-Orientale à la fin de la guerre et placée dans un camp de réfugiés. Elle avait vu les grandes affiches avec les portraits d'enfants volés. Elle avait dû se dire que nous tuyauter lui vaudrait quelques faveurs. Gertrud écrivait qu'à Königsberg, pendant la guerre, elle avait pour voisins les Winter. D'après elle, des nazis convaincus. Otto, le mari, était officier dans la Wehrmacht. Sa femme Irma s'occupait des œuvres caritatives du Parti. En 1943, du jour au lendemain, un petit garçon est apparu dans leur vie. Il n'avait pas plus de trois ou quatre ans. En bonne voisine, Gertrud le gardait de temps en temps. Le môme était gentil, il jouait tout seul sans emmerder personne. Un soir, quand Irma est venue le chercher, Gertrud s'est étonnée que le petit connaisse des chansons en polonais. La bourgeoise a blêmi, elle a bredouillé qu'il avait été en pension chez des fermiers polonais au début de la guerre. Elle ne lui a plus jamais laissé le gamin. Et au printemps 1944, ils ont déménagé sans laisser d'adresse.

J'ai su tout de suite que je tenais un truc ! J'ai demandé à un copain de l'ITS de retrouver Otto Winter. Coup de pot, le gouvernement militaire l'avait interrogé à Munich dans le cadre de la commission de dénazification. On ne l'avait pas classé parmi les nazis dangereux. Ça ne voulait rien dire, parce que c'était une vaste opération de blanchisserie : ils se couvraient tous les uns les autres ! Alors je suis allé à Munich. À l'époque, le Land de Bavière faisait de la rétention d'informations, mais j'étais plus têtu qu'eux. J'ai fini par retrouver les Winter et sonner à leur porte. Leur statut social en avait pris un coup, mais ils ne s'en sortaient pas trop mal. Le gamin avait une dizaine d'années. Il était grand pour son âge, il avait l'air d'aller bien. Ils étaient attachés à lui, ça se voyait. Ils ne nous laissaient jamais seuls. Pour voir, j'ai prononcé quelques phrases en polonais. Le père s'est crispé tout de suite, il m'a servi le baratin habituel : Karl était un orphelin allemand retrouvé sur les territoires de l'Est, les papiers d'adoption étaient en règle. J'ai envoyé sa photo à la Croix-Rouge polonaise, seulement ils n'ont pas pu l'identifier. Je voulais le faire admettre dans un de nos centres, mais les Américains ont refusé. Au motif que je n'avais que des présomptions.

— La demande d'enquête sur le petit Karol a été confiée en 1949 à la Croix-Rouge de Varsovie, l'interrompt Irène, le cœur battant.

— Oui, ma petite dame. Je l'ai noté dans mon carnet. À l'époque j'ai bien pensé que ça pouvait être le gamin Winter, mais la photo était trop vieille pour nous aider. Entre un gamin de dix-huit mois et un adolescent, c'est pas évident de voir la ressemblance. Je ne me suis pas laissé démonter, j'ai pourri la vie des Américains pendant des semaines. Je leur répétais : on a assez de soupçons pour leur retirer le gamin. À la fin, le major m'a pris entre quatre-z-yeux et m'a expliqué que mes indices n'étaient pas concluants. En ce temps-là, les militaires, c'étaient les patrons. Ils maîtrisaient bien le billard à trois bandes… Il m'a conseillé de laisser tomber, si je ne voulais pas être renvoyé en Pologne à coups de pied au cul. Je ne tenais pas à y retourner. Je me méfiais des Soviétiques autant que des Allemands. Alors j'ai fermé ma gueule et on a classé l'affaire.

— Je comprends, dit Irène.

— Je n'en suis pas fier. Ça arrivait souvent. Ils enterraient certains dossiers, surtout quand les gosses venaient des pays de l'Est. C'est pour ça que j'ai commencé à tout noter. Les noms, les dates. Je me disais que l'un d'entre eux viendrait peut-être frapper à ma porte un jour. J'y pense souvent. Je me demande ce qu'ils sont devenus. Le petit Karl, on voyait que c'était un bon gamin. Vous allez me dire, au moins il était aimé. C'est vrai. Mais vous croyez, vous, qu'on pousse droit sur un sol empoisonné ? Que l'amour suffit à racheter le crime et le mensonge ? Moi, je pense que tôt ou tard ça se déglingue. J'espère me tromper. Vous allez arriver à le retrouver ?

— Grâce à vous, j'ai un vrai début de piste. Pouvez-vous me dicter leur adresse de l'époque ?

Elle écrit sur son agenda : Karl Winter. Fils adoptif d'Otto et Irma Winter. En 1949, vit à Munich. Au numéro 11 de la Rosenstrasse.

## *Hanno*

Elle est troublée de le trouver changé. C'est presque imperceptible, un surcroît d'assurance. Petit, il veillait sur elle avec une candeur irrésistible. Lui offrait son argent de poche pour financer la nouvelle chaudière, s'inquiétait de son programme quand il partait chez son père. Il n'était pas certain qu'elle pouvait survivre sans lui. Aujourd'hui encore, elle perçoit que sa tendresse est tissée de scrupules. Elle préférerait qu'il n'en ait pas, se réjouit qu'il s'émancipe. Elle n'a jamais voulu lui donner le sentiment qu'elle n'avait pas de vie en dehors de lui, même si, pour être honnête, ça a longtemps été le cas.

Les premières années après son divorce, elle souffrait de le voir sans cesse transbahuté. Comme s'il n'était chez lui nulle part, toujours de passage. Cette culpabilité s'ajoutait à celle d'avoir détruit son mariage. Elle instaurait des rituels festifs, participait aux sorties scolaires, organisait des anniversaires épuisants, déployait beaucoup d'énergie pour être une bonne mère. Très vite, ils avaient adopté les Glaser, à moins que ce ne fût l'inverse, et Irène s'était sentie moins seule et moins écrasée. Les week-ends où

Hanno était chez son père, elle retrouvait le plaisir de s'endormir à l'aube, de bavarder des heures au téléphone, de lire en pyjama devant la cheminée. Elle acceptait des dîners et des verres, quelques liaisons sans lendemain. Elle protégeait son fils et leur fragile équilibre. Hanno n'a rencontré qu'un seul de ses amants et l'a détesté, opposant à ses tentatives de séduction une froideur prussienne. Par la suite, personne n'a compté assez pour qu'elle ait envie de le lui présenter. Ça l'arrangeait de compartimenter sa vie. De ne plus se risquer à aimer personne en dehors de sa tribu.

Son travail est devenu une seconde colonne vertébrale, qui lui donnait confiance en elle et une forme d'autorité. Maintenant que Hanno vit à Göttingen, elle a de plus en plus de mal à couper. Chercher, remonter des pistes effacées la passionne et le reste de sa vie peine à rivaliser avec cette intensité. Hanno en prend parfois ombrage. Ce week-end, elle est toute à lui. Après des semaines le nez dans ses enquêtes, elle savoure la joie de retrouver son fils.

Après une longue marche en forêt, ils se réchauffent en savourant un vin chaud au marché de Noël. L'air est saturé d'effluves de cannelle, de bière et de saucisses grillées.

— Tu pars quand, finalement ? lui demande Hanno.

Sa réponse est couverte par des rires sonores. Elle répète :

— La première semaine des vacances !

— C'est glauque d'y aller seule. Tu ne veux pas que je t'accompagne ?

Il le propose avec si peu de conviction qu'elle éclate de rire. La Pologne lui évoque Auschwitz, qu'il a visité une fois avec sa classe et une fois avec elle. C'était il y a deux ans, en novembre. Après le camp, ils avaient passé quelques jours à Cracovie. Mais Hanno ne se souvient que du *smog* de pollution qui escamotait les monuments, la splendeur et le raffinement de l'architecture. Le brouillard jaune emprisonnait la ville de son air fétide, au point que les passants se couvraient le visage d'un masque.

— Ne t'inquiète pas. Cette fois je vais à Lublin et à Varsovie.

Cette perspective semble le soulager. Il la voudrait plus légère. Que l'ITS ne soit qu'un travail cantonné aux heures de bureau.

Alors qu'ils viennent de charger un sapin dans la voiture et roulent à travers la forêt, il dit : « J'ai rencontré quelqu'un », avec une hâte maladroite qui l'attendrit. Il aimerait traiter cette nouvelle comme un événement de moindre importance mais n'y parvient pas. Et à brûle-pourpoint, dans cette parenthèse de route et de nuit, il lui demande si elle a aimé son père.

Elle hésite, sent qu'il attend qu'elle lui parle en adulte. Elle se connaissait mal quand elle a rencontré Wilhelm. Il avait presque le double de son âge. Un homme fait, sûr de son désir. Flattée, elle s'était laissé courtiser. Le parc où ils s'étaient rencontrés ressemblait à cet homme : élégant, romantique et un peu désuet. Son attirance pour Wilhelm était ce pianissimo qu'elle associait à une vie sérieuse, celle qui finirait de l'arracher à un monde étriqué. La passion lui semblait un feu immature, elle lui préférait un socle plus solide. Elle aimait l'intimité de la vie conjugale. Ce n'était pas un amour risqué, il prenait peu de place et lui laissait le champ libre. Elle aurait pu devenir une Bovary exilée, une Lady Chatterley de la Hesse. Au lieu de quoi elle s'était consacrée à une mission qui avait fini par dynamiter son mariage. Tout s'était délité en très peu de temps, comme s'ils avaient été les jouets d'une illusion.

Quand elle pense à son ex-mari, le conte de *Barbe-Bleue* lui revient en mémoire. Wilhelm pouvait tout accepter d'elle, à condition qu'elle respecte son silence et ce qu'il défendait. Le trousseau de clefs, c'est Eva qui le lui a donné. C'étaient les archives, les livres qu'elle planquait au grenier. Pour finir, sa curiosité a été la plus forte. A-t-elle trahi son mari ? Sans doute. En violant leur pacte tacite, elle lui révélait qu'elle n'avait jamais été sienne, et n'avait pas épousé un clan. Ils se sont aimés tant que le silence a tenu, avec une douceur qui aurait sans doute viré à la tiédeur au fil des années. L'enfant aurait été leur ciment. Pour le protéger, peut-être qu'elle aurait choisi de se taire.

Elle a aimé Wilhelm, c'est ce qu'elle lui dit. Elle sent qu'il avait besoin de l'entendre. Elle ignore si son père se confie à lui, s'il réécrit leur histoire à la lueur de son dénouement.

Hanno avait onze ans, son grand-père venait de mourir. Elle l'aidait à enfiler un pull à col roulé noir quand il avait cherché son regard :

— Pourquoi il veut pas que tu viennes, Papa ?

Les enterrements réconcilient parfois les ennemis, enterrent les vieilles querelles. Elle savait que Wilhelm ne lui pardonnerait jamais.

— Tu sais, je ne fais plus partie de la famille. Et ton grand-père et moi, on se comprenait mal. Mais toi, il t'aimait beaucoup et c'est important que tu lui dises au revoir.

— Oma, elle dit que tu racontes des mensonges. Opa, il a jamais été nazi.

— Je n'ai jamais dit ça, avait-elle répondu, ravalant sa colère.

Elle en voulait à cette vieille femme butée de mêler son fils à cette histoire. De le prendre à témoin de griefs qui la dépassaient. Ses grands-parents lui parlaient d'elle, sans voir combien leurs insinuations le blessaient. À cet instant, elle avait réalisé qu'en grandissant, il aurait besoin de connaître la vérité sur l'incident qui avait détruit leur famille. Un jour, se disait-elle, il voudra savoir. Puisse ce jour arriver le plus tard possible.

— Comment on sait qu'on est amoureux ? demande Hanno au moment où elle coupe le contact.

Sa réponse le pousse à se livrer à son tour. Avec Hermine, rien n'est jamais gagné, avoue-t-il en riant. Elle se montre tantôt forte et tantôt vulnérable, taquine ses réflexes chevaleresques mais l'appelle au cœur de la nuit, terrassée par des angoisses de fin du monde. Il ne sait comment être présent sans l'étouffer.

— Ça viendra, ne t'en fais pas. C'est important que tu restes spontané. Que tu sois pleinement toi-même. Tu es heureux ?

Il acquiesce en souriant. Ils peuvent discuter pendant des heures. Hermine l'invite à être exigeant, à creuser sous la surface.

— Tiens, par exemple, tout le monde veut planter des arbres. Quand tu fais le plein d'essence, si tu paies trente centimes de plus, on t'explique que tu finances une plantation. Et tu as l'impression de contribuer à l'écologie. Si on sauve la planète, ce sera un peu grâce à ta voiture ! Sauf que les industries fossiles se servent de toi pour continuer à polluer tranquillement. Pour détourner l'attention des puits qu'ils forent en Afrique, ils plantent des arbres. Comme ils se foutent de la biodiversité, ils plantent la mauvaise espèce au mauvais endroit. Ça flingue des écosystèmes et ça aggrave le désastre écologique. Aucun bénéfice pour la planète, mais eux s'achètent une bonne conscience sur ton dos.

— C'est nul, lâche Irène, pensant à tous ces moments où elle s'est secrètement réjouie de contribuer à un grand mouvement écologique. À ses fantasmes de reforestation de l'Amazonie.

— Aujourd'hui, les plus gros pollueurs se vantent de produire de l'énergie verte. C'est un trompe-l'œil du marketing. Il faut être plus malins qu'eux, créer des outils pour les piéger. Établir de nouvelles normes. Avec Hermine, c'est ce qu'on voudrait faire. On a des tonnes de projets !

Elle l'écoute en tisonnant le feu, en grillant des châtaignes, en décorant le sapin. Quand il parle de ce qui l'anime, il devient volubile et ses mains volent à l'appui de ses paroles. Il a de belles mains d'homme, elle les remarque pour la première fois. L'écologie, dit-il, est le combat de leur génération. C'est là que tout se joue, que tout se perd. Il est conscient qu'il leur faudra défendre leur vision face à des gens qui s'accrochent à leur toute-puissance et à leurs vieux schémas mortifères. Ça ne l'effraie pas, il brûle d'en découdre. Dans cette fougue, elle retrouve la jeune fille qu'elle a été. Cette confiance illimitée en ses propres forces.

Depuis que Hermine a surgi dans la conversation, il semble qu'elle soit partout, dirigeant la fougue de Hanno vers des objectifs pragmatiques. Myriam a raison, elle le tire vers le haut, mais Irène préférerait qu'elle le laisse mûrir à son rythme. Elle garde cette arrière-pensée pour elle. C'est si rare que son fils se confie. Elle demande :

— Quand est-ce que tu me la présentes ?

Il rit, dévoilant ses fossettes. L'espace de quelques secondes, Irène est intimidée par sa beauté. S'il a hérité de ses grands yeux noirs et de ses longs cils, il tient de son père ces cheveux bouclés de pâtre italien de la Renaissance.

— On parle souvent de toi. Hermine t'admire de m'avoir élevé seule, en travaillant à plein temps. Sa mère est plus… traditionnelle, tu vois. C'est une femme au foyer, comme Oma. Je lui ai expliqué ce que tu fais au centre. Ça l'impressionne.

Flattée, elle répond que rien ne presse. Elle sera ravie de la rencontrer quand ils estimeront le moment venu.

En attendant, il faut décider de ce qu'ils feront pour Noël. Elle voudrait aller à Paris, rêve de longues promenades, de ciné-club et de discussions endiablées avec Antoine avant le traditionnel lèche-vitrines des grands magasins du boulevard Haussmann. Hanno applaudit ce projet, il est très attaché à Antoine.

— On dormira où ? Chez Mamie ?

Ce mot vient compliquer le joyeux tableau des vacances.

Penser à sa chambre au papier peint fané donne à Irène le sentiment d'enfiler un vêtement trop petit, qui serre à faire mal.

— Pas cette année, décide-t-elle. On s'épargnera aussi le réveillon avec tes oncles, ajoute-t-elle.

D'un regard, ils scellent le pacte.

Le lundi matin, elle quitte la maison avant le lever du jour. Autour de son cou, elle enroule la grosse écharpe en laine douce que Hanno lui a offerte, pour la réchauffer quand elle arpentera les territoires de l'Est.

La veille, elle a reçu un mail de l'archiviste de Yad Vashem, l'informant que Lazar Engelmann avait témoigné au premier procès de Treblinka, en 1964. Avant de rencontrer Elvire, la fille dont il n'a jamais rien su, elle ira en consulter le compte rendu aux archives.

L'avion n'est pas très grand. Lorsqu'il décolle du tarmac de l'aéroport de Düsseldorf, elle sent qu'elle les emporte avec elle. Wita, Lazar et Eva. Là-bas, elle compte sur eux pour éclairer ses pas.

## *Agata*

Sa première impression de Varsovie est hostile, une ville froide sous un ciel plombé. Des bourrasques glaciales la transpercent à la sortie de l'aéroport. Heureusement son écharpe est longue, et elle peut en faire trois tours. Elle se trompe de bus, erre à travers les rues, prend un métro et atterrit à la gare centrale où elle finit par dénicher un train pour la gare de Wschodnia, sur l'autre rive de la Vistule. Elle y parvient quelques minutes avant le départ de l'intercité pour Lublin et se précipite en nage sur le quai, éreintée. Janina Dabrowska, qui a offert de l'accompagner à Lublin, l'attend devant le wagon. Un sourire s'épanouit sur son visage frigorifié, quelques mèches blond platine dépassent de son bonnet rouge : « Bienvenue en Pologne, Irena. On se rencontre enfin ! Je vous imaginais blonde et sévère, comme une héroïne d'Hitchcock… En fait vous êtes brune et jolie. Tout le contraire ! » Irène lui serre la main, et note que Janina porte un rouge à lèvres assorti à son bonnet.

Elles grimpent dans un train jaune dont le chauffage est en panne, gardent leurs manteaux et achètent des sandwiches et du thé à un employé qui remonte le couloir avec son chariot. Après avoir quitté les faubourgs de Varsovie, Irène regarde défiler les forêts de pins derrière la vitre ; leurs troncs rouges semblent prendre d'assaut les nuages. Quelques bouleaux argentés montent la garde en lisière de bois. De temps en temps, on aperçoit le toit rouge d'une ferme dont les tuiles vernissées ressemblent à une construction en Lego, aussitôt effacée par d'autres arbres, comme surgie d'un rêve. Le wagon presque vide donne l'illusion de remonter le temps. Joyeuse et volubile, Janina lui parle de Marek, le mari de Wita, dont elles rencontrent la famille demain.

Après la guerre, rappelle-t-elle, Staline a exigé la Pologne à Yalta et l'a obtenue. Les Alliés ont sacrifié le gouvernement polonais en exil et la Résistance sur l'autel d'une entente fragile. Une trahison, pour ceux qui avaient mené un combat désespéré contre les nazis. Comment oublier que Staline et Hitler s'étaient partagé la Pologne au début de la guerre ? Que l'Armée rouge avait regardé Varsovie brûler depuis l'autre rive de la Vistule, attendant que la ville soit réduite en poussière, sa population massacrée ou déportée, pour franchir le fleuve ? Les combattants de l'Armée de l'intérieur étaient priés de rentrer dans le rang. Staline leur offrait l'amnistie. Ceux qui l'ont cru ont été torturés, emprisonnés ou déportés en Sibérie. D'autres ont choisi de regagner les forêts qui avaient abrité leurs luttes clandestines. Marek a rejoint les Forces armées nationales, farouchement anticommunistes. Pendant des années, ces « soldats maudits » se sont livrés à des actions de guérilla contre le régime soviétique. À l'été 1945, Marek a été incarcéré dans un cachot du château de Lublin. Heureusement, son futur beau-père avait des contacts influents au sein de l'intelligentsia communiste de la ville. Ça lui a évité d'être envoyé au goulag.

— Son futur beau-père soutenait les communistes ? s'étonne Irène.

— Disons plutôt que ses relations lui ont permis de garder sa scierie. Après la guerre, il fallait reconstruire le pays. Ses affaires étaient florissantes et il n'avait qu'une fille. Marek avait tout perdu. Pour lui, ce mariage était une chance inespérée. En contrepartie, il permettait à son beau-père de s'arranger avec les communistes sans se fâcher avec ses amis conservateurs. Il avait sorti un partisan de prison, il en avait fait son héritier… Il ne s'en vantait pas mais les gens savaient. La Résistance polonaise non communiste était proscrite de l'Histoire officielle. Aujourd'hui, c'est le contraire ! Les *soldats maudits* font l'objet d'un véritable culte. En particulier chez les partisans du gouvernement.

— Ils sont nombreux ici ?

— La région est divisée, grimace Janina. Celle de Lublin est pilotée par un homme à la solde du pouvoir, mais le maire est dans l'opposition.

Depuis la victoire du parti Droit et Justice, en 2015, deux Polognes s'affrontent. Deux visions irréconciliables de l'histoire et de l'avenir du pays. Janina se dit très inquiète pour l'avenir de la démocratie.

— On ne peut pas s'entendre avec ces réactionnaires, ajoute-t-elle. Ne me branchez pas sur le sujet, Irena ! Je ne décolère pas.

Irène ramène la conversation à Marek. Ses enfants savent-ils pourquoi elle veut les rencontrer ?

— J'ai dit à son fils aîné que vous faisiez des recherches sur son père et sa première femme. Il se réjouit de vous voir.

Le lendemain, Irène contemple la vue de la fenêtre de sa chambre d'hôtel, savourant cette parenthèse au goût de vacances. La lumière matinale fait chatoyer le château, les façades Renaissance de la vieille ville et les clochers baroques vernis par la neige. Elle appelle Hanno, qui se réveille à peine, pour lui vanter la beauté du site et le confort de l'hôtel.

Janina toque à la porte :

— La voiture est là.

Ici, les taxis ne coûtent pas cher mais les chauffeurs sont bavards. Celui-ci ne cesse de discourir en polonais. Ses yeux moqueurs étudient Irène dans le rétroviseur. Ils quittent la ville pour une campagne qui a perdu ses couleurs d'automne. Des champs immaculés s'étirent à perte de vue sous un ciel bas. À l'horizon, la ligne des forêts apparaît sombre et fantomatique. La scierie des frères Sobieski se trouve au sud de Lublin, à une demi-heure de route. Irène imagine Wita et le petit Karol dans ces paysages.

En arrivant, elle aperçoit des bâtiments de brique et des préfabriqués au bout d'un chemin de terre, des montagnes de troncs derrière des camions chargés de grumes. À l'écart, entourée de massifs qui doivent être luxuriants à la belle saison, se dresse une maison blanche à l'élégance ostentatoire, avec son porche à colonnades surplombé d'un œil-de-bœuf. Le taxi les dépose devant l'entrée. Elles ont rendez-vous avec Janusz, le fils de Marek, qui les accueille chaleureusement. Il doit avoir dans les soixante-dix ans mais porte beau. Avec sa crinière blanche et sa moustache, Irène lui trouve un air de Lech Walesa. Voix de stentor, poignée de main énergique. Il dit, « Je n'ai pas souvent l'occasion de parler de mon père ». Des éclats de voix leur parviennent de l'intérieur de la maison. Dans l'entrée, Janusz Sobieski leur montre la photo sépia d'un bâtiment de bois. Son arrière-grand-père maternel, explique-t-il fièrement, a créé la première scierie en 1910. Aujourd'hui, ses deux fils dirigent trois sites de production et cent quarante employés, et fournissent les principales entreprises de construction du pays, des maisons de gros et des menuiseries. Ce matin, son fils cadet a dû se rendre sur un site éloigné, mais Wladeck, l'aîné, a invité quelques amis dont les grands-pères se sont battus avec Marek. Déconcertée, Janina traduit ses paroles à Irène. Elles auraient préféré un rendez-vous intime à une réunion d'anciens combattants. Il va falloir faire avec.

Ils sont une dizaine dans le grand salon aux poutres apparentes dont les baies vitrées donnent sur la forêt. Des hommes en jeans et chemises de bûcheron, un adolescent dont le sweat-shirt à capuche arbore l'emblème de la Pologne – un aigle blanc sur fond noir, surmonté des lettres *NSZ*. Sur les murs, des trophées de chasse et des gravures de chevaliers en armure voisinent avec un grand tableau kitsch représentant le drapeau polonais, dont l'aigle courroucé surplombe la *kotwica*, l'ancre symbole de l'État polonais clandestin.

L'atmosphère est joviale, chacun se présente et Irène ne retient qu'un défilé de prénoms aux consonances musicales, Milosz, Taddeusz, Michal, Bronislaw ou Wladek. Passant au milieu des hommes, l'épouse du maître de maison distribue sourires et biscuits d'apéritif. Janusz sert d'autorité un *shot* de vodka aux nouvelles venues. Il est temps de trinquer à la mémoire de ceux qu'il appelle « nos soldats indomptables ». Très ému, il prononce quelques mots que Janina traduit à voix basse : « Ce matin, je pense à mon père dont le courage est un exemple pour nous tous. Marek et ses camarades ont lutté, parfois au sacrifice de leurs vies, pour défendre l'indépendance de la Pologne contre les occupants allemands et soviétiques. Aujourd'hui, nos valeurs ancestrales sont de nouveau menacées. Plus que jamais, nous devons défendre leur héritage », conclut-il dans un silence recueilli. Tout le monde lève son verre et le vide cul sec. Irène aussi, la vodka lui fait monter les larmes aux yeux. Son voisin, un grand gaillard brun à la beauté slave, la couve d'un regard amusé. C'est Wladek, le fils aîné de leur hôte.

— Irena, déclare Janusz, est venue d'Allemagne pour connaître l'histoire de mon père.

Des exclamations fusent, quelques rires. Irène précise qu'elle est française et cherche aussi des informations sur Wita, la première femme de Marek. Ce prénom n'éveille aucune lueur d'intérêt dans l'assistance. En revanche, chacun y va de son anecdote pour illustrer la bravoure et la loyauté de Marek. Les joues empourprées par la vodka, Janina ne sait où donner de la tête. Wladek montre fièrement à Irène un brassard rouge et blanc qui appartenait à son grand-père et porte le sigle de l'Armée de l'intérieur, *AK*. Le tissu s'effiloche aux extrémités. Il lui fait remarquer une tache de sang séché sur le blanc jauni. Dans les forêts de la région, les combats se sont poursuivis jusqu'à la fin des années cinquante. À l'atelier de sciage, ils retrouvent encore des balles dans les troncs des arbres.

Irène parcourt l'album-photos, espérant y trouver des clichés de Wita et du petit. Mais ce ne sont que des souvenirs de maquis où de jeunes partisans fument en uniforme ou posent tout sourire avec leur arme. S'attardant sur le visage de Marek, elle peut imaginer Wita tomber amoureuse de ce regard décidé, de cette bouche sensuelle, et le rester malgré l'épuisement d'une vie dangereuse.

Elle demande à Janusz quel père il était, et Janina lui traduit sa réponse :

— Sévère. La guerre l'avait endurci. Je redoutais ses colères ! Il m'a appris à être courageux. Et la nature, les animaux. Il voulait que je sois capable de survivre dans la forêt. C'était un homme de l'ancien temps. Un héros. Je ne l'ai jamais vu pleurer, même pas à la mort de ma mère. Il avait été torturé par les communistes. Il avait des cicatrices. Il me répétait : « Sois un homme, et reste-le en toute circonstance. » Moi aussi, je dis ça à mes fils.

Irène avale un biscuit sec car l'alcool lui monte à la tête. Autour d'elle, les verres se remplissent et se vident à un rythme soutenu, les conversations sont ponctuées de rires sonores. Les invités ont oublié sa présence. Elle en profite pour demander s'il existe des photos de Wita, des souvenirs de leur mariage.

Janusz n'en a jamais vu. Son père en a peut-être emporté avec lui, quand il a rejoint les partisans dans la forêt. Après la guerre il n'y avait plus rien. Marek n'évoquait pas sa première épouse. Il fuyait ce qui le ramenait à la guerre et à ceux qu'il avait perdus. Mieux valait se concentrer sur le présent.

— Et puis ma mère était jalouse, alors il faisait attention, précise-t-il avec un clin d'œil.

— Il ne parlait jamais de l'enfant ? insiste Irène.

Janina, qui a commis l'erreur d'accepter une autre vodka, traduit laborieusement sa question à leur hôte, qui fronce les sourcils.

— *Ta dziewczynka* ? interroge-t-il.

— *Nie*, répond Janina.

Ils discutent et semblent ne pas arriver à se mettre d'accord. Irène peste intérieurement contre Janina, qui est pompette et lui fait défaut à un moment crucial.

— Il répète que c'était une fille, lui dit Janina en levant les yeux au ciel.

— Il doit confondre, poursuit Irène, crispée.

Janina traduit sa réponse qui irrite son interlocuteur. S'ensuit une longue tirade où l'amabilité du patriarche s'effrite, trahissant un caractère sanguin qu'il a dû hériter de son père.

— Il dit qu'il n'est pas encore sénile. C'était une fille. Une adolescente, avec des cheveux blonds. Il ne l'a vue qu'une fois, il devait avoir quatre ou cinq ans. Ensuite, son père allait lui rendre visite à Varsovie. Il se le rappelle très bien, parce que ces soirs-là il rentrait tard et s'enfermait dans son bureau. Sa mère déposait son dîner devant la porte. Il se souvient qu'elle criait : « Si ça te met dans cet état, arrête d'y aller ! À quoi ça sert ? »

Soudain Irène a un déclic :

— Cette adolescente, c'était la fille de Wita et de Marek ?

Janina traduit, l'air perplexe.

— *Tak* ! s'écrie Janusz. Agata.

— Où vivait-elle ? Qui s'occupait d'elle ?

Il répond, un peu radouci, et Janina traduit :

— Il ne sait pas qui s'en occupait. Il se souvient juste qu'elle vivait à Varsovie. Il ne l'a vue qu'une fois. Il pense que ça se passait mal avec sa mère. Il était trop petit, mais il dit que ses parents se disputaient à son sujet. Après, son père a commencé à aller à Varsovie.

— Est-ce qu'il a entendu parler d'un autre enfant ? Un garçon ?

Il écoute la traduction et secoue la tête, *Nie*.

Irène lui montre la photo de Wita et du petit Karol sur son téléphone. *Nie*, répète-t-il un ton plus bas, fixant l'enfant dans les bras de sa mère. Il semble déstabilisé, s'adresse de nouveau à Janina.

— Il demande s'il est mort avec elle.

Irène réalise qu'autour d'eux, les conversations se sont tues. La tension de leur échange a modifié l'atmosphère. Les hommes se sont rapprochés pour écouter. Elle les observe pendant que Janina traduit sa réponse :

— Non, elle a été assassinée à Ravensbrück avec un enfant juif.

Dans leurs regards, elle déchiffre un mélange de stupéfaction et de colère. Un mot, *Żyd*, parcourt l'assemblée comme une houle.

Quand il répond, la voix de Janusz vibre de colère.

— Il dit qu'elle n'était pas juive. C'est un mensonge.

— Elle non, mais le petit garçon l'était, se hâte de préciser Irène. Elle veillait sur lui dans le camp. Elle a essayé de le sauver. Ils ont été tués ensemble.

Il fulmine, et sa réponse cinglante fait pâlir Janina.

— Qu'a-t-il compris ? l'interroge Irène, stupéfaite.

La Polonaise traduit à contrecœur :

— Il dit que ce sont des calomnies. Il refuse qu'on salisse la mémoire de son père sous son toit. Il nous demande de partir. Il dit que personne, dans sa famille, n'a jamais été le valet des Juifs.

Irène se tait, médusée.

Le changement d'humeur de Janusz semble se communiquer aux autres. Leurs voix se mêlent, agressives. Un mot revient sans cesse, qu'Irène n'arrive pas à saisir.

De plus en plus mal à l'aise, Janina lui fait signe qu'elles doivent s'en aller.

Embarrassé, le beau Wladek les raccompagne à la porte et leur appelle un taxi. Il les prie d'excuser son père, dont le caractère s'aggrave en vieillissant : « La guerre est un sujet sensible. Il réveille trop de mauvais souvenirs. »

— Je ne comprends pas ce qui l'a braqué…, murmure Irène au moment où le taxi redémarre sur l'allée de graviers.

— Je suis désolée, Irena. Parfois, j'ai honte de mes compatriotes.

— … Et cette adolescente. Agata. Je n'ai jamais envisagé que Wita pouvait avoir un autre enfant. Quel âge aurait-elle, aujourd'hui ?

— Dans les quatre-vingts ans, calcule Janina.

— Si elle est en vie, il faut qu'on la retrouve.

## *Stefan*

Choquées par l'incident, elles ont fait une longue promenade dans le vieux Lublin, profitant d'un rayon de soleil. En fin d'après-midi, une averse de neige les a poussées à regagner l'hôtel. Pendant que Janina se repose dans sa chambre, Irène s'offre une séance au spa. Dans le bain bouillonnant, la rage du vieux Janusz lui apparaît plus symptomatique qu'effrayante. Elle se demande si Marek, toutes ces années, a ressenti le manque de Wita. S'il s'empêchait de penser à elle et au petit Karol. Luttait pour garder close la porte du passé. Sa dureté n'était peut-être qu'une fragilité protégée coûte que coûte. Elle songe à Wilhelm qui l'a rayée de sa vie du jour au lendemain, déposant le bébé à sa porte comme sur le palier d'une crèche, et se bornant à lui laisser des messages lapidaires pour l'informer d'un vaccin ou d'une rougeole. Irène, elle, n'efface rien ni personne ; elle avance avec son passé sur l'épaule, et ses erreurs pèsent le même poids que ses bonnes fortunes. Elle n'y voit qu'un sillon de choix infimes, peut-être juste des oscillations dans le courant.

Janina a réservé une table pour trois. Des silhouettes de rabbins en ombres chinoises dansent sur le mur, entre des portraits de *hassidim* aux vêtements sombres. Des serveuses dont les chevelures flottent jusqu'aux reins leur apportent la carte. Le restaurant est bien noté dans les guides touristiques. Autour d'eux on parle lituanien, russe, américain.

L'invité de Janina s'excuse de son retard. Il est grand, avec un visage ouvert et presque juvénile. Irène ne lui donne pas plus de quarante ans. Ses cheveux souples, d'un châtain doré, lui tombent sur les yeux. Il se présente en anglais, il s'appelle Stefan et travaille au centre « Théâtre NN » de la porte Grodzka.

— Stefan accomplit un travail remarquable, précise Janina, dont le regard pétille depuis qu'il les a rejointes.

Il s'emploie à sauvegarder la mémoire de la ville juive. Le ghetto de Lublin a été liquidé parmi les premiers, au printemps 1942. Après la guerre, on comptait à peine trois cents rescapés.

Depuis une quinzaine d'années, Stefan et ses collègues recueillent les témoignages des survivants et de leurs voisins du côté *aryen*. Les enregistrements sont conservés au centre, qui possède par ailleurs un trésor inestimable : des milliers de photos du ghetto et de ses habitants.

— D'où viennent-elles ? interroge Irène.

Une lueur joyeuse passe dans les yeux de Stefan.

— Je savais que ça vous intéresserait ! D'abord, il y a des clichés en couleur qui ont été pris par un soldat allemand. C'est étonnant d'ailleurs, car le regard qu'il pose sur ces gens est plein d'humanité.

— J'aimerais les voir.

— Je vous les montrerai. Mais ce n'est pas tout ! En rénovant un vieil immeuble, on a retrouvé sous le toit près de trois mille négatifs de photographies sur verre enveloppés dans de vieux chiffons. Des images du quartier juif avant la guerre. Des portraits, des scènes intimes de la vie quotidienne… Un miracle ! Nous ignorions l'identité de celui qui les avait prises. Il appartenait forcément à la communauté, parce qu'il photographiait des événements privés, des cérémonies religieuses. Pendant des années, on a cherché partout ce mystérieux photographe. Sans succès.

Percevant son impatience, il fait durer le suspense, un sourire aux lèvres.

— On a fini par le retrouver, en croisant des listes de recensement. Il s'était fait passer pour un charpentier. Il s'appelait Abram Zylberberg.

— Quelle histoire extraordinaire ! s'écrie Irène.

La serveuse vient leur conseiller le menu de *shabbat*, qu'on ne peut goûter que ce soir. Ils se laissent tenter.

— Leur *tcholent* d'oie est une merveille. Une authentique recette ashkénaze, cuisinée et servie par des goys ! ironise Stefan.

— Je croyais que c'était un restaurant juif.

— Il n'y a plus de Juifs en Pologne, Irena. À Lublin, il en reste à peine une trentaine. Ils sont très discrets.

— Si peu ?

Le sourire de Stefan s'efface. Malheureusement, l'antisémitisme n'est pas mort avec Auschwitz. Pour s'en rendre compte, il suffit de parcourir les archives du Comité des Juifs de Pologne, qui assistait les rescapés après la guerre. Menacés, parfois assassinés à leur retour, les survivants ont été très mal reçus. Les communistes n'étaient pas un recours. Des policiers et des fonctionnaires d'État ont participé aux pogroms de Kielce et de Cracovie. La majorité des Juifs qui avaient survécu à la Shoah ont quitté le pays ensuite. Ils avaient peur. En 1968, le gouvernement les a expulsés au terme d'une cabale médiatique.

Irène lui raconte la violence de la discussion avec le vieux Janusz.

— Quel était ce mot qu'ils répétaient tous, à la fin ? demande-t-elle à Janina.

— *Żydokomuna*. C'est une insulte, une allusion au « complot judéo-communiste ». Ces hommes sont des nationalistes. À leurs yeux, les Juifs et les communistes, c'est la même chose.

Irène n'arrive pas à croire que ce vieux mythe perdure.

— Ça paraît dingue, mais vous savez, certains croient encore que les Juifs saignent des enfants chrétiens pour faire du pain azyme, intervient Stefan.

— D'autant qu'une partie du clergé polonais a nourri l'antisémitisme, poursuit Janina. Même après les pogroms d'après-guerre, leur position est restée ambiguë.

L'arrivée des plats interrompt la discussion. Irène goûte le *tcholent*, presque aussi bon que celui de Myriam.

— Je me pose toujours la question, dit Janina. Est-ce que les gens croient vraiment à ces balivernes, ou est-ce que ce sont des paravents qui dissimulent autre chose ?

— Que voulez-vous dire ? demande Irène.

— L'assassinat des élites polonaises et la Shoah ont libéré des places pour les Polonais de la classe moyenne. Ils ont occupé les logements des Juifs, récupéré leurs biens et leurs entreprises.

— Cette prédation a eu lieu dans tous les pays occupés par les nazis, intervient Irène. En France, en Allemagne, en Autriche…

Gênée, elle s'aperçoit que les Américains de la table voisine écoutent leur conversation.

— C'est vrai, répond la Polonaise en baissant la voix. Mais en France, on pouvait ignorer ce qui arrivait aux déportés. Ici, ça se passait chez nous, dans nos villages. Quand les Allemands raflaient des Juifs, les voisins assistaient à des meurtres en pleine rue. Des bébés étaient jetés par les fenêtres. Certains Polonais participaient à la chasse aux Juifs. D'autres se précipitaient dans les maisons vides pour les piller. Tout le monde savait, beaucoup l'ont vu de leurs yeux.

Sa voix tremble un peu. Elle avale une gorgée de vin :

— Au-delà du traumatisme collectif, il y a une culpabilité enfouie. Et une haine de tout ce qui vient la réveiller.

Elle évoque la position délicate des Justes. Ils ont risqué leur vie et celle de leurs proches pour cacher des Juifs qu'il fallait protéger non seulement des Allemands, mais aussi de leurs voisins polonais, qui n'hésitaient pas à les dénoncer. Aujourd'hui encore, la plupart de ces bienfaiteurs préfèrent rester discrets, par peur des représailles. Beaucoup ont dû s'expatrier après la guerre.

— Le paradoxe, observe Stefan, c'est que maintenant, le gouvernement fait des Justes le symbole de la Pologne. On nous répète qu'il faut en finir « avec la pédagogie de la honte ». Que ce pays n'était constitué que de héros et de martyrs.

— La Pologne a souffert le martyre, objecte Irène. Chez vous, l'Occupation a été d'une violence inouïe. Pour autant, vos Résistants se comptaient par centaines de milliers ! En France, juste après la guerre, on préférait oublier le régime de Vichy et se raconter qu'il n'y avait eu que des Résistants…

Stefan acquiesce, chaque pays impose un roman national. Le choix de ses héros et de ses victimes est toujours politique. Parce qu'il entretient le déni et étouffe les voix discordantes, ce récit officiel n'aide pas les peuples à affronter leur histoire.

Irène est bien placée pour le savoir. Depuis l'après-guerre, l'ITS épouse les variations du roman national allemand. Après la guerre, on n'indemnisait que certaines catégories de victimes juives. Il a fallu des années pour inclure les Résistants dans la politique de « réparations » ; plusieurs décennies pour les travailleurs forcés. La mémoire est aussi un enjeu économique. Chaque victime représente une dépense supplémentaire sur le budget de l'État.

Le couple d'Américains est parti, les autres clients sont absorbés dans leurs conversations. L'atmosphère est plus intime, comme ouatée.

Janina se racle la gorge :

— Un jour, chez ma grand-mère, j'ai trouvé une petite coupe au fond d'une armoire.

Elle devait avoir onze ou douze ans. L'étain était gravé d'inscriptions sibyllines. À cet âge elle lisait Tolkien, et on aurait dit un objet remonté de la Terre du Milieu. Elle avait couru montrer son trésor à sa grand-mère, qui le lui avait arraché des mains et lui avait interdit d'y toucher.

Plus tard, Janina était retournée fouiller l'armoire en vain. Après la mort de sa *babcia*[1], elle a retrouvé la coupe dans une boîte à chapeau. À l'époque, elle travaillait déjà à la Croix-Rouge. Elle savait désormais que les inscriptions étaient en hébreu et en éprouvait un malaise. Elle avait confié l'objet à l'Institut historique juif. Comment sa grand-mère se l'était-elle procuré ? Cette question continue à la travailler.

— J'aimais ma grand-mère, mais elle avait des mots très durs envers les Juifs. C'est étrange, parce qu'elle raffolait de la musique klezmer. C'est elle qui m'a fait découvrir la cuisine ashkénaze. Aujourd'hui, cette histoire trouble mon amour pour elle…

Touchée par cette confidence, Irène se demande quel regard Hanno porte sur son grand-père paternel. S'il revisite leurs souvenirs heureux, y cherchant les traces d'un tourment intérieur ou d'une tentative de rédemption.

— Les gens me demandent souvent : « Pourquoi vous consacrer à la mémoire juive ? Vous n'êtes pas juif ! », dit Stefan. Je leur réponds que les Juifs ne sont pas seulement morts sur notre sol. Pendant près d'un millénaire, ils ont vécu dans ce pays, versé leur sang pour toutes nos batailles, nos insurrections perdues. Ils font partie de notre histoire. Leur musique, leur pensée, leur cuisine, leur folklore… Leur absence creuse un vide au fond de chacun de nous. On peut le remplir de silence, de fantasmes ou de haine… ça ne le comble pas.

1. « Mamie » en polonais.

Après le dîner, ils se promènent dans la vieille ville. Janina reçoit un appel de Varsovie. Son mari s'est coincé le dos, il ne peut plus se lever du lit. Elle doit rentrer par le premier train. Ça l'ennuie d'abandonner Irène. Demain matin, elles sont censées rencontrer Sabina Marczak, la survivante de Ravensbrück qui a témoigné après la guerre que Wita était morte.

— Je peux y aller seule ou j'ai besoin d'une interprète ? demande Irène.

Devant eux, la silhouette du château se découpe sur l'obscurité. Elle tente d'allumer une cigarette dans le vent. Stefan met ses mains autour des siennes pour abriter la flamme. Leurs doigts s'effleurent.

— Elle parle allemand et français, dit Janina.

— Alors tout va bien, répond Irène d'un ton léger, s'appliquant à cacher son appréhension.

La survivante habite près du parc, elle l'attend chez elle à 10 heures.

— Demain, je déjeune chez mes parents, intervient Stefan. Mais je peux vous rejoindre en fin d'après-midi et dîner avec vous.

La proposition rassure Janina, et trouble Irène.

Elle se dit qu'après ce rendez-vous, ce sera un réconfort de ne pas dîner seule.

## *Erwin*

Le sommeil la fuit. Certaines phrases lui reviennent, charriant une eau trouble : « *Żydokomuna* », « À leurs yeux, les Juifs et les communistes, c'est la même chose ».

Elle revoit Hanno ce jour de novembre d'il y a cinq ans. Cette interrogation dans ses yeux. Elle a su tout de suite qu'elle n'y couperait pas. Que c'était là, maintenant. Il rentrait du collège. Ils avaient eu un cours sur le Troisième Reich. Il a croqué dans une pomme, l'a reposée sur le plan de travail :

— Il a fait quoi, Opa, pendant la guerre ?

Pour gagner du temps, elle a voulu savoir ce que son père avait répondu.

— Il dit qu'il a fait la guerre, mais que c'était pas un nazi. C'était son devoir, il était obligé.

Elle a hoché la tête, tentée d'en rester là, même si elle sentait que cette explication ne le satisfaisait pas.

— Pourquoi tu t'es fâchée avec Opa ? a insisté Hanno.

D'instinct, il reliait les deux questions. Quinze ans. Avait-il grandi si vite ? Irène lui devait la vérité. Elle n'était pas sûre qu'il soit prêt à l'affronter. Mentir n'était pas envisageable. Si le collège estimait qu'il était assez grand, elle ne pouvait se dérober. Elle a pris une inspiration.

Quand elle les avait rencontrés, elle les avait trouvés vieux. Wilhelm avait seize ans de plus qu'elle. Son beau-père était né en 1920. Pour la jeune femme qu'elle était, ce monsieur de soixante-quinze ans était intimidant, avec sa moustache et ses lunettes qui lui faisaient des yeux de hibou. Elle n'osait l'appeler Erwin. Les premiers temps, elle disait Herr Meyer. Avenante et replète, sa femme paraissait plus accessible. Irène avait vite déchanté, Magda ne serait pas une alliée. À ses yeux, une femme devait se dévouer exclusivement à son foyer, et le travail d'Irène la fatiguait au point de la rendre stérile. Cinq ans, et rien ne venait. Irène endurait stoïquement ses insinuations, sa bienveillance de surface.

Erwin était plus franc. Il s'était marié tard et avait fait carrière dans la construction automobile. Il savourait une retraite méritée dans sa jolie maison à colombages, faisait du vélo et de la marche à pied, même si la guerre lui avait laissé des rhumatismes et des acouphènes. Erwin fustigeait l'individualisme du monde moderne. Il avait pleuré devant les images de la chute du Mur, et organisait des collectes pour aider les Allemands de l'Est à s'installer dans la région. Il avait accueilli à bras ouverts cette belle-fille française. Irène était parfois troublée qu'il ait connu l'Allemagne nazie. Il avait vingt ans au début de la guerre et l'avait faite, sans qu'elle sache précisément ce que ces mots recouvraient. Elle n'avait osé poser la question à Wilhelm qu'après leur mariage. Il lui avait répondu que son père n'avait rien à se reprocher. Erwin avait combattu dans une division d'infanterie et sa jeunesse avait été brisée par la guerre, voilà ce qu'on pouvait en dire.

Ils n'en avaient jamais reparlé, jusqu'à ce déjeuner de Pâques. Qui avait commencé sous les meilleurs auspices, avec un agneau confit et l'annonce de sa grossesse. Enfin ! Les futurs grands-parents étaient transportés de joie, même si Magda ne comprenait pas qu'Irène s'entête à garder son travail. L'épuisement causait des accouchements précoces, pourquoi prendre ce risque ? Irène avait eu terriblement envie d'un verre, tout à coup. Elle s'était raisonnée. Elles ne deviendraient jamais des amies, mais Magda serait une bonne grand-mère, c'était l'essentiel. Sa grossesse rendait Irène plus émotive. Elle ressentait davantage l'éloignement de sa famille et accueillait l'affection de ses beaux-parents avec reconnaissance. En face d'elle, Wilhelm souriait, ému. Elle le trouvait beau, dans cette chemise bleu roi. Attendrie, elle avait noté que sa belle chevelure noire commençait à grisonner sur les tempes. Il avait emprisonné ses doigts dans les siens. Elle espérait que leur enfant hériterait de ses mains.

— Tu seras un vieux papa, comme ton père, avait plaisanté Magda en trinquant à la santé du bébé.

— Moi j'ai pas eu le choix, j'ai dû attendre que les Russes me libèrent. Toi, quelle est ton excuse ? riait Erwin.

Dans le tintement du cristal, Irène avait pensé, *il a fait la guerre sur le front de l'Est.* Son sourire s'était figé, elle avait volé une gorgée de vin à Wilhelm. Elle avait imaginé l'enfant gambadant dans ce jardin, décorant les arbres avec des œufs peints, préparer des nids de feuilles et de mousse pour le Lièvre de Pâques. D'ici un an ou deux, ne faudrait-il pas mettre en route un petit frère ou une petite sœur ? Cette pensée l'angoissait un peu. Elle avait le temps d'y réfléchir. Après tout, elle n'avait que vingt-huit ans.

Était-ce l'évocation du camp de prisonniers ? Le ton de la conversation avait changé. Tendant l'oreille, elle avait compris que son beau-père évoquait l'exposition qui tournait en Allemagne depuis des mois : *Guerre d'extermination. Les crimes de la Wehrmacht, 1941-1944.* Elle avait provoqué un séisme dans l'opinion, des débats enflammés jusqu'au Bundestag. Les associations d'anciens combattants organisaient des manifestations. Erwin s'y était rendu avec d'autres vétérans et ne décolérait pas. Il jurait qu'ils feraient interdire cette saloperie, ils avaient des soutiens politiques.

Elle aurait dû se taire, laisser passer l'orage. Mais ce jour-là, il semblait qu'Eva ait pris possession d'elle. Elle avait envie d'en découdre, de provoquer cet homme qui enveloppait sa guerre de silence.

— Je ne comprends pas ce qui vous dérange, avait-elle dit calmement.

Surpris, son beau-père lui avait répondu que cette exposition était un tissu de mensonges, qu'elle diffamait la Wehrmacht, qu'elle les salissait tous.

Wilhelm lui envoyait des signaux muets qu'elle avait choisi d'ignorer :

— Ça me paraît difficile à soutenir. Il y a mille cinq cents photos, des lettres, des ordres de mission, des comptes rendus d'exécution… Et ce n'est qu'un échantillon.

Erwin l'avait coupée, rouge d'indignation :

— Tout ça, c'est monté de toutes pièces pour salir la Wehrmacht ! Pour insulter les morts ! Tu crois que les Français cracheraient sur leur armée ? Qu'ils exposeraient ce qu'ils ont fait à Alger ?

Elle avait rétorqué que ces crimes avaient été largement documentés par les soldats eux-mêmes. Ces clichés de fantassins posant hilares devant des pendus, ou au bord de fosses remplies de cadavres, étaient des souvenirs immortalisés pour la postérité, qu'ils gardaient dans leur portefeuille ou envoyaient à leur fiancée. Évidemment, une fois exposés au public, ils devenaient plus difficiles à assumer.

— Qu'est-ce que tu en sais ? avait-il crié.

— C'est mon travail, Erwin. Je passe mes journées dans des archives de ce genre.

Cet aveu lui avait échappé. Ils la fixaient avec stupeur, comme si elle venait de leur révéler qu'elle appartenait aux services secrets et qu'ils étaient sur écoute depuis des années.

— Tu ne sais rien, avait lâché son beau-père en la toisant avec mépris. Tu n'es qu'une gamine. Tu ne sais pas comment c'était, cette foutue guerre.

— C'est vrai, je ne sais pas. Alors racontez-moi. Vous étiez sur le front de l'Est ? En quelle année ?

Le regard de Wilhelm la brûlait. Elle n'était plus la jeune épouse, la belle-fille timide. Elle redressait les torts, exposait l'imposture. Il fallait en finir avec ce mythe de la Wehrmacht propre. De ces pauvres soldats, qui avaient découvert en 1945 des horreurs dont ils ignoraient tout. Elle ne comprenait pas que cette légende perdure, malgré des décennies de travaux historiques. Depuis six ans qu'elle travaillait à l'ITS, elle avait découvert l'étendue des crimes et des complicités. Le consentement aux spoliations, aux déportations, au travail forcé. Combien de nuits blanches, après la lecture de certains documents ? La sécheresse des rapports administratifs, la transformation des corps en *unités*, du meurtre en *liquidation*, en *solution*.

— Du printemps 1941 à la fin 1942, si tu veux savoir, avait répondu le vieux. Dix-neuf mois de front. Je ne l'ai pas volée, ma croix de fer. Tu sais contre quoi on se battait ? Quand on est arrivés à l'Est, les gens pleuraient de joie, parce qu'on les délivrait de Staline. Qu'est-ce que tu sais des Bolcheviques ? Tu as vu ce qu'ils ont fait là-bas ? Leurs saloperies, ça t'intéresse ? Oui, c'était une guerre horrible. Comme toutes les guerres. Elle m'a pris ma jeunesse. *Gott sei dank*, mon fils n'a pas eu à vivre ça. La SS était brutale, oui. Ces types-là ont du sang sur les mains. Mais la Wehrmacht a toujours été correcte.

— Non, Erwin. Une armée qui collabore à l'extermination des Juifs, qui assassine des civils n'est pas *correcte*. Il faut trouver un autre mot. Vous les avez vues, ces photos.

— C'est un mensonge, a-t-il murmuré, le regard fixe. On se battait contre les partisans. On n'avait pas le choix, c'était eux ou nous.

— C'étaient des gosses. Des mères, des vieux. Des gens désarmés, sans défense. Vous les avez vus, avait-elle insisté, comme si elle le forçait à regarder dans la fosse.

Brusquement Magda s'était dressée, renversant la bouteille. Une tache écarlate s'élargissait sur la nappe blanche. Elle lui avait hurlé de débarrasser le plancher, l'avait poursuivie de ses cris jusqu'à la porte. Quand Wilhelm avait tenté de la calmer, elle avait fondu en larmes. « Je ne veux plus jamais la voir, avait-elle martelé. Jamais, tu m'entends ? Comme s'il n'avait pas assez souffert comme ça, ton pauvre père. »

Sur le trottoir, Irène avait senti l'enfant bouger pour la première fois. Elle avait posé sa main sur son ventre, pour le protéger, même s'il était trop tard. Sa colère retombée, elle était submergée d'émotions contradictoires. Elle aurait voulu que Wilhelm la comprenne et lui pardonne, pleurer longuement dans ses bras. Il s'était contenté de lui ouvrir la portière passager, avec cette galanterie dont il ne pouvait se défaire. Après avoir dépassé la pancarte du village, il lui avait demandé : « Qu'est-ce qui t'a pris ? » Il avait l'air accablé.

Elle n'arrivait pas à se l'expliquer. La grossesse la mettait à fleur de peau, exacerbant la moindre contrariété. Elle espérait des paroles de réconfort qui ne venaient pas. Elle voulait bien admettre qu'elle était allée trop loin, mais sa mère avait réagi avec une telle violence…

— Elle ne supporte pas qu'on attaque mon père, avait-il répondu, comme si ça justifiait de jeter dehors sa belle-fille enceinte.

Son regard restait rivé sur la route.

Plus tard, elle l'avait enlacé avec une fièvre tissée d'angoisse. Elle voulait faire l'amour, qu'il la rassure. Il l'avait repoussée doucement et s'était tourné, il était fatigué. Les jours suivants il avait prétexté des soucis, un surcroît de travail. Des semaines avaient passé sans qu'il éprouve le besoin de la toucher. Il ne la désirait plus, il s'était détaché. Pendant six années, il avait eu besoin de la serrer dans ses bras dès qu'il passait la porte, de la tenir, de la respirer. Maintenant, il s'écartait de ce corps qui portait son enfant. Il veillait à ce qu'elle ne manque de rien, se montrait prévenant, s'inquiétait d'une douleur inexplicable, connaissait par cœur le numéro de la sage-femme. Mais chaque jour, le silence avalait ce qui restait de leur amour, avec l'avidité du Néant de *L'Histoire sans fin*. Elle se glaçait de l'intérieur. Son corps plein s'épanouissait sur une terre brûlée. Elle aurait préféré que Wilhelm lui fasse des reproches, qu'il brise des assiettes. Son indifférence polie la torturait.

Elle espérait que la naissance les réunirait. Hanno était venu au monde le 4 septembre. Dès le premier regard, Wilhelm avait été fou de leur enfant. Il l'avait remerciée pour ce cadeau, mais n'avait pas eu un geste pour elle et son regard était dépourvu de chaleur. Elle n'arrivait pas à l'accepter, s'effondrait dès qu'il quittait la chambre. La sage-femme lui avait dit qu'elle faisait une dépression *post partum*. Son ventre et son cœur étaient vides. Ce déjeuner de Pâques était la lézarde à partir de laquelle tout ce qui paraissait solide s'était désagrégé.

Le jour où il les avait ramenés de l'hôpital, en franchissant le porche, elle avait compris qu'elle était incapable de partager cette maison avec un étranger. Dans la nuit, elle lui avait dit qu'elle voulait s'en aller. Wilhelm avait objecté que le bébé était trop petit, qu'elle n'était pas remise de l'accouchement. Elle ne pouvait attendre davantage. Il n'avait pas bataillé longtemps. Si elle voulait divorcer, soit. Elle en porterait la responsabilité.

Raconter ce naufrage à son fils était impossible. Quinze ans plus tard, elle s'était contentée de retracer les grandes lignes de la dispute avec son beau-père, et d'avouer que Wilhelm ne lui avait jamais pardonné.

— Alors Opa c'était un salaud ! Il a tué des innocents !

La douleur dans sa voix, sur son visage.

— Je ne sais pas, mon chéri. Peut-être que ton grand-père n'a rien fait. Certains ont refusé de commettre ces crimes, d'autres n'y ont jamais été mêlés. Il y a aussi des soldats qui ont déserté et qu'on a fusillés, ou envoyés dans des bataillons disciplinaires.

— Mais ceux qui refusaient de tirer sur les gens, on les fusillait ?

— Pas s'ils refusaient de tuer des civils. Ils n'étaient pas sanctionnés pour ça.

— Alors pourquoi ils l'ont fait ? a demandé Hanno.

Il avait l'air si vulnérable, avec ses doigts tachés d'encre, ses lunettes rouges et ses boucles en bataille. Elle aurait aimé pouvoir lui dire : « Ne t'inquiète pas, ce n'est pas pour de vrai. À la fin l'ogre meurt, et le Petit Poucet s'échappe avec ses frères. »

— Parce que c'est dur de désobéir à un ordre. Surtout pour un soldat. Et encore plus difficile de se désolidariser du groupe. Parce qu'on leur avait répété que ces gens étaient des sous-hommes, que leur vie ne valait rien. Que les Juifs étaient tous des partisans, des communistes. Et que s'ils ne tuaient pas leurs enfants, ils grandiraient et se vengeraient.

Hanno réfléchissait.

— Pourquoi il t'a pas défendue, Papa ?

— Je l'ai blessé, en me disputant avec ton grand-père.

— Mais tu disais la vérité !

— Même quand on dit la vérité, on peut avoir tort, lui a-t-elle répondu avec un sourire triste.

Elle se rappelait la détresse qui avait suivi sa résolution. Le lendemain, elle avait rempli des valises et des cartons de livres, mais elle était épuisée et ne savait où aller. Ce matin-là, Eva lui avait rendu visite et l'avait trouvée en larmes dans la cuisine, le bébé au sein. Une heure plus tard, elle entassait leurs affaires dans sa voiture, balayant les scrupules d'Irène. Elle avait une chambre d'ami qui n'avait jamais servi, et un chat misanthrope. Mais ça, c'était son problème.

Pendant trois mois, Irène et son fils avaient bousculé sa tranquillité, et Eva avait veillé sur eux à sa manière. Même si elle s'en défendait, elle s'était attachée à Hanno. Quand elle était de bonne humeur, elle lui parlait en yiddish, l'appelait *Tatele*. Elle les aurait gardés plus longtemps, mais Irène ne voulait pas abuser de son amitié. Elle avait fini par trouver un studio à louer en centre-ville.

Une fois livrée à elle-même, la tristesse l'avait rattrapée. Elle avait dérivé pendant des semaines, accomplissant des gestes somnambules pour le bébé. Et peu à peu, Hanno l'avait forcée à revenir. Elle se souvient encore de l'intensité de son regard myope, de la force de ses doigts minuscules. Il l'avait conquise, comme un territoire. Avec ses pleurs aigrelets et ses sourires aux anges, l'odeur du lait et de la peau. Elle n'était pas seule. Il était temps d'affronter cette vie, de la goûter.

Au début de l'année suivante, elle avait repris le travail. Chaque enquête était un défi intellectuel qui lui permettait d'échapper à son chagrin, à sa culpabilité. Elle allait mieux. Parfois elle s'étonnait de ne pas souffrir. La perte devenait plus douce, comme une chute sur le sable. Son quotidien était dense et harassant, elle n'avait pas le temps de penser à elle et en était soulagée.

Un soir, elle avait allumé la télé à une heure tardive. Elle était tombée sur une émission en direct. La présentatrice au brushing impeccable interviewait un vétéran de la Wehrmacht. L'exposition continuait à faire parler d'elle. Dans chaque ville où elle s'arrêtait, des foules de militants d'extrême droite défilaient avec des pancartes : « Gloire et honneur de l'armée allemande ! », « Aujourd'hui comme hier, tout pour l'Allemagne ! » Des anciens combattants s'exprimaient dans les journaux, se disputaient devant les caméras. Cette nuit-là, un vieillard tremblait sous les lumières cruelles du plateau.

— Qu'avez-vous ressenti en visitant l'exposition ? l'interrogeait la journaliste avec un sourire indéchiffrable.

Elle avait forcé sur le fond de teint, ou rentrait des sports d'hiver.

— Ça m'est revenu comme si c'était hier. Tout est vrai, vous comprenez ? avait-il avoué dans une expiration. Tout est vrai. Un jour, je suis entré dans une église. Dans un village, près de Tarnopol. Les gens m'ont regardé avec des yeux brûlants de haine. Ils avaient raison. Ce qu'on a fait là-bas, je ne peux pas l'oublier. Ils disaient qu'on pouvait être fiers, qu'on avait fait notre devoir de soldats. Si c'est ça, le devoir… J'ai honte du soldat allemand. J'ai honte de moi…

Secoué de sanglots, il s'effondrait, offrant à la présentatrice l'image choc qu'elle espérait.

Irène pleurait devant l'écran.

Elle éprouvait de la compassion pour cet homme. Après la guerre, les soldats qui avaient commis ces crimes avaient été absous de toute culpabilité. Et tout ce temps, pendant qu'on glorifiait la Wehrmacht, sa bravoure et ses valeurs, on les laissait affronter seuls ce que le nazisme avait fait d'eux. Ce qu'ils s'étaient fait à eux-mêmes.

Elle pensait à Erwin. À la digue qu'il avait bâtie pour se protéger de sa mémoire. Elle l'avait écroulée sans savoir ce qu'il y avait derrière. Elle ne saurait jamais. Comme elle ignorait ce qui hantait Wilhelm, ce qu'il repoussait de toutes ses forces. Dans sa croisade contre le déni, elle l'avait oublié.

C'est ce qu'elle a essayé de dire à Hanno, ce jour-là. Elle n'est pas sûre qu'il l'ait entendu.

Cette nuit, en regardant la neige glisser sans bruit sur la vieille ville, elle redoute l'épaisseur du silence.

## *Sabina*

Au troisième étage d'un immeuble récent, l'appartement de la rescapée donne sur le parc. Elle l'accueille avec une politesse distante. Vêtue d'un élégant chemisier en soie mauve et d'un pantalon noir, elle s'est maquillée avec soin et la scrute, de son regard d'oiseau. Elle est très âgée, fragile à se briser. Appuyée sur ses béquilles, elle l'invite à la suivre dans un salon baigné de lumière.

Une grande bibliothèque occupe un côté de la pièce. Les murs sont décorés d'anciennes affiches de théâtre. Avec une hésitation, Sabina lui demande en allemand si elle peut lui offrir du thé ou du café. Irène l'aide à préparer le plateau et deux assiettes de *szarlotka,* une sorte de *strudel.* Sabina s'assied avec précaution dans un fauteuil en velours violet et Irène en face d'elle, sur un sofa, le dos calé par des coussins brodés. Elles n'ont pas échangé trois mots.

— La dame de la Croix-Rouge m'a prévenue qu'elle ne viendrait pas, lui dit la vieille dame. Vous êtes allemande ?

— Française.

Cette réponse semble lui enlever un poids :

— Tant mieux. J'ai toujours du mal à parler allemand.

— Où avez-vous appris le français ? demande Irène, curieuse.

— À Ravensbrück, répond la vieille dame. Avec des prisonnières, des politiques. Je me rappelle une jeune Française, Anise. Elle m'a appris la conjugaison. Déjà, je trouve le français difficile. Elle répondait, C'est plus facile que le polonais !

Sa voix chevrote un peu, mais elle est ferme et précise.

— Vous le parlez très bien, la félicite Irène en goûtant le thé, trop infusé à son goût.

Elle croque dans le gâteau pour en adoucir l'amertume.

— J'ai fait des progrès, sourit Sabina. Après la guerre, je suis allée à l'Université catholique. Je voulais étudier. C'est très important pour moi.

Elle s'interrompt, cherche le mot français.

— Sous l'Occupation, l'enseignement était… interdit, sous peine de mort. Nos professeurs nous donnent des cours en cachette. Comme ça j'ai passé mon baccalauréat à dix-sept ans. Mais après on m'a arrêtée.

— Vous étiez très jeune…

— Il y en avait d'autres avec moi. La plus jeune, peut-être quinze ans. Certaines étaient mes amies, on avait un groupe de guides secret. Avec nos parents, nous faisons des choses pour l'Armée de l'intérieur. On ne l'appelait pas encore comme ça. Les Allemands nous ont arrêtées mais ils ne trouvaient pas nos parents. C'était l'hiver, je me souviens de la neige…

Elle réfléchit, se trouble :

— Peut-être en 1941… Non, 1940. Il faisait très froid. Je ne les connaissais pas toutes. C'est après, avec la prison. Et les interrogatoires de la Gestapo…

— Où étiez-vous détenues ?

— Au château, répond la vieille dame en reposant sa tasse de thé. On croyait qu'ils vont nous fusiller. On avait peur, bien sûr. Mais on était prêtes à mourir. Pour nous, la mort c'était… abstraite. On savait que nos parents seront fiers. On ne pensait pas à nos vies brisées.

Elle choisit ses mots avec soin.

— Et puis non, ajoute-t-elle avec un sourire, ils nous ont déportées à Ravensbrück.

Dès le début, Irène est frappée par ce « nous ». Comme si toutes s'exprimaient à travers elle.

— Je suis trop bavarde, s'excuse Sabina. Parlez-moi de vous.

Irène évoque son travail d'enquêtrice.

— Vous découvrez des histoires terribles. C'est difficile, n'est-ce pas ?

— Ce n'est pas un travail qu'on oublie en rentrant le soir.

— Pourquoi choisir de faire ça ? Avez-vous une raison personnelle ? lui demande la vieille dame en la fixant avec attention.

— Le hasard, répond Irène. J'ai vu une petite annonce. Je venais de me marier. Je cherchais du travail.

— Le hasard… vous croyez ça existe ? murmure Sabina. Je crois qu'on est poussé vers certaines choses, vous savez. Comme le fer dans la flamme… Votre mari, il est allemand ?

— C'est mon ex-mari.

— Vous vous demandez ce que sa famille a fait pendant la guerre ?

— Quelquefois, répond Irène avec gêne. On n'évoquait jamais cette période.

— Oui mais c'est votre travail ! Vous ne parlez pas de ça avec lui ? C'est étrange.

Irène voudrait répondre que ce silence ne la dérangeait pas. Qu'elle s'y repliait comme dans un jardin secret. Il lui arrive de penser à ces années comme à un paradis perdu.

— Mon mari est mort, lui confie la vieille dame. Il ne voulait pas que je parle du camp. Tout de suite il me coupe : « Tu es en vie, tu es rentrée. Maintenant il ne faut plus penser à tout ça. » Alors je ne disais plus rien. Je voyais qu'il ne comprenait pas.

— Qu'est-ce qu'il ne comprenait pas ?

— … Je ne suis jamais rentrée du camp. J'y suis toujours.

Irène se demande si Eva ressentait ça. Si tous les déportés restent prisonniers du camp, comme du champ magnétique d'un trou noir.

Elles sirotent leur thé en silence.

— Vous êtes venue parce que vous cherchez quelqu'un, n'est-ce pas ? l'interroge Sabina.

Irène hoche la tête, lui tend la photo de Wita et de l'enfant :

— Wita Sobieska. Vous avez témoigné qu'elle était morte à Ravensbrück.

L'émotion trouble le regard de la vieille dame :

— Oh, Wita… Je ne la reconnais pas, sur la photo. Elle est si jolie… Elle avait beaucoup maigri au camp, mais elle avait encore un visage. Beaucoup n'avaient plus de visage. Ça nous faisait très peur. Cet enfant, c'est son petit ?

— Oui. Je le cherche aussi. Il a été enlevé par les SS.

— Ah oui, c'est vrai, je sais ça. Elle pensait le retrouver après le camp.

— Comment l'avez-vous rencontrée ?

— Oh ça…, murmure Sabina, les yeux dans le vague.

Un soleil tiède entre par la baie vitrée. Il y a, dans cet échange, une lenteur qu'Irène ne veut pas brusquer. Elle se tait, saisie par l'émotion particulière d'écouter quelqu'un qui a connu Wita. De s'en approcher à travers elle, presque à la toucher. Entre Wita et elle, il n'y a plus que Sabina. Ses mains, dont la peau diaphane laisse transparaître un lacis de veines bleues. Sa voix, sa mémoire.

— Pour vous faire comprendre, je dois raconter ce qui nous est arrivé, dit-elle, comme si elle s'en excusait.

Sabina chausse ses lunettes et se lève péniblement, pour attraper un carnet dans la bibliothèque. « Mon aide-mémoire », dit-elle. Juste après son retour de Ravensbrück, elle s'est forcée à rédiger ses souvenirs. Elle aspirait à l'oubli autant qu'elle le redoutait.

Cet été-là, elles n'étaient plus des nouvelles venues. Un an avait passé, depuis leur arrivée dans ce lieu où la splendeur de la nature était cruelle. Le lac miroitait, indifférent à leurs souffrances. La forêt était un refuge inaccessible. Les habitants vaquaient à leurs affaires comme s'ils ne voyaient rien, n'entendaient rien. Elles étaient effacées au cœur de la vie, abandonnées de tous. Elles avaient maigri. À leur tour, elles devenaient grises. Leur visage se couvrait d'un étrange duvet, certaines tombaient malades. D'autres étaient gonflées d'abcès. Les jeunes Résistantes de Lublin faisaient partie des *Verfügbaren,* des prisonnières à disposition qu'on pouvait réquisitionner pour toutes les tâches. Elles déchargeaient de lourdes pierres acheminées par bateau, charriaient du sable. Leurs mains étaient en sang, le sable s'incrustait sous leur tunique de coton rayée, dans leurs yeux et dans leurs narines. Elles chancelaient de fatigue à l'appel du soir et à l'appel du matin. Les plus solides soutenaient les malades pour qu'elles tiennent debout, car celles qui s'écroulaient disparaissaient dans ces *transports noirs* dont l'évocation suffisait à les glacer. Bon an mal an, elles avaient appris à survivre. Elles savaient quelles étaient les gardiennes les plus sadiques, quelles prisonnières renseignaient la Gestapo, ce que signifiait une convocation matinale. Certaines de leurs amies avaient été exécutées à la tombée du jour. Elles ne doutaient pas que leur tour viendrait. En attendant, elles tenaient. Parfois l'une d'entre elles demandait aux autres, saisie d'effroi : « Ai-je encore un visage ? » Elles avaient le sentiment de ne plus exister vraiment, des épouvantails en uniforme. Pourtant elles abritaient encore des désirs, des rêves, un appétit du monde et de la vie. Elles avaient parfois échangé leur maigre portion quotidienne de pain contre un livre. Une folie, mais ces instants de lecture volés leur donnaient de la force. Écroulées sur leur paillasse, elles se racontaient avant l'extinction des feux des histoires qui repoussaient les murs. Au fond d'elles, quelque chose refusait d'abdiquer. C'était l'été 1942. Il avait fait froid jusqu'à la fin juin, puis la chaleur s'était abattue sur les baraquements, les carrières de sable.

Un jour de la fin juillet, six d'entre elles avaient été convoquées au *Revier,* dont Sabina. L'infirmerie était souvent une étape avant la mort par fusillade, par injection ou au bout d'un *transport noir*. Sabina se souvient de la douceur de l'air, d'un ciel irisé de lueurs mauves. Elle avait pensé, C'est mon dernier matin, presque soulagée.

Dans les baraquements de l'infirmerie, on leur avait fait prendre un bain. Avec de l'eau chaude, du savon. Un luxe inouï, effrayant. Une détenue infirmière leur avait apporté une chemise de nuit propre. Sabina avait pensé au dernier repas du condamné. Les SS n'avaient pas ces égards. Elle avait demandé à la détenue ce que ça signifiait. « Vous êtes malades. Ils vont vous opérer », lui avait répondu celle-ci. Son regard plein d'effroi fuyait le sien. « Non, nous sommes toutes en bonne santé », avait rétorqué Sabina. La déportée avait disparu sans demander son reste. Une infirmière SS l'avait conduite dans une chambre et lui avait ordonné de s'allonger. La vue des lits blancs l'avait glacée, tant ils paraissaient déplacés dans ce baraquement. Mais s'allonger dans ces draps immaculés lui procurait une telle sensation de bien-être, comme un rêve. Elle était si fatiguée. La *Schwester*[1] leur avait fait une injection. La panique l'avait gagnée en constatant qu'elle ne pouvait plus bouger. Des questions tournoyaient, terrorisantes. Elle avait fini par sombrer.

Au réveil, elles étaient brûlantes et mouraient de soif. Chacune avait une jambe plâtrée. Les premières heures, Sabina n'avait ressenti qu'un violent mal de tête et une intense faiblesse. La douleur était venue avec la nuit.

1. L'infirmière SS.

« Qu'est-ce qu'ils nous ont fait ?... » gémissait Basia, qui n'avait pas seize ans. Elles déliraient de fièvre. De temps à autre, la *Schwester* ouvrait la porte pour les observer. « Elle attend qu'on crève », pensait Sabina. Derrière la fenêtre, elle voyait les barbelés. Il aurait suffi de les toucher pour que cette douleur s'arrête. Elle tendait les doigts dans le vide.

Le lendemain, leurs jambes étaient si rouges et enflées que le plâtre entamait la chair. Un médecin SS était venu les examiner.

— Il se moquait de nous, dit Sabina. Je l'entends ! « *Seid brav, Kleine Kaninchen... Seid brav*[1]... », et il rit. Souvent, on nous bandait les yeux. Les médecins SS retirent le plâtre. Ils grattent la blessure et ils mettent des saletés dedans, après ils remettent le plâtre. La douleur... Je n'oublie jamais.

— Pourquoi vous bandaient-ils les yeux ? l'interrompt Irène, horrifiée.

Elle a beau être familière des expériences auxquelles se livraient les médecins SS, ce martyre est insoutenable.

— Ils ne voulaient pas de témoins.

Elles étaient restées une éternité au *Revier*, trop faibles pour se lever ou avaler la soupe infecte que leur donnait la *Schwester*. Un jus nauséabond suintait de leurs plâtres.

— Le deuxième jour, nos amies sont venues sous la fenêtre pour avoir des nouvelles. Alors tout le monde a appris ce qui nous arrive.

Un élan de compassion avait saisi les prisonnières. Dans un lieu aussi inhumain, on s'émouvait que ces jeunes filles soient traitées comme des cobayes. Leurs camarades

1. « Soyez sages, petits lapins... Soyez sages... »

s'étaient relayées à la fenêtre pour leur apporter des trésors : quelques quartiers de pomme, une poignée de groseilles, un peu de mie sucrée.

— Wita les volait dans la cantine des SS, dit Sabina avec un sourire. Elle ne nous connaît pas, et elle fait cette chose dangereuse ! Elle pouvait mourir pour ça. Vous comprenez le prix de ces pommes ? Je n'ai jamais oublié leur goût.

— Vous ne vous connaissiez pas ? demande Irène.

— Non, on savait seulement qu'elle est de Lublin. Au début d'automne, j'ai pu quitter le *Revier*, avec mes premières béquilles… Des camarades sont mortes mais les opérations continuent. Un soir, Wita a pu nous rendu visite, parce que notre *Blockova*[1] est polonaise.

Les jeunes filles voulaient lui faire un cadeau mais elles n'avaient rien. À cette époque, celles qui avaient échappé aux expériences travaillaient à l'atelier de couture du camp. Pendant des semaines, elles avaient récupéré des petits morceaux de tissu à la barbe du contremaître allemand. Trop faibles pour travailler, les opérées avaient obtenu de rester dans leur block pour effectuer des travaux de tricot. Elles avaient confectionné un mouchoir pour Wita avec les chutes de tissu. Chaque *Kaninchen* avait tenu à y broder son prénom.

— On vous appelait comme ça ? Les lapins ? s'étonne Irène.

— Au début, on détestait ce nom. Mais après, tout le monde nous connaissait comme ça, alors… Un instant, je reviens.

1. Chef de block.

Sabina refuse son bras et se lève, s'aidant de ses béquilles. Irène n'ose imaginer l'état de ses jambes.

Elle revient avec le mouchoir.

C'est un patchwork de triangles aux teintes claires que le temps a grisées. Les prénoms brodés forment une constellation : Sabina, Basia, Wanda, Grażyna, Weronika… Au centre, quelques mots en polonais qu'elle n'arrive pas à déchiffrer.

— Ça veut dire : « Pour Wita, si brave et généreuse », lui dit Sabina.

— C'est très beau, murmure Irène.

Ces mots, brave et généreuse, correspondent si bien à la mort qu'elle a choisie.

— Vous savez comment elle est morte ? l'interroge Sabina. Les SS l'ont envoyée au Camp des Jeunes. Il y avait une chambre à gaz, près du crématoire de Ravensbrück. Les Allemands emmènent Wita à la tombée de la nuit. Une des nôtres travaille à la blanchisserie du camp. Le lendemain matin, elle trouve son uniforme dans une pile d'affaires à laver. Le mouchoir était dans la poche. Alors comme ça, on a su.

Irène pense à la lettre d'Elsie, qu'elle a relue une bonne dizaine de fois. Et à ce passage où la gardienne décrit Wita en train de s'occuper du petit garçon. Elle avait récupéré un peu de neige sur le rebord de la fenêtre du block et lui nettoyait le visage avec son mouchoir.

— Vous n'êtes pas pressée ? s'inquiète la vieille dame. Tant mieux. Je vais refaire du thé.

## *Léon*

Sabina appuie ses béquilles contre la bibliothèque et se rassied avec précaution.

— Vous savez, dit-elle, je ne me vois pas comme une victime.

Irène hoche la tête, partagée entre la compassion et l'admiration.

— Vous aimez le théâtre ? demande-t-elle, désignant les affiches sur les murs.

— Oh oui. Avant la guerre, je dansais. Je voulais entrer dans un corps de ballet. Mes parents trouvaient que ce n'est pas une vie respectable pour une jeune fille… En quittant le *Revier*, j'ai compris que je ne danserai plus jamais. Quand on est jeune, on croit qu'on est immortel. Moi, à dix-huit ans je savais que ma vie est courte. On m'a opérée onze fois. La douleur, elle va et elle vient. Si je parle du camp, ma jambe me fait mal. Je réveille de mauvais souvenirs. Après mon retour de Ravensbrück, j'ai rencontré mon mari. Il dirigeait une troupe de théâtre. Au début je regarde seulement, et puis j'ai voulu essayer. J'adorais ça. Quand je joue, je me sers de mon corps, avec sa faiblesse.

Maintenant je suis le personnage, j'oublie le reste. Sur scène, je peux tout faire. Une infirme, une femme fatale, une sorcière…

Irène s'efforce de ne pas regarder les jambes de Sabina, dissimulées par le tissu noir du pantalon. Comment a-t-elle pu survivre, dans ce lieu où la moindre vulnérabilité vous condamnait ? Elle ose lui poser la question.

— Vous savez ce qui nous a sauvées, là-bas ? répond la vieille dame. La solidarité, et la révolte.

Leur malheur les avait rendues célèbres. À l'époque, les Polonaises avaient conquis des postes importants dans le camp. Certaines étaient chefs de block, d'autres travaillaient au *Revier* ou dans l'administration. Celles qui avaient un peu de pouvoir défendaient les autres, et en premier lieu les *Kaninchen*, qui inspiraient la pitié. Grâce à elles, Sabina et ses compagnes économisaient leurs forces.

Un jour, les SS étaient venus chercher des filles pour le bordel des soldats. On promettait aux volontaires qu'elles seraient libérées plus tôt. Elles savaient ce que valaient les promesses des SS. Les estropier ne suffisait pas ? Ils voulaient les prostituer, en plus ? Elles avaient dit, Il faudra nous tuer d'abord. L'une d'entre elles avait traduit leur réponse en allemand, un crachat au visage des gardes. Cet instant avait été leur Rubicon. Elles ne survivraient pas à n'importe quel prix. Elles n'étaient pas tombées si bas. Le sentir les rendait à elles-mêmes.

— Au début de l'hiver, ça doit être en 1943, peut-être le mois de février… ils commencent de tuer nos camarades.

Les médecins nazis détruisaient les traces de leurs crimes. Elles avaient compris qu'elles étaient condamnées.

— Nous sommes prises au piège, dit Sabina. Comment faire ? On ne savait pas, c'était effrayant. Un soir, une prisonnière nous a dit, Vous êtes lâches. Vous vous laissez faire. Ça nous faisait honte, parce qu'elle a raison.

— Qu'est-ce que vous auriez pu faire ?

— Résister, dit Sabina, un éclair dans les yeux. Même si le prix est la mort.

Au début du mois de mars, une jeune fille de leur groupe fut convoquée au *Revier*. Elle refusa de s'y rendre. Ce premier « non » fut suivi de beaucoup d'autres. Elles prenaient conscience de leur force collective.

— Le commandant a ordonné qu'on nous traîne au *Revier*. Alors on a écrit un pétition.

Elle tourne les pages du carnet, en retrouve le texte. En tant que prisonnières politiques, elles dénonçaient les opérations pratiquées sur des femmes en bonne santé ; les handicaps, les mutilations et les décès qui en avaient résulté. La législation internationale interdisait les expérimentations forcées sur des êtres humains. Elles exigeaient que le commandant y mette fin. Elles n'avaient aucun espoir d'être entendues. Ce qui leur importait était de tenir une position coûte que coûte.

— Un dimanche, nous avons manifesté sur l'allée centrale, raconte Sabina, le regard brillant. Tout le camp nous regarde défiler avec nos béquilles. Personne n'a jamais vu ça à Ravensbrück !

Le commandant leur fit répondre que ces prétendues opérations étaient un délire de femmes hystériques.

Pour les punir, on les renvoya aux travaux de force. Ces invalides s'épuiseraient à décharger des briques et des pierres. Elles en profitèrent pour raconter leur martyre aux autres prisonnières. Le lendemain, les SS les consignaient dans leur block. Cette victoire les encouragea à témoigner. Si le monde extérieur apprenait ce qui leur était arrivé, les SS hésiteraient peut-être à les tuer. L'une d'entre elles eut l'idée de joindre des messages aux courriers censurés qu'elle envoyait à ses parents, se servant d'urine en guise d'encre sympathique. Via l'Armée de l'intérieur, sa mère transmit les informations au gouvernement polonais en exil à Londres. C'est ainsi qu'un soir, la BBC parla du martyre des jeunes Résistantes de Lublin dans son bulletin quotidien.

On les enferma des jours entiers sans eau ni nourriture. Fou de rage, le commandant menaçait de réduire leur block en poussière. Comment ces estropiées osaient-elles lui tenir tête ? À Ravensbrück, la mutinerie des *Kaninchen* était sur toutes les langues. Leur résistance galvanisait les prisonnières.

À mesure que Sabina ressuscite leur épopée, sa voix s'anime et laisse affleurer un humour féroce. Suspendue à son récit, Irène se demande comment elle a pu la voir si fragile, tout à l'heure.

— Où avez-vous puisé tant de force ? demande-t-elle.

Sabina répond que le premier refus est le plus dur. Les suivants coûtent moins. Le camp lui a appris que la liberté commence au fond de soi. Il faut se défaire d'un sentiment d'impuissance, repousser la peur. La liberté se fraie un chemin à travers les murs les plus épais, mais elle oblige à se hisser à sa hauteur. Une fois engagée sur cette voie, il n'y a pas de retour en arrière.

— Les SS ne savaient plus quoi faire avec nous, s'amuse la vieille dame. Ils étaient furieux.

Des mois durant ils les harcelèrent, inventèrent des châtiments nouveaux. Faute d'arriver à les briser, ils décidèrent qu'elles étaient folles et les déménagèrent dans le block 32, à l'extrême limite du camp.

— Dans notre block, il y avait du beau monde, dit Sabina. Des Résistantes françaises, des prisonnières de l'Armée rouge, des Polonaises… Et Wita.

— Parlez-moi d'elle.

— Elle disait très peu sur sa vie, réfléchit la vieille dame en ôtant ses lunettes. Elle était à Auschwitz avant, c'est encore plus dur que Ravensbrück. Elle faisait attention, elle avait peur des espionnes. Mais on pouvait lui faire confiance.

Au début de l'hiver 1944, Sabina fut terrassée par une fièvre soudaine. Elle ignorait ce que les médecins SS lui avaient inoculé et craignait d'en mourir. Retourner au *Revier* était trop risqué. Wita veilla sur elle des nuits entières, lui faisant boire de la tisane qu'elle avait dérobée. La fièvre finit par tomber, et ces heures d'angoisse les rapprochèrent. Un jour, Wita lui parla de son fils. Les Allemands l'avaient emmené, prétextant des examens médicaux obligatoires. Sans nouvelles, elle était allée jusqu'à Varsovie pour le retrouver. Elle avait erré d'un bureau à l'autre, questionnant des visages de pierre. Pour finir, la police allemande l'avait jetée en prison. Des semaines de cachot, d'humiliations, avant d'être déportée à l'aube vers une destination inconnue. À Pawiak, une détenue avait vu un groupe d'enfants monter dans un train pour l'Allemagne. Elle s'accrochait à l'espoir que le sien était vivant. Dès qu'elle sortirait d'ici, elle partirait à sa recherche.

— Elle vous parlait de sa fille ?

— Oui, mais elle s'inquiétait surtout pour le petit. Sa fille était à l'abri, chez sa sœur.

— À Varsovie ? Vous êtes sûre ?

— C'est vieux, vous savez… Je n'ai pas noté ça. Je crois que c'est ça. Chez sa sœur.

— Excusez-moi, je dois passer un coup de fil.

Irène sort sur le balcon, allume une cigarette et appelle Janina à Varsovie. Comment s'appelait la sœur de Wita, déjà ?

Janina cherche dans ses papiers. C'est facile, c'est elle qui a sollicité la recherche du petit Karol. Ah, voilà. Maria Koslowa. Elle avait donné une adresse à Wola. Ce n'est pas loin de chez elle, elle va y faire un saut.

— Comment ça se passe avec Madame Marczak ? s'inquiète Janina. Il paraît qu'elle est difficile…

— Elle est extraordinaire, chuchote Irène.

— Vous avez parlé de Varsovie, ça me rappelle une chose, lui dit Sabina quand elle regagne le salon. Le dernier automne, on a vu arriver une foule de femmes et d'enfants de Varsovie. Les Allemands brûlaient la ville, ils déportaient tout le monde. On les a mis dehors, sous une tente, sans rien à manger ou à boire. Wita avait peur pour sa sœur, et pour la petite. Elle demande partout, mais personne ne les a vus.

Wita est morte dans l'incertitude du sort de ses deux enfants, songe Irène. La seule chose tangible, c'était cet enfant juif que le hasard avait placé sur sa route. Mourir avec lui impliquait de renoncer aux chimères et aux espoirs qui l'avaient portée jusque-là.

— Elle a été tuée avec un petit garçon, dit-elle. Vous connaissez son nom ?

— Je ne me souviens pas. C'est peut-être dans mon carnet, répond la vieille dame en le feuilletant. À la fin 1944, il y a toutes ces prisonnières des autres camps qu'on envoie à Ravensbrück. Le camp était plein de gosses. Mon Dieu, dans un état…

À ce moment-là, les *Kaninchen* gardaient les nouveaux fossés anti-aériens. Ce poste stratégique leur permettait de déambuler librement et de développer leur réseau de solidarité. Les SS comprenaient qu'ils perdaient la guerre. Ils étaient plus nerveux, plus imprévisibles. Le chaos et la violence augmentaient crescendo. Il fallait protéger les enfants. Elles mobilisèrent les bonnes volontés.

Certaines prisonnières adoptaient des orphelins. Les petits les appelaient leurs *mamans du camp*. Wita disait qu'elle avait assez des siens, mais elle était d'accord pour aider. On les avait autorisées à organiser une fête de Noël pour les enfants. Elles avaient passé des semaines à leur confectionner des cadeaux, et même créé un spectacle costumé ! Wita avait réussi à voler assez de pain et de margarine pour offrir une tartine à chacun. Malheureusement, le réveillon avait été un désastre. Les mômes étaient terrifiés par les costumes. Ils étaient si maigres qu'ils ne pouvaient avaler une bouchée. C'était sinistre… Elles qui pensaient que ce Noël ferait du bien à tout le monde, il leur avait brisé le cœur. Sabina se souvient de Wita, appuyée contre le mur. Elle regardait un petit bonhomme qui ne touchait pas à son assiette. Ses billes noires lui mangeaient la figure. Il ne faisait aucun bruit, ne bougeait pas. Elle s'était agenouillée pour lui parler. Au bout d'un moment, il lui avait tendu les bras et elle était repartie avec lui. Quand elle travaillait, elle le confiait à celles qui restaient au block. À son retour, il ne la quittait pas d'une semelle. Il était minuscule, on le cachait sous les couvertures.

Elle qui ne voulait pas s'encombrer d'un autre enfant, pense Irène.

— D'où venait-il ? l'interroge-t-elle.

Pendant que Sabina parcourt les pages, concentrée, Irène s'attarde sur la photo encadrée d'un groupe de femmes qui pose devant la statue d'une déportée.

— Cette photo, c'est en 1959, précise la vieille dame. Pour une cérémonie. La première fois qu'on est revenues à Ravensbrück… Ça y est, je l'ai trouvé. Léon Gartner. Il est arrivé avec sa mère, dans un convoi de Juives de Belgique. Elle n'a pas tenu longtemps, la pauvre.

— Vous savez pourquoi on l'a envoyé au Camp des Jeunes ?

Sabina enlève ses lunettes et se frotte les yeux.

— Il est tombé malade. Il y avait un SS qui chassait les détenues dans les blocks, avec son fouet. Il a pris le petit avec les plus vieilles de notre block. Je n'étais pas là. À ce moment-là, nous, on devait se cacher aussi, dit-elle.

À l'hiver 1945, le front de l'Est rétrécissait. Le camp d'Auschwitz avait été évacué. De longues files de déportées faméliques avaient marché des centaines de kilomètres dans la neige et le vent, presque nues, jusqu'à Ravensbrück. Le commandement SS les précédait en voiture. Ils avaient considéré avec un intérêt mêlé de dégoût la grande tente boueuse sous laquelle dépérissaient des femmes et des enfants qu'on ne prenait pas la peine d'enregistrer. Fait le tour des baraquements, remonté les allées où errait une cour des miracles de gitanes, d'infirmes, de mendiantes à moitié folles et d'enfants sauvages. Eux qui craignaient de s'ennuyer dans le Brandebourg, ils allaient faire le ménage. Ils avaient vidé le Camp des Jeunes pour créer une zone de stockage avant l'extermination, construit une chambre à gaz. Et ils continuaient à fusiller, en accélérant la cadence. S'il fallait vider les lieux, autant voyager léger. Cela posé, il suffisait de choisir. Bêtes noires du commandant, les *Kaninchen* étaient en tête de liste.

Halina fut la première exécutée. La rage submergea ses compagnes. Elles ne pouvaient se résoudre à mourir si près de la liberté. Heureusement, elles n'étaient plus des anonymes. Leur courage leur avait valu la sympathie des prostituées allemandes, des combattantes de l'Armée rouge, des Résistantes françaises, des infirmières tchèques, des diseuses de bonne aventure et des espionnes anglaises. Les détenues décidèrent de les cacher. Un plan ambitieux vit le jour, où chacune jouerait sa partition. Il ne s'agissait pas de les sauver une heure, ni même un jour, mais de les dérober à leurs bourreaux pendant des semaines, des mois, le temps qu'il faudrait, jusqu'à la libération du camp.

— Elles l'ont fait… ? demande Irène, impressionnée.

— Oui, sourit Sabina. Elles nous ont cachées partout. Même dans le lit des malades contagieuses ! Il fallait toujours changer de cachette.

À certaines, on tatouait le matricule d'une morte d'Auschwitz. D'autres se déguisaient en tziganes ou en mendiantes.

— Elles nous ont sauvées. Avec leur courage, et leur imagination.

— C'est magnifique, murmure Irène.

En vingt-six ans à l'ITS, elle a découvert toutes les variations de la survie, de la solidarité et du sacrifice. Pourtant, elle est bouleversée que ces fantômes de femmes aient trouvé la ressource de sauver des jeunes filles estropiées. Que Wita, si aguerrie, si concentrée sur son objectif, ait été désarmée par la solitude d'un enfant.

— Mais on n'a pas pu sauver ces petits, murmure Sabina. On n'a pas sauvé Léon, ni Wita. Tant d'autres sont mortes… On les a abandonnées là-bas.

Irène se tait, la gorge serrée. Elle sait qu'aucune sollicitude ne peut apaiser la culpabilité du survivant.

Avant de la quitter, Sabina insiste pour lui confier le mouchoir brodé de tous leurs prénoms :

— Il m'a porté chance, à la fin. Pour mon dernier voyage, je n'en ai pas besoin. Il faut le donner aux enfants de Wita. À sa fille, si vous pouvez. De notre part à toutes. Vous le ferez ?

Irène promet. Dans une impulsion, elle serre longuement ses mains dans les siennes. Elle ne sait comment la remercier.

— Je vais penser à vous. J'espère que vous retrouverez ses enfants, lui dit la vieille dame avant de refermer la porte.

Elle a marché longtemps, la neige fondue lavait ses larmes. Son cœur cognait douloureusement dans sa poitrine. Elle se sentait vaine et insuffisante. De quel droit prétendait-elle raccommoder ces vies déchirées ? Elle ne pouvait rien réparer. Pas même les dommages qu'elle causait dans la sienne.

Stefan l'attendait devant le château. La nuit noire était criblée de flocons. Quand elle est arrivée à sa hauteur, elle pleurait. Elle en était navrée. C'était comme une vanne ouverte au fond d'elle, elle ne pouvait plus s'arrêter.

Il l'a regardée sans rien dire, puis il l'a attirée contre lui et serrée dans ses bras.

## *Jacek et Jurek*

Son premier matin à Varsovie, le ciel est si blanc qu'elle n'en discerne pas les limites. Le froid lui coupe le souffle. Un instant, elle pense à Stefan. La spontanéité avec laquelle il l'a prise dans ses bras, comme s'il la retenait au bord d'un précipice. Ce geste restera associé aux rabbins dansants sur le mur du restaurant, au sourire de Sabina, à l'écho d'un chant de Noël dans la nuit d'une ville lointaine. Ils sont restés longtemps immobiles, frôlés par des groupes de touristes en parka. Leurs bouches se sont cherchées, l'étreinte se troublait doucement. En elle, le désir se frayait un chemin à travers une immense lassitude. Il lui offrait une parenthèse sans conséquence, un des plus vieux remèdes pour repousser la mort. Avant d'être transformés en glaçons, ils se sont réfugiés dans le petit appartement de Stefan, à quelques rues de la porte Grodzka. Ils ont bu un vin blanc de la région. Elle lui a dit qu'il lui plaisait mais qu'ils ne coucheraient pas ensemble. Ce soir, elle avait besoin d'autre chose. Ils ont fumé et parlé jusqu'à l'aube. Il lui a confié qu'il avait déjà éprouvé ce vide à l'intérieur. Parfois, à force de lire ou d'écouter des témoignages, il devenait poreux. Se demandait si ce qu'ils faisaient avait un sens. Tant d'efforts pour sauver quelques traces d'un peuple assassiné, dans un monde qui ne cessait de détruire, de ravager. Qui n'avait pas appris à respecter la vie mais à franchir d'autres paliers de barbarie, d'indifférence. Pendant quelques jours, il songeait sérieusement à partir, voyager loin d'ici. Et puis ça passait comme c'était venu. Beaucoup de gens visitaient le musée. Des familles arrivaient d'Israël, craignant de ne rien trouver, et repartaient bouleversées par l'exposition. Une seule personne touchée rendait sa valeur à son travail.

Au petit jour, Irène a eu droit à une visite privée. Stefan lui a raconté l'histoire d'Henio, dont le portrait était affiché sur un mur du musée. Ce petit bonhomme en culotte courte, avec sa raie sur le côté et son sourire d'enfant sage, était né ici et mort à neuf ans, dans la chambre à gaz de Majdanek. Chaque année, les enfants de la région lui écrivaient des lettres et des dessins que le musée gardait précieusement. En retour, ils recevaient un message : « Le destinataire n'habite plus à cette adresse. »

Au moment de la quitter, Stefan lui a dit que ce qu'ils avaient partagé était peut-être plus fort que s'ils avaient fait l'amour.

Levant les yeux vers les lettres gravées en hébreu sur la façade de l'Institut historique juif, elle l'appelle et le remercie de l'avoir rattrapée au moment où elle vacillait.

— Où es-tu ? lui demande Stefan.

— À l'intérieur de l'ancien ghetto. Il fait un froid de cosaque.

— Tu es déjà loin, murmure-t-il.

En attendant son rendez-vous, Irène visite la partie musée du bâtiment. Pendant la guerre, il abritait la grande bibliothèque juive de Varsovie. C'est ici qu'a commencé l'aventure d'*Oyneg Shabes*. *Les joies du shabbat* : derrière ce nom de code se cachait le groupe clandestin créé par l'historien Emanuel Ringelblum, et une entreprise périlleuse : constituer des archives secrètes du ghetto. Journaux intimes, billets de théâtre, ordonnances allemandes, brassards à l'étoile, dessins d'enfants, blagues populaires ou feuilles clandestines… Ringelblum et ses amis collectaient jusqu'aux traces les plus humbles, conscients que ce matériau témoignerait de ce qu'ils avaient vécu ici. De leurs espoirs, de leur lucidité et de leur résistance. Ils devaient en préserver le secret absolu. Seuls trois d'entre eux connaissaient l'emplacement de la collection. Si les autres membres du groupe étaient arrêtés et torturés, ils ne pourraient rien compromettre.

Ils espéraient survivre à la guerre, et voulaient la raconter de leur point de vue. S'ils avaient échoué, il ne resterait d'eux que les films de propagande tournés par leurs assassins dans le ghetto, pour démontrer que les Juifs étaient sales et insensibles à la souffrance des leurs. Au prix de leur vie, les membres d'*Oyneg Shabes* avaient sauvegardé un trésor. Les dernières lueurs de ce monde et son extinction.

Elle fixe sur le mur les derniers mots de Dawid Graber, dix-neuf ans : *Ce que nous n'avons pas pu crier au monde, nous l'avons enfoui dans le sol.*

C'est à l'été 1942 qu'ils ont pris la décision d'enterrer les documents. La Grande Action de déportation vidait le ghetto. À cette date, presque tous les membres du groupe avaient été envoyés à Treblinka. Ceux qui restaient ne se faisaient plus d'illusions sur leur sort. Ils comprenaient que ces archives étaient leur testament.

Des trois personnes qui connaissaient l'emplacement de la cachette, il fallait qu'au moins une survive. Cette prière-là fut exaucée. Après la guerre, le survivant revint à Varsovie. Dans la ville en ruine, on repérait facilement le périmètre du ghetto, que les Allemands avaient rasé jusqu'aux fondations. Au milieu de ce désert de cailloux se dressait l'église Saint-Augustin, épargnée. C'est grâce à elle que le rescapé d'*Oyneg Shabes* retrouva la planque. Se servant de photos aériennes d'avant-guerre, il calcula la distance entre l'église et la cave du numéro 68 de la rue Nowolipki. Et il commença les fouilles.

On n'a jamais retrouvé le troisième lot des archives, mais les deux autres ont été sauvés.

Irène s'attarde dans l'exposition, observant les dessins, les fragments de texte. Quelques mots d'Emanuel Ringelblum accrochent son regard : « Il n'est pas un événement important dans la vie des Juifs qui n'ait été consigné dans les archives d'*Oyneg Shabes*. Et la vie de chaque Juif, pendant cette guerre, était un monde en soi. »

La fenêtre du bureau donne sur la rue. En face se dressait la plus grande synagogue de Varsovie. Les Allemands l'ont détruite pendant l'insurrection du ghetto.

— Nous n'avons pas tous les jours la visite d'une archiviste d'Arolsen, sourit la conservatrice.

Elle parle anglais presque sans accent et ressemble à une étudiante, avec sa queue-de-cheval et son pull à col roulé. À son cou brille une petite croix en or.

— Vous nous avez soumis une requête au sujet d'une survivante juive polonaise.

Irène acquiesce et lui résume la vie d'Eva, depuis le ghetto de Varsovie jusqu'à l'ITS.

— Votre amie nous a écrit dans les années cinquante. Elle cherchait à obtenir des renseignements sur ses parents, Medres et Estera Volmann. Sa lettre mentionnait aussi deux petits frères. À l'époque, on lui a répondu qu'aucun d'eux ne figurait sur le registre des survivants du ghetto.

Ces quelques lignes l'ont-elles découragée ? Ce n'est pas sûr, car son interlocutrice est formelle : Eva leur a rendu visite après l'effondrement du régime communiste, quelques semaines avant qu'Irène ne fasse sa connaissance. Pendant un mois, elle est venue consulter chaque jour les archives d'*Oyneg Shabes*. L'archiviste qui s'est occupé d'elle mentionne dans son compte rendu qu'Eva était bouleversée en retrouvant certains documents.

— Je vous en ai fait des copies et je les ai traduits en anglais. Ils sont rédigés en hébreu, lui dit la jeune femme.

La conservatrice l'installe dans un bureau spartiate. Une table en bois, une chaise. Elle allume une lampe, car le ciel de neige laisse filtrer peu de lumière. Ici, le vacarme de la ville n'est qu'une rumeur lointaine.

— Le premier document est extrait du témoignage d'un homme qui a participé à l'insurrection du ghetto, lui dit-elle. Il a survécu et émigré en Israël après la guerre.

Pendant le soulèvement, il faisait partie de l'Organisation juive de combat.

— D'après Eva, sa mère aussi.

— Précisément, notre témoin mentionne une Estera parmi les combattants. Nous pensons qu'il s'agit d'elle. Apparemment, votre amie était du même avis.

Le ghetto se soulève le 19 avril 1943, rappelle-t-elle. Le jour de Pessah. Le commandant des insurgés, Mordechaï Anielewicz, n'a que vingt-quatre ans. Ils disposent d'une poignée de pistolets et d'explosifs fournis par l'Armée de l'intérieur. Face à eux, des soldats armés jusqu'aux dents, des tanks, une artillerie, des lance-flammes. Dès le troisième jour, les SS entreprennent de raser le quartier juif. Ils incendient un immeuble après l'autre.

Irène se souvient des récits, des photos. Les mutins défendent chaque position jusqu'à la dernière extrémité. Des parents sautent du quatrième étage en flammes avec leurs enfants dans les bras, des amoureux se jettent dans le vide en se tenant la main. Beaucoup meurent brûlés ou asphyxiés. Pendant des semaines, la fumée opacifie le ciel de Varsovie. Ceux qui sont pris sont fusillés sur place ou déportés vers les centres de mise à mort. Les survivants se réfugient dans les caves, à l'intérieur des bunkers qu'ils ont pris soin de creuser. Le général SS a juré de liquider l'insurrection en trois jours. Dans un chaos de fin du monde, les combattants juifs parviennent à tenir quatre semaines contre une armée. À plusieurs reprises, ils font reculer l'ennemi. « Ce qui est arrivé a dépassé nos rêves les plus fous », écrit Mordechaï Anielewicz. Quelques jours plus tard, les Allemands encerclent le quartier général de l'Organisation juive de combat. Son jeune commandant se suicide.

— À ce moment-là, il y avait encore des poches de résistance active, dit l'historienne. Grâce à ce rescapé israélien, nous savons que les Volmann ont tenté de passer dans la zone aryenne. Et nous savons comment ils sont morts.

Elle la laisse seule avec le texte. Au premier paragraphe, le témoin fuit par les égouts avec un groupe de survivants. Il sait que les Allemands font sauter les bouches d'égout, les comblent ou y répandent du gaz. Des files de gens épuisés errent sans fin dans l'obscurité des boyaux, égarés dans ce dédale.

Cette nuit-là, ils sont une dizaine, conduits par un passeur. Le narrateur marche derrière un couple avec deux enfants. Les adultes ont de l'eau jusqu'aux mollets, les mômes jusqu'aux genoux. La mère s'accroche à la lueur dansante de la lampe de leur guide. Le père ferme la marche. Cela fait des heures qu'ils progressent dans l'obscurité, l'un des garçons commence à gémir. La mère le supplie de se taire car les SS auscultent les canalisations. « Medres, calme-le », chuchote-t-elle. Le rescapé a combattu avec cette femme. Il la nomme par son prénom, Estera. Précise qu'elle porte un revolver à la ceinture. Est-ce que le poids de l'arme la rassure ? Est-ce qu'elle pense à sa fille, qui a emprunté le même chemin quelques mois plus tôt ? La soif les torture. Pour éviter qu'ils pleurent, le père donne un peu d'eau fétide aux enfants. Les heures s'écoulent, ils perdent la notion du temps.

Ils finissent par atteindre une bouche d'égout intacte. Le passeur hésite. Il n'est pas sûr d'être allé assez loin, craint de s'être trompé d'embranchement. Finalement, il se décide à grimper les barreaux rouillés. Les Volmann sont juste derrière lui. Estera aide son fils à monter, Medres fait de même avec le second. Le narrateur attend derrière avec les autres, il entend le raclement de l'ouverture de la trappe. Les Volmann se hissent l'un après l'autre jusqu'à l'embouchure. Le reste du cortège patiente dans le noir.

Il y a d'abord un silence que le groupe écoute intensément, guettant le signal que la voie est libre. Il s'éternise, devient menaçant. Soudain un coup de feu le déchire, aussitôt recouvert par une rafale de mitraillette. Ils ne crient pas, ne respirent plus. Ils ne savent pas ce qui les remet en mouvement, ils reculent avec précaution, rebroussent chemin dans le conduit, bifurquent plus loin à un embranchement. Ils marchent longtemps à l'aveuglette. Au milieu de la nuit, ils ont plus de chance que les Volmann. Ils trouvent une autre trappe. Cette fois, c'est la bonne. Des camarades les attendent dehors, ils sont venus avec une voiture.

Cette histoire qui finit bien pour le narrateur a dû ravager le cœur d'Eva. Peut-être a-t-elle éprouvé de la fierté à l'idée que sa mère avait tiré la première, les voyant cernés. Sa mère, dont elle s'était crue si différente, et qui soudain la rattrapait, la précédait. Sa mère, qui lui avait répété si souvent qu'une fille ne se battait pas. Et qui, réalisant qu'ils étaient condamnés, avait pris les armes.

Irène ne sait rien du second document, sinon qu'il provient des archives d'*Oyneg Shabe*s. Au début, elle ne comprend pas très bien ce qu'elle lit. Décontenancée, elle cherche des yeux la version en hébreu. Observe l'écriture appliquée, encore enfantine. Le papier ligné.

Mon père.

Mon père est la personne que j'admire le plus au monde. Il est très savant et s'énerve rarement. Au lieu de crier sur nous, il prend le temps de nous expliquer des choses importantes. Avant la guerre, il était professeur à l'Université. Quand on a dû venir habiter dans le ghetto, il a perdu son travail. Il était toujours triste et fatigué. Et puis les voisins sont venus chez nous pour lui demander de diriger le Comité d'immeuble. Depuis il organise des spectacles, des soirées culturelles et des collectes pour les pauvres. Il n'est presque plus jamais triste. Il nous raconte des histoires incroyables sur le peuple juif et il connaît des blagues très drôles. Même Jacek n'arrive plus à bouder, car il ne peut pas s'empêcher de rire.

Mon père dit toujours qu'il veut qu'on grandisse droit, même si le monde va de travers. On a plus de chance que d'autres, alors on doit donner l'exemple. Jacek ne comprend pas pourquoi il n'a pas le droit de mendier avec les autres enfants. Il admire les voyous qui volent le pain des dames riches qui reviennent du marché. Mon père nous explique que les gens que nous voyons mendier dans la rue ont été chassés de chez eux. Ils habitaient dans d'autres parties de la Pologne. On leur a tout pris et ils n'ont plus rien. Alors ils sont obligés de mendier, et certains perdent toute moralité. Il faut les plaindre et ne pas les juger, parce que nous avons la chance d'avoir un toit sur la tête et des parents, et nous mangeons plus d'un repas par jour. Il ajoute : « Je sais que vous avez faim. Moi aussi. Je vais vous donner un conseil : quand on est occupé à quelque chose d'intéressant, le repas arrive plus vite. » Jacek a du mal à le croire, parce qu'il a toujours faim et qu'il n'arrive pas à penser à autre chose. Même quand on lui raconte des histoires drôles.

Maintenant qu'elle a réouvert, mes petits frères vont avec moi à l'école de la rue Nowolipki. Jurek aime beaucoup sa maîtresse, qui est très gentille et lui donne une tartine tous les matins. Ils font pousser des graines de haricots dans des pots pour décorer la classe. Au mois de mai, ils vont jouer dans un spectacle sur les quatre saisons. Jurek sera un flocon de neige et Jacek une jonquille, ça ne lui plaît pas du tout. Grand-mère leur fabrique des costumes avec des vieux tissus et moi je dois les faire répéter, même s'ils n'écoutent rien. L'autre jour, ils jouaient aux Allemands dans la cour, avec les voisins. Jacek criait : « *Jude, raus, sofort !* » et les autres devaient sortir les mains en l'air. Jurek s'est mis à pleurer. Il a dit qu'il ne voulait pas faire le Juif. Je l'ai consolé et j'ai puni Jacek, parce qu'il est plus grand et qu'il doit donner l'exemple.

Yankele, qui habite sous le toit, se faufile dans un trou du mur plusieurs fois par semaine pour rapporter de la nourriture. Il m'a promis de m'emmener avec lui la prochaine fois. J'en avais bien envie mais ça me faisait peur. J'en ai parlé à mon père. Il m'a répondu que Yankele était aussi courageux que Roytkele, le rouge-gorge du poème. Parce que chaque fois qu'il s'envole de l'autre côté du mur, il risque d'être abattu par un chasseur. Mon père avait l'air triste. Il m'a dit : « Bubele, si tu te faisais tuer pour un bout de pain, je ne pourrais pas le supporter. »

Il m'a expliqué que chacun avait un talent qui le rendait unique et qu'il pouvait partager avec les autres. Il dit que partager ce talent nous rend plus heureux. Il m'a parlé de Chana, qui chante aux soirées du Comité d'immeuble. Sa voix est si belle qu'elle console ceux qui sont tristes. J'ai pensé à Chana, et j'ai dit à mon père que je ne pensais pas avoir un talent qui me rendait unique. Bien sûr, je sais me battre et je suis plus forte que certains garçons. La semaine dernière, j'ai défendu Jacek quand les voyous de la rue d'à côté l'ont attaqué. Mais pour une fille, Maman trouve que ce n'est vraiment pas une qualité.

Mon père a réfléchi. Il m'a répondu que mon talent était caché dans mon prénom. « Ewa. En hébreu, ça veut dire "vivante". Toi Bubele, tu es la petite flamme de la vie. Tu vois, grâce à toi, elle brille sur nous tous. »

Quand il me parle, on dirait qu'il devine. Ma colère s'en va, et je ne suis plus triste.

Le texte s'arrête ici. Au bas de la dernière phrase, l'historienne a écrit à la main : « Rédaction d'Eva Volmann, datée d'avril 1942. Le sujet était : "Faites le portrait de quelqu'un que vous aimez." »

## *Agata*

Après avoir quitté l'institut, elle marche longtemps sur le territoire de l'ancien ghetto, à travers les rafales de vent et de neige. Elle ne veut pas quitter tout de suite cette Eva de douze ans. Elle a besoin de se promener sur ses pas.

Après la guerre, ces rues n'ont pas été reconstruites à l'identique comme la vieille ville. On n'y retrouve pas cette impression de trompe-l'œil somptueux. Dans le quartier de Muranów, le paysage urbain porte l'empreinte du réalisme socialiste. Avant de la quitter, la conservatrice l'a prévenue que beaucoup de rues n'existaient plus, ou sous un autre nom. D'autres ont été déplacées. Il faut chercher les rares vestiges, faire de longs détours pour apercevoir un pan de mur du ghetto, une plaque, un monument. L'ancien palais de justice et l'immeuble du Judenrat sont encore debout. L'église Saint-Augustin ne se dresse plus sur un champ de gravats, elle est entourée de rues tranquilles et de squares enneigés. Les Volmann habitaient un peu plus loin, rue Nowolipki. Eva et ses frères fréquentaient la cantine-école du numéro 68. Le premier lot des archives secrètes a été enterré là, dans des caisses en fer-blanc.

L'enfance d'Eva s'est terminée ici. Cinglée par les bourrasques, Irène croise des passants emmitouflés qui promènent leur chien. Qui se souvient du spectacle des Quatre Saisons, des enfants déguisés en flocons et en jonquilles ? Qui se souvient des visages de ceux qui survivaient dans ces rues ? Ce quartier résidentiel est leur cimetière. Il a été bâti avec les ruines ; on a mélangé le béton à la terre funéraire et aux restes des morts. Tout se transforme, rien ne se perd. Elle marche sur eux, et la mélancolie qui l'envahit, comme l'humidité ronge un mur, porte le fantôme des rues effacées, et de ceux qui en étaient l'âme. Est-ce qu'ils hantent les habitants du quartier ? La conservatrice lui a confié que certains entendent jouer du violon dans leur appartement, la nuit. D'autres sont réveillés par des pleurs d'enfants. Irène ne fait que passer, mais ce qu'elle ressent est si fort qu'elle éprouve le besoin de parler à Eva. La petite fille l'intimide moins que la survivante. Elle lui dit : « J'étais lâche. J'avais peur de tes secrets. Mais tu vois, je suis là. »

Frigorifiée, elle traverse l'avenue Jean-Paul-II pour rejoindre l'ancienne prison Pawiak, et marche d'Eva à Wita, trait d'union entre leurs vies brisées. Au moment où Wita y était enfermée, Eva et sa famille survivaient à quelques centaines de mètres. Le musée est fermé, elle continue jusqu'à l'*Umschlagplatz*. Un monument plein de courants d'air, au bord d'une rue laide où le trafic est dense. C'est là qu'on entassait les Juifs des heures durant ; là qu'on les poussait dans les trains, dans une cohue de larmes et de cris. La simplicité du mémorial figure le piège cerné de murs, l'impuissance et l'angoisse. Un vide sans mots où le vent s'engouffre. Le trait noir qui court sur les murs blancs rappelle les bandes sombres sur l'étoffe du *talit*[1]. Une forêt d'arbres tombés symbolise l'extermination. Irène s'attarde sur les prénoms gravés dans la pierre.

Son portable vibre dans sa poche. Au bout du fil, la voix de Janina : « Irena, je l'ai retrouvée. »

Brusquement, la vie reprend ses droits.

Ce n'est pas très loin, dans le quartier de Wola. Elles déjeunent dans un bar à lait et Janina lui raconte. Ces quelques jours à veiller sur son époux lui ont permis de chercher la sœur de Wita, Maria Koslowa.

Son mari est mort pendant l'insurrection de Varsovie. En 1944, il était chirurgien à l'hôpital Wolski, qui recueillait les partisans blessés. Les Allemands l'ont exécuté avec le personnel et les malades. Les premiers jours du soulèvement, ils ont massacré des dizaines de milliers de civils dans les quartiers ouest. Ici ou là, des plaques rappellent leur martyre. Maria et les enfants ont eu de la chance. Arrêtés quelques jours plus tard, ils ont été envoyés dans un camp de travail forcé. C'était toujours mieux qu'Auschwitz, ou la tente de Ravensbrück. Dès la libération de la ville, Maria est rentrée chez elle avec ses trois enfants et la petite Agata. Chez elle, c'était un bien grand mot. Dans sa rue, les immeubles ressemblaient à des coquilles vides éventrées par le feu. Ceux qui tenaient encore debout avaient été vandalisés. Comme beaucoup de

1. Châle traditionnel juif.

Varsoviens, Maria Koslowa a vécu avec quatre petits dans des caves sans eau, ni électricité, ni chauffage. Elle travaillait pour les services sociaux de la ville, débordés par l'ampleur de la tâche. Quand elle a demandé à la Croix-Rouge de rechercher le petit Karol, elle habitait toujours à la même adresse. Elle y est morte en 1976, ne s'est jamais remariée. À son enterrement, un représentant du Parti a prononcé un hommage vibrant. Dans son quartier, elle était estimée. Janina a retrouvé une photo publiée dans un quotidien communiste. Une foule en noir entoure la tombe couverte de fleurs et de bougies. Fascinée, Irène observe la femme blonde légèrement en retrait, au deuxième plan. Son regard triste lui rappelle celui de Wita sur le cliché d'Auschwitz. Un homme brun et barbu a la main posée sur son épaule. La légende indique les noms des enfants de la défunte. Parmi eux, Agata Nowik.

— Quand j'ai lu son nom, je n'arrivais pas à y croire, dit Janina. Figurez-vous que c'était ma pédiatre !

— Incroyable ! Mais quel âge avez-vous ? s'étonne Irène.

— Quarante-six ans, rougit Janina.

Avec son visage pulpeux, ses mèches platine et ses pulls en mohair multicolores, elle paraissait beaucoup moins.

— Elle était gentille, Madame Nowik. Elle avait des yeux magnifiques. J'étais amoureuse de son fils, qui était beau comme un dieu. Ils habitaient dans l'immeuble d'en face. De la fenêtre de ma chambre, je voyais leur balcon. Son mari a été emprisonné en 1981, au moment de l'état de siège. Un jour je l'ai croisé dans la rue, il venait d'être libéré. Avec sa barbe noire, il ressemblait à Raspoutine.

— Un militant de Solidarność ?

— Il écrivait dans la presse clandestine. Il est mort il y a une dizaine d'années. Mais elle, elle vit toujours. Elle habite à deux pas. On y va ?

Irène n'en mène pas large. La fille de Wita a survécu à la guerre, à un camp de travail forcé et à deux dictatures. Peut-elle lui parler sans rouvrir ses blessures ?

— Allons-y, répond-elle pour se forcer la main.

Dans la rue tranquille et arborée, rien ne distingue l'immeuble d'Agata Nowik de ses voisins, rectangles de couleur crème entre des allées fraîchement salées. Elles entrent sur les pas d'une résidente et montent les quatre étages à pied. Janina sonne.

D'abord Irène n'entend que le silence et les battements accélérés de son cœur. Elle se force à respirer calmement, perçoit un frottement. Quelqu'un les observe à travers le judas. Puis on déverrouille le loquet, et la porte s'ouvre sur une vieille dame au visage slave, au regard bleu et doux :

— Janina Tarnowska !

S'ensuit une tirade en polonais qui fait rire Janina, et Agata les invite à entrer.

Le décor est simple, chaleureux : un canapé marron égayé par des coussins au crochet, un fauteuil usé, des étagères remplies de livres, un vieux buffet couvert de photos et de plantes en pot. Agata leur propose une tasse de thé. Il est très fort, c'est peut-être une habitude polonaise. Irène rajoute un sucre. Janina et Agata bavardent, elles ne se sont pas vues depuis si longtemps qu'il y a beaucoup à rattraper. Exclue de la conversation, Irène a le trac. Comment lui parler de Wita, par quoi commencer ? Perdue dans ses pensées, elle croise le regard de la vieille dame et y déchiffre une interrogation. Le ton de Janina est plus grave, Irène devine qu'il s'agit d'elle.

Agata s'adresse à elle dans un anglais approximatif :

— Chère Madame, Janina me dit que vous arrivez d'Allemagne, et que vous avez des informations sur ma mère.

Dans ses yeux, Irène déchiffre un mélange d'espoir et d'appréhension.

— Je suis heureuse de vous rencontrer, répond-elle. On peut continuer en anglais ?

— Pendant des années, j'ai traduit les articles de mon mari pour les agences de presse de l'Ouest. C'est vieux, maintenant. Si je ne comprends pas, Janina m'aidera.

Irène hésite, prend le temps de choisir ses mots. Elle esquisse un portrait de Wita en captivité. Des mois passés à Auschwitz, elle n'a que les photos de face et de profil. Sous les oripeaux de la déportée, on devine encore la femme qu'elle était avant l'arrestation. À Ravensbrück elle était plus forte, déjà endurcie. Elle pense à l'image que Sabina a utilisée l'autre jour, le métal dans la flamme. Le camp a forgé Wita, d'une manière profonde et définitive. Celle qu'elle est devenue, ce qu'elle a tué en elle ou préservé pour survivre est son secret. Irène ne peut partager que les traces qu'elle a laissées dans la vie des autres. Dans celle d'une gardienne nazie, d'une Résistante polonaise. C'est tout ce qu'elle a à offrir. Le résultat de semaines d'enquête et d'obsession : quelques fragments, des questions, et un mouchoir.

Elle commence par le martyre des *Kaninchen* et les morceaux de pomme volés dans la cantine des SS. Souligne la générosité et le courage de Wita. Raconte le sinistre Noël des enfants, la révolte des cobayes et leur sauvetage. Pour finir elle évoque la vulnérabilité du petit Léon, l'élan protecteur de Wita. Préférant lui cacher que sa mère a choisi de mourir avec l'enfant, elle se contente de dire qu'elle avait pris l'orphelin sous sa protection. Qu'ils ont été envoyés ensemble au Camp des Jeunes et sélectionnés pour la mort.

— Le gaz, murmure la vieille dame. Je croyais que c'était réservé aux Juifs.

Irène lui explique que l'extermination raciale visait les Juifs et les tziganes, mais qu'en Allemagne on a commencé par gazer les handicapés et les malades mentaux. À Ravensbrück, on se débarrassait des détenues malades ou affaiblies. La chambre à gaz du camp n'a existé que quelques mois, pourtant elle a fonctionné jusqu'aux derniers jours. Une priorité pour les SS.

Agata pose la question qu'elle redoutait. Si Wita n'avait pas tenté de sauver le petit Léon, aurait-elle eu plus de chances de survivre ?

Elle répond qu'il est impossible de le savoir. Des gens robustes sont morts en quelques semaines, de plus fragiles ont survécu. On ne peut pénétrer l'opacité du camp, même avec des conjectures. Ce que Sabina lui a confirmé, c'est que Wita vivait dans l'espoir de retrouver ses enfants. Ce désir l'aidait à tenir.

Très émue, Agata répond en polonais :

— Le jour où je les ai quittés, le train pour Lublin avait du retard. Il y avait des gens partout, des soldats allemands.

J'avais peur. Mon petit frère hurlait dans les bras de ma mère. Elle m'a embrassée, elle m'a dit : « Amuse-toi bien, Adzia. » On se séparait pour quelques jours… Je ne l'ai jamais revue.

Irène pense à son fils qu'elle a quitté avec légèreté, certaine de le retrouver bientôt à Paris. L'idée qu'elle pourrait le perdre la brûle. Elle repousse l'impulsion de l'appeler, vérifier qu'il va bien.

— Elle était tendre, ma mère. Même après l'arrivée des Allemands, quand notre vie est devenue si dure et effrayante, il y avait des moments joyeux. Un jour, je me suis rendu compte que j'avais oublié sa voix. J'ai ressenti une peine immense. J'écoutais ma tante Maria. Leurs timbres étaient proches, mais celui de ma mère était plus mélodieux. Elle nous chantait des berceuses. Comment ai-je pu l'effacer de ma mémoire ? Dans la rue, je me retournais sur une silhouette qui lui ressemblait. J'avais peur d'oublier son visage. Heureusement, ma tante m'avait donné des photos. Je les gardais sous mon oreiller.

Dans ses intonations, Irène entend la douleur intacte de l'orpheline. Une enfance assourdie par le fracas de la guerre, dont il fallait taire les blessures. Parce que tout le monde avait des trous au ventre. En 1945, la ville et ses habitants étaient en ruines. Il fallait maquiller son chagrin, ravaler sa colère. Les nouveaux maîtres exigeaient la docilité, un enthousiasme de bâtisseurs. La rage, la trahison, le deuil étaient indicibles. Sa tante Maria avait cru au socialisme mais les staliniens lui avaient fait passer le goût des utopies. Elle ne se fiait plus qu'à la bonne volonté.

Consacrait son énergie aux *ruineuses*, ces gamines qui se prostituaient dans les ruines, et aux orphelins.

Maria élevait Agata comme ses enfants, avec la même exigence et une forme de rudesse. Le soir, pendant que les aînés cuisinaient le repas, elle leur racontait l'histoire de la Pologne. Elle leur apprenait à chérir le fantôme de l'indépendance, les invitait à décoder le discours de la propagande. Vivre sous la botte de Staline impliquait d'avoir une personnalité de façade, de dissimuler leur vérité profonde et leurs aspirations. Jusqu'au jour où la Pologne redeviendrait libre et où ils pourraient vivre en harmonie avec eux-mêmes.

— Elle nous préparait à la dissidence, traduit Janina. Elle nous a appris à cacher nos sentiments. D'habitude, j'y arrive très bien.

— Elle vous parlait de votre petit frère ? interroge Irène.

Elle scrute le bleu très pâle de ses yeux, y cherche le regard de Wita.

— Jamais. Personne ne prononçait son nom. Comme s'il était mort. Comme s'il n'avait jamais existé.

— Vous saviez qu'elle avait demandé à la Croix-Rouge de le rechercher ?

Le visage de la vieille dame trahit sa surprise. Apprendre que sa tante a fait cette démarche la bouleverse.

— S'ils ne l'ont pas retrouvé, ça veut dire qu'il est mort ? demande-t-elle.

— Pas forcément. Votre tante vous a parlé de l'enlèvement, à l'époque ?

— Elle m'a expliqué que ma mère ne pouvait pas venir me chercher tout de suite. Je ne me souviens pas bien…

Elle a dû me dire qu'il y avait un problème avec mon frère. Je pensais qu'il était malade. Ça devait être en novembre ou en décembre, parce que j'espérais rentrer à la maison pour Noël. Après, elle m'a avoué que ma mère avait été arrêtée.

Après la guerre, la vie a repris tant bien que mal. Un soir, Maria est rentrée tard. Elle avait l'air fatiguée. Elle a appris à Agata que sa mère était morte dans un camp, en Allemagne.

— Elle était dure, ma tante. La guerre lui avait pris ses parents, son mari, sa sœur… Elle m'a dit : « Il va falloir que je t'adopte, parce que ton père risque de passer sa vie en prison. » Pour moi, c'était terrible. J'avais le sentiment qu'on m'arrachait à ma famille.

Irène est frappée par les mots qu'elle emploie. Comme si elle parlait aussi de son frère, ou en son nom.

— Pourtant, je peux dire que Maria a été ma providence. Elle a veillé sur moi, elle m'a poussée à faire des études. Je suis devenue médecin, j'ai rencontré mon mari, j'ai eu mon fils… Aujourd'hui, j'ai deux petites-filles merveilleuses.

Le thé refroidit dans les tasses, la lumière change, il y a parfois des sourires. De temps en temps, Agata pose une question ou demande une précision, si bas qu'on l'entend à peine. À la fin, Irène lui offre le mouchoir brodé de tous les prénoms des *Kaninchen*.

La vieille dame le déplie avec précaution, s'attarde sur l'inscription en polonais. Elle va chercher la vodka. Vide son verre cul sec, les yeux mouillés.

— C'est idiot de pleurer sa mère, à mon âge…

Elle s'essuie les yeux avec le mouchoir brodé.

S'en rend compte et s'excuse, comme si elle profanait une relique.

— Un mouchoir, c'est fait pour ça, sourit Irène. Il est à vous, maintenant. Vous pouvez vous moucher dedans, si vous voulez.

Ça a le mérite de la dérider.

Elle remplit les verres, et personne n'aurait le mauvais goût de refuser. Ici, on chasse la mort à coups de vodka. La tristesse aussi.

Après avoir quitté la vieille dame, Irène appelle son fils en marchant. Ils parlent longtemps, l'entendre dissipe l'angoisse et ravive le manque. La nuit glaciale, illuminée par la *skyline*, donne à Irène un sentiment d'étrangeté. Elle ressent la pulsation de la ville ; un vacarme de voitures, de sirènes de police, de *beats* échappés des vitres baissées. Avant de raccrocher, elle dit à Hanno qu'elle l'aime, qu'elle a hâte de le retrouver.

— Qu'est-ce qui se passe ? Tu es mourante ? la taquine-t-il. Moi aussi j'ai hâte, petite mère. Ça va être géant, ce Noël à Paris. Le week-end prochain, on fait un saut à Berlin avec Hermine et Toby. J'achèterai un truc à Antoine au marché de Noël.

Elle raccroche, rassérénée, rejoint Janina qui l'attend à l'angle du boulevard.

Baignée d'un éclairage spectral, la silhouette crépusculaire du Palais de la culture se dresse devant elles. Staline en a fait cadeau au peuple polonais dans les années cinquante.

Pour rivaliser avec les gratte-ciel américains, rien n'était trop beau. Il a fait raser cent soixante immeubles, dans une ville en ruine où des milliers de gens n'avaient nulle part où dormir. Sa construction a coûté la vie à treize ouvriers.

— Un cadeau empoisonné, dit Janina. On l'appelle le Doigt de Staline. Après la chute du communisme, beaucoup de Varsoviens voulaient le détruire.

— S'il fallait détruire tous les symboles de despotisme, il ne resterait plus beaucoup de monuments debout ! ironise Irène.

— Tu as raison. Finalement on s'est habitués, on l'aime bien.

Janina s'étonne qu'Irène n'ait pas mentionné le médaillon pendant la rencontre.

— C'est parce que je l'ai laissé en Allemagne. Et puis… Je me dis qu'il revient à Karol.

— Tu crois qu'il est vivant ?

— J'espère. J'aimerais faire ce cadeau à Agata.

## *Julka*

Le fils d'Agata les a conviées à un déjeuner familial. Pour l'occasion, Janina a troqué ses pulls en mohair contre une robe noire habillée et des bottines en daim. Lorsque Irène la taquine de s'être mise en frais pour un ancien béguin, elle lui résume cette passion sans retour. Si Irène avait vu Roman, à l'époque. Il dégageait quelque chose de libre et de sensuel, entre le poète et le voyou. Le charme du héros du film de Wajda, *L'Homme de marbre*. Il avait fait de la prison après avoir participé à des réunions clandestines. Pour une adolescente boulotte et sentimentale vivant en Pologne communiste, il incarnait l'archétype du rebelle, dangereusement séduisant. Le soir, dans son lit, elle rêvait qu'il l'arrachait à son quotidien terne. Seulement, pour lui elle n'existait pas, elle n'était qu'une gamine échafaudant des stratégies dans le but d'attirer son attention.

Il y a une quinzaine d'années, elle l'a aperçu à un cocktail de bienfaisance. Elle était très en beauté, au bras de son futur mari. Pourtant elle n'a pas osé l'aborder. Comme si elle redevenait tout à coup cette fille complexée.

Roman est désormais un avocat d'affaires réputé, propriétaire d'un spacieux duplex dans une partie de Wola où les gratte-ciel et les résidences haut de gamme voisinent avec des clubs de gym et des centres ayurvédiques. Il les accueille chaleureusement, attendri de revoir la petite voisine de sa jeunesse. Irène a du mal à reconnaître le poète dissident dans ce quinquagénaire soigné qui porte des boutons de manchette et des chaussures anglaises. Ses cheveux clairsemés grisonnent, son regard vif dynamise un visage qui a dû être beau mais s'affadit. Détendu, il parle couramment anglais. La dernière fois qu'il a vu Janina, elle s'était teint les cheveux en rouge et la Pologne était communiste.

Elle éclate de rire, elle avait oublié cette lubie capillaire. Elle lui présente Irène, évoque leur longue collaboration à distance. Maintenant elles ont franchi un cap, elles se tutoient.

En attendant Agata, ils vont fumer une cigarette avec vue. La terrasse surplombe les tours de verre et les cimes enneigées des arbres nus. Roman confie à Irène qu'il n'a pas vu sa mère aussi remuée depuis longtemps. Ce n'est pas seulement ce qu'elle a appris sur Wita, c'est la possibilité que son frère soit en vie. Est-il possible de rouvrir l'enquête ?

— C'est ce que je fais, en quelque sorte, répond Irène. Si j'ai une piste sérieuse, je vous contacterai. Je ne veux pas faire naître trop d'espoir…

— L'espoir est là de toute façon, soupire Roman.

Il y avait au moins une personne qui pouvait témoigner que la mère d'Agata était morte dans un camp allemand.

Mais pour son frère, il n'y avait pas d'explication, pas de tombe. Elle n'a jamais pu tuer cette petite voix qui lui murmurait qu'il finirait par revenir. À ce deuil impossible s'ajoutait l'absence d'un père qui s'était rebâti une famille pour oublier la première. Au début, il lui rendait visite à Varsovie. Ils passaient la journée ensemble, déjeunaient toujours dans le même restaurant. Mais Agata l'empêchait de tourner la page, alors Marek est venu de moins en moins souvent, leurs liens se sont distendus bien avant sa mort. Elle en garde une blessure profonde.

— Quand j'ai divorcé, ajoute-t-il, elle a eu beaucoup de mal à l'accepter. Elle se faisait du souci pour ma fille. Un jour je lui ai dit : Arrête de t'inquiéter. Julka sera toujours au centre de ma vie, même si je me remarie. J'ai épousé Edyta il y a quinze ans, on a eu une petite fille un an plus tard, et tout le monde s'entend bien. Mais ma mère a toujours peur que Julka manque d'affection, conclut-il avec un sourire. C'est plus fort qu'elle.

Agata et sa petite-fille arrivent bras dessus bras dessous, les joues rosies par le froid. De chez la vieille dame ce n'est pas si loin, quelques rues à parcourir, mais venir ici lui donne l'impression de faire un bond dans le temps. Elle s'en amuse, et tout le monde trinque. Observant la blondeur gracile de Julka, son grand front et son regard clair, Irène a le sentiment troublant de rencontrer une version de Wita plus nerveuse et affranchie, en jeans noirs et baskets. Pommettes hautes et cheveux ramassés dans un chignon serré, elle a vingt-sept ans, enseigne l'anglais dans un lycée. Elle la bombarde de questions sur son métier. Est-on une enquêtrice ou une archiviste, quand on cherche des gens morts depuis si longtemps ?

— Un peu des deux, répond Irène. Au début des années cinquante, un article américain sur l'ITS avait titré « Un roman policier à l'envers ». C'est un peu ça.

— Vous traquez aussi les anciens nazis ? l'interroge la jeune femme.

— Non, c'est le travail de l'Office central de Ludwigsburg. Même si nos archives ont souvent fourni des preuves contre les criminels de guerre.

Brusquement, elle se souvient du jour où Eva lui a appris que Max Odermatt, à son entrée en fonction, avait décrété que l'ITS ne communiquerait plus de documents aux procureurs de Ludwigsburg.

— Mais pourquoi ? avait-elle demandé, interloquée.

— C'est une bonne question, avait répondu Eva. Pourquoi refuse-t-il d'aider la justice à coincer les bourreaux du Troisième Reich ?

Le malaise qu'elle avait éprouvé resurgit, intact.

— Et le frère de ma *babcia*, vous allez le retrouver ? l'interroge Julka.

— Pister un enfant volé était déjà hasardeux après la guerre, explique Irène. Aujourd'hui, il faut chercher un homme de soixante-dix-huit ans qui porte un autre nom, et a passé le plus clair de sa vie dans la peau d'un Allemand.

Des cousins dans un autre pays, cette idée plaît à Julka. Dans sa famille, on se sent européen autant que polonais. D'ailleurs, Roman a beaucoup de clients allemands. Agata se tait, ses sentiments sont sans doute plus partagés.

L'Allemagne, pour elle, c'est aussi l'ennemi historique qui a ravagé son enfance.

Avec précaution, elle sort le mouchoir d'une pochette en velours, le tend à sa petite-fille. Impressionnée par cette constellation de prénoms, Julka lit à voix haute l'inscription adressée à Wita.

Cette arrière-grand-mère qui n'était qu'un visage sur de vieilles photos s'incarne à travers ce morceau de tissu : elle a risqué la mort pour apporter à des gamines massacrées quelque chose qu'elles pourraient manger.

— Ça me rend fière, murmure Julka, les yeux brillants. Je n'avais jamais entendu parler de ces Résistantes de Lublin. J'imagine qu'elles n'ont pas survécu ?

Irène la rassure, la majorité a survécu. Elles ont trouvé la force de résister ensemble. Chaque geste de révolte affirmait qu'elles n'appartenaient pas à leurs bourreaux. Fou de rage, le commandant du camp avait baptisé leur baraquement « le block des bandits ». Au lieu de les briser, les châtiments ne faisaient que les souder davantage. Elles sont allées jusqu'à manifester en béquilles devant le bureau de la *Kommandantur*.

— Incroyable ! s'écrie la jeune fille. On devrait raconter cette histoire aux manifestantes de la marche noire.

— Julka, tu ne vas quand même pas comparer la résistance de ces déportées à votre marche pour le droit à l'avortement, intervient Roman, choqué.

— Tu me crois assez bête pour mettre le PIS et Ravensbrück sur le même plan ? lui répond-elle du tac au tac en polonais. Le contexte n'a rien à voir, bien sûr. Mais que ces Résistantes aient eu le courage de manifester dans un lieu où elles n'avaient que le droit de mourir, moi je trouve ça inspirant. Je me dis que nous, aujourd'hui, on n'a pas d'excuse pour être lâches. On doit défendre nos droits quand ils sont attaqués.

Écoutant la traduction de Janina, Irène se souvient des images de ces foules de femmes en noir, portant des parapluies.

Le noir, lui explique Janina, est une référence au temps où les pays voisins s'étaient partagé la Pologne, et où les femmes portaient le deuil de leur pays. Il est devenu le signe de ralliement de la marche noire, avec l'éclair rouge, qui symbolise la colère des Polonaises.

— Toi aussi tu es allée manifester ? s'étonne Roman.

— Bien sûr ! sourit Janina. J'ai acheté cette parka noire exprès.

Une ONG internationale avait déposé un projet de loi pour interdire l'avortement en Pologne. Ces catholiques intégristes, très proches du gouvernement, prétendent défendre le pays contre la décadence des valeurs morales. À travers eux, c'est la frange la plus radicale de l'Église qui accède au pouvoir.

— Ils sont xénophobes, misogynes et homophobes, résume Julka en anglais. Vous avez remarqué que ça va souvent ensemble ?

Elle se souvient de son émotion, en découvrant cet océan de parapluies noirs dans les rues de Varsovie. Elle n'avait jamais vu autant de femmes réunies, de tous les âges. Ce lundi d'octobre, c'était la première fois qu'elle manifestait. Julka ne s'intéresse pas beaucoup à la politique. Mais depuis la victoire des conservateurs, deux camps s'affrontent à coups de symboles, se disputant le drapeau national, l'héritage de l'insurrection de Varsovie et de Solidarność. Dans le lycée où elle enseigne, on leur impose de nouveaux contenus pédagogiques et on les encourage à combattre « l'idéologie de genre ». Le gouvernement offre cinq cents zlotys à partir du deuxième enfant ; cette mesure populaire lui permet d'imposer son programme liberticide et conservateur. À peine élu, il a pris le contrôle des médias publics, s'est attaqué au Tribunal constitutionnel et au droit reproductif. Alors Julka et ses amies se sont habillées de noir et elles sont descendues dans la rue.

Sur les réseaux sociaux, des dizaines de milliers de femmes postaient des selfies endeuillés, avec le hashtag #czarnyprotest. Elles ont été près de deux cent mille à manifester dans toute la Pologne. On n'avait pas vu une telle mobilisation depuis Solidarność. Même sa *babcia* est venue marcher avec elles. Elles étaient si nombreuses, leur colère enflait comme une vague. Julka avait le sentiment que rien ne pourrait l'arrêter. À côté d'elle, une fille a lâché dans l'air deux baudruches à l'effigie du président Duda et de Jaroslaw Kaczynski. Elle les a regardés monter dans le ciel, gesticulants et ridicules, rétrécissant jusqu'à disparaître. Ce jour-là, elle avait le sentiment d'assister au début d'une révolution. Que cette foule se réveillait d'un long sommeil et se souvenait qu'elle était puissante. Elle s'enivrait de chants, de rires et de peintures de guerre.

Plus tard, un journaliste lui a tendu un micro et Julka a dit : Je manifeste pour continuer à vivre dans le pays où je suis née. Parce que mon corps n'appartient qu'à moi. Pas à l'Église, ni à Monsieur Kaczynski.

Sa réponse a été diffusée sur une chaîne de télévision privée.

— Ça a fâché mon père, sourit Julka. Il nous reproche de manquer de diplomatie.

— Je trouve qu'il n'est pas nécessaire de provoquer les gens, répond Roman. Tu oublies de préciser que vous manifestiez en détournant les slogans de Solidarność et le symbole de l'Armée de l'intérieur…

La conversation se poursuit en anglais, que tous deux parlent couramment, bien qu'Agata semble parfois avoir du mal à suivre. De temps en temps, Janina se penche pour lui traduire une phrase.

— C'est aussi notre histoire, que je sache. Dans ce pays, on ramène tout au passé. Mais quand les femmes y font référence, tout le monde est scandalisé.

— Tu crois vraiment que pour défendre le droit d'avorter, tu as besoin de convoquer l'Armée de l'intérieur ? la coupe son père avec agacement. Quel est le rapport ?

— Le rapport, c'est de refuser que d'autres contrôlent notre vie. Que ce soient les nazis, les communistes ou les curés. Toi, tu ne supportais pas qu'on décide de ta vie à ta place. On veut la même liberté.

— Tu ne peux pas réduire ça à une question de liberté, objecte son père. Si l'Église s'oppose à l'avortement, c'est au nom du caractère sacré de la vie. C'est son rôle, il est injuste de le lui reprocher. Moi, j'ai grandi sous le communisme. Je sais ce que je dois à l'Église. Ta génération l'a oublié.

— Papa, l'Église dont tu parles défendait les gens contre les abus de pouvoir de l'État. Aujourd'hui, elle soutient le pouvoir ! s'écrie la jeune fille.

— Irena n'est pas venue nous écouter nous disputer. D'ailleurs vous avez gagné, le gouvernement a fait marche arrière. Qu'est-ce que tu veux de plus ? Maintenant, je vous propose de nous restaurer !

Ils vont s'asseoir dans la salle à manger moderne au mobilier minimaliste. Le soleil illumine les murs blancs, les grandes toiles abstraites aux couleurs vives.

Dans la lumière chaude, le visage d'Agata est pensif.

À la fin du repas, elle s'adresse en anglais à son fils :

— Tu es injuste avec Julka. Pardonnez-moi, Irena, c'est plus facile pour moi de dire cette chose en polonais.

Janina se rapproche pour traduire ses paroles à Irène :

— Quand je regarde les photos de Solidarność, je ne vois que des hommes. Pourtant, nous étions nombreuses à soutenir le syndicat. Sans nous, qui aurait trouvé les planques et les vivres ? Qui aurait relu et imprimé les articles pour les faire passer à la presse étrangère ? Mais tu vois, on nous a effacées de l'histoire. Quand j'avais l'âge de Julka, j'étais fière d'appartenir à un pays où les femmes combattaient comme les hommes. Ça ne me dérangeait pas de rester en retrait. Mais peut-être qu'à force de préférer l'ombre, on s'est habituées à ne pas compter. Et que les hommes ont pris l'habitude d'ignorer nos besoins, nos désirs. Roman, si tu venais marcher avec nous, tu verrais d'anciennes Résistantes défiler avec leurs médailles. Tu les entendrais crier : « On ne s'est pas battues pour que nos petites-filles soient privées de leurs droits. »

Dans sa voix, Irène entend la révolte de Sabina. Sa tendresse pour les nouvelles générations, sa vigilance.

Esquivant l'attaque, Roman va chercher le dessert. Julka en profite pour embrasser sa grand-mère.

— Je ne peux pas avoir d'enfant, c'est mon grand chagrin, murmure Janina. Mais je pense qu'on ne devrait forcer aucune femme à être mère.

Irène est touchée par sa droiture, la pudeur avec laquelle elle confie cette douleur.

Elle ne peut envisager sa vie sans Hanno.

Elle regarde ces trois femmes à des âges différents de la vie, qui aiment leur pays avec rage, avec espoir. Elle imagine Wita et Sabina, assises près d'elles.

## *Lazar*

Dans le compartiment, Irène remarque une voyageuse d'un certain âge, vêtue d'un manteau gris ceinturé et d'un chapeau de feutre noir. Lorsque leurs regards se croisent, l'inconnue lui rappelle Audrey Hepburn à la fin de sa vie. Se rendent-elles au même endroit ? La campagne défile derrière la vitre, champs couverts de neige, lumière brumeuse. Après le tumulte de Varsovie, ce trajet solitaire la prépare à son dernier rendez-vous polonais.

Quel sentiment étrange de rouler sur la voie que le convoi de Lazar a empruntée en 1942, à travers des paysages qui n'ont pas dû beaucoup changer.

La voyageuse au chapeau descend derrière elle en gare de Małkinia Górna. Sur la voie d'en face, un train de marchandises aux wagons rouillés arrête leur regard. Irène a eu un grand-père cheminot. Enfant, elle aimait jouer avec ses frères près des voies ferrées. Aujourd'hui, elle leur trouve l'air lugubre.

Entre l'été 1942 et l'automne 1943, des trains de déportés sont passés par ici. Parfois, ils restaient à quai toute la nuit. À certaines périodes, c'était un défilé incessant de convois qui arrivaient chargés à bloc et repartaient vides quelques heures plus tard. Les cadres nazis avaient besoin d'un réseau ferroviaire pour acheminer facilement ceux qu'ils appelaient *la cargaison*. Et d'un site à l'abri de la curiosité. Dans cette région, les routes étroites sont cernées de forêts, de terres marécageuses. On n'y croise que des villages, et quelques fermes.

Sur le parking, un taxi attend la dame au chapeau.

— Vous allez au camp ? demande-t-elle en anglais à Irène. Venez !

Dans sa voix chaleureuse, elle décèle un accent. Elle la remercie, elle préfère marcher.

— Il fait très froid, s'inquiète l'inconnue.

Irène lui montre en souriant la parka noire que Janina lui a prêtée. Le taxi repart sans elle.

Le GPS de son téléphone indique le mémorial à moins de huit kilomètres.

À Małkinia, les convois repartaient vers le sud. Plus loin, le train bifurquait à un embranchement qui n'existe plus et s'enfonçait dans les bois. Les arbres étaient si proches de la voie que les mères hissaient leurs petits pour les leur montrer. En tendant les doigts à travers les barbelés de la lucarne du wagon, ils pouvaient presque les toucher. Les jeunes enfants du ghetto n'avaient jamais vu de forêt.

Elle marche longtemps, la neige crisse sous ses pas et sa respiration la brûle. Son regard embrasse un horizon de neige et de boue, des lignes d'arbres nus. Après avoir pris un pont sur le fleuve Bug, Irène s'écarte de la route. La pancarte Treblinka lui fait un choc. L'idée qu'un village de ce nom existe, que des gens y vivent, comme ils y ont toujours vécu.

Les maisons en bois sont d'époque. Elle croise une vieille femme emmitouflée dans un manteau sans forme. Elle était sans doute enfant, lorsque le commandant du camp a fait venir deux excavatrices pour vider les fosses communes, ordonnant à ses esclaves juifs d'aligner les cadavres sur des grills pour les brûler. Les jours de vent, on respirait la puanteur des bûchers à des kilomètres. La vieille la fixe sans aménité, à croire qu'elle déchiffre ses pensées.

Le mémorial n'est plus qu'à quatre kilomètres.

Irène ignore quand la gare de Treblinka a été détruite. À la fin des années soixante-dix, lorsque Claude Lanzmann est venu faire des prises de vue pour *Shoah*, elle existait encore. Dans le livre qu'elle a apporté dans son sac, le chef de gare raconte à Gitta Sereny qu'il comptait les convois de déportés pour informer l'Armée de l'intérieur, notant scrupuleusement le nombre de prisonniers écrit à la craie sur chaque wagon. Il a dénombré plus d'un million de victimes. Quelques milliers de tziganes, tous les autres étaient juifs. Pour chaque train, trente à soixante wagons. On ne pouvait en faire tenir que quinze ou vingt sur la rampe du camp. Le reste attendait en gare, les déportés crevant de soif, de chaud ou de froid, en fonction de la saison. Au début, quelques femmes de cheminots venaient avec leurs enfants apporter de l'eau aux prisonniers. Mais très vite, les supplétifs lituaniens perchés sur les wagons – qu'on appelait *les chiens à sang* – ont commencé à tirer pour les écarter. Elle imagine les mômes grandir avec ça. L'enfance fracturée par une réalité impensable. Les corps de ceux qui tentaient de fuir, abattus sur le quai. La peur. L'odeur et le brouillard glauque qui montaient du camp. Le chef de gare précise que les gens en tombaient malades. Elle pense à son grand-père, qui était cheminot en France à la même époque. Aurait-il envoyé ses enfants donner à boire aux déportés ? Il n'évoquait jamais l'Occupation.

À mesure qu'elle se rapproche, la muraille noire des arbres ferme l'horizon. Leur obscurité l'enserre. Elle longe la voie ferrée jusqu'à l'ancienne bifurcation. Le tronçon que les nazis avaient ajouté n'est plus qu'un chemin à travers bois. Elle s'y engage, saisie par un parfum de terre moisie et de résine. Ses bottes écrasent les aiguilles de pin, dérapent sur la neige glacée. Éraflent le silence. Les cimes des grands pins oscillent légèrement. Leurs troncs rouges embrasent la futaie, comme si la lumière sourdait de ses profondeurs. C'est un lieu habité, dont la force intimide. Les arbres coupés pour construire des baraquements et des miradors ont laissé place à des rejetons vigoureux. La forêt gagne sur le camp. Elle est le linceul des morts.

Plus loin, des barres de granit figurent les traverses de la voie fantôme. Tout a été détruit par les assassins. Des fondations de pierre marquent l'emplacement de la rampe. Ici, se dit-elle, les couples et les familles étaient encore ensemble, pour quelques mètres. Passé la porte, on les séparait pour toujours.

Les hommes se déshabillaient dans la cour, les femmes et les enfants dans un bâtiment sur la gauche. Quand ils étaient nus, les Allemands sélectionnaient quelques hommes jeunes et solides. C'est là que Lazar a dû être choisi. A-t-il tremblé, quand le SS lui a ordonné de se rhabiller et de le suivre ? Il ignorait qu'on venait de lui accorder un sursis. N'avait pas idée du prix qu'il devrait payer pour rester du côté des vivants. Déjà on l'arrachait aux siens. Elle pense à ce détenu qui évoque devant ses camarades le moment où il a vu s'éloigner sa femme et son petit garçon. Des mois plus tard, dans l'obscurité d'un baraquement, il se souvient qu'il avait peur que son fils attrape un rhume. Un rhume, répète-t-il, sonné.

Lazar et sa famille arrivaient de l'Ouest, on les avait sans doute accueillis par des paroles rassurantes : Après le bain, on vous donnera du travail. Dépêchez-vous, l'eau va refroidir. Ne vous inquiétez pas, vous retrouverez vos affaires. On leur avait distribué un morceau de savon et une serviette, afin qu'ils marchent confiants vers le piège. Plus tard, Lazar a découvert comment on traitait les rescapés faméliques des ghettos de Pologne, pleins d'appréhension. Pour ne pas leur laisser le temps de penser, les SS les terrorisaient dès la descente du train. Ils couraient pour échapper aux coups, aux chiens, jusqu'aux chambres à gaz.

Mais d'où qu'ils viennent, ceux qui débarquaient vivants sur cette rampe étaient morts deux heures plus tard.

Dépassant l'entrée du camp, Irène se dirige vers le mémorial de pierre qui marque l'emplacement des anciennes chambres à gaz. À l'époque, le chemin en pente douce qui y conduisait était entièrement dissimulé par de hautes clôtures de barbelés et de branches de sapin serrées. Les SS l'appelaient *la route du ciel*. Il formait un coude, de sorte que les victimes ne découvraient qu'au dernier moment le bâtiment surmonté d'une étoile de David, maquillé en bain rituel juif. Elle a lu que les hommes étaient tués en premier. Les femmes et les enfants attendaient nus dehors.

L'hiver, les pieds des petits gelaient. Les mères devaient les décoller du sol.

Autour du mémorial, des pierres innombrables se dressent dans un champ de neige. Chacune représente un *shtetl* ou une ville dont les habitants juifs ont été assassinés ici. Plus loin, elle reconnaît la femme au chapeau, immobile, la tête légèrement inclinée. Pas un battement d'aile. Elles sont seules dans ce calme saisissant.

Le camp s'étendait sur vingt-cinq hectares. Un terrain sablonneux, délimité par les haies de feuillage, les chevaux de frise et les miradors. De l'extérieur, on ne distinguait que les barrières vertes et les tours de guet, le haut des baraquements en bois. Elle étudie le plan, essaie de s'en représenter les dimensions sans y parvenir. Un rempart de sapins a proliféré tout autour ; on dirait qu'ils montent la garde.

Irène pense à la forêt en marche de Macbeth, vengeant le meurtre des innocents.

Le froid la gagne.

À travers le silence, elle ressent la vibration des êtres dont ce lieu est la tombe. Leur solitude et leur terreur. Elle laisse sa prière monter vers eux.

Plus tard, elle marche jusqu'au parking. Dans le petit musée attenant, un article du quotidien local est illustré de la photo d'un beau vieillard. Elle interroge le gardien, Qui est-ce ?

— Samuel Willenberg. Le dernier survivant de la révolte ! répond-il en anglais en roulant les r.

— Le dernier… ? demande-t-elle.

Il hoche la tête. Il venait souvent ici. C'était un grand monsieur, un artiste.

Son cœur se serre à l'idée que les derniers témoins sont morts. Les héros du soulèvement. Lazar a emporté ses secrets avec lui.

Une maquette du camp occupe la vitrine centrale. On la doit à Jankiel Wiernik, un survivant polonais. Elle s'attarde sur son portrait : cheveux blancs, oreilles en pointe et regard noir perçant, moustache de cosaque. Il avait cinquante-trois ans quand on l'a raflé dans le ghetto de Varsovie. Qu'il ait survécu relève du miracle. Heureusement pour lui, les SS avaient besoin d'un charpentier qualifié. Il a construit sans relâche des miradors, des baraques, un zoo. D'abord affecté au commando des trieurs, Lazar a dû plus tard intégrer son équipe. En tant que maître charpentier, Wiernik était le seul travailleur juif autorisé à circuler dans tout le camp. Il est devenu le rouage central de la révolte.

Cette maquette est la copie de celle qu'il a réalisée pour le procès Eichmann. Irène fixe les montagnes d'affaires dans la cour. Elle en a lu des descriptions en imaginant Lazar courbé, courant d'un tas à l'autre sous les coups, les invectives, classant à la hâte chaque objet par catégorie, déchirant les ourlets, fouillant les poches, refermant les valises et nouant les ballots, tout ça sans penser, car penser à ces piles c'était mourir. Maintenant elle imagine ces entassements de vêtements de toutes tailles et de toutes sortes, chaussures liées par paires, cannes, béquilles, chapeaux et montres à gousset, ustensiles de cuisine, *menorah* et châles de prière, jouets…

*Jouets.*

Elle le voit se pencher vers le pierrot de tissu.

Aucun enfant n'a survécu à Treblinka. Leurs derniers trésors ont été donnés à des petits Allemands. Mais Lazar a sauvé ce pierrot. Il l'a dérobé aux assassins.

Elle ouvre le livre de Sereny, retrouve la page qu'elle a cornée. Un survivant tchèque confie à la journaliste qu'à la fin de l'hiver 1943, les convois se sont raréfiés : «… et un jour il n'est plus rien resté. Vous ne pouvez pas imaginer ce que nous avons ressenti quand il n'y a plus rien eu. Vous comprenez, les *choses* étaient notre raison de demeurer en vie. S'il n'y avait plus de *choses* à ranger, pourquoi nous auraient-ils laissés en vie ? »

Irène songe que, pour Lazar, le pierrot était peut-être un talisman.

Elle rejoint la dame au chapeau devant les vitrines qui exposent des objets exhumés des profondeurs du site. Il y a deux ans, une équipe d'archéologues britanniques a retrouvé les fondations des anciennes chambres à gaz, quelques carreaux de faïence qui tapissaient les murs. Des ossements, des cheveux. Une bague en forme de fleur, un pendentif rouillé, un peigne aux dents cassées.

— Ils voulaient les effacer de la surface de la terre, lui dit l'inconnue. Ils n'ont pas entièrement réussi.

Quand elles ressortent, il neige à gros flocons. Cette fois, Irène accepte de partager un taxi. Le trajet leur permet de faire connaissance. L'inconnue s'appelle Ruth Greenberg, elle vit à Tel Aviv. Sa mère a grandi près d'ici. Elle a perdu tous les membres de sa famille à Treblinka. Elle venait chaque année, parfois Ruth l'accompagnait. Elle est morte il y a deux ans, alors Ruth s'est résolue à faire le voyage seule. Elle est soulagée d'avoir dit le Kaddish pour ses disparus.

— Et vous, ma chère, qui avez-vous perdu ? lui demande-t-elle, posant sa main sur la sienne.

Plus tard, elle se souviendra que Ruth Greenberg a noté le nom de Lazar Engelmann sur un petit agenda en cuir noir. Qu'elles ont échangé leurs adresses et que la dame au chapeau l'a invitée à venir la visiter un jour en Israël.

Elle se souviendra qu'elle devait retrouver Janina dans un restaurant derrière la place Pilsudski, et qu'elle était en retard. En chemin, Hanno lui a envoyé un sms pour lui demander son avis sur une pyramide en bois qu'il avait repérée pour Antoine au marché de Noël, à Berlin. Elle a jeté un regard distrait à la photo, pianoté « *Wunderschön* » et rangé son téléphone au fond de son sac. Il était sur vibreur depuis le matin.

Elle se souviendra que Janina était triste qu'elle reparte, mais heureuse qu'elles aient partagé tant de moments importants, parfois terribles. Elle disait, C'est passé vite, et même si Irène en convenait, elle éprouvait du soulagement à l'idée de laisser derrière elle ce pays couturé, encore à vif. Elle avait besoin de digérer les émotions de ces derniers jours, de s'accorder un peu de détente avec Antoine et Hanno. En pensée, elle y était déjà. Une effervescence la gagnait, chassant la tristesse qui l'avait envahie à Treblinka. Elles ont bu des cocktails, parlé de choses légères. Peut-être qu'elle a évoqué Stefan, l'alcool aidant. Elle ne pourrait en jurer.

— Tu reviendras ? lui a demandé Janina en sortant du restaurant.

Elle a promis, elle avait la sensation de n'être qu'au début de son voyage. Pour ne pas se quitter tout de suite, elles ont marché jusqu'à la tombe du soldat inconnu. Quelques touristes guettaient un signe de lassitude sur le visage impassible des soldats. Janina lui a demandé à quelle heure était son vol. Elle a sorti son téléphone, choquée de voir tous ces appels en absence. Son frère aîné, qui ne lui téléphonait jamais, Myriam et Antoine avaient cherché à la joindre plusieurs fois. Antoine lui avait envoyé un sms à 20 h 30 : « Je viens d'écouter les infos. Comment allez-vous ? »

Son sang s'est figé, elle l'a rappelé.

Un camion venait de foncer tous feux éteints sur un marché de Noël de Berlin, renversant tout sur son passage. À cette heure, on dénombrait au moins douze morts et une cinquantaine de blessés. Le camion noir était immatriculé en Pologne, comme un clin d'œil macabre.

Elle a tenté de joindre Hanno sans y parvenir. Des dizaines de fois, à en devenir folle de peur. Autour d'elle on s'efforçait de la calmer, Janina lui parlait mais elle n'entendait pas. Tout se confondait dans un brouillard rouge. Elle voulait qu'on l'emmène à la gare, à l'aéroport. Il n'y avait plus de vol ni de train pour Berlin. Elle fumait cigarette sur cigarette, rappelait Myriam, Wilhelm et Hanno, tombait sur leur répondeur. Janina lui a proposé d'aller au Sofitel, juste à côté, elles pourraient patienter au chaud. Mais cette peur qu'elle couvait depuis la naissance de son fils était en train de la dévorer. Face à elle il n'y avait rien qui tienne, rien à quoi se raccrocher. Au bout du fil,

Antoine se voulait rassurant : Si Hanno était parmi les victimes, ils t'auraient déjà prévenue. Le réseau téléphonique est saturé, il faut attendre.

Elle ne cessait d'actualiser le fil d'information sur son téléphone. On ne disait rien sur les morts, les blessés. Une étudiante anglaise témoignait au micro qu'elle buvait un vin chaud avec des amis près d'une baraque quand ils avaient entendu des chocs sourds, des cris. L'incrédulité vibrait dans sa voix.

Pris en otage par le terroriste, le chauffeur polonais avait essayé d'arrêter l'agresseur. On avait retrouvé son corps dans la cabine. Le tueur avait disparu dans l'obscurité du Tiergarten. La traque commençait.

Elle gardera le souvenir d'une veille interminable dans le salon du Sofitel, suspendue à son téléphone comme à une balise de détresse. Le sms de Myriam était arrivé à 22 h 35 : « Ils vont bien, ils sont à Schöneberg, chez la cousine d'Hermine. Benjamin est en route pour Berlin. Le réseau téléphonique est saturé, tu peux leur écrire sur Messenger. »

Elle avait un compte Facebook mais n'y allait jamais, elle n'avait même pas chargé l'application sur son téléphone. Elle avait oublié son mot de passe. Quand elle est enfin parvenue à ouvrir Messenger, elle découvre les messages de son fils : « On va bien Maman, ne t'en fais pas. J'essaie de te joindre mais ça ne marche pas. Toby, Leni et Hermine sont avec moi, on est chez la cousine d'Hermine. »

« Je n'arrive pas à t'appeler, le réseau est saturé. J'espère que tu ne t'inquiètes pas trop. Je t'embrasse. »

« J'espère que tu vas bien. Je t'ai envoyé des sms mais je n'ai pas l'impression que tu les reçois. On est toujours chez Lotte, on va y passer la nuit. »

Elle pleurait de soulagement tandis que ses doigts trébuchaient sur les touches. Janina l'interrogeait du regard. Elle a souri à travers ses larmes : Il va bien.

— Je crois que tu as besoin d'un verre.

La Polonaise a commandé deux vodkas qu'elles ont bues cul sec ; la recette d'Agata pour chasser le malheur.

— Tu vas changer ton vol ?

Elle a hoché la tête. Elle prendrait le premier avion pour Berlin.

— Ce qui est affreux avec les enfants, a-t-elle murmuré, c'est qu'on ne peut pas les protéger.

Elle pensait, Il aurait pu mourir ce soir et tu aurais passé la même soirée, tu n'aurais rien su, rien senti. Et même si ton cœur t'avait alertée, ça n'aurait rien changé.

# *Allegra*

Ils n'ont passé que quarante-huit heures à Berlin. Cette ville qu'ils aimaient, synonyme de liberté et d'espace, était blessée en plein cœur. Partout, la sidération. Quand Irène a sonné à la porte de l'appartement de la cousine d'Hermine, dans une rue tranquille du quartier de Schöneberg, elle a trouvé cinq gamins soulagés de ne plus porter ça tout seuls. Benjamin et elle ont fait les courses, cuisiné, consolé, tout en rassurant Myriam qui appelait toutes les demi-heures. Les filles n'avaient pas fermé l'œil de la nuit à l'idée que le tueur errait en liberté. Hermine lui est apparue comme une môme, entortillant nerveusement une mèche de ses longs cheveux châtains. Les yeux cernés, elle disparaissait dans un pull d'Hanno. Irène s'est laissé attendrir. Elle n'avait jamais vu son fils amoureux, sauf dans sa petite enfance, quand il nourrissait une passion jalouse pour son institutrice. Elle a pensé : Pour lui, aimer c'est veiller sur l'autre. Être celui qui tient bon.

— Donc elle te plaît, la petite ? demande Antoine, chez qui ils se sont installés en arrivant à Paris.

— Elle me plaît.

Hanno s'est éclipsé dans le bureau pour lui téléphoner.

— Il a l'air d'aller bien, observe Antoine.

— C'est dur de savoir, il donne toujours le change. Déjà petit, il fallait toujours qu'il me rassure. Avec son cheveu sur la langue : « T'en fais pas, maman, ze vais t'aider. » Prêt à réparer le dégât des eaux avec sa clef à mollette en plastique.

— Il sait que tu es la mère la moins sereine d'Europe.

— T'as raison, mais je fais beaucoup d'efforts pour le lui cacher ! Ça me ronge qu'il le sente à ce point.

— Comme actrice, tu es nulle, sourit Antoine. Tu as bien fait de choisir les archives.

Il met un disque de jazz sur la platine, leur sert un rhum ambré dans de minuscules verres en cristal. Un cadeau de l'homme qu'il aime. Ils n'habitent pas ensemble. Antoine ne saurait pas vivre à deux. Il a ses habitudes et pas envie de tout partager, la vaisselle et la mauvaise humeur. Certains amis de Pierre l'agacent, et puis c'est un tonton gâteau. Il garde ses neveux tous les mercredis et certains week-ends, les emmène au foot et au conservatoire. Le petit dernier commence l'alto, son crincrin fait saigner les tympans. Alors Antoine se réfugie dans sa tanière. Parfois, il culpabilise d'imposer son besoin de solitude à Pierre. Il le soupçonne d'aspirer à une vie de couple, d'être assez sentimental pour rêver de mariage. Ils se sont rencontrés dans un colloque universitaire.

— Tellement romantique, pouffe Irène.

— Justement.

Au milieu des vieilles barbes et des étudiants boutonneux, il ne voyait que Pierre, irradié par son charme et sa spontanéité.

— Et toi, rien ? Je pensais que tu allais m'annoncer que tu t'installais en Silésie avec un taiseux polonais…

— D'après toi, je suis vouée à répéter les mêmes erreurs ? demande-t-elle.

— Pas du tout, je te crois capable d'en faire d'autres.

Elle rit, fixe la pyramide éclairée de bougies qui aurait pu leur coûter si cher. Hanno venait de repartir avec le paquet, il avait déjà rejoint les autres dans un bar du Kurfurstendamm lorsque le camion noir a foncé sur les baraques du marché de Noël.

Depuis leur arrivée, elle sent l'étau de l'angoisse se desserrer. Elle aime cet appartement de vieil étudiant cultivé, les piles de trente-trois tours et les bouquins qui prennent la poussière, les volumes jaunis de la Série Noire sur le manteau de la cheminée. Des fauteuils Directoire recouverts de plaids écossais voisinent avec une lanterne chinoise, une commode Louis XVI et des tapis d'Orient aux couleurs passées. La nuit, elle laisse les volets entrouverts et s'endort dans la lumière dorée du Dôme des Invalides. Le bruit de la circulation la berce. Ici elle est chez elle, elle a grandi avec ce murmure de la ville.

Au réveil, ils se promènent en bord de Seine, arpentent les rues de Montparnasse et du Quartier latin. Les avenues bondées les angoissent, cette foule insouciante et fiévreuse, aimantée par les vitrines de Noël. Il y a un peu plus d'un an, les attentats du 13 novembre ensanglantaient Paris. Les semaines suivantes, se souvient Antoine, les Parisiens mettaient un point d'honneur à retourner s'asseoir en terrasse. Boire un coup entre potes devenait un acte militant. Au premier pétard, tout le monde se précipitait sous les tables. Mais on ne peut vivre éternellement dans la peur.

Irène hoche la tête. Pour l'instant, elle ressent des bouffées de panique à l'idée de prendre le métro, d'entrer dans un grand magasin. Alors ils usent leurs semelles, évitent les lieux trop fréquentés. Dans le café où ils s'arrêtent, elle observe du coin de l'œil un jeune homme barbu installé seul à une table du fond. On dirait qu'il psalmodie, sa sacoche sur les genoux. Quand il croise son regard, elle a honte de ses pensées.

Le suspect tunisien dont on a retrouvé le faux passeport sous le siège conducteur du camion meurtrier figurait sur une liste d'individus dangereux, c'était un demandeur d'asile. « Ses victimes sont les morts de Merkel », accuse l'extrême droite, exigeant le départ de la chancelière qui a fait entrer plus d'un million de migrants dans le pays.

Irène a fait partie des bénévoles qui allaient accueillir les milliers de personnes arrivant dans la Hesse. Au printemps 2015, le geste d'accueil d'Angela Merkel a suscité un grand mouvement de solidarité en Allemagne. Cet optimisme s'est effrité dès la fin de l'année, avec les agressions de la Saint-Sylvestre à Cologne. Depuis, l'extrême droite monte et la parole raciste se libère, des foyers d'hébergement sont régulièrement incendiés. Après Cologne, la chancelière a restreint le droit d'asile, mais elle tient son cap. Irène espère qu'elle résistera à cette nouvelle tempête.

— Les Allemands ont eu le courage d'affronter leur histoire, souligne Antoine. Chez nous, l'extrême droite impose ses obsessions à toute la classe politique. Quand vous accueillez près de deux millions de réfugiés, on se fait prier pour en accepter cent mille et on se félicite de notre grandeur d'âme ! La vérité, c'est qu'on a laissé l'Allemagne gérer seule cette crise migratoire.

Irène cite les paroles de la chancelière : J'ai grandi derrière des barbelés, je ne veux pas en dresser d'autres.

— La demande d'asile du terroriste avait été rejetée, intervient Hanno. Le problème, c'est qu'il était toujours en Allemagne. Si on n'est pas capable d'expulser les gens dangereux, on n'est pas crédible.

— C'est vrai, lui dit-elle. Mais tu sais, même si on est plus scrupuleux, certains passeront à travers les mailles du filet. Après la guerre, des criminels se mêlaient aux personnes déplacées et trompaient la vigilance des enquêteurs. On a même embauché d'anciens nazis à l'ITS !

Hanno écarquille les yeux.

— Quarante-cinq gradés de la SS et de la Gestapo. Tu imagines ? L'un d'eux a tenté de mettre le feu aux archives. Quand on accueille des réfugiés, le risque zéro n'existe pas. C'est pourquoi certains réclament la fermeture des frontières. Les gens que tu aides, tu penses qu'on devrait les abandonner à leur sort ?

Au sein de la fac, Hanno et Toby accompagnent les demandeurs d'asile dans leurs démarches administratives et leur apprentissage de l'allemand.

— Non, murmure-t-il.

Ceux qu'il rencontre ont traversé l'enfer pour fuir un pays ravagé par les dictatures, les conflits ou la misère. Ici, leur métier et leurs diplômes ne valent rien. Il faut repartir de zéro, accepter des boulots minables, patienter des années dans la crainte que leur demande d'asile soit rejetée.

— Si mon travail m'a appris une chose, ajoute Irène, c'est que ça peut arriver à tout le monde.

Le 24 décembre, Irène et Antoine rendent visite à leurs mères respectives, passées maîtresses dans l'art du chantage affectif. Irène a un avantage, la sienne est folle de son petit-fils et lui trouve toutes les qualités. Quand il est là, elle ose à peine se plaindre de les voir si peu.

Tu m'as manqué, Mamie ! s'écrie Hanno.

Elle le serre dans ses bras : Que tu es beau ! Tu as encore grandi, ou c'est moi qui rétrécis. Quel dommage que vous ne restiez pas. Tes cousins vont être tellement déçus.

Pour faire diversion, il lui montre une photo d'Hermine. Aussitôt sa grand-mère s'anime, veut savoir où il l'a rencontrée et qui a fait le premier pas. Elle raffole des histoires d'amour et se passionne pour la vie privée des stars et des princes de sang. Ils bavardent gentiment en dégustant les éclairs qu'Irène a apportés.

— Pourquoi ne vous installez-vous pas ici ? demande-t-elle à sa fille. Toi, quand tu as décidé quelque chose… Pourtant, c'est pas la place qui manque ! Tu sais, tes frères se sont fait du souci pour l'attentat. Vous dormez où, du coup ?… Ah bon ? Tu le vois encore, celui-là ? T'es pas rancunière !

Sa mère n'a jamais compris qu'elle reste attachée à Antoine. Elle croit que c'est lorsque Irène l'a rencontré qu'elle a perdu sa fille, sans se douter qu'elle étouffait depuis longtemps. Antoine lui permettait d'échapper à une vie sans horizon, sans perspectives. Les livres qu'il lui prêtait dépliaient sa cage thoracique. Elle confondait l'amour avec cette ivresse de plonger dans les mots et les pensées de l'autre. Il était son âme sœur, celui qui l'encourageait à s'émanciper.

Il a fini par lui avouer qu'il ne pouvait l'aimer comme elle l'espérait. Il en était navré, son désir était ailleurs. Elle lui en a voulu, elle a souffert longtemps. Quand la douleur s'est retirée, leur complicité a tenu bon. La tendresse aussi. Antoine s'est autorisé à aimer qui bon lui semblait. Elle a trouvé la force de partir, même si son départ pour l'Allemagne avait un arrière-goût d'abandon.

Dans sa famille, personne ne comprend les lubies d'Irène : s'installer en Allemagne et divorcer à la naissance de son fils, s'obstiner à l'élever seule au milieu d'étrangers. Consacrer sa vie à ces horreurs d'Auschwitz. Toutes ces commémorations sinistres, ces vieux en pleurs. Est-ce qu'on n'a pas assez d'emmerdes quotidiennes, pour ressasser éternellement ces histoires ? Si l'on apprenait à ses frères qu'Irène avait été échangée à la maternité, ils seraient soulagés. Ils perdent toute spontanéité en sa présence, sont aussi maladroits qu'avec une invitée. Oublient qu'ils se sont écorché les genoux aux mêmes ronces et s'autorisent des plaisanteries grossières qui ne leur ressemblent pas. Cette année, elle s'épargnera cette épreuve.

Quand ils le rejoignent, Antoine est en train d'ouvrir le champagne. Un disque des Clash tourne à pleins tubes sur la platine.

— Noël a un effet désastreux sur ma mère, explique-t-il.

Il était venu partager avec elle un moment paisible, sa présence étant indésirable au réveillon. Mais voilà, elle n'a pu s'empêcher de déterrer la hache de guerre. De temps en temps, ça la démange. À croire qu'Antoine n'a pas commis un livre, mais un péché capital. Non qu'il soit un best-seller, mais il existe. Et a eu les honneurs du *Figaro*, qu'elle lit religieusement tous les matins. Voir son père et ses oncles quasiment traités de collabos dans ses pages culture, pour quelques amitiés compromettantes, lui reste en travers de la gorge. Dans la débâcle, ils ont protégé leur famille et leurs employés. Comment ose-t-il les juger, lui qui n'a jamais manqué de rien ?

Antoine a répondu qu'il exerçait son droit d'inventaire. Elle a menacé de le déshériter. Ça devient une habitude.

Grand bien vous fasse, lui a-t-il dit. Il a pris une bouteille de champagne sur la table et il s'est tiré.

— Je ne la verrai plus, dit Antoine. C'est terminé.

Irène hoche la tête, même si elle sait qu'il y retournera. Il l'aime trop pour ne pas lui pardonner.

Il sourit : Je suis content de vous voir ! Maintenant, champagne.

Ils se filment en train de trinquer et envoient la vidéo à Hermine et à Pierre, l'amoureux d'Antoine, qui passe Noël en Touraine. Antoine et Hanno chantent faux et à tue-tête, Irène pleure de rire.

Plus tard, ils remontent l'avenue éclairée par le Dôme, traversent l'esplanade et le pont Alexandre-III pour rejoindre la Concorde. En arrivant sur la place, la tour Eiffel se met à clignoter de tous ses feux, comme si elle n'attendait qu'eux. Joyeux Noël, dit Antoine.

À cet instant, dans cette ville qui est sa plus vieille histoire d'amour, Irène sent que son cœur se partage désormais entre deux patries. L'Allemagne n'est plus le *no man's land* de l'exil. C'est le pays de son fils, la terre d'accueil où elle s'est ancrée. Comme Eva, elle s'y sent utile.

Devant le porche de l'immeuble, elle hésite. Elle a laissé Antoine et Hanno au musée Gustave Moreau. Brusquement, elle s'est souvenue que la rue Saint-Lazare était à deux pas. Elle a pensé à Allegra, à l'oncle Rafo. Et au *kairos*, le petit dieu ailé de l'occasion, qu'il faut saisir par les cheveux.

Elle lève les yeux vers la façade fraîchement ravalée de l'immeuble hausmannien. Une frise de pierre sculptée de plantes et de têtes d'animaux surmonte d'étroites fenêtres en ogives. La porte de bois est entrouverte, elle entre.

— Je peux vous aider ? l'interroge une voix revêche.

La concierge descend les marches qu'elle était en train de lessiver. Avec sa jupe grise et son tablier noir, on la dirait surgie d'un cliché d'Eugène Atget, avec Apaches et allumeurs de réverbères. Regard buté, chignon.

— Je m'intéresse à un monsieur qui vivait dans cet immeuble. Rafael Ferelli.

Une lueur d'intérêt passe dans les yeux étroits.

— C'est vieux ça, dit-elle. Il est mort depuis longtemps, Monsieur Rafo.

— Je cherche sa nièce. Allegra Torres. Vous la connaissez ?

Elle la détaille avec curiosité :

— Qu'est-ce que vous lui voulez, à Madame Allegra ?

Irène tente un sourire complice :

— J'ai quelque chose pour elle.

— Elle est morte, lâche la gardienne. Ça doit faire une vingtaine d'années. C'était juste après l'accident de Lady Di. Dans le tunnel.

Diana Spencer est morte à la fin des années 90, calcule Irène. Allegra ne devait pas avoir plus d'une soixantaine d'années.

— Elle était jeune…, murmure-t-elle avec tristesse.

— C'est le cœur qui a lâché. Ça m'a fichu un coup. Je l'aimais bien, Madame Allegra. Elle n'était pas fière comme certaines. Des fois elle m'invitait chez elle, on faisait la conversation.

— À quel étage habitait-elle ? demande Irène.

— Quatrième gauche sur cour. À l'époque de Monsieur Rafo, c'était un duplex. Madame Allegra a vendu l'étage quand sa fille s'est mariée. Elle disait que c'était trop grand pour elle. Après sa mort, sa fille a loué à des Italiens. Ils venaient une fois l'an, les volets étaient toujours fermés. Ça fait mal au cœur, un bel appartement comme ça. Heureusement Madame Elvire est revenue, après son divorce.

— La fille de Madame Torres habite ici ? souffle Irène, le cœur battant.

— Pour sûr. Je l'ai vue grandir. J'avais quinze ans. J'étais au premier, chez les Pelletier. Je gardais les enfants et je faisais du ménage, les courses, un peu de couture. Des fois, Madame Allegra me laissait la petite.

Irène se demande quel âge peut avoir cette petite dame, au travail depuis l'âge de quinze ans. Elle la suit dans une cour où quelques arbres nus espèrent le printemps. La gardienne lui montre deux fenêtres à l'angle de la façade ensoleillée.

— Vous pouvez monter, si vous voulez, dit la gardienne. C'est les vacances, elle a ses enfants.

Irène fixe les rideaux rouges aux fenêtres. Quelques secondes, elle s'imagine grimper les marches, sonner à la porte. Rencontrer cette inconnue dans l'intimité familiale. Que lui dirait-elle ? Elle espérait commencer par Allegra. Sa mort rebat les cartes. Si Elvire ne sait rien de son père, Irène devra lui dévoiler la vérité. Elle ne peut arriver les mains vides, sans avoir réfléchi, préparé sa visite.

Elle se ravise.

— Je reviendrai, dit-elle.

Elle rejoint Antoine et Hanno à la sortie du musée.

— T'étais où ? demande son fils, surpris de la voir en nage.

— Je l'ai retrouvée, dit-elle, les yeux brillants.

— Qui ça ?

— La fille de Lazar.

# *Karl*

— Le voilà ! s'écrie Henning.

Sur l'écran de l'ordinateur, un jeune homme blond court entre les voitures dans une rue de Berlin, en levant un drapeau rouge. Il porte une veste en cuir et un pantalon pattes d'éléphant. Ses cheveux souples sont décoiffés par le vent, un large sourire plisse ses yeux clairs. Il n'a pas trente ans, une allure juvénile.

Irène le fixe, fascinée, jusqu'à ce qu'il passe le drapeau à un autre figurant et disparaisse du champ, comme dans une course de relais. Elle n'en revient pas. Et si c'était vraiment lui, le fils de Wita, l'enfant volé qui l'obsède depuis des mois ?

Henning a eu du mal à dénicher des images de Karl Winter. D'ordinaire, c'est lui qui tenait la caméra. Après plusieurs jours de recherches infructueuses, il a fini par découvrir sur un obscur site de cinéphiles qu'il avait participé à ce court métrage à la fin des années soixante, intitulé *Le Drapeau rouge*.

— Tu es un génie, lui dit-elle.

À la mi-janvier, un courrier de la Croix-Rouge allemande l'a informée que Otto et Irma Winter étaient morts au début des années quatre-vingt. Leur maison munichoise avait été vendue, il n'y avait pas trace d'un Karl Winter en Bavière. Il aurait fallu retrouver le notaire qui avait rédigé l'acte, mais leurs services étaient débordés, l'enquête pouvait mettre des mois à aboutir. Au même moment, Irène était accaparée par une mission urgente : rechercher les descendants de travailleurs forcés qu'une entreprise de la Hesse voulait indemniser.

Charlotte Rousseau lui a suggéré de faire appel aux volontaires. Sur le site de l'ITS, le centre venait de créer une page dédiée à la restitution des objets, sous le hashtag #stolenmemory. Certains membres de l'équipe l'avaient déjà étrennée, les premiers résultats étaient encourageants. Des gens les contactaient de plusieurs pays, séduits par l'idée de jouer les détectives amateurs. Irène a indiqué la dernière adresse connue de Karl Winter, le nom de ses parents adoptifs et sa date de naissance.

Deux mois plus tard, au milieu de réponses trop vagues ou à côté de la plaque, elle est tombée sur le message d'un médecin de Hambourg à la retraite : « J'ai connu un cinéaste qui portait ce nom à Berlin, dans les années soixante. Il avait une trentaine d'années, ça pourrait coller. » Elle lui a envoyé un mail. En 1966, pendant ses études, il avait participé à un rassemblement contre la guerre du Vietnam. Un inconnu les avait filmés. Après la manifestation, ils avaient discuté autour d'une bière. Le type leur avait dit qu'il tournait des films pour ébranler les consciences. Il ne l'avait jamais revu. Des années plus tard, un ciné-club du centre-ville passait un film de Karl Winter. En voyant le nom sur l'affiche, il s'était souvenu de lui. Il était allé voir son film avec sa petite amie de l'époque. Ils l'avaient trouvé décousu et ennuyeux. « J'en garde un bon souvenir, parce qu'on avait passé la séance à se bécoter. On était jeunes… », concluait-il.

Elle s'est dit que chercher un obscur réalisateur d'avant-garde des années soixante était un boulot pour Henning.

— Ce n'était pas très difficile, tempère son collègue. Je suis un fils de soixante-huitards, la contre-culture n'a pas de secrets pour moi. J'ai grandi dans les vapeurs d'encens et de marijuana.

— Ah, voilà d'où tu tires ce calme et cette patience de brahmane, le taquine Irène.

— Peut-être, mais alors par réaction. Mes parents étaient du style à vouloir tout péter, à l'époque. Ils se sont rencontrés en apprenant à fabriquer des cocktails Molotov ! D'ailleurs, je me demande si ça n'a pas sauté une génération… Cette nuit, les jumeaux ont fait un sit-in dans le salon. Ils réclamaient un biberon et un dessin animé.

— Tes parents ne sont pas gâteux de ces petits activistes en herbe ?

— Ma mère ne tient pas plus de deux heures avec eux, à condition d'être en plein air. Tu sais, mes parents ont beaucoup changé. Ce sont des citoyens modèles, qui trient leurs ordures et me reprochent mon éducation laxiste. Revenons à ton gars. Aujourd'hui, on l'a un peu oublié, mais à l'époque il était assez connu dans le milieu de la gauche radicale. Il a fait partie des signataires du manifeste d'Oberhausen.

— Ça ne me dit rien, avoue Irène.

— L'acte de naissance du nouveau cinéma allemand. Si je te dis Alexander Kluge, Volker Schlöndorff, Fassbinder, Margarethe von Trotta ?

Elle acquiesce, voilà des noms familiers.

— Au départ, c'était un cinéma militant et expérimental, inspiré par la Nouvelle Vague. Ils mélangeaient le documentaire et la fiction. Beaucoup de voix off, de plans fixes et d'agit-prop, sourit Henning.

— Si je comprends bien, Karl voulait changer le monde ?

— Une utopie assez répandue en 68. Mais en Allemagne, il y avait cet héritage impossible du nazisme. Les parents avaient perdu toute crédibilité aux yeux de leurs enfants, parce qu'ils avaient soutenu Hitler…

Née pendant la guerre, cette génération avait découvert les crimes de la précédente au procès d'Auschwitz. L'horreur et la stupéfaction avaient suscité une colère viscérale. Ils réclamaient des comptes. Mais leurs parents se dérobaient, le pays refusait de se confronter à son passé. Il faut dire que les anciens nazis demeuraient à tous les niveaux de la société, et jusqu'au Bundestag. Ils s'étaient convertis à ce miracle économique dans lequel les étudiants ne voyaient que mercantilisme et aliénation, la dernière mue d'un fascisme indélogeable.

— Dans les années soixante, la majorité des policiers étaient d'anciens nazis actifs, rappelle Henning. Comme la moitié des juges. Autant dire qu'ils manquaient d'impartialité pour juger les criminels de guerre…

Les médias et la presse du groupe Springer appelaient à une répression sans pitié contre les manifestants. Une partie des étudiants s'était radicalisée jusqu'à choisir la violence armée.

— Si Karl est notre enfant volé, il avait de bonnes raisons d'être en colère, murmure Irène. Même s'il avait oublié la Pologne et refoulé le reste.

— Oui, mais c'était un artiste, pas un poseur de bombes. Un sympathisant, comme on disait à l'époque. Il a continué à faire des films. Ils passaient dans des cinémas d'art et d'essai, des festivals étrangers… Aucun n'a crevé le plafond du box-office. Ensuite il a enseigné le cinéma à Berlin.

Irène est impressionnée.

— Tu crois qu'il est encore en vie ?

— Impossible à dire. Voilà la dernière info que j'ai dénichée, dit-il en lui tendant une photocopie. Ça date de 2008.

C'est une coupure de presse du journal *Sud-Ouest* sur le festival de cinéma indépendant de Bordeaux. Sur la photo, un septuagénaire pose à côté d'un grand brun aux cheveux mi-longs et à l'air décontracté, dont les yeux gris sourient derrière de fines lunettes. Le cliché est légendé : « Karl Winter, invité à l'occasion d'une rétrospective de son œuvre. Ici avec son fils, le documentariste Rudi Winter. »

Elle les regarde, le père et le fils.

Veut revoir le moment où Karl court avec son drapeau, éclaboussant la grisaille de sa joie frondeuse.

— Je ne sais pas ce que je ferais sans toi, dit-elle à Henning.

Le soir, elle roule à travers la forêt sur les routes glissantes, dans une brume épaisse que la lueur jaune de ses phares n'arrive pas à percer. Difficile d'imaginer que d'ici deux semaines, les premiers bourgeons sortiront. C'est la ruse de l'hiver de nous faire croire qu'il va durer toujours.

Elle est heureuse de retrouver l'abri de sa maison, les dessins d'enfant de son fils sur le mur, ces bonshommes aux bras et aux sourires démesurés. Elle allume un feu dans la cheminée, met l'album de Dafne Kritharas qu'Antoine et Hanno lui ont offert à Noël. La chanteuse interprète certains morceaux en judéo-espagnol. Bercée par sa voix mélodieuse, elle imagine la ville blanche aveuglée de lumière, la jeune fille debout sur les remparts. Se demande si Allegra a pensé à Thessalonique, avant de quitter ce monde.

Peu à peu, sa rêverie la ramène à l'enfant volé. Quand elle a appelé l'Académie allemande du film et de la télévision de Berlin, son interlocutrice lui a demandé de quel Winter elle parlait. Karl Winter avait pris sa retraite au début des années 2000. Il ne venait plus à la cérémonie du Prix du film allemand depuis des années, on racontait qu'il était souffrant. Son fils Rudi enseignait à l'Académie, elle lui a communiqué son mail professionnel.

Elle déniche sur le Net des articles sur ses derniers documentaires, quelques bandes-annonces. Ses films passent régulièrement sur les chaînes publiques. Elle en a vu au moins un, un portrait de Greta Thunberg. Ces dernières années, il ausculte les angoisses de la société allemande. L'écologie, l'immigration, le mal-être des habitants de l'ancienne RDA.

« Cher Monsieur, lui écrit-elle, je travaille à l'International Tracing Service où je suis chargée de retrouver les descendants d'anciens déportés. L'une de mes enquêtes en cours pourrait concerner votre père. Pourriez-vous m'accorder un moment ? Ce serait très précieux. Je peux me déplacer jusqu'à vous. »

Elle ajoute une formule de politesse et envoie le message.

Par une soirée pluvieuse et froide de la semaine de Pâques, elle l'attend dans un café de la Friesenstrasse, au sud du quartier berlinois de Kreuzberg. Le documentariste tourne à quelques rues d'ici, sur le terrain de l'ancien aéroport de Tempelhof, qui abrite depuis quelques années un centre d'accueil pour les réfugiés. Obtenir un rendez-vous n'a pas été sans mal. Sa première réponse était laconique : il trouvait sa requête intrigante mais il était en plein tournage et n'avait pas le temps. Penser à Agata qui vieillissait chaque jour, à Karl Winter qui luttait peut-être contre un cancer l'a rendue persuasive, elle a fini par obtenir gain de cause. Cela fait une heure et quart qu'elle poireaute dans ce café plein de courants d'air. Elle peut témoigner que le printemps n'est pas encore arrivé à Berlin. Quelques mois après l'attentat, la ville semble avoir retrouvé son calme, en tout cas en surface. Elle commande un autre thé à la menthe. Derrière les vitres, le crépuscule infuse son bleu profond dans le gris du ciel. Les lampadaires allument des reflets sur les trottoirs détrempés.

Au moment où elle envisage que Rudi Winter lui ait posé un lapin, une silhouette informe recouverte d'une cape de pluie s'ébroue sur le seuil du café. Une fois ôtés la toile imperméable et l'encombrant sac à dos, elle reconnaît le visage de la photo, avec quelques rides en plus, des cheveux grisonnants et une barbe de trois jours. Note qu'il ne porte plus de lunettes. Avec sa polaire et son harnachement, on dirait un randonneur de retour de trek.

— Irène Martin ? dit-il en lui tendant la main. Désolé, j'ai fini plus tard, avec cette foutue pluie.

— Vous tourniez au centre pour les réfugiés ?

— Un documentaire pour la télé, précise-t-il. Juste après l'attentat, la police est venue perquisitionner le centre, ils cherchaient un Pakistanais. Ils l'ont relâché quelques heures plus tard. Les réfugiés ne sont pas tranquilles, des bandes de fachos traînent près du centre. Ils étaient encore là ce matin. Certains puaient l'alcool à vingt mètres. Ils viennent chercher la baston, essaient de foutre le feu. Leur idée de l'hospitalité.

Irène déplore que les débats continuels sur le droit d'asile, attisés par l'extrême droite, entretiennent un climat nauséabond depuis l'attentat.

— Vous n'êtes pas venue m'écouter parler des demandeurs d'asile, la coupe Rudi Winter d'un ton pressé. Je ne connais pas l'International Tracing Service. Et je ne comprends pas bien ce que mon père vient faire dans vos enquêtes sur les déportés.

Elle sent qu'il a envie de se débarrasser d'elle. Il n'est pas réceptif, mais elle n'a guère le choix. Elle n'a pas fait ce voyage pour repartir bredouille.

Irène déplie sa serviette en papier sur la table, sort le médaillon de l'enveloppe et le dépose avec précaution devant lui.

Il observe la Vierge à l'Enfant dans sa mandorle en émail, le bleu de sa robe et l'or fané des auréoles, la chaîne en bronze noircie.

— Ce pendentif appartenait à Wita Sobieska, une détenue polonaise de Ravensbrück, lui dit-elle. Avant de la déporter, les nazis ont enlevé son petit garçon. Il n'avait pas trois ans. Je pense qu'il a été confié à un foyer Lebensborn, et adopté en Allemagne.

Maintenant, elle sent qu'il lui accorde toute son attention.

Elle ouvre délicatement le médaillon, lui montre le portrait de l'enfant :

— Sa mère a dessiné son visage. Vous voyez ? Elle a écrit son nom et sa date de naissance. Malheureusement, elle a été assassinée avant de le retrouver.

— C'est une histoire touchante, mais je ne vois pas en quoi elle me concerne, dit-il.

— Il y a de fortes chances que cet enfant soit votre père, répond-elle, ignorant son cœur qui bat la chamade.

— Non, la coupe-t-il, péremptoire. Vous vous trompez de personne. Mon père est allemand.

— Mais il a été adopté, n'est-ce pas ? insiste-t-elle. Par Otto et Irma Winter. À l'époque, ils vivaient en Prusse-Orientale. En 1944, ils ont déménagé à Munich.

La stupéfaction, dans ses yeux :

— Comment le savez-vous ?

— Après la guerre, un chercheur d'enfants qui travaillait pour une organisation alliée s'est intéressé à eux. Leur ancienne voisine avait témoigné que le petit chantait en polonais.

— Non, répète-t-il. Mon père était un orphelin allemand. J'ai vu ses papiers d'adoption. C'est indiqué dessus.

— Les SS mentaient aux parents adoptifs, dit-elle. Ils falsifiaient l'état civil des enfants. La bonne nouvelle, c'est que Wita Sobieska avait aussi une petite fille, qui a survécu en Pologne. Si votre père est d'accord, il est possible de faire pratiquer une analyse ADN. Ce serait une preuve irréfutable. Celle que l'enquêteur n'a pu obtenir à l'époque.

— C'est hors de question. Je vous défends d'emmerder mon père avec cette histoire à dormir debout, vous m'entendez ?

D'un geste brusque, il repousse le médaillon vers elle.

Son hostilité la prend de court. Le sang pulse à ses tempes et elle perd contenance :

— C'est à votre père d'en décider, vous ne croyez pas ? Peut-être qu'il a besoin de savoir d'où il vient. Peut-être que ça le hante depuis toujours. Il faudrait au moins lui poser la question.

— Si vous voulez tout savoir, mon père va très mal, répond-il d'une voix sourde. Il est atteint de la maladie d'Alzheimer. Il vit dans une clinique, et la dernière chose dont il a besoin, c'est de perturbations de ce genre ! Alors vous allez oublier votre roman policier, retourner à vos archives et nous laisser tranquilles.

Irène se lève comme s'il l'avait giflée. Une déconfiture totale. Elle enfile son manteau, la gorge serrée. Au moment de ranger le pendentif, elle se ravise et le regarde :

— Je suis désolée, pour votre père. Ce ne sont pas des choses faciles à dire, je suis sans doute maladroite. Mais c'est aussi votre histoire, votre héritage. Si votre père a été enlevé, c'est un crime qui a brisé plusieurs vies. À Varsovie, il y a une femme qui attend son frère depuis soixante-dix ans. Qui donnerait tout pour le retrouver. Je vous demande juste d'y réfléchir.

Elle s'en va, laissant le médaillon sur la table.

## *Hanka*

Les jours passent et Rudi Winter ne donne aucun signe de vie. Ce silence mine Irène. Elle finit par s'en ouvrir à Myriam.

— Tu sais, moi je le comprends, lui répond son amie. C'est violent de découvrir que les bases sur lesquelles on s'est construit sont peut-être un mensonge. Il veut protéger son père. Laisse-lui le temps de digérer tout ça.

— Et s'il refuse de connaître la vérité ? demande Irène.

— C'est son droit. Il faut que tu sois prête à l'entendre.

— Oui, mais s'il refuse, il prive Agata de la possibilité de retrouver son frère. Ce n'est pas juste.

— L'injustice, c'est ce qu'on a fait subir à ces enfants. Ton gars, il fait comme il peut avec ça. Chacun développe ses stratégies pour surmonter un traumatisme. La grand-tante de Benjamin a survécu à Auschwitz. À la Libération, elle s'est rajeunie de deux ans. Les deux années qu'elle a passées au camp, elle les a effacées, purement et simplement. Elle faisait comme si ça n'avait jamais existé. Alors on n'en parlait pas, on respectait son choix. On se disait que pour elle, c'était sans doute une question de survie.

Irène sait qu'elle a raison. Même si elle rêve de réunir Agata et son frère, elle n'est pas là pour panser leurs blessures ; juste pour restituer quelques bribes d'une histoire que les héritiers sont libres de refuser.

Cette nuit-là, dans son cauchemar, Rudi Winter ne veut plus la revoir et lui interdit d'approcher son père. Son regard gris la toise, glacial, tandis qu'elle s'acharne en vain sur les boutons de son manteau. Elle n'arrive pas à le fermer, son ventre de femme enceinte est déjà trop gros. Elle se réveille en sursaut.

En arrivant au centre, elle photocopie la lettre d'Allegra avec la traduction de Montse Trabal, et les glisse dans une enveloppe adressée à Elvire Torres. Elle lui écrit qu'elle a découvert ce courrier dans leurs archives. Elle laisse Elvire en prendre connaissance, espère qu'elle n'en sera pas trop ébranlée, et se tient à sa disposition si elle souhaite en discuter. Elle ajoute que l'International Tracing Service a également en sa possession un objet qui appartenait à Lazar Engelmann.

Elle a longuement hésité. C'est peut-être une lâcheté, mais cette fois elle ne veut rien forcer, préfère laisser Elvire venir à elle.

Le même jour, elle reçoit des nouvelles de Lucia Heller :

« Chère Irène,

Je ne sais comment vous exprimer notre reconnaissance. Les documents que vous m'avez envoyés nous bouleversent.

Vous vous excusez d'avoir retrouvé si peu de choses à Varsovie, mais vous n'imaginez pas la valeur de ces traces pour nous. Rendez-vous compte qu'il ne nous reste rien d'eux. Pas même une tombe où nous recueillir.

À travers le texte d'Eva, ma mère a retrouvé son oncle Medres, aussi doux et sage que dans sa mémoire. Elle regrette que son père soit mort avant d'avoir pu le lire, car ce frère chéri lui a manqué chaque jour de son existence. Dans la fratrie, mon grand-père était l'entrepreneur et Medres l'intellectuel. Ils s'admiraient et se chamaillaient sans cesse.

Ma mère se souvient qu'Eva était en rébellion contre sa mère. Elle gardait d'Estera l'image d'une femme réservée, attachée aux convenances. Découvrir qu'elle a pris les armes dans le ghetto a été un choc ! Dans ces heures tragiques, Estera et Eva ont fait preuve d'un grand courage. J'espère que ma fille et mes nièces s'en souviendront, et que leur exemple les rendra plus fortes.

Les passages où Eva parle de ses frères nous ont profondément émus. La dernière fois que ma mère les a vus, le plus petit ne marchait pas encore. Elle a tenu à réunir ses enfants et ses petits-enfants pour leur lire la rédaction. À la fin tout le monde pleurait, c'était comme une cérémonie en leur mémoire.

Je pense souvent à ce que vous m'avez dit. Ne pas laisser leur mort éclipser leur vie.

Grâce à vous, c'est un peu de cette vie qui nous a été rendue.

J'ai fait encadrer les photos d'Eva, pour qu'elle ait sa place au milieu de nous. J'ai beaucoup parlé de vous à ma famille, et de votre travail. Ici, tout le monde veut vous rencontrer ! Nous serions honorés si vous acceptiez de venir nous voir à Buenos Aires. »

Elle lui répond :

« Chère Lucia, Le jour où nous écoutions l'enregistrement d'Eva, je cherchais les mots qui vous consoleraient, adouciraient ce voyage vers vos disparus. Et c'est vous qui aujourd'hui me rendez la pareille, au moment où j'en ai besoin. Merci de me rappeler, avec votre sensibilité généreuse, le sens de ma mission. Celle que votre tante m'a transmise.

La vaillance d'Estera, la force d'Eva et la douceur de Medres se mêlent dans vos racines. C'est un bel héritage. Je suis sûre que vos enfants sauront y puiser l'inspiration de leurs vies d'adultes. Quant à moi, je viendrai avec joie, dès que mon travail m'en laissera le loisir. »

Le lendemain, il fait encore nuit quand elle part pour Ludwigsburg.

Quatre heures plus tard, elle sonne à la porte d'un bâtiment qui se fond avec discrétion dans le paysage. De l'extérieur, nul ne peut soupçonner qu'il est protégé par des portes blindées et des coffrages d'acier, ni qu'il conserve près de deux millions de dossiers sur les criminels nazis. L'Office central d'enquête sur les crimes du national-socialisme a été créé ici en 1958. À l'époque, la majorité de leurs auteurs vivaient au grand jour sans être inquiétés, ou avaient été amnistiés après quelques années de prison. Ils avaient recouvré leur position dans la société, exigeaient qu'on leur paye leurs arriérés de pension. La population allemande ne voulait plus de procès nazis. L'Office central, comme on l'appelle ici, a été aussi fraîchement accueilli que l'International Tracing Service. Les jeunes procureurs qu'on y transférait arrivaient dans une ville hostile où chaque journée apportait son lot d'injures et de menaces. Tout était réuni pour les décourager, s'assurer que leur action resterait symbolique. Mais leur jeunesse s'est révélée une arme à double tranchant. Ils posaient un œil neuf sur des crimes inédits par leur nature et leur ampleur. Certains étaient si ébranlés qu'ils demandaient leur rapatriement dans les premières semaines. Ceux qui restaient se montraient surprenants de pugnacité.

Jusqu'au début des années quatre-vingt, l'ITS les a aidés à réunir les preuves et à retrouver les témoins. Du jour au lendemain, Max Odermatt a décidé de leur fermer l'accès aux archives les plus complètes sur la persécution nazie. Quand elle y pense, Irène est submergée de colère. Il y a plus de dix ans que l'ancien directeur a été limogé, mais elle n'oublie pas. L'Office central continue à traquer les anciens nazis dans le monde entier, à éplucher des milliers de pages de dossiers à la recherche d'un nom, d'un indice oublié. Presque tous les criminels nazis sont morts, la plupart dans leur lit. La majorité des témoins a disparu. Les survivants ont un âge canonique, une mémoire défaillante. Aucun lieu, se dit-elle, n'incarne mieux l'imperfection de la justice, son impuissance, et la noblesse de sa mission. Car les procureurs de Ludwigsburg n'ont jamais renoncé.

Aujourd'hui, l'Office central abrite des juristes, des historiens et des archivistes. Il a été créé comme une structure provisoire dont la fermeture était repoussée sans cesse, avant de devenir une institution de l'Allemagne démocratique. C'est un lieu où la mémoire s'incarne, vivace et dérangeante. Il faut descendre dans le noir, sonder les ténèbres.

Irène est venue pour Lazar.

On l'installe dans une salle où d'autres chercheurs travaillent dans un silence monastique. Elle enfile les gants de manipulation. Plusieurs boîtes ont été disposées à son intention. Elles contiennent les témoignages du procès Kurt Franz, qui a commencé en octobre 1964 à Düsseldorf. Pendant près d'un an, on a jugé dix SS du centre de mise à mort de Treblinka. Le onzième inculpé est mort avant le début du procès. Le plus gros poisson était Kurt Franz, le dernier commandant du camp. À l'époque, il était si apprêté que les détenus le surnommaient Lalka, *la poupée*. Une poupée qui inventait toujours de nouveaux jeux pour faire souffrir avant de tuer. Après la guerre, Lalka a repris son métier de cuisinier à Düsseldorf, où il a coulé des jours tranquilles, jusqu'à ce qu'on vienne l'arrêter. Chez lui, les policiers ont découvert un album de photos de Treblinka, intitulé *Schöne Zeiten*, « Le bon temps ». Il l'avait fait durer autant que possible, avant d'aller chasser les partisans du côté de Trieste.

Parmi les hommes assis sur le banc des accusés, un ou deux avaient parfois eu un geste humain. Ils frappaient les détenus sans faire de zèle ou à contrecœur. Cette nuance leur donnait l'air d'agneaux au milieu des loups. Ils s'étaient montrés obéissants, espérant se planquer là assez longtemps pour échapper au front. Le centre de mise à mort avait fonctionné jusqu'en octobre 1943. Pendant quinze mois, la cruauté y avait été la règle, l'humanité l'anomalie. Quelques dizaines de survivants étaient là pour en témoigner, dont Lazar.

Lire son témoignage en allemand donne à Irène la sensation de se pencher sur la surface d'un lac opaque. Elle n'en distingue qu'une nappe sombre et mouvante. Dessous, il y a un gouffre qu'elle ne peut concevoir. Lazar arrache ses mots à cet abîme. Ils ne tremblent pas, se posent comme des lames sur le silence.

Il raconte la foule à l'arrivée des trains. Il se revoit dans cette foule. Hébété, enregistrant l'image de ces montagnes d'affaires dans la cour sans en comprendre le sens. La vitesse avec laquelle tout se produisait. La séparation des hommes et des femmes, le déshabillage. Sélectionné comme « Juif de travail » du camp d'en bas, il n'est jamais allé au-delà des haies de feuillages. Mais il a entendu les cris. Plus tard, il a vu les grandes excavatrices dresser vers le ciel leurs gueules pleines de cadavres. Il a respiré la puanteur des corps brûlés.

L'odeur revient parfois, comme un fantôme.

Il dit, *Nous étions des morts en sursis.*

Leur révolte est venue de cette certitude.

Les premiers mois, il était affecté au commando des trieurs. Le royaume de Lalka et de ses acolytes. Ils surgissaient à tout instant et s'acharnaient sur l'un d'eux, jusqu'à n'en laisser qu'une dépouille sanglante.

Plus tard, Lazar a été recruté dans l'équipe des charpentiers. Il a construit un zoo pour distraire le personnel SS, une fausse gare aux abords pimpants du nom d'Obermajdan, destinée à tromper les victimes. Il y avait même une horloge aux aiguilles immobiles. Il était parfois réquisitionné pour le *Tarnungskommando*, qui renouvelait le camouflage des haies. Pendant l'hiver 42-43, les convois ont drastiquement diminué. Ils devenaient des bouches inutiles. Les SS les ont affamés, provoquant une épidémie de typhus. Ceux qui ne tenaient plus les cadences étaient exécutés. Ils ont perdu des centaines de leurs camarades. Si les convois n'avaient pas repris en mars, ils seraient morts avant la révolte.

Avec précision, il détaille à la barre les tortures, les exécutions. Rend à chaque bourreau la part de sang qui lui revient. Il les désigne par leurs surnoms : Lalka, Kiwe, Frankenstein, l'Américain, l'Ange de la mort.

Ils avaient cessé de ressentir.

Un matin, à l'automne, Lalka les a envoyés en renfort sur la rampe. Un gros convoi venait d'arriver. Ils devaient se joindre au commando de Juifs de travail qui accueillait les trains. On les appelait les Bleus, parce qu'ils portaient un brassard de cette couleur. Ils déchargeaient les morts et les bagages et avaient une demi-heure pour nettoyer les wagons à bestiaux avant qu'ils repartent, libérant la voie pour les suivants.

Les SS et les *Trawnikis* attendaient sur la rampe, armés de fouets et de revolvers. Les chiens grondaient. La foule incertaine leur jetait des regards effrayés. Lazar aidait les retardataires à sauter sur le quai.

Il a vu un SS s'approcher d'une femme qui avait une petite fille dans les bras. Il était mince et costaud, avec un teint rose de bébé, des sourcils décolorés par le soleil. Les Polonais l'appelaient Kelev. En yiddish, Chien vicieux.

La fillette tenait un jouet de tissu, un pierrot. Il en avait déjà vu, à Prague. Celui-ci était sale mais elle le serrait fort. Il voyait qu'elle avait peur des hommes et des chiens.

Irène se fige à la mention du pierrot. Elle voulait découvrir son histoire, maintenant elle la redoute. Pressent qu'elle a détruit Lazar. L'espace d'une seconde, elle regrette d'être venue.

Il est trop tard.

Kelev a tendu la main pour le lui prendre, mais l'enfant s'y cramponnait. Il se souvient qu'elle répétait « *Neyn ! Neyn !* ». Et de ses grands yeux noirs, pleins de colère.

Alors Kelev a pris son pistolet et il a tiré une balle dans la tête de la mère. Elle s'est effondrée sur elle-même. En tombant avec elle, la petite a lâché le pierrot. Le SS l'a ramassé avec un sourire.

Le procureur demande au témoin si Kelev se trouve sur le banc des prévenus.

Il répond qu'il ne le reconnaît pas parmi les accusés. Il ignore son nom, mais il n'a jamais oublié son visage.

Ce jour-là, Kelev a vu qu'il regardait la petite fille pleurer près du corps de sa mère. Il lui a ordonné : « Emmène-moi ça au *Lazarett.* »

Le procureur demande au témoin d'expliquer ce qu'était le *Lazarett.*

Il répond qu'il s'agissait d'un bâtiment à ciel ouvert, entouré de haies de branchages. À l'entrée, un grand drapeau blanc avec une croix rouge simulait une infirmerie. On y conduisait les vieux, les infirmes et les malades, les enfants seuls. Tous ceux qui ralentissaient la chaîne de mort. Le *Lazarett* était l'unique horizon des « Juifs de travail ». C'était là que les SS se débarrassaient d'eux, quand ils voulaient les punir ou estimaient qu'ils avaient fait leur temps.

— Si je comprends bien, vous deviez conduire cette enfant vers un lieu d'exécution ? insiste le procureur.

— C'est exact, répond Lazar.

Il savait que derrière ces murs il y avait une fosse, où un feu était entretenu nuit et jour. Parfois, les SS envoyaient l'un d'entre eux y brûler les tas de photos et les papiers des victimes. Il avait vu ce qui arrivait aux Juifs. L'Ange de la mort donnait l'ordre aux victimes de s'asseoir au bord du trou. Vêtu d'une blouse blanche, Frankenstein passait derrière elles et leur tirait une balle dans la nuque. Leurs corps basculaient dans le brasier.

À cet instant du témoignage, ses phrases deviennent hachées, il s'interrompt souvent. Son calme s'effrite sous la déflagration du souvenir.

Il a pris la petite dans ses bras et l'a portée jusqu'au *Lazarett*. Il dit qu'elle sentait l'odeur de la peur. Elle avait des cheveux noirs et bouclés, le visage barbouillé de morve et de larmes. Il l'a consolée, l'a sentie se calmer contre lui.

Il dit, Qu'est-ce que j'aurais pu faire ?…

Ses bras la tenaient solidement, mais ils étaient inutiles. Ils ne pouvaient pas la sauver.

Il a gravé son prénom dans sa mémoire. Hanka.

Il se rappelle avoir pensé, Quand je serai sous la terre, qui se souviendra d'elle ?

Il ne pouvait imaginer survivre à Treblinka.

Quand ils sont arrivés, l'Ange de la mort gardait l'entrée du *Lazarett*. Frankenstein a surgi devant eux, avec sa blouse blanche et sa gueule hideuse.

Il a voulu lui prendre la petite, mais elle s'accrochait à Lazar. L'autre lui faisait peur, avec son regard d'assassin. Elle s'est remise à pleurer. Frankenstein lui a brisé la nuque d'un coup de crosse. Les boucles noires poissées de sang. Il a grimacé : « On ne va pas gâcher des balles pour cette merde. »

Il a emporté Hanka de l'autre côté du mur.

Lazar était pétrifié.

Avec sa voix de fausset, l'Ange de la mort lui a glissé : « Disparais, si tu ne veux pas la rejoindre au paradis d'Abraham. »

Irène ferme les yeux, le cœur au bord des lèvres. Elle le voit, foudroyé. Ses bras vides et encore tièdes.

Il dit, Chaque nuit, je l'entends. Elle hurle en moi.

C'est pour elle qu'il est là, qu'il s'inflige ça. Qu'il confronte leurs assassins.

À l'issue du procès, l'Ange de la mort et Frankenstein ont été condamnés à la prison à vie. Le premier est mort en détention. Le second a été libéré au bout de quatorze ans.

Le lendemain, dans la lumière matinale, le pierrot lui paraît si triste avec ses larmes effacées, sa bouche éteinte. Peut-être parce qu'elle sait quel fantôme il protège.

*Elle hurle en moi.*

## *Rudi*

— C'est étrange, ce mot de *Lazarett*, remarque Antoine au bout du fil. Tu sais que c'était l'endroit où on enfermait les lépreux ? Le Lazare de l'Évangile est leur patron.

— Celui que Jésus a ressuscité pour se faire mousser ?

— Le même. Les lépreux étaient vus comme des morts-vivants. Leur donner comme saint patron un type qui revenait d'entre les morts ne manquait pas d'humour.

— Noir, l'humour, dit-elle en regardant son bout de jardin, où le rayon de lune dessine des ombres chinoises.

Elle n'arrive pas à se remettre du témoignage de Lazar. Pourtant elle en a croisé des horreurs, depuis qu'elle travaille à l'ITS. C'est peut-être une de trop. Combien de crimes et de massacres l'esprit peut-il absorber avant d'être empoisonné ? Parfois, elle redoute de perdre toute confiance en ses frères humains. De ne plus les voir qu'à travers le prisme des sociologues du génocide : de futurs assassins, une fraction de Résistants, et le restant de *bystanders :* des observateurs, oscillant de la trouille à la participation active aux larcins et aux meurtres. Dans quelle catégorie se rangeraient ses voisins ? Le *jamais plus* de Treblinka est un mantra que des sourds psalmodient pour des aveugles. À quoi bon s'échiner à rendre un nom à une victime, quand partout les hommes continuent à brutaliser, exploiter, détruire tout ce qu'ils touchent ? Elle a une pensée pour Stefan, qui a prononcé des mots semblables au cœur d'une nuit froide, à Lublin.

— Tu peux me dire à quoi je sers ? demande-t-elle en allumant une cigarette.

— Ça ne va vraiment pas fort. À quoi tu sers ? Tu le sais très bien. Tu aides les gens à renouer les fils que la guerre a brisés. Tu leur rends quelque chose qui leur revient. Quelque chose d'essentiel, même s'ils ne le savent pas encore.

— Quelque chose qui peut bousiller leur vie, lâche-t-elle. Tu crois que mon vieux cinéaste Alzheimer ira mieux, si je lui révèle que les SS qui l'ont enlevé ont envoyé sa mère crever à Ravensbrück ?

— Eh bien… peut-être, réfléchit-il. Parce qu'il comprendra que sa mère ne l'a pas abandonné. Et qu'il n'était pas nécessaire de se venger sur toutes les femmes qui ont croisé sa route !

Elle rit, exhalant la fumée de sa cigarette :

— Toi, tu sais me remonter le moral. Pour ses ex, c'est un peu tard, hélas. S'il s'est vengé sur elles.

— Il n'est jamais trop tard pour devenir moins con, répond Antoine. C'est pour ça que je continue à espérer pour ma mère un chemin de Damas, ou une expérience de mort imminente. Il paraît qu'on en ressort transfiguré.

— De préférence avant qu'elle te déshérite.

— Bien sûr. Et avec ton documentariste acariâtre, où ça en est ?

— Silence radio.

— Un homme pour toi, persifle Antoine.

— Très drôle. Je me croyais maligne de lui avoir laissé le médaillon… Il va falloir que je le récupère.

— C'était une bonne idée. Toi, il peut t'envoyer chier. Un objet, c'est plus compliqué. Surtout que les tiens sont hantés.

Après avoir raccroché, elle visionne un film de Rudi Winter qu'elle a loué sur une plate-forme. Le titre a attiré son attention : *Vergissmeinnicht.* « Ne m'oublie pas », le nom allemand du myosotis. Le documentaire a été tourné à Dresde, dans une clinique pour malades d'Alzheimer où l'on a recréé un décor de la RDA, avec papier peint et mobilier d'époque. Le directeur explique que ces repères du passé rassurent les patients. Au contact d'ustensiles familiers, ils retrouvent la mémoire de certains gestes. Rudi Winter filme les visages de ces hommes et de ces femmes dont la mémoire s'émiette. Il s'attarde sur le regard d'un vieillard captivé par l'histoire que raconte sa petite-fille. Sur l'expression butée d'une dame qui refuse de sortir de sa chambre. Les larmes d'une pensionnaire, à l'écoute d'une mélodie de Chopin. Irène sent qu'il s'efforce de comprendre ce que cette maladie fait aux êtres, ce qu'elle érode ou met au jour. Sa voix accompagne certains plans : « Ils ressemblent à des îles qui se détachent peu à peu du continent. Jusqu'au moment où ils dériveront loin de nous, toutes amarres tranchées. Peut-être faut-il renoncer à ce que l'on sait d'eux. Les réapprendre, les aimer autrement. Dans leur nudité, leur fragilité, leur cruauté, leur angoisse. À travers un geste, la densité d'un instant. »

Irène se doute que ce film d'une beauté déchirante est aussi une lettre d'amour adressée à son père, *in absentia*. Il ravive en elle un sentiment d'urgence. Les mots d'Eva lui reviennent, obsédants : *Le temps que tu perds, c'est la vie de ceux qui attendent une réponse. Et cette vie est un fil fragile.*

Elle ne peut abandonner Karl et Agata. Elle doit essayer encore. Elle compose un message à l'intention de Rudi Winter, se perd dans des justifications bavardes, recommence plusieurs versions. Tous les mots lui semblent piégés, elle l'imagine les retourner contre elle. Finalement elle met tout à la poubelle et se contente de quelques lignes toutes simples. Elle lui écrit que son film l'a touchée. Qu'elle comprend qu'il ait peur pour son père. Peur de réveiller une douleur enfouie depuis si longtemps.

« À mon tour, j'aimerais partager un documentaire avec vous. L'un de ses protagonistes a fait appel à notre centre il y a quelques années. Malheureusement, nous n'avons pu lui apporter les réponses qu'il espérait. »

Le film retrace le destin de plusieurs enfants volés par les nazis. L'un d'entre eux, kidnappé en 1941 dans une ville de Lituanie, avoue que sa plus grande souffrance est d'ignorer d'où il vient. Le temps ne la guérit pas. Il voudrait savoir avant de mourir.

Deux jours plus tard, il l'appelle.

— Vous êtes têtue, dit-il, et derrière la voix bourrue, Irène sent une ouverture.

Elle l'écoute.

— Il y a trois ans, mon père était ingérable. Personne ne pouvait l'approcher. Il virait les infirmières de la chambre. Maintenant il est plus calme, comme si quelque chose avait cédé. Il est dans une clinique où l'on s'occupe bien de lui. Il décline doucement. Je ne veux pas perturber son équilibre.

— Je comprends.

— Peut-être que vous avez raison, même si votre hypothèse me paraît dingue. Mais de toute façon, pour lui, c'est trop tard. Certains jours, il ne se souvient même pas qu'il a un fils.

Il avoue qu'il voulait lui renvoyer le médaillon.

Après l'avoir emballé avec soin, il s'est rendu à la poste de son quartier. Il a réglé l'affranchissement, est reparti à pied. Il n'avait pas fait cinq cents mètres que ça a commencé à le travailler. Il a rebroussé chemin. Le postier ne comprenait rien, lui non plus.

Il dit, J'ai regardé le dessin. Ça pourrait être mon père comme n'importe quel petit blond du même âge.

Il dit, J'ai assez d'emmerdes comme ça.

— … Vous êtes libre vendredi soir ? ajoute-t-il après un silence.

— Ça dépend.

— Je n'ai pas été sympa, l'autre jour. Ça me donnerait une chance de me rattraper.

— Vraiment ? demande-t-elle. Je ne vais pas dîner à quatre heures de route sans un minimum de garantie.

— Je m'y engage. J'aimerais que vous me parliez de cette Polonaise.

Le lendemain, elle va chercher Hanno et Hermine à l'arrêt de bus. Après leurs partiels, ils ont travaillé un mois dans une brasserie pour financer un voyage en Autriche et en Italie. Ils rentrent juste et viennent passer leurs derniers jours de vacances à Bad Arolsen, avant le début du deuxième semestre universitaire. Pour fêter ça, Irène a organisé un grand dîner avec les Glaser et quelques amis de son fils.

Depuis l'attentat, Hanno lui envoie un sms tous les soirs. Une concession à son angoisse. Il n'a pas dérogé à ce rituel pendant leur voyage. Elle a reçu des messages de Vienne, de Salzbourg, de Bad Ischl, de Bolzano et de Padoue, de Vérone et de Venise. Grâce à eux, elle s'endormait chaque nuit dans une ville différente. Ses rêves s'habillaient de ciels purs et de montagnes, de lueurs fauves sur la lagune.

Elle les retrouve hâlés, enthousiastes et volubiles. Ils ont bourré leurs sacs à dos de pecorino et de saucisson truffé. En regardant Hermine s'affairer dans la cuisine et accueillir les invités, Irène s'étonne qu'elle ait trouvé sa place si naturellement dans leur intimité. On dirait qu'elle est là depuis toujours, avec son petit air décidé, sa désarmante spontanéité. À la gare, elle s'est précipitée pour l'embrasser. Irène doit s'avouer qu'elle commence à s'attacher à cette gamine. Quand elle est là, Hanno semble presque embarrassé de son bonheur. Comme s'il craignait qu'il n'indispose Irène, sorte de version importée de la Mère Courage, mariée à son job, anxieuse et monacale. Il ne perçoit d'elle que cette surface, pourtant elle est aussi tout le contraire. Libre, impulsive. Ces dernières années, elle a sacrifié des pans entiers d'elle-même pour assurer à son fils un peu de solidité. Elle s'est coulée dans un pli ancestral, elle est devenue poussiéreuse.

Plus tard, son regard embrasse la joyeuse assemblée d'amis et d'enfants que traverse le labrador des Glaser, tornade de poils blonds. Benjamin lui ressert du champagne. Elle flotte un peu.

Hanno va bien. Il est peut-être temps qu'elle s'autorise à vivre.

Elle grimpe les marches, consciente que ses efforts de coiffure sont anéantis par l'averse torrentielle qui l'a douchée en descendant de voiture. Ses cheveux dégoulinent dans son dos. Elle essuie comme elle peut les traces de mascara au coin de ses yeux, jette un coup d'œil pensif à ses bottines crottées. Elle fumerait bien mais son paquet est trempé. Tout en baies vitrées, le restaurant donne sur le Weißensee. C'était une bonne idée, peut-être pas la bonne saison.

Installé à une table, Rudi Winter contemple le lac. La salle est presque vide, à l'exception de quelques couples âgés qui en sont au dessert. Le décor exhale une mélancolie surannée, entre la maison de retraite et la Côte d'Azur en hiver.

Il se lève pour lui serrer la main, elle le voyait moins grand. Une chemise et une veste suffisent à vous changer un homme.

— Désolé pour le temps, s'excuse-t-il devant le tableau pathétique qu'elle compose. C'était une belle journée, ça s'est gâté il y a une heure…

— Au moins, on ne sera pas dérangés.

— Oui, dans un quart d'heure ils sont tous couchés.

— Vous habitez le quartier ?

— Non, je viens nager ici de temps en temps. Quand mes enfants étaient petits, on avait un appart pas très loin, à Prenzlauer Berg. Mon ex-femme adorait le quartier. À l'époque c'était encore sympa. Maintenant on n'y croise plus que des touristes, des bobos et des expatriés français.

— Quelle horreur, répond-elle en français.

— Décidément, je n'en rate pas une, grimace-t-il. Depuis quand vivez-vous en Allemagne ?

Elle s'amuse de le voir marcher sur des œufs.

— Vingt-six ans, dit-elle. Votre pays et moi, c'est une vieille histoire.

— C'était une vocation, de vous enterrer dans un bled de la Hesse pour enquêter sur les victimes du nazisme ?…

— Non, j'ai postulé pour ce travail par hasard. Et puis j'ai découvert que ça me plaisait.

— La guerre ? la coupe-t-il, perplexe.

— Chercher les gens. J'aime ça.

Il l'observe. Elle l'irritait, maintenant elle l'intrigue.

Ils commandent deux escalopes viennoises. D'après lui, le seul plat qu'ils n'arrivent pas à rater.

Dehors, la nuit estompe la limite entre le ciel et l'eau.

— Vous diriez que vous êtes une bonne enquêtrice ? l'interroge-t-il.

Elle imagine le rire d'Eva.

— Plutôt, sourit-elle. Il faut dire que j'ai été formée par la meilleure.

— C'est quoi, votre secret ? demande-t-il en lui servant un verre de vin.

Elle répond, L'instinct, et la patience. Je passe un temps fou à penser aux gens que je cherche. La nuit, le jour. En marchant, en conduisant. Mon fils me le reproche assez. Mes enquêtes sont toujours là, dans un coin de ma tête. Je suis des intuitions, je les vérifie pour voir si elles tiennent. J'essaie de relier des traces, la plupart du temps c'est laborieux. Et puis tout à coup, je sens que je brûle. C'est une fièvre très particulière.

— Je comprends ça, dit-il. Je peux tourner des journées entières avec l'impression que ce que je cherche n'est pas là. Je m'énerve, je n'arrive à rien. Et puis je fais le tour du pâté de maisons et brusquement je vois ce qui m'échappait. Je recommence la scène, et ça marche. Parfois il suffit de déplacer la caméra, de changer de point de vue. Ou bien la personne que je filme m'offre quelque chose d'insolite, et tout s'éclaire.

Maintenant, il veut qu'elle lui parle de la femme au médaillon.

À l'instant, ce qui lui vient c'est l'image de Wita, droite et nue dans la neige. C'est ainsi qu'elle a fait effraction dans sa vie, à travers l'œil d'Elsie. Alors c'est par là qu'elle commence. Ce qu'elle a tu à Agata et à sa famille, ce qu'elle cacherait à Karl Winter, elle le confie à cet inconnu.

— Elle a fait ça ? Elle est morte avec ce gosse… ? murmure-t-il.

Il veut savoir qui elle était avant ce choix essentiel. Où elle a puisé le courage de survivre à deux camps, et de mourir.

Elle sait peu de chose de la jeunesse de Wita à Lublin. Elle suppose que ses parents appartenaient à la classe moyenne cultivée, car ils ont envoyé leurs filles étudier à l'Université catholique. L'aînée était la plus ambitieuse, l'intellectuelle. Wita était belle, on devait se retourner sur elle. Et lui prédire le destin de ces jolies filles précocement fanées par la maternité, un quotidien terne et provincial. Elle avait lâché ses études pour un mariage d'amour. Se satisfaisait d'une vie simple, d'un rôle traditionnel. Plus que ça, elle embrassait cette vie. Sur les photos ou dans les souvenirs d'Agata, Wita n'apparaît pas limitée. Si la guerre ne l'avait pas réduite en miettes, sans doute aurait-elle continué à savourer cette existence pour ce qu'elle lui offrait.

Puis sont venus les orages de feu, les bombardements, la terreur. Leur horizon se rétrécissait chaque jour, fragile et vacillant. La violence éventrait le regard dans la rue. Elle ne pouvait en protéger ses enfants. Elle a envoyé sa fille chez sa sœur. À ce moment-là Varsovie lui paraissait plus sûre, évidemment c'était relatif. Cette Pologne découpée à la scie de boucher n'offrait aucun abri ; un territoire de chasseurs et de vautours. Son fils était encore petit, elle l'a gardé près d'elle. Si elle l'avait laissé à Varsovie, peut-être qu'il n'aurait pas été kidnappé. Mais qui peut savoir. Elle a cru qu'on le lui rendrait, si elle demandait gentiment. Pour les SS c'était une insolence, et son châtiment s'appelait Auschwitz. Au bout de quelques mois, elle a été transférée à Ravensbrück. Là-bas, Wita faisait partie de celles qui aidaient les autres. Elle était encore capable de tendresse, même si sa joie s'était tarie. À la place s'était formée une corne de courage et d'endurance. Une rage froide, une force.

— C'est impressionnant, ce que vous me racontez, s'enthousiasme Rudi. Vous savez, ça me passionne depuis toujours. Ces vies qui en apparence n'ont rien d'extraordinaire, qu'on frôle sans les remarquer. Si on s'approche, on se rend compte qu'on a tout faux. C'est notre regard qui les simplifie.

Elle réalise que la salle est vide, à l'exception des serveurs qui leur jettent des regards moroses.

— Venez, tirons-nous de cet endroit sinistre, dit-il en sortant sa carte bleue. On se croirait dans *L'Hôpital et ses fantômes*. Vous avez vu cette vieille série ?

Elle pouffe. Ce titre réveille des souvenirs de soirées à attendre Wilhelm, quand il voyageait pour son travail et qu'elle sursautait au moindre craquement.

Dehors, un vent frisquet a chassé la pluie. Le parking est un marécage boueux. Rudi Winter est venu en tramway, il habite dans le quartier de Kreuzberg. Elle le raccompagne en voiture. Il est encore tôt et ils n'ont pas envie de se quitter tout de suite. Elle accepte son invitation à boire un verre dans un bar, près du Landwehrkanal.

Ce soir-là, il ne parle pas de son père.

Elle le sent tiraillé, plein de questions.

Quand ils se quittent sur le trottoir, il avoue : J'aime ce pays, avec ses défauts, ses cicatrices. Il redoute de découvrir à quel point il l'a trahi.

Parce qu'il n'est pas sûr de pouvoir le lui pardonner.

## *Matias*

Quelques jours plus tard, un coursier lui apporte une grosse enveloppe postée d'Israël. À l'intérieur, elle découvre de vieilles cartes postales écrites en hébreu. Intriguée, elle fouille l'enveloppe et en sort une lettre en anglais :

« Chère Madame,

Je m'appelle Sarah Schwarz. J'habite le kibboutz des combattants du ghetto, en Galilée. Il y a quelques semaines, Ruth Greenberg est venue nous rendre visite. Elle rentrait de Pologne, où elle vous avait rencontrée au mémorial de Treblinka. Elle m'a appris que vous recherchiez un rescapé du nom de Lazar Engelmann. Il se trouve que c'était un vieil ami de mon père, Hershl Morgenstern. Ils se sont connus à Treblinka et ont participé à la révolte. Au moment de s'enfuir, ils ont jugé plus prudent de se séparer. Ils se sont retrouvés dix ans plus tard, en Israël.

Mon père avait grandi en Pologne, près de Lodz. Après son évasion, il a rejoint Varsovie où il a été caché par des partisans. C'est là qu'il a rencontré ma mère. Ils se sont mariés dans la clandestinité, et je suis née à l'hiver 1944. Il a été grièvement blessé pendant l'insurrection de Varsovie. Heureusement, un médecin courageux l'a soigné et caché jusqu'à l'arrivée des Russes. Après la guerre, nous avons émigré en Palestine. Antek Zuckerman venait de fonder le kibboutz des Combattants du ghetto avec d'autres survivants. Mon père a voulu le rejoindre et nous y avons vécu jusqu'à sa mort. J'ai le souvenir que son ami Lazar a habité chez nous pendant quelques mois. Ça devait être en 1956, car il était là à mon douzième anniversaire. À cette période, mon père et lui se voyaient beaucoup et fréquentaient d'autres survivants de Treblinka. Il y avait entre eux quelque chose de très fort que nous, leurs femmes et leurs enfants, ne pouvions partager. Ils se parlaient à voix basse quand nous étions couchés, jusque tard dans la nuit. J'étais jalouse de ces hommes à qui mon père se confiait. Avec moi, il était presque toujours silencieux.

À la fin des années cinquante, Lazar Engelmann a quitté le pays. Il n'est jamais revenu en Israël. Il envoyait des cartes postales à mon père pour garder le lien. Un soir, le téléphone a sonné très tard. Mon père nous a dit que son ami Lazar venait de l'appeler de New York. Il avait lu dans le journal des articles sur le procès Eichmann. Il s'était dit que sa place était dans ce tribunal et se sentait coupable. Quelques mois plus tard, mon père lui a écrit qu'un procureur allemand cherchait des témoins pour juger des SS de Treblinka. Cette fois, le procès devait avoir lieu en Allemagne. Mon père l'a mis en contact avec le procureur de Düsseldorf.

Lorsque Madame Greenberg m'a dit que vous cherchiez Lazar Engelmann, je me suis rappelé que j'avais ces cartes postales. Ne sachant pas si vous lisez l'hébreu, je les ai numérotées et traduites par ordre chronologique. La première a été postée de Thessalonique en 1958, la dernière en 1975, de Mar del Plata. Je crains qu'elles ne vous apprennent pas grand-chose. Lazar et mon père n'étaient pas bavards. Ce qui les unissait était au-delà des mots.

Détail étrange, à partir de la fin des années soixante, il signe d'un autre nom. J'ignore pourquoi. Peut-être s'agit-il d'un nom de guerre ?

Après la carte du mois de mai 1975, mon père n'a plus rien reçu. Il parlait quelquefois de son ami, toujours au passé, comme s'il était mort.

Chère Madame, j'espère que ces informations vous seront utiles. Si vous venez un jour en Israël, je serai heureuse de vous faire visiter notre Maison des combattants du ghetto, et de vous raconter son histoire.

Bien à vous,

Sarah Schwarz »

Irène revoit le visage de Ruth Greenberg, son chignon crêpé, ce geste élégant pour relever le col de son manteau. Elle a tenu sa promesse.

Examinant les cachets, elle retrouve la première carte. *Thessaloniki, 17 juin 1958*. La photo a été prise d'un bateau à voile dont la bôme dépasse au premier plan. Derrière, il y a la mer à perte de vue, des immeubles altiers aux balcons abrités de stores verts se reflètent dans l'eau.

Au bout du quai aveuglé de soleil, on distingue la Tour blanche. Elle imagine Allegra s'y promener avec Lazar à la tombée du soir. Irène cherche la traduction des quelques lignes en hébreu : « Mon frère, ici le soleil brûle autant que le vent. Une fille brune me parle une langue oubliée. La nuit, ses cheveux me bercent comme des vagues. Son cœur est plein de larmes et de secrets. Si je savais réparer les hommes comme les bateaux. »

La suivante a été postée de Floride à l'hiver 1959. Des voiliers en bois amarrés au ponton d'une marina paisible. « Ton vieux copain Gustav te salue, Hershl. On boit un bourbon à ta santé. Le jour, Gustav promène les touristes. La nuit, il insulte les alligators en allemand. La terre tourne vite, mon frère, pas sûr qu'elle tourne rond. Pour nous, le cadran s'est arrêté il y a longtemps. »

Elle repense à la fausse gare de Treblinka, à son horloge en trompe l'œil.

En avril 1960, Lazar envoie à Hershl une vue du pont de Brooklyn avec ce message : « Samuel ne nous a pas oubliés, mon frère. Pourtant il boit beaucoup dans cet espoir. Esther s'arrange pour qu'il retrouve son chemin chaque nuit. De ma fenêtre, je compte les étoiles au-dessus de l'East River. À les regarder briller, qui devinerait qu'elles sont mortes ? »

Ces quelques mots adossés à des vues paradisiaques distillent une poésie sombre. Le voyage de Lazar dessine un archipel de rescapés insomniaques, reliés par le trou noir de Treblinka.

À San Francisco, il écrit : « Une mendiante me demande d'où je viens. "D'où je viens n'existe plus." Elle éclate de rire, me dit qu'elle, c'est pareil. Je l'invite à manger du homard sur le port. Parfois, mon ami, la vie me tape sur l'épaule et je ne peux rien lui refuser. »

Entre cette carte et la suivante, il y a un saut de plusieurs années, un océan, un procès. Le voyage se poursuit en Europe, de Hambourg à Vienne et à Trieste. A-t-il un but, une ligne directrice ? Au dos d'une vue du port de Gênes au crépuscule, le 7 avril 1967, il confie : « Au réveil, je pense à cette fille brune aux longs cheveux. Sa peau douce et hâlée de fille grecque, de fille juive. La lumière du matin fait croire à des choses impossibles. C'est au lever du jour que les hommes inventent les dieux. Et qu'ils déclarent la guerre. *Shalom*, Hershl. Le bateau m'attend. »

Allegra. Il ne l'avait pas oubliée.

À partir de cette carte génoise, Lazar signe Matias Bárta. Le nom de ses faux papiers. Son alias de fugitif. Veut-il se cacher, disparaître ?

Le rythme des cartes s'espace. En 1970, il poste une vue de la baie illuminée de Valparaiso, avec ce message : « Mon frère, derrière chaque lueur, il y a un espoir impossible à tuer. La nuit je les compte pour trouver le sommeil. Il y a toujours un ivrogne pour brailler sous ma fenêtre. Je connais sa chanson par cœur : Tu n'es plus en vie, et tu ne peux pas mourir. »

En 1975, il poste un dernier message de Mar del Plata : « Ici, le soleil couchant a la couleur du sang. J'ai retrouvé Kelev. Lève ton verre à ma santé. *Lehaïm*, mon frère. Crois-tu que nous finirons par trouver la paix ? »

*Kelev.*

Elle relit fiévreusement les notes prises à Ludwigsburg :

Arrivée d'un convoi sur la rampe. Un SS mince et costaud, teint rose, sourcils décolorés par le soleil. Kelev. Chien vicieux. Sur le quai, il veut prendre le pierrot à la petite fille. Tire une balle dans la tête de sa mère, et ordonne à Lazar de conduire l'enfant au *Lazarett*.

Au procès de Düsseldorf, il ne se trouvait pas sur le banc des prévenus. Il ne connaît pas son vrai nom, mais n'a jamais oublié son visage, a-t-elle souligné.

Après la guerre, des milliers de criminels nazis ont trouvé refuge en Amérique du Nord, en Amérique du Sud ou au Proche-Orient, empruntant les *ratlines*, ces filières d'évasion qui passaient par le Tyrol du Sud et l'Italie, reposaient sur le concours de certains représentants du Vatican et la distraction de la Croix-Rouge internationale. La guerre froide redessinait l'échiquier politique. Beaucoup étaient prêts à tendre une main charitable aux ennemis d'hier. N'avaient-ils pas été les avant-postes de la lutte contre le communisme ? Cette opinion prédisposait les délégués suisses à accorder avec libéralité leurs documents de voyage, et certains prélats à pardonner quelques excès aux croisés d'Hitler, surtout s'ils rentraient dans le giron de l'Église. Pour les services secrets américains, leur expérience de l'Est s'avérait précieuse. Et il ne manquait pas de dictateurs en Libye, au Paraguay, au Brésil ou en Argentine pour les accueillir à bras ouverts. La *realpolitik* avait beau se planquer derrière le roman national, celui qui s'y cognait comprenait vite que le jour du Jugement n'était pas près d'arriver. Les industriels enrichis par le travail forcé prospéraient à l'abri des démocraties, la science se félicitait discrètement des progrès accomplis grâce aux expériences des camps, on recyclait le savoir-faire des génocidaires pour d'autres conflits. Les cendres des victimes étaient balayées sur l'autel de nouvelles alliances et de marchés prometteurs.

En 1975, Lazar ne devait plus se faire trop d'illusions sur la justice des Alliés. Le soleil rouge qu'il évoque dans sa dernière carte est-il celui de la vengeance ? Elle a du mal à l'imaginer dans la peau d'un justicier. Vers qui aurait-il pu se tourner ?

Elle va marcher dans le parc, allume une cigarette. C'est à peine si elle perçoit les premières senteurs du printemps, les chants d'oiseaux. Concentrée, elle revisite l'itinéraire de Lazar après son évasion. La forêt, l'arrestation, Buchenwald, l'hôpital, le camp DP de Linz. Son regard s'éclaire.

Elle appelle le centre Simon Wiesenthal à Los Angeles et demande s'ils ont un dossier au nom de Lazar Engelmann ou de Matias Bárta. Si le rescapé a rencontré Wiesenthal à Linz, il est plausible qu'il ait pensé à lui trente ans plus tard, en croisant le chemin de Kelev, le Chien vicieux de Treblinka.

Sur la messagerie de son portable, la voix hésite : « Bonjour… C'est Elvire Torres à l'appareil. J'ai reçu la lettre que vous m'avez envoyée et je… J'aimerais vous parler. Rappelez-moi quand vous pourrez, plutôt le soir. Merci. »

Elle lui téléphone à la tombée de la nuit. Au début elle l'entend mal, à cause du tonnerre et du crépitement de la pluie sur les dalles de la terrasse. Les orages de printemps transforment son bout de jardin en rizière. « Six mois d'hiver et maintenant, la pluie », grimace Charlotte Rousseau chaque matin en repliant son parapluie ruisselant.

— Je n'ai pas compris comment cette lettre était en votre possession, lui dit Elvire au bout du fil.

— Votre mère l'a envoyée à Yad Vashem qui nous l'a transmise à la fin des années soixante-dix. Si je n'avais pas fait une recherche sur Lazar Engelmann, on ne l'aurait peut-être jamais ouverte.

— Est-ce indiscret de vous demander pourquoi vous enquêtez sur lui ?

— Je suis chargée de restituer des objets dont le centre d'archives a hérité. L'un d'eux appartenait à votre père.

— Excusez-moi, l'interrompt Elvire, j'ai du mal avec ce mot. Vous savez, c'est un choc… que la vérité arrive maintenant, comme ça… Ma mère n'a jamais voulu me dire qui c'était. Je me doutais que c'était un survivant des camps. Je crois que je l'ai toujours su.

Un silence.

— Cette lettre, ce n'est pas seulement lui, vous comprenez. C'est elle. Tout ce qu'elle m'a caché.

— Bien sûr.

— … Vous croyez qu'on pourrait se rencontrer ? demande Elvire après un silence. Si j'ai bien compris, vous vivez en Allemagne ? En ce moment je croule sous le travail, c'est compliqué de faire le voyage…

— Je peux me déplacer à Paris, répond Irène.

Après la conversation, elle est trop excitée pour dormir. Elle rassemble ses notes sur Lazar, les photocopies des documents de l'ITS, les cartes postales. Les étale sur son bureau comme les pièces d'un puzzle. Elle s'impatiente, ça ne lui suffit pas. Elle descend, remet une bûche dans la cheminée, cherche les DVD de *Shoah* dans sa bibliothèque.

Pour se rapprocher de Lazar, elle a besoin d'écouter ses compagnons de misère. Les *Sonderkommandos* de Birkenau, qu'on obligeait à dormir au-dessus des crématoires. Le coiffeur de Treblinka, l'enfant chanteur de Chełmno. Leurs visages, leurs regards nus, leurs sourires brisés, ces mots qu'ils prononcent en sachant le mal qu'ils vont se faire. Elle sent qu'ils parlent depuis un lieu qui n'est pas la mort, mais plus la vie. Ils sont des revenants. Derniers témoins de ceux qu'on a réduits en cendres, archives vivantes de leurs derniers souffles, de leurs gestes de résistance au bord du gouffre, de leur nuit. Toujours ils les retiennent par l'épaule et les obligent à se retourner, ceux qui couraient le cœur au bord des lèvres ; celles qui attendaient en serrant le corps chaud de leur petit dernier. Celles qui riaient au visage des gardes. Ceux qui chantaient l'hymne tchèque en entrant dans la chambre à gaz. Celle qui s'est battue nue, jusqu'à la mort, contre des hommes armés. Celle encore qui a dit : Tu n'as pas le droit de te tuer, sinon personne ne saura comment je suis morte.

Deux Juifs de Chełmno confient à Lanzmann que les SS les obligeaient à appeler les cadavres qu'ils brûlaient *Figuren*, *Schmatès* : marionnettes, chiffons. Ce mot la fait tressaillir. Elle revoit le matricule que Lazar a tracé sur le ventre du pierrot à Buchenwald. Ce n'était pas seulement une relique arrachée au néant, c'était son reflet. Un *Schmatès* que se disputaient la vie et la mort.

À l'instant où elle va arrêter le film, sa main s'immobilise sur la télécommande : à l'écran, un rescapé tchèque raconte la morte-saison de Treblinka. Cet hiver 1943 où il n'y avait presque plus de transports et plus rien à manger. Le typhus les emportait un à un, ils perdaient l'espoir. Ils ne tiendraient pas jusqu'à la révolte. Un soir, au début du mois de mars, Lalka, le tortionnaire au visage de poupée, est venu leur annoncer que les convois reprenaient. Ils ont éprouvé un soulagement terrible, à l'idée que le lendemain c'en serait fini de la faim.

Au matin, dit-il, ils ont vu arriver un train qui venait de Salonique.

Elle se redresse.

Des Juifs aisés, des Balkans et de Macédoine, voyageant dans des compartiments pleins de victuailles, de linge luxueux, de tapis d'Orient.

Il se souvient que ses compagnons et lui portaient des caisses de biscuits et de confiture et qu'ils ont fait exprès de les renverser, trébuchant les uns sur les autres pour en attraper à pleines mains, s'en remplir la bouche. Ensuite, ils ont été submergés de honte et d'impuissance.

C'est en voyant ces gens qu'ils ont pris conscience qu'ils étaient les ouvriers de l'usine de mort, dépendants de son rendement.

Les arrivants ne ressemblaient pas aux Juifs d'Europe de l'Est. Ils étaient solides, rayonnants de beauté et de santé.

Sur deux mille quatre cents personnes, il ne se rappelle pas avoir vu un malade ou un infirme. Ils n'avaient aucune idée du sort qui les attendait. Leur innocence était totale.

Eux savaient que quelques heures plus tard ils seraient froids. *Figuren*, *Schmatès*.

Jamais la chaîne d'abattage n'avait aussi bien tourné, avec autant de rapidité, de perfection.

Il dit que c'est ce jour-là qu'ils ont su qu'ils trouveraient la force. Ils devaient détruire la machine de mort, quel qu'en soit le prix.

L'adrénaline se mêle à la fatigue. Avant de monter s'écrouler sur son lit, elle attrape son carnet et entoure le mot *Salonique* d'un cercle rouge.

## *Elvire*

En ces premiers jours de mai, une canicule précoce chauffe la ville à blanc. Elle est venue directement de l'aéroport, en nage dans la robe bleue qu'elle a choisie pour se porter chance. Des notes de piano montaient des fenêtres de la cage d'escalier. Dans la cour, un rai de soleil revigorait un olivier engourdi par l'hiver. En grimpant les marches, elle s'est dit qu'il devait être agréable d'habiter cette oasis au cœur de Paris.

Elvire Torres a pris sa journée pour la recevoir. Elle a beau avoir presque la soixantaine, son visage plein est à peine marqué, ses cheveux d'un roux lumineux dégradés en carré souple, ses lèvres minces rehaussées de rouge à lèvres. Elle dégage de l'assurance, mais aussi de la fébrilité. Il y a un voile d'inquiétude dans ses yeux noirs. Le regard d'Irène embrasse le grand salon, les meubles anciens et les poutres apparentes égayés par un mur vert anis et un autre cramoisi, pour s'arrêter sur le piano à queue, près duquel un chat gris somnole sur un coussin.

— C'est vous que j'entendais jouer, sourit-elle.

Elvire lui avoue qu'elle a dû attendre la mort de sa mère pour prendre des cours. Elle en rêvait depuis l'enfance mais toute mention de l'instrument assombrissait les siens. Elle avait fini par comprendre qu'une grand-mère qu'elle n'avait pas connue, et dont elle portait le prénom, y était à jamais associée.

— Ma grand-mère maternelle, dit-elle en lui tendant le portrait sépia d'une petite fille en robe bleue, chaussée de minuscules chaussures vernies, qui fixe le photographe d'un air espiègle, un nœud de satin clair dans les cheveux. Elle a deux ans. Un an plus tard, elle commençait le piano.

— Votre mère vous parlait d'elle ?

— Pas beaucoup.

Parmi les rares trésors que l'oncle Rafo avait réussi à sauver, il y avait des clichés de fêtes familiales à Salonique, et une photo du mariage des parents d'Allegra. Elvire les trouvait incroyablement beaux, d'un chic étourdissant. Cette mariée vêtue à la dernière mode de Paris la fascinait, avec son joli diadème perlé et son sourire rêveur. Elle n'arrivait pas à combler les blancs entre la petite fille au nœud, l'enfant pianiste et la jeune épouse. Après cette photo, il n'y avait rien. Une béance. De cet élégant jeune mari aux cheveux gominés, un camélia à la boutonnière, elle connaissait le prénom, Albert. Outre le *djudyo*, il parlait grec, turc, français et italien, et voyageait à travers l'Europe pour son commerce de tissus. Elle aurait aimé en savoir plus, mais sa mère ne pouvait les évoquer sans se fermer.

— Alors je n'osais plus poser de questions. Quand j'étais petite, c'était étrange. Je ne savais pas que j'étais juive. Ma Vava, ma seule grand-mère encore en vie, était grecque et chrétienne. On la voyait une ou deux fois par an, quand elle venait à Paris.

— Anastasia, se rappelle Irène, touchée que le lien entre cette femme et l'enfant qu'elle avait sauvée ait perduré jusqu'à Elvire.

— C'est ça. Je l'adorais, elle me gâtait beaucoup. J'appelais « *tio* » et « *tia* » tous les amis de l'oncle Rafo, et je croyais que Vava était ma vraie grand-mère. Mais je savais que l'oncle Rafo était juif, comme la plupart de ses amis. Ils n'étaient pas tous pratiquants mais ils fêtaient *Pessah*, *Yom Kippour*... On allumait les bougies pour *Hanouka*, et on avait aussi un arbre de Noël. Mes copines d'école étaient catholiques, et ma mère m'emmenait de temps en temps à l'église orthodoxe. Tout ça, pour moi, c'était un peu compliqué.

— J'imagine, dit Irène.

— Ma mère a refusé que je fasse ma première communion, comme mes copines. J'ai trouvé ça injuste, parce que je voulais la jolie robe, et la pièce montée avec la petite communiante. J'ai compris à la mort de Vava, quand ma mère m'a emmenée à Thessalonique.

Elvire n'en garde pas un bon souvenir. Cette ville l'agressait par son vacarme continuel, ces gifles de vent et de lumière, la chaleur de plomb dès le réveil. Elle se plaignait de la soif, de la fatigue, du mal de mer. Pensive, elle s'arrête sur le double sens. Le mal de mère. Là-bas, c'est vrai que sa mère était différente. Nerveuse, à fleur de peau, comme si elle n'était pas tout à fait là, avec elle. Maintenant qu'elle a lu la lettre, elle comprend. Ceux qu'elle avait quittés l'accueillaient comme une étrangère.

Elle imagine combien cela a dû être douloureux pour elle. La veille de leur départ, Allegra l'a traînée dans les rues en pente, chagrine et ensommeillée, jusqu'aux remparts qui surplombaient la baie. Elle lui a montré les toits des villas où elle allait goûter, petite fille, les taches vertes des jardins où elle jouait à cache-cache avec ses cousins. Ici, lui a-t-elle dit, nous étions chez nous. Nous étions heureux.

Ce jour-là, elle a évoqué les soldats allemands qui avaient chassé les Juifs de leurs maisons avant de les envoyer mourir dans un camp de Pologne. Elle lui a révélé, avec un mélange de brutalité et de tristesse, que Vava n'était pas sa grand-mère. À douze ans, Elvire a su que rien ne serait plus pareil. Le monde rassurant où elle avait grandi se fissurait devant elle.

À leur retour, Allegra ne voulait plus parler de la guerre. Elle est redevenue cette femme flamboyante dont on ne pouvait soupçonner les blessures. Elle qui avait tant souffert du silence n'a pas réussi à s'en délivrer.

— Cette lettre, balbutie Elvire. La découvrir vulnérable, amoureuse…

Elle avoue que la lire l'a apaisée, réconciliée avec sa mère.

— Je ne comprenais pas qu'elle continue à le protéger, contre sa propre fille ! Un homme qui l'avait abandonnée enceinte… Maintenant je sais qu'il n'était pas au courant. C'est idiot, mais ça m'a fait du bien.

À mesure que la conversation dérive vers Lazar, Irène prend conscience de son sac posé près d'elle, et du pierrot à l'intérieur.

— Vous croyez qu'il l'a aimée ? demande Elvire.

— Certainement. Il avait perdu les siens. Pour lui, s'attacher à quelqu'un c'était revivre ce déchirement. Risquer de perdre à nouveau. Malgré ça, je crois qu'il a vraiment aimé votre mère.

Irène évoque les cartes postales et les traces de cet amour, jusqu'au bout.

— Elle avait un charme fou, sourit Elvire.

Elle va chercher des photos, les lui tend. Sur la première, une jeune femme brune rit à gorge déployée devant la Seine. Ses longs cheveux ondulés dansent dans le vent. Son regard exprime une joie sauvage et une forme de plénitude. Sur la seconde, Allegra a une cinquantaine d'années, des cheveux courts ébouriffés. Elle porte un pull marin à larges côtes. Affublée d'un nez de clown, elle tire la langue à un petit garçon hilare. Elle se tient de profil, accroupie devant l'enfant à qui elle ouvre les bras.

— On fêtait les trois ans de mon fils, précise Elvire.

— Ils ont l'air complices.

— C'était une association de malfaiteurs. Ma mère était gâteuse de Raphaël.

— Vous l'avez appelé comme votre grand-oncle ?

— Peut-être pour me faire pardonner d'avoir épousé un goy, ironise-t-elle. Ma mère ne me le reprochait pas, mais je sentais que ça la chagrinait…

Allegra ne lui a jamais dit ce qu'être juive signifiait pour elle. Était-ce une loyauté sacrée envers les siens, un lien affectif et spirituel ? Enfant, Elvire aurait eu besoin qu'elle l'aide à apprivoiser ce mot, qui lui apparaissait flou et inquiétant. Autour d'elle, personne ne la poussait à se revendiquer telle. Mais dès qu'elle s'éloignait, elle sentait qu'elle les blessait.

— Parlez-moi de lui, demande-t-elle.

Elle ne dit pas *mon père*. Elle n'y arrive pas.

Ébauchant le portrait de l'étudiant devenu charpentier, Irène a le sentiment d'avoir marché sur ses pas sans qu'il se révèle entièrement à elle. Elle a eu peur et mal pour lui. Elle a fait un long voyage à sa recherche, espère encore quelques réponses. Elle n'envisageait pas de se tenir devant cette inconnue et de lui donner le pierrot sans explications.

— Il vivait à Prague avec sa famille ? l'interroge Elvire.

Irène acquiesce et lui montre la photocopie de son questionnaire d'après-guerre.

— Il mentionne ses parents, et un oncle. Ils ont été transférés ensemble au ghetto de Theresienstadt. Un mois plus tard, lui a été déporté à Treblinka. Ici, vous voyez, il précise qu'ils sont tous morts. Ils étaient peut-être dans le même train. À l'arrivée, il a été sélectionné parmi les Juifs de travail.

Le visage d'Elvire se trouble. Elle a entendu parler de ces hommes qui brûlaient les cadavres. Les *Sonderkommandos*.

Irène lui explique que ce terme était réservé aux déportés de Birkenau qui travaillaient aux chambres à gaz et aux crématoires. À Treblinka, on les désignait par le mot *Arbeitsjuden*, Juifs de travail. Ceux du « camp d'en haut » aidaient les victimes à se déshabiller, enterraient ou brûlaient les corps. Lazar, lui, triait les affaires des morts.

Elle sent que cette idée la dérange.

— Vous savez, ils n'avaient le choix qu'entre la mort et le sursis... Au plus tard, les SS les auraient exécutés à la fermeture du camp. S'il y a eu des survivants, c'est parce qu'ils ont trouvé la force de se dresser contre leurs bourreaux. Puis certains ont réussi à s'enfuir, et à survivre à tous les dangers qui les guettaient en Pologne. Ces hommes ont résisté de toutes leurs forces à l'anéantissement. Ils sont devenus les gardiens de ceux qu'ils avaient vus marcher vers la mort. Ce fardeau écrasant, ils l'ont porté le restant de leur vie.

— Ça me soulage qu'il n'ait pas travaillé dans les chambres à gaz, murmure Elvire, après un silence.

— On ne peut pas imaginer ce que vivaient les *fossoyeurs*, dit doucement Irène. Enterrer leurs semblables, leurs femmes, leurs enfants. On leur demandait de tamiser les cendres pour les mélanger à la terre. Il ne devait rien rester des victimes. Ils travaillaient sous la surveillance des SS, qui les tuaient au moindre faux pas. Malgré ça, ils sont arrivés à enterrer des corps entiers, avec des messages où ils racontaient la vérité.

Elvire l'ignorait. Elle n'a pas lu leurs témoignages, craignant de ne jamais s'en remettre.

— Je comprends, répond Irène. Mais vous seriez surprise de l'humanité qu'ils recèlent.

Elle évoque la morte-saison du camp, l'arrivée du convoi de Salonique.

— Vous croyez que c'est la culpabilité qui l'a conduit là-bas ? demande Elvire.

— Peut-être.

Elvire semble abîmée dans ses pensées. Elle fixe les deux photos de Lazar, celle de Buchenwald et celle de l'après-guerre.

— Je trouve que mon fils lui ressemble, dit-elle, les larmes aux yeux.

Plus tard elles boivent une citronnade, parlent de choses légères et quotidiennes, se découvrent des points communs de mères divorcées. Elles ont de grands enfants, un bilan amoureux dont elles préfèrent sourire. Elvire occupe un poste à responsabilité, elle gagne bien sa vie. Depuis son divorce, elle a le sentiment que son indépendance effraie les hommes.

Elle est remuée de découvrir le visage de ce père à qui elle invente des vies depuis l'enfance. Au collège, elle rêvait qu'il venait l'attendre au volant d'une décapotable. Elle l'imaginait en aventurier, chemise italienne et lunettes de soleil, entre Al Pacino et Robert De Niro. Échafaudait des alibis extravagants pour que son absence ne soit pas un abandon. Il était en prison, retenu dans un pays lointain, un choc l'avait laissé amnésique. Elle fouillait dans les tiroirs de sa mère, scrutait le visage de ses relations masculines. Allegra protégeait ses secrets. Lasse qu'Elvire la harcèle, elle avait laissé échapper un jour que *lui aussi, la guerre l'avait esquinté.*

— Il est décédé, n'est-ce pas ? interroge-t-elle, et son regard laisse affleurer l'espérance qu'on la détrompe.

— Je pense qu'il est mort dans les années soixante-dix, même si je n'en ai pas la preuve.

Elle accuse le coup.

— S'il avait reçu la lettre de ma mère à temps, peut-être… Enfin ça ne sert à rien de refaire l'histoire. Vous parliez d'un objet, dans votre courrier.

Irène ouvre son sac et sort délicatement de l'enveloppe le pierrot à la collerette fanée, si défraîchi qu'on ne peut se figurer qu'il a été beau. Elle le dépose dans les mains d'Elvire.

Elle reste muette devant ce jouet d'enfant.

— Regardez sous son habit blanc.

Elvire tressaille en découvrant les chiffres, les effleure du bout des doigts.

Elle veut savoir pourquoi, ce que ça signifie.

Il est temps de délivrer le fantôme emprisonné dans la trame de coton terni.

À mesure qu'Irène remonte vers la rampe de Treblinka, l'air semble se densifier autour d'elles. Elvire l'écoute, ses mains se crispent sur le tissu. Elle est insoutenable, l'histoire de cette gosse tuée dans les bras de Lazar. Irène ne peut l'adoucir ou lui donner une fin heureuse. Le père qu'il aurait pu être a été assassiné avec Hanka, ce jour-là. Elle n'a pas besoin de le dire pour que Elvire l'entende.

Entre elle et lui, il y a toujours eu cette petite fille.

Ne restent que les larmes.

## *Max*

Quand elle pousse la porte, l'appartement a un air pimpant qu'elle ne lui connaît pas. Hilare et longiligne, Antoine lui tend un verre de bourgogne.

— Je me suis dit qu'il était temps que tu rencontres Pierre.

Un beau brun en chemise de lin, tablier noir et pantalon à pinces se penche pour l'embrasser, un grand sourire aux lèvres. Elle s'amuse de voir Antoine, qu'elle a toujours vu se nourrir de boîtes de conserve et d'œufs au plat, épris d'un homme qui cuisine et se met en frais pour recevoir. Elle devrait bien s'entendre avec cet universitaire à la rondeur épicurienne, qu'on imagine davantage au volant d'une berline familiale que plongé dans les archives du gouvernement de Vichy. Pourtant, il y passe le plus clair de son temps.

Il explique à Irène combien les documents administratifs de l'époque sont glaçants. Une note griffonnée au bas d'un formulaire révèle l'opportunisme d'un fonctionnaire, l'absence d'empathie pour les populations pourchassées que son autographe condamne à la mendicité, à l'exil ou à la déportation. La sécheresse de ces traces de papier est un couperet. Elle dément les justifications d'après-guerre. On n'y déchiffre aucune velléité de sauver, mais une indifférence meurtrière.

— Les archives ne mentent pas, sourit Pierre. C'est pour ça que tant de gens s'évertuent à les garder sous clef.

— Irène en sait quelque chose…, dit Antoine. Raconte à Pierre la bataille de l'ouverture des fonds de l'ITS. Il va adorer.

Elle évoque les années où elle travaillait pour Max Odermatt, dans un climat empoisonné où toute initiative était découragée, voire suspecte. Tant qu'Eva était en vie, elle s'en était accommodée, parce que son amie savait contourner les règles. À sa mort, une lassitude l'avait gagnée, l'épuisement de devoir toujours lutter contre le courant, les lenteurs bureaucratiques et les lubies du directeur. Elle confie à Pierre que ce dernier se vantait de n'embaucher aucun diplômé, et interdisait aux employés de communiquer sur leurs enquêtes en cours. Y compris en interne.

— Ça revenait à saboter leur travail ! lâche-t-il, sidéré.

— Il divisait pour mieux régner, répond Irène. Il considérait l'ITS comme son domaine réservé.

— Tu oublies qu'il devait rendre des comptes, objecte Antoine. Il bossait tout de même pour le Comité international de la Croix-Rouge ! Et au-dessus, il y avait une commission internationale…

— Il refusait aussi de fournir des documents aux procureurs qui travaillaient sur les crimes nazis, ajoute-t-elle à l'intention de Pierre. Au nom de la neutralité de la Croix-Rouge.

— Parlons-en, ironise Antoine. Pendant la guerre, elle avait une fâcheuse tendance à pencher d'un côté !

Complaisants envers les dignitaires nazis, les délégués suisses avaient refusé de protester contre les déportations. Ceux qui visitaient les camps ne trouvaient rien à redire aux conditions d'internement. Une cécité diplomatique nourrie par l'antisémitisme, pointe Antoine. La neutralité s'arrangeait de ces compromissions. À la Libération, la Croix-Rouge internationale s'était donné beaucoup de mal pour qu'on les oublie. Administrer l'ITS participait d'ailleurs de cette volonté. Les délégués avaient œuvré pour construire une paix durable, et faire ratifier de nouveaux accords de Genève. Mais l'humanitaire n'excluait pas d'avoir un agenda politique. Dans la guerre froide, le CICR avait choisi son camp depuis longtemps.

Irène se lève pour fumer à la fenêtre.

— Dans les années 80, réfléchit-elle, on commençait à parler d'étendre les réparations aux travailleurs forcés.

— Pour l'Allemagne, c'était un enjeu financier considérable, remarque Pierre, se prenant au jeu. Et si Odermatt avait freiné les enquêtes pour retarder le paiement des compensations ? Jouer la montre en attendant que les gens meurent ?

— C'était l'hypothèse d'Eva. À son arrivée, le délai de réponse est passé de quelques mois à plusieurs années. Après la chute du Mur, on a été inondés de courrier des anciens pays communistes. Il y avait un arriéré de près de quatre cent mille lettres…

C'est à ce moment-là que Paul Shapiro est entré en scène. Pendant dix ans, le directeur du Musée de l'Holocauste de Washington a tenté de convaincre la Commission internationale d'ouvrir les fonds de l'ITS aux survivants et aux chercheurs. Mais il avait beau descendre d'une famille décimée par la Shoah, les représentants internationaux haussaient les sourcils devant cette requête déplacée. Parmi les onze pays qui tenaient le sort des archives entre leurs mains, la majorité ne s'y intéressait guère. D'autres, comme la France et l'Allemagne, étaient déterminés à ce que leurs secrets restent enfermés dans les placards. Ils s'opposaient à l'ouverture, sous couvert de protection des données privées.

— Nous, on était tenus à l'écart de tout ça. Jusqu'au jour où Shapiro a obtenu l'autorisation de visiter l'ITS avec des membres de la Commission internationale. On avait reçu la consigne de ne pas répondre à ses questions. Tout le monde était gêné. Une ambiance de voyage officiel en URSS ! Il réclamait une liste des fonds, Odermatt prétendait qu'il n'y en avait aucune... De guerre lasse, Shapiro a mobilisé les associations de déportés et les médias. Il a déclaré qu'interdire l'accès à ces documents inestimables relevait du négationnisme. Ça m'a fait un tel choc que je suis tombée malade.

— Je m'en souviens, dit Antoine. Tu étais clouée au lit avec 39 de fièvre.

— J'étais à l'ITS depuis plus de dix ans. Eva venait de mourir. Cet article m'a réveillée. J'ai réalisé que le centre privait les survivants de réponses cruciales. Beaucoup sont morts dans cette attente... Je ne l'oublierai jamais.

Paul Shapiro a fini par triompher de la mauvaise volonté de ses interlocuteurs. L'élection d'Angela Merkel a été décisive. Sa nouvelle ministre de la Justice a levé les derniers obstacles juridiques. Voyant la partie perdue, le Comité international de la Croix-Rouge s'est retiré du jeu.

— Quelle histoire ! s'écrie Pierre. Au moins, elle finit bien. Ce n'est pas toujours le cas.

— C'est vrai. Aujourd'hui nos portes sont ouvertes aux chercheurs et aux descendants, des professeurs viennent avec leurs classes… Quand je les croise, je pense aux anciens déportés qui travaillaient là, après la guerre. Je me dis qu'ils seraient heureux de voir ça.

Même s'il avait aussi été une arme dans la guerre froide, le centre avait toujours abrité des enquêteurs consciencieux, dévoués envers les victimes. Ils sont le vrai visage de l'ITS, songe-t-elle en contemplant le Dôme illuminé à travers la vitre. Nous sommes ce qui reste, en définitive.

Pierre s'émerveille que dans un monde régi par le profit, un centre d'archives international se consacre à restituer des objets sans valeur marchande.

— C'est un projet magnifique, souligne-t-il.

— Quand la directrice m'a confié cette mission, j'ai eu peur, parce qu'elle impliquait de rencontrer les descendants. De fait, ces rencontres ne sont jamais ce que j'imaginais. Elles sont plus complexes et imprévisibles, plus intenses…

Sa pensée s'égare vers le beau visage de Lucia, l'émotion d'Agata et d'Elvire à l'évocation de leurs disparus.

Le trouble de Rudi Winter, quand ils se sont quittés dans cette rue berlinoise.

— Aujourd'hui, je ne regrette pas d'avoir accepté. Même si j'ignore l'impact que ces objets auront sur eux. Antoine prétend qu'ils sont hantés ; il a raison.

## *Rudi*

— Alors, Gabrovo, c'était comment ? demande Irène à Henning en relevant le store de son bureau.

— Humide. Joli.

Il lui décrit les monastères orthodoxes à flanc de montagne, les chanteuses bulgares aux cheveux nattés sous leurs couronnes de fleurs, les venelles pavées serpentant entre les maisons de bois.

— Tout ça sous une pluie froide et persistante. Et la fille de mon déporté était si émue qu'elle sanglotait. Heureusement, j'avais apporté des mouchoirs.

Elle s'étonne de le trouver rajeuni, sous le taillis de ses cheveux roux. Il a même le teint légèrement hâlé, lui qui ne bronze pas.

— Ça te réussit en tout cas. Tu as une mine superbe.

L'observant plus attentivement, elle constate la disparition des cernes.

— Les jumeaux font des nuits complètes… ?

Il hoche la tête, avec un sourire qui hésite entre le triomphe et la prudence. Il avait obtenu de haute lutte que ses parents les gardent pendant son absence. Le premier soir, ils étaient à deux doigts de les confier aux services sociaux. Le lendemain, sa mère a trafiqué la conque MP3 qu'Irène leur avait offerte pour y télécharger des contes de Grimm. Une heure plus tard, ils dormaient à poings fermés. Le miracle s'est reproduit les nuits suivantes. Alors que les sons du ventre maternel les rendaient nerveux, les petites ogresses décapitées ou les enfants engraissés dans la cage font merveille.

— Et toi, tu as retrouvé ton rescapé tchèque ? s'enquiert-il.

— Le gars du Centre Wiesenthal m'a rappelée hier.

Au printemps 1975, Lazar a bien contacté Wiesenthal, pour lui confier qu'il avait reconnu un ancien meurtrier de Treblinka dans un bar de Mar del Plata. L'homme dirigeait une conserverie près du port et se faisait appeler Guillermo Cabral. Il parlait avec un fort accent allemand et présentait une particularité physique impossible à oublier : sa peau et ses sourcils semblaient avoir décoloré au soleil. Wiesenthal pensait qu'il pouvait s'agir de Lothar Kunz, un SS bavarois évanoui dans la nature après la guerre. Il avait fait ses preuves à Hadamar, dans le cadre de la politique de mise à mort des handicapés et des malades mentaux, avant d'être affecté à Treblinka. À la fermeture du centre de mise à mort, il avait suivi sa hiérarchie à Trieste. Capturé par les Américains, il s'était évadé de son camp de prisonniers.

Wiesenthal conseillait à Lazar la plus grande prudence. La mort de Perón avait livré l'Argentine à l'escalade de la violence. L'instabilité politique était favorable aux militaires, dont on connaissait la proximité avec les anciens nazis. Au nom du droit d'asile, le pays protégeait les criminels de guerre et refusait de les extrader. Il fallait patienter, réunir des preuves solides.

Quelques semaines plus tard, Lazar lui a fait parvenir des clichés de Cabral pris au téléobjectif. Wiesenthal les a comparés avec la photo d'identité du *SS Ausweis* de Lothar Kunz. Sur l'un d'eux, la ressemblance était frappante. Lazar a manqué leur rendez-vous téléphonique suivant.

Au début du mois de mai, le chasseur de nazis est tombé sur un article du quotidien argentin *La Capital*. On avait retrouvé Guillermo Cabral assassiné au rez-de-chaussée de sa villa, près du corps sans vie d'un charpentier de marine nommé Matias Bárta. Une balle de Luger avait traversé l'épaule de ce dernier, une autre lui avait éraflé la joue. L'arme avait été retrouvée à plusieurs mètres. Les deux hommes présentaient les signes d'une lutte féroce, qui s'était poursuivie à l'arme blanche. Cabral avait la gorge tranchée, Bárta s'était vidé de son sang après avoir reçu plusieurs coups de couteau dans l'abdomen. La villa était située à l'écart, dans un quartier tranquille. Les rares voisins juraient n'avoir rien entendu.

L'existence de Lazar s'achève sur un mystère. Irène ne saura jamais s'il a voulu se faire justice ou si l'ancien SS l'a surpris, se sentant épié. À moins qu'il n'ait reconnu le déporté sous sa peau d'homme libre.

Elle a envoyé les cartes postales à Elvire, avec les photocopies de la lettre de Madame Schwarz et de la coupure de presse. Votre père, lui a-t-elle écrit, avait une force de vie et un courage hors du commun.

— Et ton enfant volé ? demande Henning.

— Son fils refuse toujours de faire une analyse ADN. Je retourne à Berlin. Demain, je l'emmène à Ravensbrück.

Tandis qu'ils roulent vers le Brandebourg, Irène évalue ses chances de le faire changer d'avis. Elles sont raisonnables. Après tout, c'est lui qui l'a rappelée pour lui proposer de l'accompagner au camp. Elle espère que la force du lieu balaiera ses réticences.

Ils boivent un café en regardant défiler les paysages noyés de verdure, au milieu de Berlinois en short qui font le pont de l'Ascension, équipés de sacs à dos et de vélos. En polo noir et pantalon de toile, Rudi Winter est d'humeur loquace. Le montage de son documentaire est terminé. Il y a quelques jours, le producteur a organisé une projection de presse dans une salle d'art et d'essai de Kreuzberg. Une journaliste de guerre dont il admire le travail est venue lui parler à la fin. Elle a couvert les conflits au Kosovo, au Liban et en Irak pour le *Spiegel*. Elle aimerait l'associer à un projet ambitieux autour des migrants, explique-t-il avec enthousiasme. Constituer des archives de l'exil, en interviewant les demandeurs d'asile. Un peu sur le modèle de ce que fait la Fondation Spielberg pour les survivants de la Shoah. Ce serait fort, dit-il. Une manière de les inscrire dans notre histoire.

En l'écoutant parler de cette femme, Irène ressent une pointe de jalousie qui la désarçonne.

Un couple descend en gare d'Oranienburg, traînant un adolescent morose accroché à ses écouteurs.

— Je parie qu'ils vont au camp de Sachsenhausen, dit Rudi en les regardant s'éloigner sur le quai. Quand j'étais môme, je l'ai visité avec mon père. J'ai trouvé ça très impressionnant.

Irène y a emmené Hanno quand il était au collège.

— Il a quel âge ? l'interroge-t-il. J'imagine qu'avec une mère qui bosse là-dedans, il a dû se taper le tour complet des camps, le pauvre.

Elle admet qu'elle n'a pas lésiné sur les pèlerinages mémoriels. Se sent obligée d'expliquer le contexte familial dans lequel Hanno a grandi, ses questionnements existentiels sur l'obéissance et le libre arbitre. Son fils est persuadé que tous les hommes peuvent devenir des meurtriers, dans certaines circonstances. Alors elle cherche des exemples de gens qui ont dit non, lui démontre qu'il n'y a pas de fatalité.

— Je ne vous juge pas, répond-il avec un sourire. Mon paternel était obsédé par la guerre.

Il se penche pour lui confier que son père a coupé les ponts avec ses parents adoptifs avant sa naissance. Il était tombé par hasard sur leurs cartes du parti nazi. Pendant dix ans, il n'a plus voulu entendre parler d'eux. Un jour, le petit Rudi a aperçu une vieille dame en manteau gris et toque de fourrure qui lui faisait signe derrière la grille de l'école. Elle lui souriait, les yeux embués. Sa grand-mère avait fait le voyage depuis Munich pour le rencontrer.

Karl a fini par se laisser fléchir. Mais leurs entrevues sporadiques ressemblaient à un ciel menaçant où l'orage éclatait sans prévenir. Rudi en garde un souvenir empoisonné. Rien ne semblait pouvoir étancher la rage de son père.

— Il était sans doute le premier à en souffrir, murmure-t-il. La seule chose qui le calmait, c'était de tourner. Se concentrer sur un plan.

Irène l'écoute, convaincue que cette colère impossible à soigner trahit un traumatisme refoulé dans l'enfance. Elle se garde bien de le lui dire.

La petite ville de Fürstenberg est blottie au bord du lac Schwedtsee, qu'un bras de la rivière Havel relie à deux autres lacs. Avant la guerre, cette partie du Brandebourg était déjà le lieu de villégiature des Berlinois, qui venaient se ressourcer dans la fraîcheur de ses eaux bleues et de ses forêts profondes. Himmler avait choisi le site pour sa beauté, son accès facile en train et par bateau, lui dit-elle. Et pour la proximité du village où vivait sa maîtresse.

En approchant du camp, elle reconnaît les chalets des gardiennes SS à leurs balcons de bois et à leurs volets sombres. Et se fige en apercevant deux jeunes filles blondes qui bavardent accoudées à la balustrade, exposant leurs carnations pâles à la brûlure du soleil. L'espace de quelques secondes, le passé se mêle au présent, elle voit Elsie et ses compagnes.

Désormais, c'est une auberge de jeunesse.

Rudi et elle dépassent les villas des officiers SS qui s'échelonnent sur la colline boisée, pour gagner l'esplanade, où une imposante statue en bronze est juchée sur un promontoire.

— On l'appelle la *Tragende*[1], lui dit-elle. En 1945, les Soviétiques ont libéré le camp et violé les femmes.

1. Celle qui porte.

Y compris les déportées intransportables qu'ils étaient venus sauver. Ils ont détruit les baraquements pour y installer une garnison. À la fin des années cinquante, ils ont inauguré cette statue avec le mémorial. C'est ironique, vous ne trouvez pas ? Brutaliser tant de femmes, et choisir ce symbole pour Ravensbrück.

Saisi, Rudi contemple la déportée qui tient dans ses bras une camarade inconsciente. Son visage triste regarde la ville nichée sur l'autre rive, la pointe de son clocher dardée dans le ciel d'azur. Son pied gauche se lève, prêt à traverser le lac pour la rejoindre. Elle lève vers Fürstenberg sa protégée exténuée, comme pour confronter ses habitants à leur indifférence : Regardez, regardez ce qu'on nous fait ici.

On raconte que la *Tragende* s'inspire d'Olga Benário, une militante communiste allemande. Elle a donné naissance à une petite fille dans une prison de la Gestapo avant d'être transférée à Ravensbrück. Elle a été assassinée à trente-quatre ans, dans la chambre à gaz d'un centre d'euthanasie. On l'a tuée parce qu'elle était juive. Mais ça n'intéressait pas les Soviétiques qui l'ont choisie comme égérie de la résistance antifasciste. Seules comptaient les vaillantes camarades sacrifiées pour la lutte.

Il a fallu attendre la réunification de l'Allemagne pour qu'une nouvelle narration émerge, accordant leur place à d'autres victimes : les prostituées raflées dans les rues, les témoins de Jéhovah qui refusaient de participer à l'effort de guerre, les fillettes tziganes stérilisées de force et les rescapées juives des marches de la mort, les voleuses à l'étalage et les espionnes anglaises, celles qui ne croyaient plus à la victoire du Reich et celles qui aimaient les femmes, cachaient des proscrits, avaient déplu, désobéi. Parquées ici pour endurer tout ce qu'on peut souffrir dans un corps de femme, un cœur de mère.

— Et maintenant, on déboulonne les plaques d'authentiques résistants allemands sous prétexte qu'ils étaient communistes, commente Rudi, désabusé. Comme s'il fallait toujours réduire l'Histoire à un catéchisme manichéen.

D'ici, le lac semble plus opaque et inquiétant, avec ses reflets glauques et ses nappes sombres. Ses fonds glissants sont tapissés de cendres. On dirait que toute la lumière se concentre de l'autre côté, créant une démarcation entre le monde paisible où naviguent des bateaux de plaisance et l'univers du camp. Sur cette rive, la beauté du paysage est tranchante. Elle coupe le souffle, cisaille l'espoir. Elle vous murmure que personne ne viendra à votre secours.

Tournant le dos à la statue, ils pénètrent dans l'enceinte où se sont noués les destins d'Elsie, de Wita et du petit Léon. Un terrain vide à perte de vue, recouvert d'un gravier noir qui accroche les semelles, comme la croûte d'un volcan. Celui qui en a eu l'idée n'a pas pensé aux survivantes âgées qui viennent se recueillir ici. Des panonceaux jalonnent la roche effritée, indiquant les emplacements des anciens baraquements. Irène retrouve celui du block 32, où Wita a veillé Sabina délirante de fièvre. Deux lignes de tilleuls marquent l'allée centrale du camp, que les *Kaninchen* ont remontée en béquilles pour protester contre les opérations qui les avaient rendues infirmes. À l'horizon, on distingue les bâtiments de l'atelier de couture où elles ont volé des chutes de tissu pour broder un mouchoir à Wita.

Irène ressuscite pour Rudi les appels épuisants, les stratégies de survie, la solidarité et la résistance. Par moments, elle devine que sa caméra lui manque, qu'il voudrait filmer ce qu'il voit, faire parler les lieux à sa manière. Il veut savoir où était la tente devant laquelle Elsie a croisé Wita pour la première fois. Elle le conduit plus loin, à l'écart. Un panneau évoque le sort de ces milliers de femmes et d'enfants qui n'ont plus de noms ni de visages, dont on ne sait même pas s'ils sont morts ici ou ailleurs. Sur un bord de route, au cours d'un transfert vers un autre camp, ou dans la chambre à gaz de Ravensbrück. Il y a tant de choses qu'on ignore, tant de traces détruites ou perdues.

Dans les locaux de l'ancienne *Kommandantur*, ils découvrent une salle dédiée aux malades du *Revier*. Sur une photo, l'une des *Kaninchen* expose sa jambe ravagée. Un cliché clandestin. Une preuve du crime, si elles venaient à disparaître. Dans une vitrine est exposée une carte adressée à une camarade fraîchement opérée. Le dessin d'un lapin à la patte bandée. Entouré d'une couronne de fleurs, il lape son écuelle sur fond de barbelés. Ses amies ont signé au verso de la carte. Irène y déchiffre avec émotion la signature de Wita, près de celle de Sabina. Au trouble de Rudi, elle sent qu'il réalise tout à coup que cette femme a existé. Celle qui pourrait être sa grand-mère a écrit son nom sans trembler.

— Elle est morte ici ? demande-t-il en ressortant du crématoire.

La douceur de l'air les surprend. Un souffle tiède qui semble monter du lac.

Irène hoche la tête, la chambre à gaz se trouvait à côté du crématoire.

— Et ce camp atroce où on les faisait attendre nues dans la neige, où est-il ?

— Il n'est pas inclus dans la visite. Il se trouvait à environ deux kilomètres.

Elle montre les bois, vers le sud.

— Venez, on y va, lui dit-il.

Ils escaladent la grille cadenassée qui ferme un chemin envahi de broussailles. Plus loin, il se rétrécit entre les arbres. Désormais hors de vue, ils marchent jusqu'aux bâtiments désaffectés de la firme Siemens, qui avait installé près du camp des ateliers et des dortoirs pour les détenues que les SS leur louaient à un prix dérisoire. Elles trimaient douze heures par jour et si elles n'atteignaient pas les objectifs, le contremaître leur explosait la figure sur les machines. Quand elles étaient usées, il suffisait de les envoyer au rebut et d'en commander d'autres.

— Le travail forcé est un rêve de capitaliste, dit Rudi, fixant les branches enchevêtrées qui dépassent des murs écroulés. J'imagine que tous ces gens s'en sont bien tirés, après la guerre ?

— Sans dommages, et la conscience tranquille.

Elle sursaute en voyant quelque chose bouger dans le noir à travers un carreau cassé. Sans doute un animal. Elle est soulagée de ne pas être seule dans cet endroit lugubre.

Des ronces poussent entre les rails de l'ancienne voie ferrée. Ils s'enfoncent dans une forêt de conte, ténébreuse et profonde. Le soleil éclabousse le faîte des chênes et des hêtres, leurs ramures bruissent d'oiscaux. Le chemin est presque effacé sous la végétation, l'herbe leur monte aux genoux. Par endroits, il faut se baisser pour passer sous les branches. Ça fait longtemps qu'ils marchent, elle redoute qu'ils soient perdus, mais Rudi a l'air de savoir où ils vont. Comme s'il déchiffrait ses pensées, il se retourne et lui sourit :

— On ne doit plus être très loin. Vous avez soif ?

Il lui tend sa gourde où elle boit une rasade à l'arrière-goût métallique.

Le camp semble à des années-lumière. Elle imagine que celles qui arrivaient ici espéraient encore lui échapper. Se prenaient à rêver de Mittwerda. D'un havre où elles pourraient enfin se reposer, dispensées d'appels et de travaux de force. Mais très vite l'illusion se déchirait, révélait la farce macabre. L'enfant debout dans la neige. Les corps nus, meurtris par la bise. Où s'enfuir, où se terrer ? La forêt glacée n'offrait aucun refuge.

Ils débouchent sur une route au revêtement fendillé, entre des plaques de lande pelée et des bosquets de sapins. Une pancarte rudimentaire, peinte en bleu vif, indique l'entrée du camp. Ils y sont. La bande de sable laisse affleurer les fondations des baraquements.

Entre les herbes hautes et les coquelicots, une pancarte rouge marque l'ancienne *Lagerstrasse*. Une brassée de fleurs fane sous un mémorial de pierre. Sur une bannière de tissu blanc accrochée aux pins, une mère allemande a écrit :

« La nature efface ce qui reste d'elles. Je n'ai retrouvé que le ponton où Siemens chargeait les bateaux sur la Havel et quelques pierres du block où ma fille a été assassinée. »

Peut-être que la nature recouvre les traces pour les protéger, se dit Irène. Les arbres les plus solides se penchent pour en soutenir d'autres aux lignes tordues, ployées. La mémoire est gravée dans l'écorce, elle saigne jusqu'aux racines.

Quelqu'un a installé ces pancartes et fouillé le site, avec une délicatesse d'archéologue. Qui prend soin de ce sanctuaire en plein air, y laissant des empreintes discrètes ?

Rudi et elle restent immobiles dans ce vide arasé par le vent, sans éprouver le besoin de se parler, bien qu'elle ait une conscience précise de sa présence, et de ce qu'ils partagent.

Une variation de lumière dessine des silhouettes à l'orée du bois. Elle tressaille en découvrant des formes de femmes, faites de treillis métallique. Elles se confondent avec le feuillage, poignantes de grâce et d'impuissance. Des fantômes de déportées.

La main de Rudi serre son bras, il lui montre l'avertissement épinglé sur un tronc : « Entrez ici à vos risques et périls. »

— Qu'est-ce que ça veut dire ? s'interroge Irène tout haut.

— Que le site n'est pas sécurisé, répond une voix féminine derrière eux.

Ils sursautent en découvrant une jeune fille aux cheveux courts teints en bleu, vêtue d'un short en jean et d'un tee-shirt lâche. Son vélo est adossé au tronc d'un pin. Un marteau à la main, elle les scrute de son regard vert ourlé d'un trait de crayon noir.

— Ça va, vous ne ressemblez pas aux néonazis qui viennent taguer le mémorial, ironise-t-elle.

Ils s'excusent et se présentent. L'inconnue au visage d'elfe s'appelle Ursula. À quinze ans, sa grand-mère a été internée ici comme *asociale*. Elle ne correspondait pas aux critères féminins du Troisième Reich. Après la guerre, elle n'a reçu aucune compensation. Comme les Roms et les Sintis, les homosexuels, les déserteurs et les putes, elle n'était pas une victime acceptable. Quand les Russes sont partis au début des années 90, ajoute Ursula, ils avaient tout rasé. Ce camp n'intéressait personne.

Alors une association de féministes antifascistes a décidé de s'occuper de la mémoire de ces déportées qui leur ressemblaient. Elles ont détruit les baraquements soviétiques, mis au jour les fondations des blocks. Débroussaillé la *Lagerstrasse*, érigé un monument de pierre qu'elles fleurissent à tour de rôle. Chaque année, elles invitent des survivantes. Organisent des congrès l'été pour réfléchir à ce qu'elles veulent faire de ce lieu. Surtout pas un musée, dit Ursula. Un mémorial ouvert.

— C'est-à-dire ? demande Irène.

— On ne veut pas d'un musée où on pleure sur les victimes en s'achetant une conscience, précise la jeune fille. Nous, on veut faire réfléchir les gens à la continuité de l'histoire, aux nouvelles formes du fascisme. Aujourd'hui, on brûle des foyers de migrants et les caravanes des Roms. On rejette les transgenres, les homosexuels, les Juifs, tous ceux qui dérangent... Il est temps d'ouvrir les yeux.

Elles aimeraient monter une expo, mais elles n'ont pas le fric pour sécuriser le site. L'État fédéral et la région se fichent de ce camp d'indociles, de folles et d'inutiles. Elle dit, avec une lueur de fierté dans le regard, C'est notre responsabilité de veiller sur elles. On est féministes et antifascistes, ça va ensemble.

Elle leur fait un signe de tête et remonte sur son vélo. Ils la regardent s'éloigner entre les arbres.

Irène songe qu'elle s'entendrait bien avec Julka.

— On va rater le dernier train, lui glisse Rudi.

Il lui prend la main et ce contact l'électrise. Elle sent la chaleur rayonner dans son bras tandis qu'il l'entraîne vers la route de pierre et la forêt.

Quand leurs doigts se détachent, elle en éprouve le manque.

Elle marche vite, les jambes fouettées par les herbes sèches. Entrevoit des passages sous les frondaisons, comme des échappées. Se demande si le petit garçon les voyait, de la plate-forme du camion, à travers l'hiver et la nuit. C'est par là qu'ils sont partis, Wita et Léon. Ce soir-là. Leur dernier voyage.

Après la traversée des bois, ils retrouvent la voie ferrée. La lumière déclinante restitue leur aspect macabre aux ateliers en ruine. Une tristesse poisseuse lui remonte à fleur de gorge. Elle veut s'en aller, s'arracher à ce lieu et à ses ombres.

Il l'attend, enregistre son visage défait.

— Cet endroit, lâche-t-il. C'est d'une force…

— Je n'ai jamais rien vu de pareil.

— J'aimerais filmer ça, ajoute-t-il. Ce qu'elles essaient de créer ici.

Dans le train pour Berlin, Rudi lui annonce qu'il va faire faire le test ADN. Il veut savoir.

— Mon père, je le trouvais injuste envers mes grands-parents. Quand il piquait ses crises, je le détestais. Je n'ai jamais envisagé qu'il pouvait être une victime, sans le savoir. Mais peut-être qu'il savait, au fond de lui. Peut-être que c'est inscrit dans le corps, l'enfance bousillée. Quand il n'était pas en pétard, c'était un foutu idéaliste. Le défenseur de tous les parias.

— Et vous, vous filmez les migrants, répond-elle.

Elle lui arrache un sourire.

— Maintenant que vous avez obtenu ce que vous voulez, vous allez disparaître dans votre patelin de la Hesse ? l'interroge-t-il.

— Ce n'est pas ce que vous voulez, que je disparaisse ?

Elle soutient son regard.

— Non, murmure-t-il.

Il ne précise pas ce que cette journée a changé entre eux, ce qu'elle a ouvert.

Mais ce *non*, assourdi par le brouhaha du wagon, ténu comme une bougie soufflée, suffit à la désarmer.

## *Elvire*

La lettre arrive un matin de juillet, avec les grains de sable dans les sandales et les serviettes dépassant des sacs, les impatiences dans les jambes, les reflets de lac dans les prunelles. Cette veille de congés dissipe la ruche. Leur dernière réunion a un parfum d'école buissonnière.

Depuis qu'il dort, Henning a rajeuni de dix ans. Ses cadences de travail impressionnent l'équipe. Avec une joie mesurée, il leur annonce que sa femme démarre une nouvelle grossesse.

Avant qu'ils ne se séparent, la directrice vient les féliciter. Le bilan des restitutions est positif, l'aide des bénévoles se révèle précieuse. Elle envisage de lancer une exposition itinérante, afin de sensibiliser le grand public au projet *Stolen Memory*. Pour commencer, elle tournerait dans les grandes villes d'Europe. Ensuite, pourquoi pas le monde entier ? Les membres de la Section de recherche et d'éclaircissement des destins toussotent poliment. Hum, excellente idée. Pourquoi ne pas la laisser mûrir et en reparler à la rentrée ? Chacun trouve une excuse pour s'éclipser, urgence dentaire ou dossier à boucler en dernière minute.

Même Henning se défile, abandonnant Irène à la solitude du pouvoir.

— Vous avez retrouvé cet enfant volé, lui dit Charlotte Rousseau dans le silence des rangs désertés. Je n'y croyais pas. Je m'incline devant votre entêtement.

Les résultats de l'analyse ADN ont confirmé que Karl Winter était bien le frère d'Agata. Rudi a demandé à Irène d'organiser une rencontre à Berlin.

— C'est la meilleure partie de notre travail, ajoute la directrice. Réunir les familles.

— C'est vrai, répond Irène. J'espère que leurs retrouvailles seront douces. Ils ont tellement attendu…

Elle s'inquiète pour Karl, davantage encore depuis que Rudi le lui a présenté. C'était il y a quelques semaines, ils se promenaient avec lui dans le parc de la clinique. Elle voyait son regard bleu se poser sur une fleur de cerisier, une chenille processionnaire, un chardonneret pépiant en haut d'une branche. À cet œil patient, elle a reconnu le cinéaste. Cet homme dont on avait ravagé l'enfance trouvait la paix dans une attention au monde et aux êtres, si minuscules soient-ils. Elle a su qu'elle l'aimerait, et elle a commencé à se tracasser. Jusque-là, elle ne pensait qu'à Agata. Rêvait de récompenser son espérance de petite-fille. Maintenant elle mesure la fragilité de Karl. L'érosion de sa mémoire le désoriente. Comment accueillera-t-il cette étrangère, dont il a été séparé alors qu'il n'était qu'un bébé ?

Charlotte Rousseau lui trouve meilleure mine, même si elle n'est pas à proprement parler reposée. Est-ce l'arrivée de l'été ?

— La perspective des vacances, répond Irène un peu vite.

Elle redoute d'être démasquée, comme si elle transgressait la déontologie de sa profession. Cela fait deux mois que Rudi Winter est entré dans sa vie et qu'ils se partagent entre Berlin et Arolsen. Mais ici elle ne l'assume pas, elle rase les murs en espérant que personne ne les croisera à la boulangerie.

— Je vous comprends. Je compte les jours qui me séparent de la montagne Noire. Vous me raconterez Berlin ? Ah zut, j'oublie qu'il n'y a pas de réseau dans mon fief. Mes filles dépriment par anticipation. J'essaierai de trouver un promontoire, ou de profiter d'un jour de marché pour vous appeler.

La lettre l'attend sur son bureau, au milieu d'un fatras qu'elle doit ranger. Depuis qu'elle fréquente Rudi c'est encore pire, son quotidien déborde en piles décourageantes : formulaires administratifs, correspondances et dossiers en cours, demande de bourse pour Hanno, renouvellement du bail de son logement étudiant, devis pour la réfection de la terrasse ravinée par les pluies de printemps. Trouver le temps d'aimer relève de la gageure, le reste de sa vie en est dérangé. Comme s'il suffisait d'une respiration pour que tout déraille.

Elle tressaille en voyant l'adresse d'Elvire au verso de l'enveloppe bleue. Ouvre grand la fenêtre, et commence à lire.

« Chère Irène,

Je pense souvent à vous. À ce que vous avez fait pour moi.

Quand vous êtes partie, je n'ai pas trouvé les mots pour vous remercier. Tout se bousculait. Ce pierrot, je n'étais pas sûre de pouvoir le garder. Dans cet appartement où j'ai grandi, où viennent mes enfants. Il transpire la mort. Je l'ai rangé au fond d'un placard. Même là, il m'empêche de dormir. Je ne peux quand même pas le jeter. Ce serait comme de le jeter *lui.* Mon père. Vous voyez, j'arrive à l'écrire.

Les premiers jours, j'ai pensé que j'aurais préféré ne pas savoir. Je m'en voulais de le penser. Pour être franche, je ne sais pas comment vivre avec ça. Je suis une grande fille, mais j'ai peur des fantômes.

Quand mes enfants étaient petits, je ne supportais pas d'être séparée d'eux. S'ils quittaient la maison pour le week-end, je ressentais une angoisse terrible. Mon mari ne comprenait pas, et je n'arrivais pas à lui expliquer.

Aujourd'hui, Raphaël est papa et Mathilde vient de se marier. Pourtant, il suffit qu'ils s'en aillent pour que cette vieille peur revienne. Je les embrasse de toutes mes forces, j'ai beaucoup de mal à les laisser partir. Ils le savent, ils m'appellent dès qu'ils sont chez eux. On en plaisante.

Lorsque ce terroriste islamiste a tué des enfants dans une école juive, il y a quatre ans, j'ai perdu le sommeil. De nouveau il y a quelques mois, quand cette femme discrète a été sauvagement battue et défenestrée chez elle, pas très loin de chez moi, à Belleville. Parce qu'elle était juive. Quand l'angoisse remonte, je me démène pour la chasser. Je repeins les murs, je remplis la maison d'amis et de musique. Mais là, j'ai l'impression d'avoir un fantôme à demeure. Comme dans ce conte que je lisais à mes enfants, où une sorcière habite le placard. Misère.

Ma mère repoussait la tristesse. Maintenant je comprends, je suis à sa place. J'espère que mes enfants sont prudents, mais je ne veux pas qu'ils vivent la peur au ventre. Ce ne serait pas vivre.

Alors je leur donne des provisions d'amour. Moi, j'ai encore dans l'oreille la douceur des petits noms que me donnaient ma mère, l'oncle Rafo et leurs amis. *Pasharika. Hanoumika. Kokonika de mandel*[1]. *Tia* Lisa m'apprenait à jouer au bridge. *Tia* Eugénie chantait des chansons d'amour en *djudyo* dont je raffolais, même si elles se terminaient toujours mal. *Tia* Dolly arrivait les bras chargés de desserts. Je rêve encore de son *malibi* à l'eau de rose. *Tio* Sento était plein d'histoires. Il suffisait de l'écouter pour voyager du Caire aux rives du Bosphore. Je les admirais de passer d'une langue à l'autre, comme des jongleurs. Je croyais qu'ils n'avaient que des souvenirs joyeux. Je jouais avec leurs petits-enfants, on a poussé ensemble.

Aujourd'hui, on cuisine pour retrouver la saveur de ces moments. On teste douze recettes de *borekitas de muez*, on discute sans fin de la cuisson des boulettes de viande, de la préparation des *filas* (si vous ne connaissez pas, je serai ravie de vous faire goûter). On ne retrouve jamais le goût précis de nos souvenirs, mais on essaie.

J'apprends le *djudyo*, et je suis fière d'arriver à lire la lettre de ma mère dans le texte.

---

1. Petit oiseau. Petite femme. Petite dame de dentelle.

Elle ressemble à nos *kantigas,* où l'amour est cette vague qui vous submerge et se retire. Quand elle s'en va, que laisse-t-elle de nous ?

Ma mère gardait toujours une place pour ceux qui étaient partis. Au cas où. C'est ce qu'elle a fait avec lui. Je relis les cartes postales que vous m'avez envoyées, celles qu'il a adressées à son ami israélien. Ça me touche qu'il parle d'elle. Peut-être qu'ils se sont aimés jusqu'à la fin, d'un bout du monde à l'autre.

Chère Irène, je ne sais pas si je pourrai m'habituer à ce pierrot. Mais lui, j'aurais aimé le connaître. Le regarder réparer la coque des bateaux. Voyager avec lui.

Grâce à vous, il existe pour de vrai. Je fais des projets : emmener mes enfants à Prague et chercher ensemble la rue Kaprova. Retourner avec eux à Thessalonique.

Je leur montrerai la ville où Lazar et Allegra se sont aimés. Je leur dirai qu'ils avaient choisi la vie tous les deux, même si c'est parfois le choix le plus difficile.

Pour tout ça, permettez-moi de vous donner *una abrasada*, comme on dit chez moi.

Elvire »

Irène la ressent, cette embrassade. Celle qu'on échange sur le quai avant de prendre la mer. Elle devine qu'Elvire est à l'aube d'une longue traversée, et qu'elle y trouvera Lazar.

## *Karl*

Elles sont assises l'une près de l'autre sous les frondaisons du parc. C'est l'heure où le soleil s'attendrit pour dorer le grain de peau. Il adoucit les lignes sèches du visage d'Eva, qui n'est plus émacié par la maladie. Les cheveux serrés dans un chignon gris, elle porte une jupe sombre, ses éternels mocassins usés. La flamme de son regard n'intimide plus Irène. Sa poitrine est gonflée de joie de la retrouver, pourtant elle n'ose pas un geste. Elle sait que son amie fuit les effusions.

Eva a relevé les manches de son chemisier blanc. Cette fois, Irène ne détourne pas les yeux de son tatouage. Elle dit, Raconte-moi. Raconte-moi Auschwitz.

Les yeux verts la jaugent.

S'il te plaît.

Tu es sûre ? sourit Eva, découvrant ses dents abîmées.

Certaine.

Alors la survivante l'emmène de l'autre côté des barbelés. Irène s'accroche à sa voix et sa tendresse se trouble d'effroi, comme si elle marchait sur une fine passerelle de corde suspendue dans le vide. Peu à peu, la paix se fraie un passage à travers l'horreur et la solitude. Elle accepte cette douleur que les mots tamisent, comme un passage de relais. Elle sait qu'elle doit en prendre soin. Les paroles s'égrènent et elle les recueille toutes, soulagée qu'il ne soit pas trop tard. Le temps se déplie et se condense. Elles n'ont jamais été si proches. À la fin, les traits d'Eva s'estompent, et Irène entrevoit la silhouette de l'adolescente nue, tremblante et frigorifiée. Elle tend la main pour la réchauffer, mais à l'instant de la toucher, elle se réveille dans le décor familier de sa chambre.

Pendant quelques secondes, son esprit flotte à la recherche du rêve. Elle s'efforce de se souvenir de ce que Eva lui a confié, mais tout s'est évanoui ; il ne reste rien, pas un mot. La tristesse poigne son cœur quand elle réalise que ce moment aux émotions encore vivaces n'était qu'un mirage.

— Cachottière, siffle Antoine. Ça fait combien de temps ?

Elle l'appelle de sa voiture, en roulant vers Berlin.

— Deux mois. Je ne t'en ai pas parlé parce que c'est compliqué. C'est un descendant, tu comprends. Il est lié à l'une de mes enquêtes…

— Tu as peur de te faire radier de l'ordre des archivistes ?

Elle ne peut réprimer un sourire.

— Non, mais…

— Tu as souvent envie de coucher avec les descendants ? Parce que si c'est récurrent, il faut consulter.

— Ça ne m'est jamais arrivé, proteste-t-elle en riant.

Elle se demande s'il y avait dès le début des signaux qu'elle a ignorés, tant leur intimité s'est installée comme une évidence. À croire que leurs natures obsessionnelles se comprennent, que leurs désordres s'accordent. Jusqu'ici, ses amants se réjouissaient de sa liberté avant de s'évertuer à la rogner. Pour la première fois, elle ne se sent pas assiégée. Ils savent être seuls à deux, reliés à des kilomètres. Ils dorment mal et sont heureux de se trouver au cœur de la nuit, font l'amour et discutent à 4 heures du matin sur la terrasse de Rudi. C'est le joyau caché de son vieil appartement poussiéreux. Elle surplombe les toits de Kreuzberg, les cours ombragées et les jardins. Blottis sous une couverture, ils se perdent dans la contemplation du ciel, guettent les étoiles filantes et le clignotement des satellites. Écoutent les trilles et les ululements, les frôlements de leurs voisins à ailes ou à pattes.

— Il peut être brusque ou maladroit, concède-t-elle. C'est un inquiet, qui se nourrit du tapage de la société et ne sait pas toujours s'en extraire, s'accorder une respiration.

— Vous avez plus de points communs que prévu, s'amuse Antoine. Tu ne parles que de son cerveau. Vous ne faites pas que causer, j'espère ?

Irène se tait. Elle avait oublié cette fille sensuelle planquée sous sa peau. Sa faim intacte, sa réserve trompeuse. Dans les bras de ce gaillard au cœur marathonien, son corps reprend ses droits, s'ouvre et s'arrondit, exige d'être fendu, ployé, renversé. Son cerveau capitule, saturé d'endorphines. Les fantômes s'éclipsent.

— Alors fiche-toi un peu la paix, dit Antoine. Quand est-ce que tu me le présentes ?

— Pas tout de suite. D'abord, il doit rencontrer sa famille polonaise.

— C'est le grand jour ?

— Ils débarquent tous à Berlin pour le déjeuner. On ne sait pas comment son père va réagir, on est un peu tendus.

— Et Hanno, comment il prend tout ça ?

— Il est content que j'aie rencontré quelqu'un. Enfin tu le connais, il demande à voir ! Figure-toi qu'Hermine et lui sont aussi à Berlin. Ils viennent conjurer les mauvais souvenirs. De toute façon, c'est beaucoup trop tôt pour leur présenter Rudi.

— Si tu le dis… Parfois, on dirait que tu abrites une duègne du XIXe siècle. Au moindre écart, elle te tape sur les doigts avec sa règle, la taquine-t-il avant de raccrocher.

Agata est la première qu'elle reconnaît dans le hall de l'aéroport, à sa haute taille et à sa brosse de cheveux blancs. Elle a choisi un joli chemisier à fleurs et un pantalon crème, porte des sandales à lanières argentées. Cette coquetterie fait fondre Irène. Serrant la main de Rudi, elle perçoit sa nervosité et imprime à ses doigts une dernière pression.

Roman l'aperçoit avant sa mère et lui adresse un signe joyeux derrière la barrière de la douane. Julka échange quelques mots avec sa grand-mère. Elles cherchent des yeux cette Française qui a bouleversé leur vie. Ont-ils le trac, eux aussi ? Les jambes qui tremblent et se dérobent ? Ils avancent à leur rencontre, et ces quelques pas qu'ils font les uns vers les autres ont une raideur solennelle, même s'ils les voudraient légers. Dans le flottement des premières minutes, Rudi et Roman se serrent la main, Irène embrasse Agata et Julka. Puis la vieille dame s'approche de Rudi, prend son visage dans ses mains.

— Je te rencontre enfin, lui dit-elle en anglais. Le fils de mon frère. Tu es beau.

L'émotion d'Agata cueille Rudi par surprise. Dans le creux laissé par sa grand-mère adoptive, une tante polonaise vient de se glisser, avec son regard délavé, son accent mélodieux. Il se penche, intimidé, et elle le serre dans ses bras.

Il a réservé une table en terrasse au bord du Schlachtensee. Alors que ses invités s'émerveillent de déjeuner dans ce cadre paradisiaque, à quelques mètres des nageurs et des *paddles* qui sillonnent les eaux vert pâle, Rudi peine à se détendre. Il se lève plusieurs fois pour téléphoner, vole une cigarette à Irène, bien qu'il ait arrêté depuis des années.

— Pardonnez-moi, dit-il en se rasseyant, je viens d'avoir une infirmière de la clinique. Mon père ne va pas bien. Je crois qu'on ne va pas pouvoir maintenir la visite.

La main de la vieille dame tremble si fort qu'elle laisse tomber sa fourchette.

— Qu'est-ce qui se passe ? demande-t-elle en anglais.

— Il a de plus en plus de mal à s'exprimer. Ça le fatigue et ça l'isole beaucoup. Il passe par des phases de tristesse où il se ferme complètement. Il peut même devenir hostile.

— Depuis quand est-il malade ? s'enquiert Roman.

Rudi répond que c'est difficile à dater, peut-être une dizaine d'années. Au début les symptômes étaient légers, il les mettait sur le compte de la fatigue. C'est son fils qui l'a alerté, il trouvait que son grand-père oubliait beaucoup de choses. Il y a deux ans, Karl a commencé à se perdre dans les rues. Il a fallu se résoudre à le placer dans un établissement spécialisé.

— Parle-moi de lui, dit Agata.

— Il m'a appris la patience, répond-il. Quand on filme, il faut savoir attendre que quelque chose arrive. Quelque chose qu'on n'attendait pas, qui donne son sens à l'histoire qu'on est en train de raconter. Quand j'étais gamin, il m'emmenait sur les tournages. Le voir travailler me fascinait. Il était toujours aux aguets. Ça reste, ça. Même s'il n'est plus capable de tenir une caméra.

Très émue, Agata s'excuse de répondre en polonais et demande à Roman de traduire :

— Petit, mon frère vivait collé à notre mère. Dès qu'elle s'éloignait, il était malheureux. Je devais trouver des astuces pour le consoler. Depuis qu'Irena m'a appris qu'on l'avait enlevé, je pense à ce qu'il a dû souffrir, quand on l'a arraché à elle…

On n'entend plus que le bourdonnement des insectes et les exclamations lointaines des plongeurs, sur la berge d'en face. Irène pense à Bull, le chercheur d'enfants, qui doutait qu'on puisse bien grandir sur un sol empoisonné. Même si Karl a bâti une vie, une famille, le poison a peut-être laissé en lui des traces insidieuses.

— Écoutez, décide Rudi, on va y aller et on verra sur place.

Irène voudrait l'embrasser, tant elle est soulagée pour Agata.

La résidence médicalisée se trouve dans une artère calme et verdoyante du quartier de Zehlendorf. Bien qu'elle soit entièrement sécurisée, les patients y vivent en relative autonomie, tant que leur état le permet. Depuis qu'il s'y trouve, Karl semble moins angoissé. Le personnel propose des ateliers manuels et artistiques, des après-midi de jardinage, de chorale ou de lecture à haute voix. Ce qu'il préfère, c'est encore se promener dans les allées.

Ils suivent le chemin de graviers entre des haies de buis et de charmilles avant d'apercevoir l'imposante bâtisse, dressée au cœur d'un parc aux allures de jardin anglais. Rudi leur montre la fenêtre de Karl, au deuxième étage. Son appartement donne sur un bassin en pierre recouvert de nénuphars. Tout autour rayonnent des massifs de fleurs. Roses et agapanthes, lilas, échinacées, lupins et marguerites se mêlent dans une explosion de couleurs et de parfums.

— C'est beau ici, répond Agata en anglais. Tu as bien choisi.

Depuis qu'ils se sont garés sur le parking, elle est d'un calme étonnant. Elle avait si peur qu'on l'empêche de le voir.

Ils s'installent sous une treille de glycine mauve, laissant Rudi entrer seul dans le bâtiment. Il en ressort une demi-heure plus tard, soutenant son père qui a du mal à marcher. Attendrie, Irène observe ses pas lents et prudents. Elle pense au jeune homme radieux qui courait dans les rues de Berlin en agitant son drapeau rouge.

Ils se lèvent à leur approche, mais Rudi leur fait signe de se rasseoir. Ils sont trop nombreux, il ne veut pas effrayer Karl. Il le conduit un peu plus loin, s'assied près de lui sur un banc. Puis il se penche pour lui parler longuement. Le vieil homme essuie la sueur sur son front, il a l'air las. Ses yeux clairs ont la teinte laiteuse d'un coquillage. Son visage est ridé de tourment. Les paroles de son fils glissent sur lui, comme si elles s'adressaient à quelqu'un d'autre.

Un geste de Rudi invite Agata à les rejoindre. Avant de se lever, elle pose la main d'Irène sur sa poitrine, à l'endroit où son cœur trépide. Irène la regarde s'éloigner de dos, haute et courageuse, dans sa tenue du dimanche.

Rudi lui cède sa place en gardant une main sur l'épaule de son père, pour le rassurer. D'ici, elle n'entend pas ce qu'il lui murmure. Elle voit Karl se tourner vers sa sœur, et Agata lui sourit, les yeux brillants de larmes. Mais son amour et son attente se cognent à la tristesse de ce frère privé de mots, aux souvenirs dévastés. Il lui offre un regard éteint, puis se détourne.

Irène sent son ventre se contracter, elle a mal pour Agata, pour eux.

— C'est fou ce qu'ils se ressemblent, chuchote Julka, fascinée.

Hypnotisés, ils contemplent le frère et la sœur, leurs iris cristallins, leurs pommettes saillantes, leurs cheveux blancs et leurs fronts dégagés. L'âge érode leurs différences.

Les orphelins de Wita, semblables et étrangers.

Rudi tente de ramener l'attention de son père vers Agata, mais Karl réagit mal. Il se ferme à double tour, repousse la main de son fils.

On n'y arrivera pas, pense Irène, quel désastre.

À cet instant, Agata commence à chanter. C'est d'abord un fredonnement, qui se dilate dans l'air, porté par sa voix basse qui tremble un peu. Puis la mélodie s'installe, comme une rivière qui retrouve son cours. Son rythme imite précisément le bercement d'un enfant. Mais tandis qu'elle vous berce, elle instille en vous cette mélancolie slave que les enfants tètent avec le lait de leur mère, sans savoir qu'ils ne s'en déferont jamais.

Karl s'est figé aux premières mesures. La vieille dame continue à chanter et prend doucement sa main. Il ne la repousse pas, son visage est traversé d'émotions. Il fixe Agata et semble l'écouter de toute son âme.

Près d'Irène, Julka fredonne les paroles tout bas. Roman se tait. Ils sont suspendus à la grâce du moment.

Au troisième couplet, Karl se met à chanter avec elle. Son timbre rauque trébuche sur ces consonnes qui reviennent de si loin, d'une mémoire enfouie au plus profond de lui. Peu à peu, sa voix s'affermit pour se mêler à celle de sa sœur, retrouvant les paroles qui l'accompagnaient vers le sommeil. Son regard est plein de larmes.

Agata serre sa main dans la sienne, elle ne sait plus si elle chante ou si elle pleure, et tout le monde est à peu près dans le même état.

Même si on ne répare personne, songe Irène en s'essuyant les yeux, si l'on peut rendre à quelqu'un un peu de ce qui lui a été volé, sans bien savoir ce qu'on lui rend, rien n'est tout à fait perdu.

## *Julka, Niclas, Hanno, Hermine et Lilly*

Ils sont restés encore un peu avec Karl, puis Rudi l'a raccompagné dans sa chambre car l'intensité de ce moment l'avait épuisé. Tandis que les autres se dirigeaient vers le parking, il a confié à Irène que, jusqu'à ce qu'il entende son père prononcer ces mots en polonais, une part de lui refusait d'y croire. Parfois, la réalité semble sortir de l'imagination d'un scénariste halluciné. Le cerveau la tolère sans l'accepter.

— Que lui as-tu dit, tout à l'heure ? a-t-elle demandé.

Il ne savait comment s'y prendre, alors c'est la vérité qui a jailli. Il s'écoutait prononcer des mots qui pouvaient dévaster son père, Ta mère est morte dans un camp, tu as une sœur en Pologne, elle est venue de loin pour te retrouver. Une fois posés dans l'air, ils ressemblaient à des bulles de savon qui éclatent avant d'être touchées. Peut-être parce qu'il n'y croyait pas lui-même. Il a fallu qu'Agata se mette à chanter pour les incarner. Sa voix a réveillé la tendresse maternelle cachée dans la berceuse. Ce qu'elle vient d'ouvrir dans le cœur de Karl, nul ne peut en mesurer les conséquences. Un bouleversement à la texture indéchiffrable.

C'est grâce à toi, a-t-il murmuré en la serrant contre lui.

Le contrecoup lui coupait les jambes, ses yeux rougis clignaient dans la lumière.

— Au point où on en est, si on réunissait tout le monde chez moi ?

— Tout le monde… ?

— Les Varsoviens, et nos enfants, a-t-il souri.

Ils ont allumé des lampions colorés sur la terrasse, déplié les rallonges et recouvert la table d'une nappe en papier blanc, bientôt baptisée de quelques gouttes de prosecco. Le crépuscule offre aux convives ses rouges incandescents. Agata s'émerveille de cette ville où la nature s'épanouit partout, sur les balcons et les arrière-cours, déployant des hectares de parcs et de forêts où scintille çà et là l'ovale d'un lac. On respire mieux, rien qu'à la contempler.

Avec son chignon de ballerine et sa robe à fine bretelles, Julka glisse de l'un à l'autre, féline et gracieuse. Ravis de cette soirée improvisée, Hanno et Hermine remplissent les verres en étudiant du coin de l'œil ce documentariste qui vient d'entrer dans leur vie. Il les a embrassés chaleureusement avant de leur présenter Niclas, son aîné à la chevelure hirsute de Viking, et Lilly, petite brune très myope qui dégaine avec désinvolture des commentaires acerbes sur l'état du monde. Ils ont sensiblement le même âge, à part Julka, dont le statut de prof les impressionne un peu.

Irène les écoute bavarder dans un *globbish* où l'anglais se mêle au polonais et à l'allemand. Elle voudrait immortaliser ce moment. Quand elle était petite, elle imaginait un appareil photo imbriqué à sa pupille. Il lui suffisait de cligner les yeux pour déclencher la prise de vue.

Rudi fait tinter sa cuiller contre le bord de son verre.

— Quand Irène m'a contacté, j'ai eu le pressentiment qu'elle allait ruiner ma tranquillité. Et j'ai réagi comme un ours, ce qui m'arrive souvent. Pourtant, je passe mon temps à démontrer que les histoires qui nous rassurent sont trop simples pour être honnêtes. Mais quand il s'agit de moi, c'est autre chose... Heureusement qu'Irène a insisté, sinon je n'aurais jamais découvert que mon père savait chanter en polonais. Et vous ne seriez pas là. Je vous regarde ; je vois une Française, des Polonais, des Allemands, plusieurs générations réunies, un bout d'Europe. La guerre a ravagé la vie de Wita, celle de mon père et celle d'Agata, mais c'est la paix qui nous réunit ce soir. Alors j'aimerais trinquer à l'Europe, que Václav Havel appelait la patrie de nos patries. Oublier qu'elle me déçoit souvent. Me souvenir qu'elle est née pour préserver la paix. Alors à l'Europe, et à la paix !

Les enfants lèvent leurs verres.

— À l'Europe solidaire, dit Hanno.

— Féministe, ajoute Julka.

— Inclusive, renchérit Lilly.

— Allez expliquer ça à Kaczynski et à Orbán, commente Roman en riant.

La nuit est tombée, nimbant la ville d'une luminosité feutrée, comme si des millions de lucioles y scintillaient. Rudi fraternise en allemand avec son cousin Roman. Sur la terrasse, les jeunes bavardent en contemplant les toits de Kreuzberg.

Irène va s'asseoir près d'Agata et de Julka, cherchant à déchiffrer la rêverie qui s'attarde dans les yeux clairs de la vieille dame.

— Vous avez fait un beau cadeau à ma *babcia*, murmure Julka. À nous tous.

Pour Irène aussi, c'est un cadeau. Réunir les enfants de Wita. Être arrivée à temps pour ce rendez-vous-là.

Elle demande le nom de la berceuse.

— *Dans le cendrier de Wojtus*, répond Julka. *Babcia* me la chantait quand j'étais petite.

— De quoi parle-t-elle ?

— Une étincelle jaillie d'un cendrier promet à un petit garçon qu'elle va lui raconter un conte, et qu'il sera long et beau. Mais chaque fois, l'histoire qu'elle commence s'éteint avec elle. À la fin, Wojtus ne la croit plus, il sait que le conte ne durera que le temps d'une étincelle.

— C'est aussi gai que *La Petite Fille aux allumettes*, remarque Irène.

— C'est vrai, sourit la jeune fille. Mais moi, je ne l'ai jamais trouvée triste.

— On va danser ? lance Lilly à la cantonade.

Hanno, Hermine, Niclas et Julka lui emboîtent le pas, et déposent un baiser furtif sur la joue de leurs parents avant de s'égailler dans la nuit berlinoise.

Agata aimerait rentrer se reposer à l'hôtel. Elle veut retourner à la clinique demain matin.

— J'ai tant d'amour pour lui, glisse-t-elle à Irène en anglais, les yeux brillants.

Avant qu'elle parte, Irène lui montre enfin le médaillon. Elle est bouleversée par le portrait de son frère caché à l'intérieur.

— C'est à cet âge que je l'ai quitté… Qui a fait ce dessin ?

— Je pensais que c'était votre mère.

— Je ne me rappelle pas l'avoir vue dessiner.

Un nouveau mystère, songe Irène.

— Moi aussi, j'ai quelque chose à vous montrer. Un trésor.

Agata exhume de son sac quelques lignes écrites au crayon sur un bout de carton usé. Elle est trop fatiguée pour les traduire, alors c'est Roman qui s'en charge :

« Ma sœur chérie, je t'écris d'un train à bestiaux. Ils disent qu'on va dans un camp de travail. Je te confie Adzia. Ne t'en fais pas, je reviendrai vite. Tendres baisers. »

Au-dessus, Wita a griffonné le nom et l'adresse de Maria.

— Elle l'a écrit dans le train pour Auschwitz. Le message est tombé sur la voie. Un cheminot l'a apporté à ma tante, explique Agata.

Irène fixe le bout de carton, en silence.

# *Jean*

En voyant le message de Wita, un voile s'est déchiré au fond d'elle. Son trouble était si fort qu'elle a eu du mal à le cacher. À Treblinka déjà, devant la voie ferrée, elle a éprouvé ce sentiment indéfinissable, lueur fugace dans le brouillard.

Elle a dit à Rudi qu'elle s'absentait vingt-quatre heures, le temps d'un aller-retour à Bad Arolsen.

— Rien de grave ? s'est-il inquiété.

— Je dois rendre une visite à mon grand-père.

Façon de parler. Jean repose dans un petit cimetière de Seine-et-Marne avec ses parents, son épouse et son frère aîné, tombé en 1940, pendant la percée de Sedan. Un de ces soldats que l'État français préfère oublier, car leur sacrifice réveille la honte de la débâcle.

Le jour de son enterrement est peut-être le seul où cet homme réservé a brillé, à travers les hommages des copains inconsolables. Elle se souvient de son sourire un peu éteint, de la casquette vissée sur son crâne dégarni. De son odeur usée, mélange de cambouis, de tabac et de transpiration.

Son monde, c'était le rail. Et le soir, la belote ou la coinche au bistrot, chez Paulette. À la retraite, il avait gardé cette habitude. Entre anciens, on se comprenait. On se tenait chaud les jours de cafard.

Quand Irène était petite, il la juchait sur l'établi et demandait, Qu'est-ce que tu racontes de beau ?

Elle passait le plus clair de son temps dans les livres. Lui qui s'arrêtait aux pages sport du journal du dimanche aimait qu'elle lui parle du comte de Monte-Cristo ou du Chevalier de Maison-Rouge.

Un matin, il ne s'est pas réveillé. Ce départ discret lui ressemble, il avait toujours peur de créer du dérangement. Tous les copains cheminots ont défilé dans la petite maison de banlieue pour boire du ratafia, la larme à l'œil. Irène avait douze ans, elle s'ennuyait dans sa robe noire. Regrettait de ne pas pouvoir lire, tapie à l'écart. Elle a fini par s'éclipser dans l'atelier de Jean. Elle se rappelle encore l'odeur de bois moisi, les vieilles lanternes en laiton qui rouillaient sur les étagères, près de ces anciens panneaux de fin de caténaire qu'on appelle cacahuètes. Un vieux carnet de voyageurs de 1971 traînait sur le bureau. Une couverture jaunie, où l'inscription « Paris-Est » surplombait une locomotive crachant son panache de fumée.

En ouvrant les tiroirs, elle a découvert un cahier d'écolier. Elle l'a feuilleté, sans comprendre ce que signifiaient ces noms difficiles à déchiffrer, ces messages qui semblaient l'écho d'un même cri. C'est étrange, le flair des gosses. Irène a su tout de suite que ces lignes d'écriture étaient un secret, et qu'il était pour elle.

Les premiers mois, elle le planquait derrière ses livres. À force de l'étudier, elle finissait par connaître certains messages par cœur. Et puis elle s'est lassée et l'a remisé au fond d'une armoire. Quand elle a quitté la France, elle a rangé le cahier du grand-père dans une pochette à son nom, Jean Deslorieux. Il a voyagé avec elle, d'une chambre d'étudiante à Tübingen au grenier de sa maison d'épouse, jusqu'à celle qu'elle occupe aujourd'hui. Elle s'étonne de l'avoir gardé.

Peut-être parce qu'il était tout ce qui la reliait à ce grand-père qu'elle avait frôlé sans le connaître.

— Tu es là, murmure-t-elle en retrouvant la pochette au fond d'un carton.

L'encre a pâli, les pages libèrent une odeur fanée. L'écriture de Jean trahit l'effort.

Lui qui n'avait pas dépassé le certificat d'études s'était appliqué à orthographier ces noms pleins de consonnes. Pour la gamine qu'elle était, certains prénoms étaient familiers, comme Marcel ou Fernande. D'autres la fascinaient, car elle ne les avait jamais entendus : Jankiel, Pinkus, Rivka.

Irène les redécouvre.

Certains prient un proche de s'enquérir de leurs enfants, dont ils ont été séparés après l'arrestation. Précisent qu'ils sont français. D'autres les confient à leur concierge ou à une voisine. À leur bon cœur, à la grâce de Dieu. S'excusent de ne plus avoir d'argent à leur donner. Mentionnent parfois une cachette dans leur appartement : Prenez ce que vous voulez.

La plupart se veulent rassurants : Je vais bien, ne te tracasse pas. Je reviendrai vite. J'ai un moral de fer.

Un mot revient sans cesse : Destination inconnue.

Il court sur les pages, obsédant.

Plane sur les paroles de réconfort, les conjectures optimistes.

Je pars pour une destination inconnue.

Nous sommes en route pour une destination inconnue.

Je roule vers je ne sais où dans un wagon d'animaux.

Peut-être allons-nous en Pologne, ou ailleurs.

Ils embrassent leurs petits, leur mari bien-aimé. Donnent leurs dernières consignes. Soyez sages et courageux. Travaillez bien. Soyez patients.

Il les a retranscrites avec soin, laissant un blanc là où le mot était illisible ou effacé.

Un message la déchire, rédigé par un garçon qui signe *Titi, à sa petite maman chérie* :

« Je sais que je vivrai toujours et que *je vous reverrez.* Je ne sais pas ce qui m'a endurci comme ça. J'ai le caractère d'un homme. »

Irène se demande si la faute d'orthographe est d'origine. Jean était méticuleux, il l'a sans doute reproduite.

Comme autrefois, elle ne peut détacher ses yeux de ces mots d'amour et de détresse.

À douze ans, elle ne comprenait pas pourquoi son grand-père s'était échiné à les consigner. Ni où allaient tous ces gens qu'on emportait loin de ceux qu'ils aimaient.

Maintenant, elle sait.

Il lui a fallu trente-huit ans.

S'exiler, laisser l'enfance derrière elle. Recoudre des fragments de vies effilochés, rencontrer des inconnus qui ressemblaient à Jean. Modestes, pleins de secrets.

Combien de fois a-t-elle croisé la mention de ces messages jetés par la lucarne des wagons sans faire le lien ?

Les cheminots les ramassaient sur le ballast et s'arrangeaient pour les transmettre à leurs destinataires. En Pologne, en Tchécoslovaquie, en France.

En 1942, Jean avait dix-neuf ans. Il travaillait à l'entretien des lignes du réseau Paris Est, entre la gare de Bobigny et celle du Bourget.

Là d'où partaient les convois.

Elle se figure sa sidération devant ces mains d'enfants tendues à travers les barbelés. Les pleurs et les gémissements qui montaient des wagons. Son impuissance.

Ramasser les bouts de papier pliés qui tombaient des trains et les conduire à bon port. Au moins ça.

Peut-être craignait-il que leurs billets ne se perdent. Il lui arrivait de ne trouver personne à l'adresse indiquée, quand il y en avait une.

Le temps qu'il devait mettre à les recopier, un à un. Il n'en a jamais parlé à personne.

Irène se retrouve dans cette application scrupuleuse.

Elle qui passe sa vie dans les archives, elle avait oublié qu'elle en possédait une. Comme elle a été lente à en comprendre la valeur.

Ce cahier dont elle a hérité a-t-il aiguillé sa route ?

Elle croyait avoir bifurqué au hasard. S'être réinventée seule.

Les gens que son grand-père voyait partir, elle les cherche au bout du voyage. Collecte leurs dernières traces pour leurs descendants. Quel vertige de réaliser que Jean et elle font la même chose.

Qui sait ? Peut-être qu'elle ne fait que marcher à sa rencontre.

## REMERCIEMENTS

Les enquêtes et les personnages de ce roman sont fictifs. Tout en évoquant la véritable histoire du centre d'archives d'Arolsen, j'ai pris certaines libertés nécessaires à mon intrigue et à la trame romanesque.

À l'origine de ce roman, il y a ce jour de l'hiver 2020 où mon amie Aurélie Serfaty-Bercoff m'a appris que les archives d'Arolsen conservaient des traces de la déportation de Robert Desnos. Je me suis demandé pourquoi je n'avais jamais entendu parler de ce fonds qui existait depuis l'après-guerre. Ma curiosité aiguisée, je suis tombée au fil de mes recherches sur un article d'Élise Karlin, qui parlait de la restitution d'objets hérités des camps de concentration. Je veux la remercier ici, car c'est en le lisant que l'idée de ce roman m'est venue.

Pour autant, je crois que j'avais rendez-vous avec lui depuis longtemps. À douze ans, la Seconde Guerre mondiale et la déportation ont fait effraction dans ma vie à travers des livres et des films, et ne m'ont plus quittée. Depuis, ces sujets m'accompagnent en permanence, et je peux dire que ce roman est né d'une forme de nécessité intérieure.

Il s'appuie sur une importante documentation historique. Je suis infiniment reconnaissante aux témoins, aux historiens, aux journalistes, aux sociologues et aux artistes dont les livres, les travaux et les films ont nourri la matière romanesque de mon livre. Je remercie particulièrement Laurent Joly, pour sa relecture précieuse et attentive.

Merci à Nathalie Letierce-Liebig, coordinatrice du département de recherche des archives d'Arolsen, d'avoir accueilli mon projet avec chaleur et répondu sans relâche à mes questions. Ce qu'elle m'a confié de son travail et de son engagement m'a aidée à incarner Irène, mon archiviste de papier.

À Renata Masna et à Beata Petkiewicz, au personnel du musée Pod Zegarem et du Teatr NN de Lublin, à celui de l'Institut historique juif de Varsovie, à Katarzyna Kubicius, en charge du service d'information et de recherche de la Croix-Rouge polonaise, et au directeur du Musée de l'insurrection de Varsovie de m'avoir consacré leur temps et leur attention.

À François Azar et à Abraham Bengio, pour leurs lumières sur le judéo-espagnol et la communauté juive de Salonique.

À Georges Sougné, pour m'avoir permis de l'accompagner lors d'une rencontre bouleversante avec un descendant de déporté.

À Véronique Dubois, qui m'a raconté son histoire et le destin poignant des membres de sa famille paternelle.

À mon éditrice, Juliette Joste, pour nos longues conversations sur les personnages et les enquêtes, pour son exigence et son œil de lynx, et parce qu'elle a cru en ce roman dès le premier jour.

À mon agent, Susanna Lea, pour son soutien enthousiaste, son intelligence et son humour.

Merci à Olivier Nora pour sa confiance, ainsi qu'à toute l'équipe Grasset.

Pour finir, je veux remercier les « lecteurs de cours de route » qui ont éclairé mes moments de découragement : Bénédicte Bagot, Jacques Fraenkel, Sarah Gastel, Marguerite Martin, Marion Riva. Et tout particulièrement Tatiana de Rosnay, Alexia Stresi et Julie Printzac, fines lectrices et romancières de talent, pour leurs conseils précieux.

Merci à ma famille, et à Ninnog.

Cet ouvrage a été imprimé
par CPI Brodard & Taupin
pour le compte des éditions Grasset
à La Flèche (Sarthe)
en février 2023

Mise en pages PCA, 44400 Rezé

PAPIER À BASE DE FIBRES CERTIFIÉES

*Grasset* s'engage pour l'environnement en réduisant l'empreinte carbone de ses livres.
Celle de cet exemplaire est de :
750 g éq. $CO_2$
Rendez-vous sur
www.grasset-durable.fr

N° d'édition : 22778 – N° d'impression : 3052265
Première édition, dépôt légal : janvier 2023
Nouveau tirage, dépôt légal : février 2023
*Imprimé en France*